HEYNE <

*Das Buch*

Seine jüngste Mission führt Sergeant Michael Venn und seine Crew auf den größten Saturnmond, Titan. Im Schatten des Ringplaneten hofft er, mehr über die geheimnisvollen Alien-Artefakte herauszufinden, die kürzlich auf dem Mars gefunden wurden und die möglicherweise das Rätsel um den Ursprung des Lebens in unserem Sonnensystem lösen können. Doch Titan ist auch das Zentrum des interstellaren Krieges zwischen zwei Alien-Völkern, den Antags und den Gurus. Die Gurus haben die Menschen bisher immer in ihrem Kampf gegen feindliche Aliens unterstützt, aber sind sie der Menschheit gegenüber wirklich so wohlwollend wie bisher angenommen? Für Venn und sein Team beginnt ein galaktisches Abenteuer, bei dem Feinde zu Freunden und Freunde zu Feinden werden ...

*Der Autor*

Greg Bear wurde 1951 in San Diego geboren und studierte dort Englische Literatur. Seit 1975 als freier Schriftsteller tätig, gilt er heute als einer der ideenreichsten wissenschaftlich orientierten Autoren der Gegenwart. Etliche seiner Romane wurden zu internationalen Bestsellern.

Im Wilhelm Heyne Verlag sind zuletzt von Greg Bear erschienen: *Die Stadt am Ende der Zeit*, *Das Schiff*, *Äon* und *Die Flammen des Mars*.

Mehr über Greg Bear und seine Romane erfahren Sie auf:

**diezukunft.de**

GREG BEAR

# IM SCHATTEN DES SATURN

DIE WAR-DOGS-TRILOGIE

Zweiter Roman

WILHELM HEYNE VERLAG
MÜNCHEN

Titel der amerikanischen Originalausgabe
KILLING TITAN
Deutsche Übersetzung von Andreas Brandhorst

Zitat auf Seite 28f.:
Daniel Defoe: *Robinson Crusoe*, fabula Verlag,
Hamburg, 2015

FSC
www.fsc.org
MIX
Papier aus verantwortungsvollen Quellen
FSC® C014496

Verlagsgruppe Random House FSC® N001967

Deutsche Erstausgabe 08/2016
Redaktion: Rainer Michael Rahn

Printed in Germany
Umschlaggestaltung: Nele Schütz Design, München,
unter Verwendung eines Motivs von shutterstock/
The Life Tr-e Project
Satz: KompetenzCenter, Mönchengladbach
Druck und Bindung: GGP Media GmbH, Pößneck

ISBN 978-3-453-31414-6

www.diezukunft.de

*Für Patrick M. Garrett, Captain, U.S. Navy,*
*im Ruhestand – unseren Lieblings-Commodore.*

*Und für seine Onkel:*
*George C. Garrett, Maschinenmaat*
*an Bord des U-Boots* USS Wahoo,
*im Oktober 1943*
*in der La-Pérouse-Straße nördlich von Japan*
*bombardiert und versenkt.*

*John S. Garrett, Gefreiter*
*an Bord des Zerstörers* USS Caldwell,
*im Dezember 1944*
*vor der Insel Samar, Philippinen,*
*durch eine Bombe beschädigt.*

*Und ich ziehe den Hut vor Nigel Kneale.*

# ERSTER TEIL

# Eismondtobak

Das Schwierigste am Krieg ist das Warten. Die Langeweile kann einen in den Wahnsinn treiben. Man lässt sich dazu hinreißen, mit Artilleriegeschossen Fußball zu spielen. Ich hab's gesehen und erlebt. Viele Tote und Verletzte im Feldlager, ohne echten Kampf. Tage, Wochen und Monate, ohne dass etwas geschieht. Immer nur nichts. Und noch mehr davon. Dann regt sich der alte Affe in einem, er beginnt zu schnattern und zu tanzen, und selbst die Besten von uns werden plötzlich schießwütig …

Und schließlich … WAMM! Wir werden aufgerufen. Wir durchqueren das Vak. Wir springen. Es geht los. Der ganze verdammte Mist passiert auf einmal, es kommt alles zusammen, in einem blutigen, beschissenen Blitz. Und wenn man überlebt – und noch genug von der Seele übrig ist, dass es eine Rolle spielt –, fragt man sich für den Rest seines verkorksten Lebens, ob man es anders hätte machen sollen, oder besser. Oder gar nicht.

Alles für den Ruhm und das Corps.

Die Schlacht um den Mars ist vorbei. Wie ich hörte,

haben wir gewonnen. Aber als ich den Mars verließ, vor siebzehn Monaten, haben uns die Antags ganz gehörig in den Arsch getreten.

Einige neue, unerwartete Elemente haben sich der üblichen Mischung aus Sprung, Fetzen und Flecken hinzugefügt: eine große junge Staubwitwe namens Teal; einige fanatische Siedler, die sich Voors nannten; und eine Sondereinsatzgruppe, die unter anderem den Befehl hatte, nötigenfalls auch andere Skyrines zu erledigen. Und als Kulisse für die verrücktesten und wildesten Szenen: ein Brocken von einem alten Mond, Drifter genannt, vielleicht der wichtigste Felsen auf dem Roten. Die Begegnung mit ihm war alles andere als gewöhnlich.

Als einige Glückliche von uns zurückkehrten, feierte man uns nicht. Man jagte uns und sperrte uns ein.

# Madigan-Madrigal

Seit der Rückkehr zur Erde habe ich fast die ganze Zeit in einer Isolierstation des Madigan Hospital verbracht, im Norden der Skybase Lewis-McChord, eingeschlossen wie ein Käfer in einem Glas, während die Ärzte darauf warten, dass mir Flügel oder Hörner wachsen, oder was auch immer das grüne Pulver, das die Innenseiten des Drifters bedeckt, bei mir wachsen lassen will. DJ – Corporal Dan Johnson – nannte das Pulver Eismondtobak. Befindet er sich hier in Madigan? Ich weiß, dass er zurückgekehrt ist. Ebenso Joe – Lieutenant Colonel (ehrenhalber) Joseph Sanchez. Joe hat uns gesagt, wir sollten unauffällig bleiben, uns von den Ärzten fernhalten und kein Aufsehen erregen. Ich schätze, auch dabei habe ich Mist gebaut.

Mein erstes Paket habe ich nur zwei Wochen nach meinem Eintreffen in Madigan geschickt. Mein erster und bisher einziger Bericht, zusammen mit einer Münze, die ich in der Tasche eines alten Overalls fand, den ich im Drifter getragen habe. Keine Ahnung, ob das alles Joe erreicht hat.

Eine Fruchtfliege teilt das Zimmer mit mir. Auf dem

grauen Tisch, der mir als Schreibtisch dient, habe ich ihr ein Apfelstück hingelegt. Die Fliege ist mein Kumpel, meine kleine Freundin. Vielleicht träumt sie davon, ein Mensch zu sein.

Ich träume von einer Existenz als Käfer.

Siebenundneunzig Tage. So lange bin ich schon hier. Die Ärzte marschieren an meinem Fenster vorbei und sagen immer wieder, dass es nicht mehr lange dauern wird, bis das Bedienpersonal kommt und sich um mich kümmert; und dass ich vielleicht Gelegenheit erhalte, meine Geschichte direkt den Gurus zu erzählen, das wäre eine *gute* Sache. Mach dir keine Sorgen. Freu dich des Lebens. Die Nachbesprechung habe ich bereits hinter mir. Man hat mich befragt und untersucht, immer wieder. Ich bin ins Kreuzverhör genommen worden, von Leuten hinter dickem Glas. Köpfe ohne Körper haben mich angestarrt, bis sie für mich zu einem großen Kopf wurden, mit Augen wie hypnotische Spiralen.

Doch ein Kopf bleibt getrennt von den anderen und steigt höher auf: hohe, glatte Stirn, perfektes Englisch mit einem südasiatischen Akzent. Pakistaner oder Inder, Arzt oder Wissenschaftler, ich bin mir nicht sicher. Die Stimme ruhig und sanft. Präzise. Beruhigend. Zivile Kleidung. Verrät nie Namen oder Rang. Fünf- oder sechsmal hat er mit mir gesprochen, immer mit einem freundlichen Lächeln und mitfühlenden Blick.

Ihn mag ich von allen am liebsten. Er wird der Erste sein, den ich mit bloßen Händen erwürge, wenn ich Gelegenheit dazu erhalte.

# Ein hübscher Tag im Glas

»Wie geht es Ihnen heute, Sergeant Venn?«

»Ich warte noch immer.«

»Soweit ich weiß, haben Sie Ihr Chinesisch aufgefrischt und sich auch mit Hindi und Farsi beschäftigt.«

»Und mit Urdu.«

»Sehr gut. Ihre sprachlichen Fähigkeiten sind beeindruckend. Besser als früher.«

»Ich habe mehr Zeit.«

»Darum beneide ich Sie.«

»Nein, tun Sie nicht.«

Davon lässt er sich nicht beeindrucken und fährt fort: »Meine Farsi-Kenntnisse sind leider nur mittelmäßig. Wenn Sie gestatten, möchte ich Sie fragen, wie Sie sich fühlen und welche Träume Sie seit der Rückkehr zur Erde hatten.«

»Die Träume sind seltsam. Ich habe es schon erklärt.«

»Ja, größtenteils – ich habe mir Notizen gemacht. Aber ich würde es gern noch einmal hören, für den Fall, dass wir etwas Wichtiges übersehen haben.«

»Kommen Sie hierher, Sir, zu mir. Dann beschreibe ich Ihnen die Details aus nächster Nähe.«

»Ich nehme Ihren Ärger zur Kenntnis, Sergeant Venn. Vielleicht komme ich Ihrer Einladung bald nach.«

»Sie halten mich noch immer für kontaminiert.«

»Derartige Feststellungen stehen noch aus. Allerdings haben Sie davon erzählt, dass Sie mit außerirdischen Organismen in Kontakt geraten sind, unter ihnen auch Antagonisten. Nach einem direkten Kampf gegen sie sollte es genügen, eine gewisse Zeit in Quarantäne zu verbringen, um Aufschluss zu erlangen. Für gewöhnlich reichen einige Wochen in Kosmolin aus.

Aber ich bin sehr an dem Pulver interessiert, das Sie im Innern des Drifters berührt, sich auf die Haut geschmiert und eingeatmet haben. Sie haben gesagt, dass es von einer kristallenen Säule stammte, die sich in einem Hohlraum erhob, den die Muskis ›Leere‹ nannten, oder ›Kirche‹. Unseren Ärzten haben Sie erzählt, dass Ihnen das Pulver lebhafte Träume beschert, Träume vom Leben in einer anderen Zeit, an einem anderen Ort. Seltsam und interessant. Glauben Sie, dass sich die Träume auf tatsächliche Ereignisse beziehen? Oder handelt es sich um Wahnvorstellungen?«

So sieht's aus. Ich bin in der Hand von Experten.

Verdammt übel sieht's aus.

Sie haben mir einen Papierblock und etwas zu schreiben gegeben. Einen Computer kriege ich nicht. Weil ich keine Möglichkeit haben soll, mit der Außenwelt Kontakt aufzunehmen oder richtig zu recherchieren. Allerdings bringen sie mir Bücher aus der Skybase-

Bibliothek – oder vielleicht einem Gebrauchtwarenladen: alte Sprachlehrbücher und zerfledderte Taschenbücher aus dem letzten Jahrhundert. Ich lese Elmore Leonard, Louis L'Amour und Jim Thompson, außerdem einige alte Romane. Ich habe um Philip K. Dick gebeten, um Kafka und T. E. Lawrence, aber von wegen.

Ich schreibe wieder, aber es ist nicht so, dass mir mein Leben oder diese Geschichte gefiele. Vielleicht bringen mir die Ärzte schließlich Antworten, mit denen ich etwas anfangen kann. Also gut. Bis dahin schreibe ich, was ich weiß, oder zu wissen glaube, unter meinen eigenen Bedingungen: ein Gebräu, das ich langsam aus meinem letzten Einsatz auf dem Mars destilliert habe – eine bittere Brühe aus berauschenden Fakten, mit schmutzigem Wasser vermischt.

Es geht los.

## Reiseführer für den Roten

Eine Generation vor Beginn der Schlacht um den Mars entdeckten Siedler von der Erde, die Muskis, einen großen alten Felsen, der fast ganz im Boden steckte. Sie nannten ihn Drifter und verhielten sich wie typische marsianische Prospektoren: Sie untersuchten ihn, fanden ihn interessant und begannen zu graben.

Der Drifter erwies sich als ein Eismondstück, das vor Milliarden Jahren auf den Mars gefallen war. Die Muskis entdeckten nicht nur Tiefenwasser an der Basis dieses Felsens und große Vorkommen von reinem Metall – Nickel-Eisen, Iridium, Platin, Gold –, sondern auch noch etwas anderes, das alles veränderte: einen von Rissen durchzogenen kristallenen Turm, Hunderte von Metern hoch, aus jener fernen Vergangenheit, in der der alte Mond einen Ozean unter seiner dicken Eiskruste gehabt hatte. Ein inneres Meer voller Leben. Die Säule scheint Teil des Archivs einer uralten Zivilisation zu sein, die ihr Ende fand, als der Mond – mit Eispanzer, Ozean und seinem an Metallen reichen Kern – aus seiner Umlaufbahn gerissen wurde, der Sonne und dem Mars entgegenfiel und in den Gezeitenkräften des roten Planeten auseinanderbrach. Ich kann sie fast sehen, jene ferne Katastrophe. Die Bruchstücke des Eismonds formten eine Wolke und schlugen dann wie eine kurze Peitsche auf den Planeten. Sie bohrten sich durch Kruste und Mantel, gelangten sogar in die Nähe des geschmolzenen Kerns. Die Kollisionen erfolgten innerhalb weniger Minuten und setzten gewaltige Energien frei, trennten die nördliche und südliche Hemisphäre voneinander, verursachten gewaltige Druckwellen, erzeugten immense Vulkane … und schenkten einer bis dahin trockenen Welt Trillionen Tonnen Wasser.

Die Fragmente des alten Monds brachten dem Mars auch noch etwas anderes: Leben. Und hier ist eine interessante Vermutung, über die man *wirklich* träumen kann in den dunkelsten Stunden der Nacht …

Trümmerstücke der Kollisionen könnten tiefer ins Sonnensystem gefallen sein, noch eine andere Welt erreicht und ihr ebenfalls Leben gebracht haben.

Ich meine die Erde.

# Noch ein hübscher Tag im Glas

»Bitte erzählen Sie mir noch einmal von dem Drifter, Sergeant.«

»Ich habe bereits alles gesagt, was ich weiß.«

»Aber *ich* möchte es noch einmal hören. Erzählen Sie mir, was die Siedler im Drifter fanden und was sie damit machten. Und was *Sie* damit machten, als Sie im Drifter waren.«

»Wir haben nicht viel damit gemacht. Wir hatten genug damit zu tun, am Leben zu bleiben.«

»Haben Sie keine Vorbereitungen getroffen, Proben mitzunehmen?«

»Verfickt noch mal, nein.«

»Bitte. Wir sind hier auf der Erde. Was ist mit den anderen Skyrines? Haben sie Material mitgebracht?«

»Nicht dass ich wüsste. Ich sage es immer und immer wieder …«

»Bitte haben Sie Geduld. Wir haben Geduld mit Ihnen.«

Alles hinter Glas.

# Bündelweise Ärger

Über die von ihnen ausgewählten Dolmetscher gaben die Gurus den Völkern der Erde zu verstehen, was passieren würde, wenn unser gemeinsamer Feind, die Antags, das Sonnensystem unter seine Kontrolle brächte. Die Gurus haben uns oft darauf hingewiesen und betont, die letztendliche Konsequenz einer Übernahme durch die Antags wäre die Umwandlung aller Planeten, Monde und Asteroiden in Rohstoffe, aus denen die Ingenieure der Antags ein gewaltiges Konstrukt bauen wollen, um die Energie der Sonne einzufangen und die Sonne selbst zu verändern. Die Energie soll über Lichtjahre hinweg transportiert werden – das Wie bleibt rätselhaft – und andere Sonnensysteme erreichen, die Eroberung weiterer Planeten und Sonnen erleichtern …

Ein Kaskadensystem mit dem Ziel, die ganze Galaxis zu unterwerfen.

Mit anderen Worten: Wenn wir die Antags auf dem Mars nicht aufhalten, erscheinen sie bald auf der Erde, und dann dauert es nicht mehr lange, bis unser System zu einem seltsamen Apparat aus rotierenden Kabeln, Armillarsphären und komplexen Spiegeln wird, die das

Licht der Sonne zu Absorptionsscheiben lenken, die größer sind als Jupiter und von denen es dann weitergeleitet wird, mit welchen Methoden auch immer. Vielleicht schaffen die Antags eine Öffnung im Gefüge der Raumzeit, oder sie schießen die Energie mit Lichtgeschwindigkeit zu irgendeinem Ort.

Vielleicht wollen uns die Gurus nicht mehr erklären, um zu vermeiden, dass wir es zu sehr mit der Angst zu tun kriegen. Man kämpft erst gar nicht, wenn man weiß, dass man nicht gewinnen kann, oder? Wir müssen an die Möglichkeit des Sieges glauben, mit ein wenig gelegentlicher Hilfe von den Gurus. Echter superwissenschaftlicher Kram wie Antriebe auf der Basis von abgebauter Materie, Suppressoren und Disruptoren, selbst das Kosmolin, in dem Skyrines während des Transvakfluges liegen und das vom Corps so sehr geliebt wird. Die meisten Skyrines glauben an den ganzen Kram, weil er aufregend klingt, weil er ihnen das Gefühl gibt, Teil von etwas Großem zu sein, Kämpfer in einem gerechten, notwendigen Krieg.

Doch nach einigen Tagen auf dem Roten, erst recht nach einem verfickten – beziehungsweise verfutschten – Absprung, tauchen selbst bei den begriffsstutzigsten Skyrines Fragen auf, wenn sie genug Zeit zum Nachdenken bekommen. Ich würde gern mal einem Antag begegnen, irgendwo außerhalb des Schlachtfelds, unbewaffnet und unter gleichen Bedingungen. Ich würde ihm – oder ihr, oder was auch immer – ein romulanisches Bier ausgeben und fragen: He, Kumpel, was erzählt man *euch,* damit ihr in eure Schiffe steigt und euch zum Mars und Titan verfrachten lasst?

Denn bis vor Kurzem, als wir in unsere Spaceframes kletterten und die lange Reise für diesen Feldzug antraten, glaubten wir zu *gewinnen*.

Wir waren sicher.

Jetzt …

Ich hab mit dem ganzen Scheiß nichts mehr zu tun. Bin in meinem Zimmer eingesperrt und werde verrückter, als ich es jemals gewesen bin. Noch dazu bin ich auf zwei Welten verrückt, denn mein *anderes* Selbst – das Selbst, das zurückkehrt, wenn ich schlafe, das immer wieder versucht, sich an den Eismond zu erinnern, an ein Leben vor Jahrmilliarden –, dieses gepanzerte, von einer Schale bedeckte Arschloch, ist ebenso gelangweilt und irre wie ich, hat dafür sogar noch mehr Gründe.

Um ein überzeugendes Detail hinzuzufügen … Der Käfer in meinen Träumen, er oder sie, kommt in zwei Teilen: ein prunkvoller, parasitärer Passagier, der auf einem großen, hässlichen Dingsbums reitet, sich hinter einer Dreiergruppe von Facettenaugen festhält. Ich weiß nicht, wer sich um die Steuerung kümmert. Vielleicht wechseln sie sich ab.

Jedenfalls, gerade als ich glaube, die erstaunlichen Erinnerungen, Gedanken und Meinungen zu verstehen, gerade als ich anderen Leuten die Wahrheit über jene andere, uralte Welt erzählen möchte …

Plötzlich hebt sich alles, kippt zur Seite und saust fort.

*Wusch.*

# Tag 98

Ich bitte um Bücher über planetare Wissenschaften, und zu meiner Überraschung bekomme ich welche. Kein Internet. Nur Bücher. So gut Bücher auch sein mögen – manche sind großartig –, ich habe einige große Fragen in Bezug auf das, was dort draußen los ist, und darauf können alte Bücher keine Antwort geben.

Wenn das in meinem Kopf real ist, mit was für einer Realität haben wir es dann zu tun? Ist sie tot und längst vergangen, oder lebt sie mit bedrohlicher Aktualität? Kommuniziere ich mit tatsächlichen Intelligenzen, die irgendwie noch leben und selbst nach Jahrmilliarden noch aktiv sind? Keine einfachen Fragen, und es gibt keine leichten Antworten.

Meine Fragen begannen etwa zur Zeit meiner Rückkehr vom Roten zur Skybase Lewis-McChord. Ich fuhr per Anhalter, die Sekretärin eines Colonels nahm mich mit und erzählte mir von Kämpfen auf Titan, einem Mond des weit entfernten Saturn. Angeblich hat sie dort einen Sohn verloren …

Ich fühlte die Wahrheit in ihren Worten.

Seit Wochen gilt meine Neugier alten Monden. Insbesondere den großen Mondfamilien, die unsere äußeren Gasriesen umkreisen. Das Saturn-System ist das spektakulärste, aber für mich sind alle alten Monde wichtig, wenn ich das Rätsel lösen will, das mich die ganze Nacht wach hält. Ich weiß nicht, wo ich bin. Ich meine, ich weiß, dass ich mich auf der Erde befinde.

Aber ich weiß nicht, *wer* ich bin.

*Wer* ist wieder auf der Erde? Nur ich?

Jemand, der Entscheidungen treffen kann, scheint eine gewisse Bedeutung in meinem Interesse an Monden erkannt zu haben, denn allein wäre es den Eierköpfen hinter dem Glas sicher nicht eingefallen, meine Neugier zu befriedigen. Aber offenbar sind sie nicht bereit, mich mehr über Physik zu lehren. Dennoch, der Lektürewechsel tut gut: weg von Literatur und zurück zur Wissenschaft. Ob ich neugierig bin oder der Käfer in mir es ist, auch diese Frage kann ich nicht beantworten. Früher oder später werde ich es herausfinden.

Ich lese also über alte Monde. Die Bücher, gedruckt, gebunden und aus der Skybase-Bibliothek, sind nicht aktuell. Ich füge ihnen einige der fehlenden Details hinzu, indem ich der Käferstimme lausche. Der Käfer weiß nichts über Titan im Besonderen, aber er hat mehr Ahnung von Eismonden als die Lehrbücher. Ich nehme an, die Inquisitoren werden mich schließlich nach den Büchern fragen, was sie mir bedeuten, was ich aus ihnen gelernt und selbst hinzugefügt habe.

Aber noch fragen sie nicht. Es ist mein erster Hinweis darauf, dass die Kräfte jenseits meiner Zelle in Auflösung begriffen sein könnten.

Sie stellen noch immer nicht die richtigen Fragen.

# Tag 100

Ich denke, es wird so ablaufen, wenn sie irgendwann beschließen, mich rauszuholen. Einige der Ärzte werden zu dem Schluss gelangen, dass ich ungefährlich bin. Sie werden fragen, ob sie hereinkommen dürfen, und ich werde Ja sagen. Was bleibt mir anderes übrig? Hauptsache, es kommt endlich Bewegung in diese ganze Angelegenheit. Meine Suite ist sauber, aber jeder Skyrine versteht sich darauf, gewöhnliche Gegenstände in Waffen zu verwandeln, und ich hatte viel Zeit zum Nachdenken. Für meinen Plan beginnt die nächste Phase. Ich stelle mir vor, wie zwei der Ärzte hereinkommen, in dicken gelben Schutzanzügen. Ein Marinesoldat begleitet sie, ebenfalls in Gelb, mit ordentlich Eisen, damit ich nicht auf dumme Gedanken komme. Sie fordern mich auf, zurückzuweichen und in meinem Lieblingssessel Platz zu nehmen, und anschließend stellen sie erneut die Fragen, die sie schon so oft gestellt haben. Einer macht Bilder vom anderen, mit mir im Hintergrund. Bei ihrem ersten Vorstoß ins Glas mit dem Käfer bleiben sie nicht lange, aber bei Gott, sie bringen sich dem Krieg näher, den fernen Schlachten.

Sie setzen sich unmittelbarer Gefahr aus – einer Gefahr, die von mir droht. Wahrscheinlich hoffen sie, dadurch die Karriereleiter hinaufzufallen.

Ich bin die ganze Zeit über so cool, dass sich Raureif auf meinen Brauen bildet. Ich lächele und nicke und danke ihnen für alles, das sie getan haben. Dann erledige ich mindestens einen von den Mistkerlen, bevor sie merken, dass der Verrückte komplett meschugge ist.

## Tag 102

Als wären die Dinge nicht schon seltsam genug:

Letzte Nacht kam Captain Danielle Coyle zu Besuch. Sie erschien einfach in meinem Kopf. Coyle starb auf dem Mars, tief im Innern des Drifters – in der Kirche. Offenbar wusste sie das nicht. Sie versuchte, Worte an mich zu richten. Ich *glaube* zumindest, dass sie etwas sagen wollte. Was ich von ihr empfing … Es war wie der Blick in eine leere Sprechblase. Seitdem ist sie nicht noch einmal zu mir gekommen. Aber ich denke, sie wird zurückkehren. Captain Coyle war immer sehr entschlossen.

# Tag 120

Ich bin mit den meisten Lehrbüchern durch. Jim Thompson fängt an, mir auf den Keks zu gehen. Zu viel Holzhammer-Dummheit, die in zu viele Sackgassen der Verzweiflung führt. Erinnert mich zu sehr an mein Leben vor dem Militär und auch danach, für eine Weile. Ich wechsele die Bücher und lese *Robinson Crusoe*, ein altes, sicheres Buch, das als Signet-Classic-Ausgabe mit gebrochenem Rücken in meiner Durchreichebox erschien.

Wie üblich esse ich beim Lesen von meinem Metalltablett und stoße auf diese Stelle:

> *Niemand verachte solche geheimen Hinweise und Winke auf Gefahren, wenn sie ihm auch da zuteilwerden, wo er an ihre Begründung nicht glauben mag. Wer das Leben beobachtet hat, wird das Vorhandensein solcher Fingerzeige nicht leugnen. Unzweifelhaft sind sie Kundgebungen einer unsichtbaren Welt und eines Zusammenhangs der Geisterwelt mit der unsrigen, und warum sollen wir, wenn wir ihre Absicht, uns zu warnen, erkennen, sie nicht für*

*die Bezeigungen freundlicher Genien höherer oder geringerer Art, die zu unserm Besten zu dienen bestimmt sind, halten?*

# Es ist ein Leben

Noch halb im Schlaf, in die Laken gehüllt, fühle ich einen nicht sehr sanften Stoß im Innern meines Kopfes, wie von jemandem, der in meinem geistigen Dachboden kramt und alte Truhen öffnet. Ich bin zu müde und zu entmutigt, um mich zur Wehr zu setzen. Erinnerungen kommen in Wellen. Erinnerungen, die manchmal nichts erklären, wie vom Zufall ausgewählte Wrackteile, die an meinen verwinkelten Strand gespült werden. Starke Gefühle begleiten sie gelegentlich.

*Sehen wir uns dich und Joe an.*

Joe Sanchez und ich sind, bevor wir Skyrines wurden, einen langen gemeinsamen Weg gegangen, voller Kurven. Mir scheint, er ist immer da und immer da gewesen. Aber natürlich gibt es Lücken, und einige von ihnen sind ziemlich groß, zum Beispiel die vor unserem ersten Absprung auf den Mars. Über ein Jahr bekam ich ihn nicht zu Gesicht, während der letzten Phase der Ausbildung. Ich dachte, man hätte ihn vielleicht für ein Spezialtraining ausgewählt, aber als er erschien, war alles in Ordnung. Er meinte, er hätte was mit einer Lady in Virginia am Laufen gehabt, während er die Offiziersschule des Virginia Military Institute besuchte. Ich habe selten, wenn überhaupt jemals, Grund gehabt, an Joes Wort zu zweifeln.

Und dann natürlich der letzte Sprung auf den Mars. Er ging vor uns runter, und wir trafen uns im Drifter. Dort gab's keine Erklärungen, abgesehen davon, dass unsere Einheiten im letzten Moment neue Einsatzorder erhielten.

Aber es kam auch zu einzelnen, klar abgegrenzten Momenten, die wie Anfänge erschienen. An einen davon denke ich, während ich mit geschlossenen Augen im Bett liege. Ich kann fast die untergehende Sonne sehen, die Wolken am westlichen Horizont.

Das Gerüst.

Damals hätten Joe und ich uns fast umgebracht.

Ich denke, jeder Skyrine, jeder Kämpfer für die Nation – ein politisch und sozial isolierter Klub –, beginnt mit dem Glauben an Reinheit und Größe von Gefahr und Abenteuer. Als Kind bin ich sehr abenteuerlustig gewesen, was mich manchmal in Lebensgefahr und in Konflikt mit dem Gesetz brachte. Ich war leichtsinnig und unbesonnen, aber auch schlau und gerissen, weshalb ich nur selten in eine Klemme geriet, aus der ich mich nicht aus eigener Kraft befreien konnte. Aber bevor ich sechzehn wurde, habe ich mich dreimal in eine Situation gebracht, die mich fast das Leben gekostet hätte.

Einmal folgte ich dem Verlauf von Bahngleisen, in Südkalifornien, nicht weit von Pendleton entfernt, wo noch immer junge Skyrines untergebracht sind und ausgebildet werden. Ich war mit Joe zusammen. Ich war praktisch immer mit Joe zusammen, wenn es nicht darum ging, Mädchen aufzureißen – das machten wir getrennt voneinander.

Damals hatte Joe Sanchez braunes Haar. Er war eine Art Huck-Finn-Typ, ein Jahr älter und so schlau wie ich, was viel bedeutete, denn ich hielt mich selbst für sehr schlau. Sein Einfallsreichtum ging sogar noch über meinen hinaus. Wir kannten uns seit zwei Jahren, fühlten uns sehr wohl miteinander und waren auf der Suche nach Abenteuern.

Junge Männer, die sich für schlau halten, schmieden keine geraden, linearen Pläne, sondern versuchen, um tausend Ecken zu denken und Dinge auszuprobieren, die ihren Scharfsinn beweisen. Die Welt auf die Probe zu stellen, darauf kommt es ihnen an. Das ist ihre Aufgabe. Unsere Aufgabe.

Unser hochintelligenter Plan sah vor, dass wir dem Verlauf der Gleise folgten und zur Seite sprangen, wenn ein Zug um die Landzunge kam, durch einen Einschnitt in den Del Mar Hills und hinten am Torrey Pines State Beach vorbei. Wir gaben acht, gingen an den Gleisen entlang und sprangen beiseite, wenn Zugmaschinen und Waggons herangerauscht kamen. Einige Male heulten beeindruckend laute Sirenen, und die Lokführer warfen uns bitterböse Blicke zu, als ihre stählernen Ungeheuer sie an uns vorbeitrugen.

Doch dann stießen wir auf eine Brücke, die über

einen Priel führte, ein altes Ding, mit sechzig oder siebzig Jahren auf dem Buckel. Nur die Gleise gab es dort, keinen Weg, über den zwei wagemutige junge Männer gehen konnten.

Wie waren auf halbem Weg über die Brücke, blickten durch die Lücken zwischen den Schwellen ins türkisfarbene und graue Wasser unter uns, genossen den frischen Meereswind und hörten das Krächzen der Möwen. Joe grinste wie ein Irrer, seine Zähne schienen im Licht der untergehenden Sonne zu brennen. Er hob die Arme wie ein Seiltänzer, das braune Haar im Wind zerzaust, die braunen Arme ausgebreitet … als etwa drei Kilometer hinter uns das Signalhorn eines Zuges erklang, wie der Schrei eines zornigen Dinosauriers.

Der Lokführer hatte offenbar sehr scharfe Augen und zwei kleine Gestalten mitten auf der Brücke gesehen. Nur noch etwa dreißig Meter lagen vor diesen Gestalten, die vorsichtig balancieren und aufpassen mussten, dass sie nicht in eine der Lücken fielen. Der Lokführer bemerkte zweifellos, wie langsam wir vorankamen, dass wir uns beeilen und über die Gleise laufen mussten …

Und dann begriff er, was wir bereits wussten.

Wir konnten es nicht schaffen. Der Zug würde uns einholen, bevor wir das Ende der Brücke erreichen konnten. Das Wasser des Priels befand sich knapp zehn Meter unter uns und stand vermutlich nicht höher als einen halben Meter – es hätte den Aufprall kaum dämpfen können.

Also taten wir, was getan werden musste. Wir lachten wie Idioten. Die Angst war erstaunlich. Wir rannten, nein, wir *tanzten* über Gleise und Schwellen. Wir liefen, stolperten, fanden das Gleichgewicht wieder und liefen erneut. Wir rutschten aus: Joe hing mit einem Bein zwischen den Schwellen, und ich stand plötzlich nur noch mit einem Fuß auf dem Gleis, der andere befand sich hoch in der Luft. Aber irgendwie nahmen wir uns zusammen und blieben unverletzt. Wir liefen und liefen, und die ganze Zeit über krähten, riefen und schrien wir. Beweg dich, Blödmann! Schneller! Schneller, schneller, *schneller*!

Ich blieb größtenteils auf dem linken Gleis und setzte einen Fuß vor den anderen, wobei mir immer wieder die Hosenaufschläge im Weg waren – die eigenen Beine schienen mich umbringen zu wollen.

Und mein Freund heulte schrill: »Er ist direkt *hinter uns*! Scheiße, Scheiße, *Scheiße*!«

Ich blickte nicht zurück. Ich wusste, was es zu tun galt. Dies war pures Abenteuer, erschreckend, ja, aber auch voller Leben, besser als alles, was ich bisher erlebt hatte. *Wir* gegen *das Ungeheuer*, darauf lief es nun hinaus, und der Lokführer gab volles Rohr auf sein grässliches Signalhorn, und die Luft füllte sich mit dem lautesten Geräusch, das ich jemals gehört hatte, es schien einem die Gedärme zu zerreißen.

Ich wusste, dass ich springen und mir die Beine brechen musste.

Andernfalls würde ich sterben.

Joe schrie erneut, blickte mit dem Gesicht eines Wahnsinnigen zu mir zurück und sprang von den Gleisen. Er spreizte die Beine, als er etwa einen Meter von der Brücke wegflog und dann fiel, wobei er mit den Armen ruderte. Ich verlor ihn aus den Augen, als ich sprang, aber ich fiel nicht wie er, denn ich klammerte mich mit den Fingern am linken Gleis fest, fühlte, wie mir der Stahl, heiß wie ein Bügeleisen, die Finger verbrannte, während ich mir fast die Wange durchbiss, während Füße und Beine baumelten, nur eine Sekunde bevor mir tausend Tonnen die Hand zermalmten und ich in die Tiefe stürzte …

Plötzlich erreichten meine Zehen etwas Festes. Ein Querbalken. Ich konnte ihn nicht sehen, aber er war da – ich fühlte ihn. Ich ließ das stählerne Gleis los, schlang die Arme um dickes, schwarzes Stützwerk und nahm den scharfen, teerigen Geruch von Kreosot wahr, als der Zug mit siebzig oder achtzig Sachen über die Brücke donnerte, seine Räder nur wenige Zentimeter von meinem Gesicht entfernt, meine Füße suchten nach Halt auf dem Querbalken, den jemand netterweise zwischen zwei Stützelementen angebracht hatte, aber leider ziemlich schräg, wodurch die Sohlen meiner Turnschuhe, heiß und schlüpfrig von den Stahlschwellen, immer wieder abrutschten. Ich fühlte, wie sich mir Splitter in die Hände bohrten, wie die ganze Brücke lebendig zu werden schien von Gewicht und Motorenlärm, wie mich heftige Vibrationen schüttelten, meine erstarrten Gedanken packten und zerrissen, wie sie im Kopf widerhallten und die Zähne in eine Rassel verwandelten, während mir Blut aus dem Mundwinkel rann.

Der Zug brauchte eine Ewigkeit über die Brücke.

Er war in weniger als einer Minute an mir vorbei.

Das irre Heulen des Signalhorns hörte auf.

Der Lokführer hielt uns wahrscheinlich für tot.

Und wenn schon.

Ich war wie gelähmt. Etwas in mir wollte kotzen, aber ich musste etwas tun. Ich klopfte auf Arm und Bein, um wieder Leben in die Muskeln zu bringen, rückte dann langsam auf dem Querbalken vor, in Richtung des nächsten Stützelements. Von dort aus ging es über einen niedrigeren Balken weiter, der mich zwang, zwischen den Stützen zu balancieren. Immer wieder geriet ich mit meinen Schuhen ins Rutschen (ich nahm mir vor, nie wieder welche von dieser Marke zu kaufen), bis mich schließlich nur noch drei Meter vom Wasser trennten. Ich schloss die Augen, ließ mich fallen …

Und fiel und fiel.

Ein harter Aufprall im Brackwasser erwartete mich, ein Schlag, der Rücken, Hüften und Beine gleichzeitig traf. Wasser drang mir in die Nase. Seegras griff nach meinen Hüften und versuchte, mich unter Wasser zu halten, aber ich befreite mich, fand den schlammigen Grund, stieß mich ab, kam nach oben und durchbrach die Wasseroberfläche. Eine Wolke aus Spritzern umgab mich, wie Silber oder Diamanten.

»Verdammt! ICH HAB'S GESEHEN!«, rief Joe mit einer Stimme wie eine Kreissäge. »Du bist DIREKT UNTER DER SCHEISSLOK GEWESEN *und hast wie ein GONG VIBRIERT*, und dann … und dann …« Er hatte ziemlich viel Wasser geschluckt, würgte und reiherte und meinte, wie ekelhaft das Zeug sei. Wir stapften durch den Schlamm, durch die ganze Lagune, bis hin zum kiesigen Ufer beim Highway. Dort setzten wir uns, wandten das Gesicht dem letzten warmen Licht der Sonne zu und waren nach all dem Lachen plötzlich still.

»Das war einmalig«, sagte Joe heiser. »Nie wieder wird etwas so toll sein.«

Lange Minuten saßen wir nebeneinander, während die Sonne hinter dem Rand des Pazifik verschwand. Der Schlamm an unseren Hosen trocknete, machte sie steif. Die Kühle des Abends ließ uns zittern. Es war mir gleichgültig. Wir sprachen über Züge und Brücken, dann über Mädchen, Trinken, Filme, Partys, Autos, darüber, dass wir nicht mehr allein im Universum waren, solche Sachen, als ob wir erwachsen wären, alte weise Männer, bis die einzigen Lichter, die wir sahen, von Wagen stammten, die auf dem Highway nach Norden und Süden sausten, und von einigen wenigen Sternen, die trotz des elektrischen Glühens von San Diego und Del Mar am Himmel erschienen. Von der Lagune stieg Dunst auf und legte sich wie eine graue Decke um alles.

Schließlich wurde uns so kalt, dass wir aufbrechen

mussten. Unsere nassen Schuhe quietschten, als wir loszogen. Zu Fuß gingen wir nach Del Mar, meilenweit, wir versuchten gar nicht, per Anhalter zu fahren. Wir gingen, wir ließen uns Zeit, wir genossen es, am Leben zu sein, nach dem, was wir hinter uns hatten. Wir hielten das Gefühl fest, etwas überlebt zu haben, das sowohl außergewöhnlich dumm als auch absolut *großartig* gewesen war. Immenser Stolz erfüllte uns.

Dies war *Abenteuer.*

Joe ging vor mir, rückwärts, damit er mich sehen konnte, und hob die Hände zum orangeroten und schwarzen Himmel.

»Wie ist es dort draußen, Vinnie?«, fragte er. »Dieser Planet hat uns nichts mehr zu bieten. Hier gibt es nur noch dumme Späße für uns, keine echten Herausforderungen.«

»Tolle Säße«, sagte ich. Beim Sprung von der Brücke hatte ich mir auf die Zunge gebissen.

»Tolle was?«

»Tolle *Späße*«, korrigierte ich mich.

»Was wartet dort draußen? Was wartet dort weit draußen auf uns?«

In jener Nacht schworen Joe Sanchez und ich, dass wir zum Militär gehen würden. Wir wollten mehr dumme Späße und Gefahr, mehr vom drogenartigen Rausch des Überlebens. Wir wollten so viel wie möglich davon, mehr von echtem Abenteuer. Wir wollten es immer und immer wieder. Himmel, wie sehr ich den dummen Tag und die kalte Nacht liebte.

Wir waren Narren. Aber wir waren auch junge Götter.

*Das habe ich in einem alten Film gesehen.*

Coyle!

Diesmal füllen sich die Sprechblasen. Ich drehe mich herum, sehe von meinem zerwühlten Bett auf und starre an die Decke. »Es ist wirklich geschehen. Ich habe es erlebt, wir beide.« Ich fühle und erkenne sie, glaube fast, ihre Stimme zu hören. »Ich weiß nicht, was du hier drin machst. Du bist *tot*, verfickt noch mal.«

*Und du steckst verfickt noch mal in einem billigen Hotel fest. Aber nicht für lange.*

Das macht mich zornig. »Verschwinde aus meinem Kopf!«

*Und was ist das über dich, Joe und eine* Mumie? *Richtig unheimlicher Kram. Wenn du was Originelles willst, solltest du sehen, was ich sehe. Und übrigens, ich mag Corporal Johnson mehr als dich.*

»Meinst du DJ? Wo ist er?«

Dann … Coyles Stimme wird leiser und verschwindet, bevor ich herausfinden kann, ob ich noch träume.

# Tag 123

Die stählernen Fensterläden zischen, klicken und gleiten beiseite. Ein neuer Typ steht hinter dem dicken Glas. Er ist allein. Er blickt sich um und sieht mich im Bademantel in der Tür des Schlafzimmers stehen.

Der neue Typ ist Ende fünfzig, kahlköpfig und dürr, hat ein pfirsichglattes rosarotes Gesicht und kleine, helle Augen. Was seine Kleidung betrifft, scheint er etwas nachlässig zu sein: Er trägt einen grauen Wollmantel über einem verschlissenen grünen Pulli. Er richtet die kleinen hellen Augen auf mich und lächelt. Rosarote Lippen, kleine, perfekt geformte Zähne.

»Master Sergeant Michael Venn, Vinnie«, sagt er, obwohl hier niemand das Recht hat, meinen Spitznamen zu benutzen. An einem anderen Ort und zu einer anderen Zeit würde ich ihm einfach keine Beachtung schenken, aber dieser neue Bursche hat was. Irgendwie erinnert er mich an eine gut gemauerte Wand aus Ziegelsteinen oder perfekt zueinander passenden Felsstücken. Er ist selbstbewusst, in seinem Element, mit dem unheimlichen Gebaren eines Zivilisten, der Generäle im Wartezimmer sitzen lassen kann.

Also gut. Ich beschließe, zunächst mitzuspielen und zu sehen, was sich ergibt.

»Mein Name lautet Harris«, sagt der Typ. »Walker Harris. Ich bin kein Arzt, aber die Ärzte haben mir alles erzählt und darauf hingewiesen, dass sie mit Ihrer KES durch sind.«

*Kommandoeinschätzung.*

»Ach?«

Er lächelte beruhigend. »Nach Aussage der Ärzte gibt es bei Ihnen kein maladaptives und andauerndes Verhaltensmuster, das Ihnen selbst und anderen schadet. Mit anderen Worten: Es ist alles in Ordnung mit Ihnen.«

»Warum haben die Ärzte so lange gebraucht, um das herauszufinden?«, frage ich.

»Die Geschichten, die Sie erzählt haben, waren interessant. Fantastisch und interessant.«

»Sie gehören zum Bedienpersonal.«

»Manche nennen uns so«, gesteht Harris. Er lacht leise, und dann kneift er die Augen zusammen. »Angeblich sind Sie von einem grünen Pulver beeinflusst, dem Sie im Innern einer faszinierenden geologischen Formation auf dem Mars begegneten.«

»Nicht nur ich«, sage ich.

»Stimmt. Es gibt noch einen weiteren Soldaten, Corporal Johnson – DJ. Entschuldigung. Ein weiterer Skyrine. Wir mussten die Geschichte überprüfen, und das haben wir inzwischen. Ich werde drei Gurus Bericht erstatten. Sie arbeiten immer zu dritt, wissen Sie.«

Das wusste ich nicht.

»Sie interagieren mit uns in Trios. Um Fehler zu vermeiden, nehme ich an. Inzwischen habe ich seit zehn Jahren mit den Gurus zu tun – eigentlich sind es sogar schon elf –, und es erstaunt mich immer wieder, wie wenig wir über sie wissen. Wie wenig *ich* weiß.«

»Weil sie undurchschaubar sind?«, frage ich.

»Eigentlich sind sie wie ein offenes Buch – das allerdings in einer fremden Sprache gedruckt ist. Unser hiesiges Trio hat großes Interesse an Ihrer Geschichte zum Ausdruck gebracht, an dem, was Sie uns erzählt haben. Unsere Ärzte und Wissenschaftler sind mit ihren Analysen fertig, mit dem Ergebnis – von dem ich die Gurus direkt in Kenntnis setzen werde –, dass sich nichts Wesentliches an Ihnen verändert hat.« Walker Harris berührt seinen Nasenrücken, schnieft leise und fährt fort: »Sie sind nicht ansteckend. Sie sind es nie gewesen. Niemand sollte sich Sorgen machen. Das grüne Pulver scheint harmlos gewesen zu sein. Vielleicht waren es nur getrocknete Algen, Reste des Versuchs, die alte Mine mit einer atembaren Atmosphäre zu füllen. Finden Sie nicht auch?«

Ich sage kein Wort. Vielleicht lassen sie mich gehen. Vielleicht lassen sie mich in den Kampf zurückkehren. Mehr kenne ich nicht. Nur darin bin ich gut.

»Was Ihre Träume betrifft … Wir haben Ihre Gedankenmuster untersucht und einige von ihnen gedeutet. Wie ich hörte, waren die Träume manchmal sehr intensiv und exotisch. Aber sie gehen nicht auf eine geistige

Störung zurück und beziehen sich auch nicht auf eine andere Realität, ganz gewiss nicht auf die des alten Monds.« Er lässt diesen Köder vor mir baumeln und wartet auf meine Reaktion. Ich bewege einen Finger, und sein Blick richtet sich wie ein Zielerfassungssystem darauf.

Die Augen, dieser Gesichtsausdruck …

*Ist der Kerl eine Maschine*? Alles in mir drängt danach, ihn zu fragen. Aber das geht nicht. Vielleicht hätte man es für maladaptiv gehalten.

»Ihre Zeit hier kann nicht leicht gewesen sein.«

»Ich beklage mich nicht«, sage ich.

»Bemerkenswerte Geistesgegenwart. Obwohl … Offenbar haben Sie von einem Freund Besuch erhalten.« Das Zielerfassungssystem, der Blick, richtet sich auf meine Augen. »Einem toten Freund.«

Das lässt mich innerlich zusammenfahren. Ich habe niemandem von Coyle erzählt. Mir wird warm, mein Gesicht glüht. Walker Harris beobachtet mich voller Anteilnahme. »Ich vermisse meine Kameraden«, murmele ich. »Nichts Ungewöhnliches.«

»Und nichts, dessen man sich schämen müsste«, sagt er. »Wir gedenken unserer Toten auf unterschiedliche Arten. Was die Erfahrung als solche betrifft … Ich habe nur wenig von der Metaphysik der Gurus verstanden, und dieses Wenige verwirrt mich nach wie vor. Vielleicht leugnen sie die Möglichkeit eines Lebens nach dem Tod, vielleicht auch nicht, aber eins steht fest: Bei *unserem* Militär, bei unseren Sicherheitskräften im Allgemeinen, schaffen derartige Erfahrungen nicht unbedingt Vertrauen. Dennoch ist die MGB bereit, diese Sache neu zu bewerten und grünes Licht für Sie zu geben, wenn es sich nur um ein Symptom von Stress handelt.«

»Ja«, sage ich. »Von Medwedew habe ich nie Besuch erhalten. Wir nannten ihn Wee-Def. Konnte mich nicht ausstehen.«

»Jede Menge Paradoxa und Überraschungen«, sagt Harris. Er gibt nichts preis – oder er weiß nichts. Er ist wie ein wachsamer Barrakuda, der sich über Blut im Wasser freut, über jeden Vorwand, anzugreifen und mich zu verschlingen. Vielleicht ist Walker Harris ein maladaptiver Borderliner.

»Aber wenn man bedenkt, was Sie hinter sich haben und wie lange Sie hier isoliert gewesen sind, mit nur wenig menschlicher Gesellschaft, die außerdem zum größten Teil aus *Wissenschaftlern* bestand …« Harris' Lächeln hätte die Sonne geblendet. »Ich kann veranlassen, dass man mit all diesen Sachen keine Zeit mehr verliert.« Es zuckt in seiner Wange. Er lügt.

»Freut mich zu hören«, sage ich. »Was haben Sie sonst noch gesehen, als sie in meinen Kopf geschaut haben?«

Harris weiß die Gelegenheit zu schätzen, ein wenig anzugeben. »Ihr Profil zeigt einen intelligenten, einfallsreichen Kämpfer mit weniger posttraumatischen Problemen, als vielleicht zu erwarten gewesen wären. Einen Kämpfer, der schon bald in den aktiven Dienst zurückkehren und einen wichtigen Beitrag für unsere Kriegsanstrengungen leisten könnte. Die gerade in eine neue interessante Phase eintreten.«

»Titan«, sage ich.

Harris nickt mit einem kurzen Zappeln. »Wir müssen die breite Öffentlichkeit erst noch auf die bevorstehenden Aktionen hinweisen«, sagt er. »Aber Sie haben Schlüsse aus dem Bisschen gezogen, das Ihnen zu Ohren gekommen ist, und es sind die richtigen Schlüsse.«

»Wie lange sind wir schon dort? Wie lange kämpfen wir schon auf Titan?«

»Zwei Jahre.«

Wieder eine Lüge. Nach dem, was ich von der grauhaarigen Sekretärin bei der Skybase LM über ihren Sohn gehört habe, dürften es vier oder fünf Jahre sein.

»Die Gurus müssen uns neue Technik gegeben haben«, sage ich. »Sonst würden unsere Spaceframes zehn Jahre zu einem so fernen Ziel unterwegs sein, selbst mit Antrieben, die abgebaute Materie verwenden. Zum Saturn und zurück.«

*Falls sie zurückkehren.*

»Sehr gut«, sagt Harris.

»Wie läuft es dort draußen?«, frage ich.

Harris schürzt die Lippen und zeigt mir sein Profil, als sähe er jemanden an, der neben ihm steht – eine theatralische Pose, die mich darauf hinweist, dass unsere kleine Plauderei fast vorbei ist. »Danke für Ihre Geduld, Master Sergeant Venn.«

Ich nähere mich dem Fenster. »Man hat mir gesagt, man würde mich zu den Gurus bringen.«

»Eine Begegnung mit ihnen ist nicht erforderlich.«

»Schade«, sage ich. »All meine Träume, mein anderes Leben … Nur Einbildung und Unfug?«

»Schlicht und einfach.«

Ich zeige ihm mein bestes jungenhaftes Lächeln. »Gut zu wissen«, erwidere ich.

»Ich schätze, es erleichtert Sie.« Er verabschiedet sich mit einem ruckartigen Einknicken in den Hüften – es soll eine höfliche Verbeugung sein –, und die Fensterläden werden geschlossen.

Natürlich alles Lüge und Täuschung. Ich weiß über Dinge Bescheid, von denen ich eigentlich gar nichts wissen kann. Dinge, von denen ich in meinem anderen Leben erfahren habe. Manchmal sehe ich sie deutlich, manchmal kann ich sie wie eine Tapete auf *dieses* Leben kleben. Es sind Dinge, von denen ich Gebrauch machen werde, wenn ich aus Madigan rauskomme. Falls ich hier jemals rauskomme und dies nicht das Äquivalent von Zyklon B ist, das in meine Suite gepumpt wird …

Der Rest des Nachmittags vergeht, das Abendessen kommt pünktlich, ich esse und sterbe nicht. Kein Giftgas, kein schnelles und schmutziges Ende. Das Fenster bleibt geschlossen. Ein weiterer Tag vergeht. Und noch einer.

In meinem Innern summt es. Ich kenne das Gefühl. Etwas Schreckliches bahnt sich an. Ich stehe an der

Gabelung zweier Zukunftsperspektiven. In einer bin ich tot, und in der anderen möchte ich am liebsten tot sein. Entweder hinüber oder am Arsch.

Für einen Skyrine ist es erstaunlich genug, eine Wahl zu haben.

# Schnapp und weg

Ich habe einen leichten Schlaf, wenn ich überhaupt schlafe. Stunden später weckt mich etwas aus einem warmen Dösen. Es ist vier Uhr morgens, wie mir die Bettuhr mitteilt. Die Tür seufzt und klickt.

Nicht die Fensterläden.

*Die Stahltür.*

Ich greife zwischen Matratze und Bettrahmen, fühle meine Waffe – ein verdrehtes Handtuch, an einem Ende mit Schrauben und Bolzen gefüllt –, schlinge sie mir ums Handgelenk und halte das beschwerte Ende bereit, als ich durch die Schlafzimmertür husche und vor dem Lesestuhl in die Hocke gehe. Ich schwinge das Handtuch mit dem Metall darin, und plötzlich geht das Licht an. Ich blinzele und drehe mich auf einem Knie. Adrenalin lässt mich vibrieren. Eine große Brünette steht dort, in einen grünen Fliegeranzug gekleidet. Sie sieht mich an, beobachtet das Handtuch mit den Schrauben, richtet den Blick dann erneut auf mich. Auch meine Augen vibrieren; ich kann kaum Einzelheiten erkennen.

»Sie scheinen ein recht nervöser Bursche zu sein«, sagt sie.

Ich hebe meine Waffe.

»Behalten Sie das Ding, wenn es Sie glücklich macht.« Sie deutet durch die stählerne Tür. »Bereit, diesen Ort zu verlassen?«

Ich bleibe hocken und versuche zu verstehen, was hier abgeht.

Die Brünette presst kurz die Lippen zusammen. »Das Bedienpersonal hat befohlen, Sie zu töten. Ich bin Ihre einzige Hoffnung.«

Meine Schultern sacken. Ich lasse das Handtuch sinken. »Lieber Himmel!« Ich muss lachen. »›Komm mit, wenn du leben willst.‹«

»Genau«, sagt sie. Ihre Grübchen verschwinden. »Kommen Sie?«

»Verdammt, ja. Wohin?«

»Bin mir nicht sicher.«

»Und wem habe ich dies zu verdanken?«

»Mir.«

»Und Sie sind …?«

»Commander Frances Borden, U. S. Navy, Joint-Sky-Forschungszentrum, Mountain View, Kalifornien.« Sie klopfte auf ihre Uhr. »Uns bleiben etwa zehn Minuten. Ziehen Sie sich an.«

Ich nehme meine Klamotten vom Tisch, ziehe den Pyjama aus, steige in Hemd und Hose und stopfe das Handtuch mit den Schrauben in die Hosentasche.

»Keine Jacke?«, fragt die Brünette.

Ich zucke die Schultern.

»Na schön.«

Ich bin mehr als nur ein bisschen skeptisch, als ich einen Fuß vor den anderen setze und ihr durch die offene Stahltür folge. Niemand befindet sich in dem großen Raum außerhalb des Käfigs aus schwarzen Gitterstäben, der die Suite umgibt. Niemand bewacht die Schleuse, die niedrigeren Luftdruck auf dieser Seite bewahrt. Erst jetzt sehe ich den ganzen Kram, der dazu bestimmt war, mich isoliert zu halten, und es ist kaum zu glauben, dass ein Navy-Offizier dafür gesorgt haben kann, dass alle Leute einfach verschwinden. Doch nichts und niemand hält uns auf. Keine Wächter. Kein Alarm. Niemand scheint sich für mein Entkommen zu interessieren. Seltsam, sogar ein bisschen gruselig, um ehrlich zu sein. Aber es ist eine *Veränderung*, und nach 124 Tagen in der Isolation kommt mir jede Abwechslung *sehr* gelegen.

»Hier entlang, Venn!«, ruft Borden, als ich zurückbleibe, gefangen in dem Drama, wie wichtig und gefährlich ich bin. »Uns bleiben noch fünf Minuten, bevor hier alles verrammelt wird.«

»Woher wissen Sie von mir?«, frage ich.

»Ein Colonel Schneider, der Bücher aus der Skybase-Bibliothek liefert, hat einen kleinen Zylinder von Ihnen bekommen und ihn mir gegeben. Das Labor hat ihn untersucht und weitergeschickt.«

»Was befand sich in dem Zylinder?«, frage ich.

»Ein kleines Manuskript und eine Metallscheibe. Eine Münze.«

»Haben Sie das Manuskript gelesen?«

»Nein.«

»Hat man Joe erreicht?«, frage ich.

»Woher zum Teufel soll ich das wissen?«, erwidert sie.

Wir laufen an einer Rezeption vorbei und verlassen das Isolationsgebäude durch eine doppelte Glastür. Natürlich blicke ich zurück. Es sieht aus wie ein riesiger Flugzeughangar, groß genug für Hunderte von Suiten.

Borden packt mich an der Schulter und deutet auf einen elektrischen Skell-Jeep in einer roten Zone der Zufahrt. Keine anderen Fahrzeuge. Nicht einmal *geparkte.* Wie ein Traum.

Ich bleibe stehen, die Hände an den Seiten. Erst jetzt greife ich in die Hosentasche, hole das Handtuch hervor, meine Waffe, und lasse es fallen. Die Schrauben rasseln auf dem Beton. Nichts ergibt auch nur ansatzweise Sinn. »Wer zum Geier sind Sie, Teuerste? Und was soll das werden, ein Blind Date?«

Borden klettert halb auf den Fahrersitz. Ihr Blick wird steinern. »Ich bin jemand, der Ihnen hilft«, faucht sie. »*Und* ich bin Ihr vorgesetzter Offizier. Vergessen Sie das nicht.«

Ich möchte ihr mit einem Lächeln meine Kooperationsbereitschaft zeigen, doch ihr Gesichtsausdruck teilt mir mit, dass das keine gute Idee gewesen wäre. »Bitte um Entschuldigung und Nachsicht.«

Sie hebt den Blick. »Steigen Sie einfach nur *ein.*«

Wir fahren unter dem frühen Morgenhimmel. Es ist leicht bewölkt, hier und dort zeigen sich Sterne, die

Mondsichel liegt hinter Wolkenschleiern. Die ganze Basis scheint verlassen zu sein. Borden steuert den Skell diagonal über die McChord-Landebahnen, über Gras und Kies, zwischen langen Reihen blauer Lichter hindurch. Der Himmel bleibt still und unbewegt; nichts kommt oder geht.

»Warum keine Flugzeuge, keine Schiffe?«, frage ich im Rauschen des Winds.

»Aufgehobene Quarantäne«, sagt Borden. »Hereinkommende Waffenladung. Whiteman Sampler.«

»Whiteman Sampler« war ein legendärer Zwischenfall, der sich vor zehn Jahren ereignet hatte. Ein ganzes Schiff, eine Kröte mit abgebauter Materie für die Whiteman Air Force Base in Missouri, war versehentlich nach Lewis-McChord umgeleitet worden. Und hätte fast ganz Nordwestpazifik kontaminiert.

»Im Ernst?«

»Sie haben die Wahl«, sagt Borden. »Ich weiß es nicht. Man hat mir nichts verraten.«

Ich sehe auf, hole unbewusst tief Luft … und halte den Atem an. Wir sind nicht zu einem der langen Streifen unterwegs, wo Kröten landen, sondern zu einer Ansammlung von fünf Kreisen bei einer kürzeren Rollbahn.

Borden streckt eine Hand aus und packt mein Kinn. »Atmen Sie!«

Ich öffne den Mund und atme.

»Es wird knapp«, sagt sie.

Der Skell summt dem nördlichsten Kreis entgegen,

wo ich einen dunkelgrauen massigen Schemen entdecke. Es ist eine Bell-Valor, ein altes Kipprotor-Flugzeug, das heute nur noch für die Ausbildung verwendet wird. Als wir uns ihm nähern, erwachen die großen schwarzen Propeller stotternd zu brummendem Leben. Borden schaltet den Motor des Skell aus, tritt auf die Bremse und springt hinaus, noch bevor wir stehen.

»Los! Los!«, ruft sie. Ich springe ebenfalls und folge ihr, aber nicht zu dicht. Wir laufen zur herabkommenden Heckrampe der großen Maschine.

»Bringen Sie mich zu Joe?«, frage ich.

Sie wirft mir einen schnellen Blick zu. Wir steigen die Rampe hoch. Palmblätter liegen auf dem Boden, zusammen mit Dreck, in dem sich Stiefel- und Reifenspuren zeigen. Vielleicht kommt die Valor aus Kalifornien. Oder sie ist von Pendleton hergeflogen. Wir stapfen über den ganzen Kram hinweg, zwängen uns nach vorn und nehmen unsere Plätze ein. Das ganze Flugzeug vibriert, die Kabine erbebt, es fühlt sich alles andere als sicher an. Hinter uns hebt sich die Rampe mit einem Brummen. Auch sie zittert, und sie ist langsam.

Ich schnalle mich an. »Hier stinkt was!«, rufe ich, um das Donnern der Motoren zu übertönen. »Sie könnten diese Show nicht abziehen, ohne dass jemand ordentlich an den Strippen zieht. Aber ich sehe nur Verzweiflung.«

Borden blickt zur Seite. Sie sieht mich nicht gern direkt an. Hat sie Angst vor mir? »Kluger Junge«, kommentiert sie.

Vom Flugdeck und dem Kopilotensitz wendet sich uns ein von rotem Licht erhelltes Profil zu. Es sieht uns an, ruhig und kühn. Hohe Stirn. Pakistaner oder Inder. Der Typ, der mir all die Fragen gestellt hat.

Der Obermacker.

Ich springe auf ihn zu. Borden hält mich zurück. »Er ist der Grund, warum Sie hier sind!«, ruft sie. »Derzeit ist er Ihr bester Freund.«

Mein Peiniger blinzelt gelassen.

»Ich kenne nicht einmal seinen verdammten Namen!«

»Er heißt Kumar«, sagt Borden.

Ich neige den Kopf nach hinten, an die Kopfstütze. »Scheiße und verfutscht, wenn Sie gestatten, Ma'am. Geben Sie mir wenigstens *ein paar* Informationen! Wohin bringen Sie mich?«

Borden schüttelt den Kopf. »Weg«, sagt sie.

Die Valor hebt ab, gerade so. Meinem Magen gefällt es gar nicht, im wahrsten Sinne des Wortes in der Luft zu hängen. Dann wird das Brummen der Motoren noch lauter, die Rotoren kippen nach vorn, und wir *fliegen*, wir schweben langsam über das Rollfeld, werden schneller und steigen höher. Es geht über Ackerland hinweg, über Straßen und Berge, über einen großen, geisterhaft vergletscherten Vulkan, als hätte Gott ein Hörnchen fallen lassen …

Die ganze schöne Welt, weit offen.

Trotz allem habe ich ein irres Grinsen auf dem Gesicht. Weg zu sein … Das ist gut. Es ist sogar verfutscht super.

Eine Stunde in der Luft. Ich schaffe ein kleines Nickerchen. Als mich Turbulenzen wecken, setze ich mich auf und blicke aus dem kleinen Fenster neben mir. Noch mehr Ackerland und felsige Anhöhen, golden im Licht der Morgensonne. Der Schlaf hat meine Stimmung verbessert, wenn auch nicht meine Perspektive. Ich sehe Borden an. Sie ist in sich zusammengesackt und schläft ebenfalls. Die Bell-Valor erbebt erneut und fliegt eine weitere Kurve, wodurch das Sonnenlicht Bordens Gesicht trifft. Sie erwacht wie ein erschrockenes Reh und reibt sich die Augen.

»Guten Morgen«, sage ich.

»Kaffee und Zeitung?«, murmelt sie.

»Ich läute nach dem Butler.«

Sie belohnt mich mit einem matten Lächeln. Sie mag einen höheren Rang bekleiden als ich, aber sie ist auch die einzige Frau, die ich seit Monaten gesehen habe, und außerdem ist sie attraktiv. Kumar, wenn er wirklich so heißt, dreht sich um. Seine dunklen Augen mustern uns, und dann sagt er: »Wenn es keine Schwierigkeiten gibt, bringen wir Sie nach Oklahoma. Dort wechseln wir das Transportmittel, und anschließend geht es weiter nach Südtexas.«

Ich beuge mich vor und frage lauter als unbedingt nötig: »Wann bekomme ich Gelegenheit, Sie grün und blau zu prügeln, Sir?«

Kumar bleibt gelassen. »Ich schätze, da muss ich Sie enttäuschen. Ich stehe weit außerhalb Ihrer Befehlskette.«

»Bedienpersonal?«

»Nicht mehr«, sagt Kumar.

Borden beugt sich zu mir. »Sie sollten ihn streicheln, nicht schlagen. Er könnte Ihnen noch den einen oder anderen Gefallen tun.«

In Kumars Mundwinkeln zuckt ein Lächeln. »Ich entschuldige mich, wenn Sie Wert darauf legen«, sagt er und wiederholt sein langsames Blinzeln. Ich denke nach. Erstaunlich, wie Gefühle, die man tief verankert glaubt, verschwinden können, wenn man sie aus ihrem Kontext nimmt. Vielleicht nutze ich die Gelegenheit, ihn grün und blau zu prügeln, wenn sie sich mir bietet, aber zunächst einmal lockere ich die Schultermuskeln und löse den Todesgriff meiner Hände um die Armlehnen des Sitzes. Mich aus Madigan herauszuholen könnte Entschuldigung genug sein. Alle an Bord dieses Flugzeugs gehen ein hohes Risiko ein.

»Eigentlich nicht nötig«, sage ich. »Was erwartet uns in Texas?«

»Blue Origin Skyport.«

»Fünfzehn Minuten«, verkündet der Pilot.

Ich lehne mich zurück und sehe Borden an. »Was ist dort draußen los? Ich bin monatelang eingesperrt gewesen.«

»Nichts, wovon Sie hören möchten«, sagt Borden.

»Lassen Sie mich das beurteilen. Erzählen Sie's mir.«

»Alle sind glücklich«, sagt Borden. »Die Wirtschaft brummt. Kaum jemand beklagt sich.«

»Die Gurus haben uns darum gebeten, eine neue Religion anzubieten«, sagt Kumar. »Sie ist recht populär.«

Borden scheint dieses Gespräch nicht für unbedingt nötig zu halten.

»Sie ist gar nicht übel«, fügt Kumar hinzu. »Vereinigend, sozusagen.«

»Die Gurus wollen Götter sein?«, frage ich.

»Nein. Sie bestehen darauf, dass die Anhänger der neuen Religion alle anderen Religionen respektieren. Keine Vorurteile. Jeder soll die freie Wahl haben. Alle sind gleichgestellt.«

»Und?« Mein Blick wandert zwischen Kumar und Borden hin und her. »Wie kann das schlecht sein?«

»Wir sollen das *Elektron* verehren«, sagt Kumar. »Offenbar sind alle Elektronen gleich, sie tauschen sich nur im Universum aus, damit das Eine Universelle Elektron alles sieht und alles weiß, überall und in allen Zeiten. Voilà. Schon ist es ein Gott.«

»Gott ist ein Minus«, sagt Borden.

»Gott ist eine unbestimmte Wolke, mal eine Welle, mal ein Partikel«, fügt Kumar hinzu, der sich für das Thema zu erwärmen scheint. »Vor allem den Physikern gefällt diese Vorstellung.«

»Na so was«, sage ich. »Hätte ich nicht gedacht. Haben die Gurus noch immer was dagegen, dass wir ›Fuck‹ und ›verfickt‹ sagen oder auf andere Art und Weise Sex gegenüber respektlos sind?«

»Ja«, bestätigt Kumar.

»Also hüten Sie Ihre Zunge«, sagt Borden mit neutral-ernster Miene.

»Joe kannte eine Geschichte über das *Fuck*«, sage ich.

»Später«, sagt Borden.

Nach einigen Minuten wendet sich Kumar an Borden. »Wird Zeit, mit Wallops Island zu reden. Bevor wir landen. Könnte unsere Situation ein wenig klären.«

Borden dreht sich auf ihrem Sitz. Ich sehe in ihre Blickrichtung, zum Fenster auf der anderen Seite, was sie veranlasst, erneut mein Kinn zu ergreifen und meinen Kopf zu drehen. »Was wissen Sie über die Siliziumpest?«

Ich mag es, berührt zu werden. Nicht auf diese Weise, aber es ist besser als nichts. Ich schlucke. »Ist das der Name?«

»Einer von mehreren. Beantworten Sie meine Frage.«

»Klingt nach etwas, das mit einigen unserer Skyrines geschehen ist, als sie versuchten, Sprengladungen im Drifter auszulegen, in der Kirche. Sie wurden hart und dunkel, reglos – aber mit Lichtern in ihrem Innern. Doch dann gingen die Lichter aus. Sie starben, schätze ich.«

*Oder vielleicht auch nicht.*

»Könnte es eine Art Verteidigungsmechanismus gewesen sein?«, fragt Kumar.

»Das dachten wir«, sage ich. Es gefällt mir nicht, an diesen Mist zu denken und an noch seltsameren Mist erinnert zu werden. Dann kapiere ich. Die Ärzte haben immer wieder gefragt, ob ich von jemandem wüsste, der Proben vom Drifter mitgebracht hat. »Wallops Island ist infiziert?«, frage ich und sehe sie beide an.

Borden senkt das Kinn. »Tausende von Quadratkilometern stehen unter Quarantäne. Keine Flüge, kein Zugang, eine Absperrung im Umkreis von achtzig Kilometern um die ganze Anlage. Tiere, die das Gebiet verlassen, werden erschossen und eingesammelt, aber in Hinsicht auf Insekten, den Ozean und den Staub in der Luft lässt sich nicht viel machen. Die Verantwortlichen sind sehr besorgt.«

Das war's dann wohl mit meinem Apartment in Virginia Beach.

»Was ist passiert?«

»Jemand auf dem Mars packte ein Stück von dem schwarzen Kram ein und brachte es hierher. Jemand anderer untersuchte es auf seine Möglichkeiten. Ziemlich starkes Zeug. Jetzt sind alle im Panikmodus. Deshalb dürfte man beschlossen haben, Sie hinzurichten.« Borden blickt zu Kumar, der nickt – sie darf mir mehr erzählen. »Man spricht von ›Glaswerden‹. Sky Defense hat für das laufende Halbjahr alle Flüge zum Mars und alle Absprünge gestrichen. Es finden keine offensiven oder defensiven Aktionen mehr statt.«

»Was ist mit den Antags?«, frage ich.

»Verhalten sich ruhig«, sagt Borden. »Davon abgesehen … wer weiß? Jedenfalls, die Frage, die Sie stellen sollten, lautet: Wie weit wird dieser ganze Unfug gehen?«

»Das mit dem Glaswerden?«

»Nein. Die Hinrichtung von Leuten, die vor kurzer Zeit auf dem Mars gewesen sind. Es ist ein ziemlicher Riss entstanden zwischen dem Bedienpersonal und Sky Defense. Das ist einer der Gründe, warum wir Sie da rausgeholt haben.«

»Ich hatte einmal den Befehl über die Vierte Abteilung«, sagt Kumar. »Die Vierte Abteilung handelte gegen den ausdrücklichen Befehl der Ersten Abteilung und ordnete Ihre Freilassung an.«

»Gut«, sage ich, nur um mich kooperativ zu zeigen. Ich habe noch nie etwas von der Vierten, der Ersten oder irgendeiner anderen Abteilung gehört.

Kumar überhört meine Antwort und blickt nach vorn.

Die Rotoren kippen für die Landung in die Horizontale, und es kommt wieder zu starken Vibrationen. In meinem Kopf geht es zu wie beim drogeninduzierten Nach-dem-Sprung-Enthusiasmus. Ich denke an Joe und DJ, an Kazak, Tak, Wee-Def und all die anderen, unter ihnen Captain Coyle und ihr Team. Wir alle sind im Drifter gewesen … Ich habe mir dort Sorgen wegen des grünen Pulvers gemacht. Ohne groß an den glänzenden schwarzen Kram zu denken. Manchmal kann ich verdammt schwer von Begriff sein.

»Landung in zwei Minuten«, kündigt der Pilot an. »Die Bodencrew möchte einen schnellen Transfer. Die Leute sind bewaffnet und nervös. Ihr solltet euch besser sputen.«

Borden schnallt sich an. »Meiner bescheidenen Meinung nach hätten Sie sich inzwischen in Glas verwandelt, wenn Sie kontaminiert wären, stimmt's?«

»Klar«, sage ich. Aber ich weiß es nicht. Ich habe keine Ahnung, bin unrasiert, trage zerknitterte zivile Kleidung … Ich könnte ein paranoider Obdachloser sein, der durch die Straßen von Irgendwo, USA, wandert.

Die Bell-Valor springt und kippt ein wenig zur Seite, setzt dann auf. Sofort werden wir von anonymen Gestalten in orangeroten Schutzanzügen umringt. Drei große grüne Oshkosh-Feuerwehrwagen stehen in der Nähe, die Schaumkanonen bereit. Was sie damit zu erreichen hoffen, ist mir schleierhaft. Im Schatten der Rotoren laufen wir zu einem Skell: Borden, Kumar und ich. Borden rät mir von plötzlichen Bewegungen ab. »Die Typen blasen uns von der Rollbahn, wenn Sie auch nur schielen.«

»Verstanden.«

Es kommt zu keinen Zwischenfällen. Wir bringen die kurze Strecke hinter uns, ohne dass jemand schießt, und steigen ein. Borden fährt. Ich beobachte, wie uns die nervösen Leute durch ihren Kordon lassen. In den Augen hinter den Visieren glaube ich Furcht und sogar Hass zu erkennen.

Ein seltsamer Ausdruck erscheint in Kumars glattem Gesicht. »Wird's interessant, Master Sergeant?«

»Ja, Sir.«

»So mögen es die Gurus. Sie mögen es *interessant*.«

Unser nächstes Transportmittel ist ein flacher Privatjet, der aussieht wie ein Mantarochen mit einer Flosse auf dem Kopf. Auf dem Rumpf darunter steht *Blue Origin Texas*. Wir gehen durch die Heckluke an Bord und nehmen vorn in bequemen roten Ledersesseln Platz, vor breiten Fenstern, die einen Blick in Flugrichtung gestatten und von außen nicht zu sehen waren. Die bequemen Sessel legen sich um unsere Beine und die Seiten und stützen den Nacken. Die weiche Stimme einer Frau teilt uns mit, dass wir in weniger als vierzig Minuten in Texas sein werden. Kling zu schön, um wahr zu sein.

Die Heckluke schließt sich, der Jet rollt auf die Startbahn, und wenige Momente später befinden wir uns in einem steilen Steigflug. Der Jet ist eine Drohne. Alles fühlt sich glatt und teuer an.

»Wir werden von einem Blue-Origin-Lifter abgeholt«, sagt Kumar.

»Warum keine ISD-Schiffe?«, frage ich.

»Falls Sie es noch nicht bemerkt haben sollten: Wir gehören nicht mehr zur Truppe«, sagt Borden.

»Unsere berufliche Laufbahn ist beendet, fürchte ich«, sagt Kumar. Er legt die Hände in den Schoß. »Aber wenn die Versprechen eingelöst werden, bekommen wir eine Passage in den niedrigen Orbit, und von dort geht's weiter zu einer Lagrange-Station, von wo aus wir die Reise – wenn wir *viel* Glück haben – mit einem sehr schnellen Shuttle fortsetzen.«

»Wohin?«

»Zuerst zum Mars«, sagt Borden.

Ich habe es von Anfang an gewusst, es in den Knochen gefühlt. Zurück zum Roten. Um Unerledigtes zu erledigen.

»Eine Gefälligkeit einiger sehr tapferer Firmenchefs«, fügt Kumar hinzu. »Außerdem helfen auch mehrere Senatoren und mehr als nur der eine oder andere General und Colonel.«

»Klingt nach einer großen Verschwörung«, sage ich.

Kumar zögert. »Sagen wir: Es gibt einige Leute, die gefährlich neugierig geworden sind.«

Ein kleiner, vanillefarbener Wagen rollt durch den Gang und bietet uns Kaffee und Saft an. Ich nehme Kaffee. Borden bestellt Orangensaft. Der Wagen serviert unsere Getränke in herrlicher Stille.

»Mr. Kumar hat Ihre Einschätzung, die ursprünglich dem Bedienpersonal übermittelt wurde, an den Chief of Naval Operations weitergeleitet«, sagt Borden, als wir an unseren Bechern nippen. »Ihr Psychodiagramm weist einige sehr interessante Beulen auf. Das Office of Naval Research hat mich beauftragt, diese Beulen genauer zu untersuchen.«

»Arlington?«

»Ja.«

»Zweifelt jemand an dem, was uns die Gurus erzählt haben?«

»Ziehen Sie Ihre eigenen Schlüsse.«

Ich hebe meine Tasse wie zu einem Trinkspruch.

»Die Gurus brauchen Sie, um herauszufinden, warum ich davon träume, ein Käfer zu sein.«

Borden schüttelt den Kopf. »Das geht über mein Mandat hinaus«, sagt sie. »Ich habe einen anderen Auftrag. Um ganz offen zu sein: Uns kam zu Ohren, dass Sie Besuch von Toten erhalten.«

Ich schweige einige Sekunden. »Walker Harris hat es Ihnen gesagt?«

»Ich kenne keinen Walker Harris«, sagt Kumar.

Daraus ergeben sich neue Fragen. Aber bevor ich sie stellen kann, sagt Borden: »Waren Ihre Erfahrungen informativ? Erschienen sie Ihnen real?«

Ich betrachte die hübschen Wolkenformationen. »Nein. Ja.«

»Können Sie mir sagen, wer zu Besuch kam?«

Ich habe plötzlich einen Kloß im Hals. »Captain Daniella Coyle.«

»Standen Coyle und Sie sich in beruflicher oder anderer Hinsicht nahe?«

»Vor Jahren sind wir beide in Hawthorne in eine Kneipenschlägerei verwickelt worden, einige Skyrine-Schwestern, Coyle und meine Ausbildungskumpel. Sie entschied sich für die Abteilung Sondereinsätze, und ich sah sie erst wieder, als sie mit ihrer Gruppe im Drifter eintraf, mit Sprengladungen aus abgebauter Materie.«

»Genug, um den Drifter zu zerstören.«

»Mehr als genug.«

»Verwandelte sie sich in Glas? Beschreiben Sie es mir noch einmal.«

Widerstrebend und mit verkrampften Händen schildere ich die letzten Momente von Coyles Verwandlung im Herzen des Drifters, der Kirche, in der Präsenz der weit aufragenden kristallenen Säule. Ich erzähle, wie sie zu erblühen schien, wie die seltsamen Lichter – Glühwürmchen in der Nacht – in ihr tanzten. »Anschließend hatten wir anderen es eilig, jenen Ort zu verlassen.«

»Verständlich. Sind Sie sicher, dass Captain Coyle tot war?«

»Ich bin mir bei nichts sicher.«

Bordens Gesichtsausdruck bleibt kühl und fest, aber wie sie die Augen bewegt, wie ihr Blick mich erst verlässt und dann zurückkehrt – damit verrät sie etwas. Psychobewertungen sind Standard bei Skyrines. Flüge zum Mars und zurück kosten einen Haufen Geld, und die hohen Tiere wollen nicht, dass Leute mit einem Dachschaden den Erfolg eines Sprungs gefährden.

»Ich habe einmal an einem Transfer teilgenommen, bei dem ein Skyrine im Orbit ausrastete, bei der Säuberung«, sage ich. »Er kam schreiend aus dem Kosmolin und begann dann, wie ein kleines Kind zu flennen. Wir erfuhren nicht, was die Sanitäter mit ihm machten.«

»Ich glaube, darum geht es hier nicht«, sagt Borden.

Ich rutsche in meinem Sitz zur Seite. »Ja, aber was *haben* sie mit ihm gemacht? Ich habe nie danach gefragt. Vielleicht wollte ich es gar nicht wissen.«

»Erzählen Sie mir, was nach Ihrer Rückkehr geschah, nachdem man Sie ins Madigan Hospital brachte. Ohne Abschweifungen. Offen und unverblümt.«

Es ist so weit. Hier könnte alles enden. »Und wenn ich die Prüfung nicht bestehe … Schickt mich Kumar dann zurück ins Loch?«

»Haben Sie nie zuvor Visionen gehabt? Kontakt mit Geistern und dergleichen?«

»Nicht direkt. Ich hatte Träume, ja, aber nichts Reales.«

Borden will nichts von Träumen hören. »Sagen Sie mir, was geschah, als Captain Coyle Sie besuchte.«

»Es ist ziemlich verfickt. Entschuldigung. Ich meine, es ist verrückt.«

»Überlassen Sie es mir, das zu beurteilen.«

Vielleicht beobachten die Gurus alle auf der Erde, und vielleicht tragen sie ihre Beobachtungen in kleine Guru-Diagramme ein. Vielleicht ist es sinnlos, Zurückhaltung zu üben. Ich entscheide mich, alles auf den Tisch zu legen. »Ich denke, Coyle hat versucht, mir etwas mitzuteilen. Ich denke, sie wollte wichtige Informationen übermitteln.«

»Konnten Sie sie sehen?«

»Ich konnte sie *fühlen*.«

»Wie?«

»Na ja, eine leise, fürsorgliche Stimme weckte mich mitten in der Nacht und sagte: ›Captain Coyle ist *hier*.‹ Sie schien überrascht zu sein, die Stimme.«

»Eine fürsorgliche Stimme … Kampf-Engel?«

»Was auch immer. Ich und diese Stimme, wir sind

nicht daran gewöhnt, dass Tote in unserem Kopf erscheinen. In meinem Kopf.«

»Und dann?«

»Ich habe sie *gefühlt* und wusste, dass sie es war, oder ein Traum von ihr – aber sie fühlte sich sehr real an. Als sie zu sprechen versuchte, erschien eine Art Sprechblase mit Gekritzel drin. Wie die Windzeichen überall auf dem Mars …« Dabei sträuben sich mir die Nackenhaare. Ich richte einen durchdringenden Blick auf Borden. »Einige Tage später konnte ich verstehen, was sie sagte. Richtig nervtötend. Aber was bedeutet es *Ihnen*? Warum interessieren Sie sich für etwas so Verrücktes?«

»Corporal Dan Johnson berichtet vom gleichen Phänomen.«

Es geschieht zum ersten Mal, dass Borden DJ erwähnt. »Er lebt?«, frage ich.

»Das hat man mir mitgeteilt«, sagt Borden.

»Captain Coyle besucht auch ihn?« Coyle hat mir gesagt, dass sie ihn mehr mag. Manchmal fällt es mir schwer, zwei und zwei zusammenzuzählen.

Borden nickt. »Niemand hat Antworten, aber es könnte Teil eines Musters sein.«

»Träumen meine Kumpel davon, Käfer zu sein?«

»Einige von ihnen, etwas in der Art«, sagt Kumar.

»Donnerwetter«, sage ich.

»*Donnerwetter*«, wiederholt Borden. Sie blickt aus dem kleinen Fenster und neigt den Kopf, um besser zu sehen.

»Mehr Klarheit wäre uns allen recht«, sage ich.

Borden nickt. »Ja.«

Wenn ich entscheiden müsste … Ich würde mich wegen Unzurechnungsfähigkeit ausmustern. »Vielleicht sollten wir die Gurus fragen. Walker Harris hat mir erzählt, dass die Gurus solche Dinge in ihrer Metaphysik zulassen.«

»Wie gesagt, ich kenne keinen Walker Harris«, erwidert Kumar.

»Er behauptete, zum Bedienpersonal zu gehören«, sage ich.

»Ich bin der einzige Angehörige des Bedienpersonals, von dem Sie Besuch erhalten haben«, sagt Kumar.

»So stellte er sich vor. Und er meinte, ich sei gesund und sicher.«

»Kurz bevor der Befehl zu Ihrer Hinrichtung erging«, sagt Borden.

Einige Minuten später erreichen wir einen langen braunen Streifen ehemaliger Prärie. Die Sonne steht hoch am Himmel, und am Horizont zeigen sich die Wattetupfer einiger Wolken. Der Jet landet auf einer langen Rollbahn und steuert dann ein kleines Terminal an. Wir steigen hinten aus. Nach der Kühle im Flugzeug trifft uns die Luft von Texas wie ein Hammer. Hitze steigt in flimmernden Wellen vom Beton auf.

Einige Kilometer weiter im Norden, neben mehreren Hangars und Treibstoffdepots, ragen schwere Lifter auf, wie die Säulen eines Tempels, dem das Dach fehlt.

»Mit einem von ihnen geht es für uns weiter«, sagt Kumar.

Ein kleiner blauer Bus holt uns ab. »Entschuldigt die Hitze, Leute«, sagt der Bus. Wieder kein Fahrer. »Bitte steigt ein! Drinnen ist es kühl.« Weit und breit sind außer uns keine Menschen in Sicht. Der ganze Raumhafen scheint automatisiert zu sein, zumindest für diesen Start. Borden lässt mir den Vortritt, und ich erreiche als Erster das klimatisierte Innere des Busses. Ich sinke auf einen Sitz, sehe mich um und habe noch immer das Gefühl, fehl am Platz, irgendwie von allem getrennt zu sein …

Ein Murmeln erreicht mich von draußen. Kumar berät sich mit Borden. Ich kann nicht hören, was sie sagen. Sie wirken ernst. Es ist mir gleichgültig. Ich schwebe in gewisser Weise; eine beunruhigende Leichtigkeit hat mich erfasst.

»Alles klar bei dir, Käfer?«, frage ich mein inneres Krustentier.

»Ja«, antworte ich für die sublimierte Präsenz. »Säule aus Feuer, dann Orbit, und danach … Wir kehren heim, nicht wahr?« Ich habe keine Ahnung, wie wahr das sein wird, und wie bald. »Was meinst du, Käfer? Bin ich fit genug für *irgendeine* Art von Dienst?«

Kumar und Borden beenden ihr Gespräch und kommen zu mir in den Bus.

# Oh, das Kosmolin

Die kompakte Passagierkabine des Blue-Origin-Lifters – wir erreichen sie mithilfe der Hebebühne eines anderen Fahrzeugs – ist sauber und bequem. Kumar sieht zu uns herein und beobachtet, wie Borden und ich uns anschnallen. Dann klettert er, ein wenig unbeholfen, hinter uns, wobei sein Knie nur knapp meine Nase verfehlt.

»Es ist ein paar Jahre her, seit ich zum letzten Mal durchs Vak geflogen bin«, vertraut er uns an.

Es ist zu warm in der Kabine. Geräusche kommen von unten: Es knackt und scheppert, in einem Bottich scheint es zu blubbern, und es klingt, als stießen Eiswürfel gegeneinander. Alles chemisch. Wasserstoff und flüssiger Sauerstoff. Althergebracht. Geringe Verschmutzung. Wir lassen eine Dampfwolke unter uns zurück, wenn wir gen Himmel reiten.

Der Flug mit einer Doppeleikröte, wie wir sie nennen, ist anders: übers Rollfeld, sanftes Abheben, dann nach oben und ... *wromm*! Startraketen mit abgebauter Materie bringen uns mit 8 g Beschleunigung innerhalb weniger Minuten in die Umlaufbahn. Jede Menge

Guru-Technik. Aber hier … keine abgebaute Materie, keine reionisierende Druckwelle, keine akustischen Dämpfer. Alles rein menschlich. Frühes einundzwanzigstes Jahrhundert. Wir hatten von einigen zivilen Startzentren gehört, die der Guru-Technik aus irgendeinem Grund ablehnend gegenüberstanden. Bei unseren Einsatzbesprechungen wurde nie auf dieses Thema eingegangen – ebenso wenig erhielten wir Informationen über die Muskis. Es geht uns nichts an. Wenn irgendwelche Gesellschaften Mauerblümchen bei der Guru-Party sein wollen, so ist das ihre Entscheidung, auf die sie ein Recht haben. Die Gurus beklagen sich nicht, und abgesehen von ihnen *sollte* sich niemand beklagen. Überleben der Schnellsten, klar? Aber hier gibt es zwanzig oder mehr Blue-Origin-Lifter, offenbar alle in einem guten Zustand, was bedeutet, dass Geld mit ihnen verdient wird. Jemand überlebt außerhalb der Party. Ich finde das beruhigend.

Licht geht an und umgibt einen großen Touchscreen. Eine weitere sanfte, freundliche Stimme weist uns ein. Einer Seitentasche der Armlehnen meines Sessels entnehme ich eine Brille für eine externe 3-D-Ansicht. Borden lässt ihre in der Tasche. Kumar hinter uns trägt seine und lächelt. Er sieht aus wie ein verrückter Wissenschaftler.

Das Fahrzeug mit der Hebebühne entfernt sich. Die Luke schließt sich, und kühle Luft strömt in die Kabine. Ich warte darauf, dass die Geräusche unter uns zu einer musikalischen Routine werden. Einige Sekunden später hört das Knacken und Gurgeln auf. Fast sofort vernehmen wir ein dünnes Heulen – Pumpen, nehme ich an –, gefolgt von einem dumpfen Grollen, das in unseren Eingeweiden vibriert. Die Kerze ist angezündet! Ein wildes, animalisches Donnern umhüllt uns, wird immer lauter, zu einer akustischen Urgewalt.

Wir werden in die Sitze gedrückt, und in vier glatten Schüben schrumpft Texas unter uns, bis es durch die heiße blaue und orangefarbene Korona des chemischen Schubs kaum mehr zu sehen ist. Der Himmel wird schwarz. Ich mag diesen altmodischen Kram – es geht schnell, und es ist richtig was los.

Aber als der Schub aufhört und wir schwerelos sind, entscheidet Borden, dass ihr so richtig schlecht ist. Kumar beugt sich vor und hält eine extra für diesen Zweck geschaffene Maskentasse Borden aufs Gesicht, bevor sie sich übergibt.

Bei mir ist alles in Ordnung. Ich fühle mich überlegen und bin zufrieden, für etwa fünf Minuten. Dann würge ich ebenfalls, und zwar eine ganze Stunde lang. Ich hab's zur Hälfte hinter mir, als es bei Borden erneut losgeht. Menschen gehören nicht in die Schwerelosigkeit. Deshalb liegen Skyrines während der langen Flüge zum Mars und zurück in Kosmolin.

# Tag Eins

Mit den Brillen ist es zu sehen: Unser Lifter erreicht die Umlaufbahn in einer Höhe von etwa dreihundert Kilometern. Kurze Zeit später erbebt er, und das Knacken und Klacken wiederholt sich. Die freundliche Stimme teilt uns mit, dass wir jetzt mit einem transorbitalen Booster verbunden sind. Gereiztheit hat Bordens Übelkeit abgelöst. Wir sagen nicht viel. Eine sanftere Beschleunigung drückt uns in die Sitze. Das Gewicht fühlt sich gut an, ist aber nicht von langer Dauer. Nach zwanzig Minuten hört der Schub auf – wir haben Fluchtgeschwindigkeit erreicht. Mir dreht sich nicht erneut der Magen um. Durch das Fenster beobachte ich, wie wir uns von der Erde entfernen. Die Bewegung ist kaum wahrnehmbar.

»Was nun?«, frage ich.

»Sechs Stunden Transit«, sagt Kumar.

»Ich mag diesen altmodischen Kram«, sage ich.

»Bald werden Sie sich mehr wie zu Hause fühlen«, sagt Kumar.

Borden schließt die Augen und atmet tief durch.

»Welches ist unser nächstes Transportmittel?«

Niemand von ihnen will Details nennen. Vielleicht wissen sie es gar nicht. Kleine Schläuche kommen aus den Seiten der Kopfstützen. Ich sauge an meinem. Süße rötliche Flüssigkeit kommt daraus hervor. Kein Essen. Gut. Ich werde für eine ganze Weile keinen Hunger haben. Bordens Lider zucken wie im Schlaf. Sie ist blass.

»Probleme?«, frage ich.

»Nichts, worüber Sie etwas hören möchten«, sagt sie und stößt sauer auf.

»Stellen Sie mich auf die Probe.«

»Es ist zu verdammt warm hier drin!«

»Sollen wir versuchen, ein Fenster zu öffnen?«

Sie öffnet die Augen, starrt mich wild an und fummelt an ihrem Gurtschloss herum, das sich jedoch nicht öffnet. Was sie erst so richtig in Fahrt bringt. Ihre Hände zerren an den Gurten, dann am Hals, was mir Sorgen bereitet. Doch es gelingt ihr, sich zu entspannen. Ein weiterer tiefer Atemzug, diesmal von einem leisen Quieken begleitet.

»Genießen Sie den Moment«, sage ich, womit ich nicht grausam sein will. »Versuchen Sie es mit dem kleinen Schlauch.«

Sie steckt ihn sich zwischen die Lippen. Grübchen bilden sich in ihren Wangen.

»Das erste Mal?«, frage ich.

Sie zieht den Schlauch aus dem Mund. Etwas von der roten Flüssigkeit klebt auf ihrer Oberlippe, wie Wein. »Offensichtlich.«

»Haben Sie sich freiwillig gemeldet?«

»Ja.«

»Warum?«

»Die Gurus belügen uns seit dreizehn Jahren«, sagt sie.

»Die Gurus lügen?« Ich füge diesen Worten ein *Ts-ts* hinzu. Dennoch, die Bestätigung ist nicht angenehm.

»Über alles«, sagt Borden. »Ich habe die letzten vier Jahre damit verbracht, Beweise zu sammeln und die richtigen Leute zu überzeugen. Jetzt muss ich hier hoch und mir alles selbst ansehen.«

»Na ja, die Antags bringen uns gern um«, sage ich. »So viel stimmt.«

»Wie viele Antags haben *Sie* umgebracht, Master Sergeant?«, fragt Borden.

»Einige.«

»Hat die Art und Weise, wie sich der Konflikt entwickelte, immer einen Sinn ergeben?«

»Kein Krieg ergibt einen Sinn. Das sollten wir eigentlich aus der Geschichte gelernt haben.«

»Man hat in Sie investiert. Sie werden gut bezahlt.«

»Es könnte besser sein.« Ich plappere nur, damit sie spricht. Vielleicht erfahre ich dabei das eine oder andere, das ich eigentlich gar nicht erfahren soll.

»Wir stecken in einer samtenen Falle«, sagt Borden. »Wir kämpfen und sterben für eine Sache, man gibt uns Tand und Nippes dafür, und wir halten es für einen fairen Handel.«

»Warum dann den Drifter sprengen?«, frage ich.

Sie schüttelt den Kopf. Vielleicht hat sie schon zu viel gesagt.

»Geht es letztendlich darum?«, frage ich. »Enthält der Drifter etwas, von dem weder Gurus noch Antags wollen, dass wir es finden?«

Ein weiteres Kopfschütteln.

»Sie müssen doch irgendeinen Grund haben, meine Nähe zu suchen. Sie sind nicht verliebt, und mich im Unklaren zu lassen, dürfte kaum jemandem helfen, oder?«

Sie drückt die Lippen zusammen. Ich mache es ihr nicht leicht.

»Also?«

»Wenn mir alle Fakten bekannt wären, und wenn ich Beweise für das hätte, was ich wüsste, und wenn ich in allem einen Sinn erkennen könnte … Dann würde ich es Ihnen sagen. Aber was wir zusammengetragen haben, ist verrückter als ein Sack voller Spinnen, und doppelt so unangenehm auseinanderzupflücken.«

»Spinnen«, sage ich. »Haben Sie was gegen Krabbelbiester?«

Dafür bekomme ich ein mattes Lächeln. Borden entspannt sich ein wenig. »Sie haben nie gesagt, dass Sie davon geträumt haben, eine große Spinne zu sein.«

»Mehr ein großer Käfer oder eine Art Krabbe.«

»Was nicht ganz so gruselig ist«, sagt sie. »Glauben Sie, aus der Krustentierperspektive alles erkennen zu können?«

»Eigentlich nicht«, erwidere ich. »So seltsam und wichtig es auch sein mag: Alles bleibt erstaunlich vage.«

Borden ist jetzt ruhig und konzentriert. »Der Drifter. Die kristallene Säule. Das grüne Pulver. Ihre Träume … Captain Coyle.«

»Nicht nur Halluzinationen?«

»Wir glauben, es steckt mehr dahinter«, sagt Borden. »Und wir haben den CNO überzeugt.« Damit meint sie den Chief of Naval Operations, einen Vier-Sterne-Admiral. »Wir arbeiten am Marineminister. Als Nächster käme der Verteidigungsminister an die Reihe, aber er gehört zum Bedienpersonal.«

Mein Blick geht zu Kumar. »Eine härtere Nuss?«

»Die härteste«, sagt Kumar. »Auf der positiven Seite: Die Lamettahengste und drei Unterzeichnerstaaten scheinen auf unserer Seite zu sein, ebenso der Vizepräsident.«

»Der Präsident nicht?«

»Er könnte ins Boot geholt werden, wenn wir Beweise mitbringen«, sagt Kumar. »Dann ist er vielleicht bereit, die Anweisungen des Verteidigungsministers außer Kraft zu setzen.«

»Beweise … von wo? Vom Mars?«

Borden zeigt nach oben, zur Seite und bewegt die Schultern. Dann setzt sie die Brille auf und bedeutet mir, ihrem Beispiel zu folgen. »Bereit für etwas Spezielles?«

Ich setze die Brille auf, kann aber nicht viel erkennen. Instinktiv versuche ich, mich trotz der Gurte vorzubeugen, als wollte ich um die Ecke schauen. Die externen Kameras sind noch auf der Suche, und schließlich finden sie ihre Ziele. Unter uns, noch immer nur halb sichtbar, befindet sich eine Ansammlung großer Zylinder ohne besondere Merkmale. Es ist schwer, von unserer Position aus ihre Größe zu schätzen, aber ich nehme an, dass die Zylinder etwa vierhundert Meter lang und halb so dick sind. Größer als die Spaceframes, in die sie uns für den Transvakflug packen, aber ansonsten ähnlich beschaffen. Darüber – in Bezug auf meinen Hintern – wölbt sich die Erde, der Teil von ihr, für den nun die Nacht beginnt. Ich kann Südindien erkennen, Sri Lanka.

Die Lifter-Stimme verkündet, dass in fünf Minuten ein Passagiertransporter eintrifft und uns zu unserem nächsten Schiff bringen wird, sobald alle Vorbereitungen getroffen sind. Was ist damit gemeint? Vielleicht Boarding-Gebühren, das Ausdrucken von Tickets, Vorzeigen und Prüfen von Ausweisen?

Normalerweise drängen sich Skyrines in einer einfachen Sprungstation zusammen, wo wir von der Transitcrew sediert und in Röhren geschoben werden. Die Röhren werden anschließend in rotierenden Zylindern untergebracht, sogenannten Rotisserien. Nachdem alle an Bord sind, befestigt man die Rotisserien nach ihrer Nummer an den betreffenden Spaceframes, was darüber entscheidet, wie und wann wir aussteigen und abspringen. Bevor es dazu kommt, schlafen wir tief und traumlos bis zu unserer Ankunft. Manchmal wird es »warmer Schlaf« genannt.

Jetzt können wir erkennen, was sich auf der anderen Seite der Zylinder-Ansammlung befindet. Es ist etwas Neues, zumindest für mich, und der Anblick beschert mir eine seltsame Taubheit. Irgendwie fühle ich mich plötzlich wie im falschen Film.

»Was zum Teufel ist *das*?«, frage ich.

Borden schüttelt den Kopf.

Kumar beugt sich vor. »Manche nennen es Spuker. Vielleicht das hübscheste unserer neuen Spielzeuge.«

Spuker – toller Name; ich hasse ihn sofort – ist ein Bündel aus drei sehr langen weißen Röhren mit längs verlaufenden Platten oder Planen aus einem wie Perlmutt glänzenden Material. Tausende von Strängen, die wie Spinnenseide glitzern, verbinden die Planen mit den Zylindern und untereinander. Ob die Planen aus Materie oder Energie bestehen, ist nicht ersichtlich. Spuker scheint ein Schiff zu sein, mit einer Länge von über siebenhundert Metern von Bug bis Heck. Die Planen bewegen sich langsam, sie wogen wie ein Rock in einer leichten Brise.

Ich habe es schon einmal gesehen. Nicht ich selbst, sondern *Coylo*. Und sie hat dieses Schiff nicht nur gesehen, sie war auch an Bord. Keine Worte diesmal, aber sie teilt einen Blick mit mir: Ich sehe eine Reihe von Fußbällen, dort, wo man schläft, auf dem Weg nach …

Ich versuche verzweifelt, ihrem Input keine Beachtung zu schenken. »Womit fliegt es?«, frage ich. »Wie wird es angetrieben?«

»Das Schiff heißt *Lady of Yue*«, sagt Kumar. »Ich weiß nicht, was sie antreibt. Seit über fünf Jahren fliegt sie zum Saturn und zurück. Transportiert Soldaten und Ausrüstung.«

Offenbar hat die *Lady of Yue* auch Coyle transportiert. Was bedeutet, dass Coyle zum Titan geflogen ist. Warum zum Mars zurück? Warum sich nicht auszahlen lassen und als verdammter Held in den Ruhestand gehen? Ich frage mich, wann sie sich endlich dazu herablässt, mich in alles einzuweihen. »Fliegen wir mit der *Lady*?« Meine Stimme ist kaum mehr als ein Quieken. Von Coyle mal abgesehen: Ich kriege plötzlich das große Grausen.

»Nein«, sagt Kumar. »Diesmal nicht. Vielleicht bald.« Er lässt den Finger kreisen. Wir rotieren noch immer. Ein Schatten streicht über unser kleines Schiff, als sich etwas, das noch größer ist – *viel* größer –, zwischen uns und die Sonne schiebt. Kurz darauf sehen wir ein Objekt mindestens fünfmal so groß wie Spuker, und mit weitaus mehr Volumen. Man könnte es mit einer gewaltigen, silbrigen Version von Rubik's Cube vergleichen, wobei die einzelnen farbigen Flächen aufgebläht und voneinander getrennt sind. Zwischen ihnen glitzert mehr von dem silbrigen Kram. Das Würfelmonster hat eine Kantenlänge von viertausend Metern oder mehr.

Unsere Rotation hört auf, doch ein letztes Wackeln ermöglicht uns einen Blick auf die Seite des Würfels, wo es vielleicht zur Sache geht. Sie ist schwarz, keine Details zu erkennen – Schatten innerhalb von Schatten.

»Wie heißt dieses Schiff?«, frage ich.

»Einige nennen es ›Großer Kasten‹«, sagt Kumar. »Größer als die früheren Versionen, und speziell für die Sechste Abteilung. Ich weiß nur wenig darüber.«

»Erzählen Sie mir mehr über die Abteilungen.«

Kumar wendet sich ab und schweigt. Er sieht aus, als wolle er nicht an etwas erinnert werden.

Ich sehe Borden an.

»Sechs Abteilungen des Bedienpersonals unterstehen den Gurus«, sagt sie. »Zusammen führen sie die Anweisungen der Gurus aus, schmieden große Pläne und halten den Kontakt zu Regierungen und Regierungschefs.«

»Was hat es mit der Sechsten Abteilung auf sich?«

»Kümmert sich um Logistik und andere innere Angelegenheiten des Bedienpersonals.«

»Hauptsächlich Zivilisten?«

»Hauptsächlich, ja«, sagt Borden.

Kumar hüllt sich noch tiefer in sein mürrisches Schweigen.

»Welche Art von Zivilisten?«, frage ich.

»Einige gehörten zu den ersten Begrüßungsgruppen, damals in den Wüstentagen. Andere erhielten später, nachdem sich die Gurus gezeigt hatten, besondere Aufgaben und Privilegien von ihnen. Die Vierte Abteilung war wie PSYOP.«

»Oh«, sage ich. »Psychologische Operationen. Wer kontrolliert die Kriegsanstrengungen?«

»Die Vierte Abteilung«, antwortet Borden.

»Der Krieg ist Teil von PSYOP?«

Kumar schließt die Augen und scheint zu schlafen.

»Ja«, sagt Borden. »Alles ist miteinander vermischt. Schließlich hatten einige von uns genug von unserem eigenen Mist und begannen damit, Fragen zu stellen.«

»Schluss mit den Fragen«, sagt Kumar. »Es wird ohnehin bald alles klar.«

Das bezweifle ich.

Auf der Steuerbordseite höre ich zischende und klickende Geräusche. Wir rotieren erneut. Im letzten Viertel unserer Drehung, als es keine Überraschungen mehr geben kann – es sei denn etwas wirklich Ungewöhnliches, wie zum Beispiel Hyperraum oder die Dimension des Elektronenspins – bietet sich mir ein viel vertrauterer Anblick dar: drei Spaceframes, mit einem Booster verbunden, der abgebaute Materie enthält. Das scheint uns zu erwarten: Rotisserien, Röhren, der übliche Mist …

Ich stöhne. »*Das*?«

»Die Soldaten sind bereits an Bord und schlafen«, sagt Kumar. »Wir gesellen uns ihnen innerhalb der nächsten Stunde hinzu. Wenn alles glatt läuft …«

»Was sehr selten der Fall ist«, wirft Borden ein.

»Wenn wir alles richtig hinkriegen«, beharrt Kumar, »folgt uns eins dieser Ungeheuer, vielleicht sogar beide, und dann fliegen wir weiter hinaus ins Sonnensystem.«

»Warum dann die ganze Show?«, frage ich und versuche, gleichgültig zu klingen. Es gelingt mir nicht.

»Dort draußen findet ein anderer Krieg statt«, sagt

Borden. »Die Waffen sind groß. Alles ist einfach … groß.«

»Gegen was zum Henker treten wir an?«, frage ich. Mein Blick wechselt zwischen ihnen.

»Derzeit noch nicht gegen viel«, sagt Kumar. »Im Augenblick wird Titan nicht verteidigt. Es gibt dort kaum Soldaten von der Erde, wenn überhaupt welche überlebt haben, und offenbar keine Antags.«

»Etwas hat einen großen Knopf gedrückt«, sagt Borden. »Einen Knopf mit der Aufschrift ›Löschen‹.«

»Oder ›Reboot‹«, fügt Kumar hinzu.

»*Etwas*?«

Borden wölbt eine Braue und scheint mir damit einen Hinweis zu geben. Ich merke, wie ich plötzlich zu schwitzen beginne.

Unser Lifter verlässt erneut das Licht der Sonne. Dunkelheit umgibt uns. Wir haben uns dem Spaceframe genähert, und jetzt legen wir an. Wieder zischt und klackt es. Lange Rampen schwingen herum und verbinden sich mit unserem kleinen Schiff. Dabei kommt es zu Geräuschen, die sich anhören wie über Schiefer kratzende Fingernägel. Eine Transferröhre erreicht die Luke, die sich öffnet. Es knackt in meinen Ohren, und unsere Sitze geben uns mit einem widerstrebenden Seufzen frei.

»Zeit zu gehen«, sagt Kumar und schwebt an uns vorbei.

Borden scheint für eine neue Runde Übelkeit bereit zu sein, hält den Würgereiz aber unter Kontrolle.

Der Rest ist vertraut – für mich. Menschen übernehmen. Vorbereitungsleute bringen uns zu dem unter Druck stehenden Arbeitstank, wo Vaktechniker – ihre Füße und Hüften mit Kabeln verbunden, die durch den Tank führen – Injektionen verabreichen und brüsk fragen, wie wir uns fühlen, ob wir in den letzten Stunden etwas gegessen und wie viel Alkohol wir in der vergangenen Woche getrunken haben, ob wir an Allergien leiden oder schon einmal negativ auf Kosmolin reagiert haben.

Die Techniker sagen, dass wir uns ausziehen sollen. Persönliche Gegenstände werden nicht aufbewahrt – sie wären besser zu Hause geblieben. Zu schnell und zu leicht finde ich zur alten Routine zurück. Für Kumar und Borden ist das alles völlig neu, und sie wirken wie Schafe, die durch den schmalen Gang zum Schlachter getrieben werden. Ich finde es irgendwie befriedigend. Allerdings … ich weiß noch immer nichts über unsere Mission. Ich habe keine Anweisungen bekommen, und es hat auch keine Einsatzbesprechung stattgefunden. Wir fliegen irgendwohin, vermutlich zum Mars, und dort erwartet uns wer weiß was. Anschließend, wenn alles gut geht, fliegen wir irgendwohin weiter. Zu einem sehr fernen Ort. Vielleicht mit dem seltsam aussehenden Spuker. Oder im Innern des Zauberwürfels.

Die Techs stoßen uns drei recht unsanft weiter, obwohl wir derzeit die Einzigen in der Reihe sind. Rang hat hier keine Privilegien, und nach den ersten Injektionen dirigieren uns gleichgültige, erfahrene Hände zu einer langsam rotierenden Gruppe transparenter Zylinder am rückwärtigen Ende des Tanks. Die Techniker falten nacheinander unsere Arme und Beine und fordern uns auf stillzuhalten, als sie uns in Beutel stopfen. Eine Pipette quetscht sich eher grob an meiner Wange vorbei, und kurz darauf habe ich das Ding im Hintern. Eine hydraulische Maske legt sich auf Mund und Nase. Düsen öffnen sich, bereit für Kosmolin. Eine Kopfspange senkt sich herab und rückt meinen Schädel zurecht, damit mir warmes Gel in die Ohren strömen kann. Es ist mir gleichgültig. Ich bin halb hinüber von den Injektionen, ohne Schmerzen und ohne Sorgen, abgesehen von der üblichen Hoffnung, dass ich erst erwache, wenn alles vorbei ist. Ich habe mir angewöhnt, in Gedanken Blackjack zu spielen, doch schon bald verliere ich die Übersicht über die Karten.

Dann gluckert der alte kühle Schleim in den Zylinder und kriecht mir über die Haut. Ich rieche Nelken und Wodka Lemon – das Übliche. Bald schon ist mir von Kopf bis Fuß kalt. Dann wird alles angenehm warm. Warm und kuschelig.

Hallo, Schlaf! Mein alter Freund …

Träum schön – lang und dunkel und langsam.

Ich erwache, als es rausgeht. Mein Beutel wird geöffnet, und man zieht mich heraus. Grobe Hände werfen mich in die Waschanlage, wo mir rotierende Lappen auf den Körper klatschen, mich wecken und den Schleim abwischen.

Benommen halte ich nach meiner Truppe Ausschau, nach jemandem, den ich kenne … Wo sind sie, zum Teufel? Viele Gesichter! Jede Menge einfache Soldaten. Dann höre ich auf, dreifach zu sehen, und begreife, dass es etwa zwanzig sind, Männer und Frauen unterschiedlicher Herkunft, die Hälfte Asiaten. Alle sind nackt und angespannt, zittern in der Kälte und klagen laut.

Ich erkenne eine Offizierin von der Ausbildung auf Hawaii wieder und versuche, mich an ihren Namen zu erinnern. Naveen Soundso. Naveen Jacobi. Ja. Schlank, blond, eng beieinanderstehende dunkle Augen, muskulöse Schultern und Arme, lange Beine. Taff und distanziert.

Eine Asiatin ist ein Wintersoldat. Fast die Hälfte ihres Körpers – ein Arm, ein Bein, eine Seite des Kopfes – besteht aus Komposit oder Metall. Sie hat sich das Haar geschnitten, damit es zu dem Plastikflaum auf dem Kompositschädel passt. Das künstliche Auge sieht fast genauso aus wie das echte. Sie muss irgendwo auf der Erde schwer verwundet worden sein, vielleicht bei der Ausbildung. Wir bringen sie nicht vom Roten zurück, wenn sie wirklich schlimm dran sind. Sie glänzt überall, diese schlanke Lady. Richtig nackt wird sie nie wieder sein. Kann kaum den Blick von ihr abwenden. Sie bleibt bei zwei anderen Frauen und zwei Männern. Haben vermutlich zusammen gekämpft oder sind bei der Ausbildung zusammen gewesen. Typischerweise haben sie sich die Namen toter Kameraden auf den Oberkörper und die Beine tätowiert. Taffe Leute.

Außerdem sind vier weitere Männer aus ihren Beuteln gekommen, zwei von ihnen jung, dürr und verängstigt, die beiden anderen Ende zwanzig oder Anfang dreißig und gelangweilt. Kleine Fracht, kleiner Sprung. Normalerweise sind es an die zweihundert Skyrines, wobei die Frauen von den Männern getrennt fliegen, aber dies ist ein Sondereinsatz.

Als ich wieder klar sehe, erkenne ich Borden in der Aufstellung. Sie ist fünf Soldaten entfernt, neben Jacobi – die Kommandantin hat hübsche, wenn auch keine spektakulären Brüste. Versucht, ihre Blöße zu bedecken. Viel Glück dabei. Ich drehe mich um, und mein Blick sucht Kumar. Dort ist er, blass und dicklich. Versucht nicht, sein bestes Stück zu verbergen. Und wenn schon, ist sowieso scheißegal. Scheint ein bisschen angefressen zu sein, als hätte ihm jemand seinen Scotch ohne Eis serviert.

Mehr Techs in gepolsterter Kleidung – wie Schutzanzüge bei der Dressur von Kampfhunden – gehen an der Schlange entlang. Soldaten, die frisch aus dem Kosmolin kommen, fällt es oft schwer, sich ordentlich zu benehmen. Manchmal beißen wir. Wer sich danebenbenimmt, wird wie ein Kreisel gedreht, aus der Reihe gestoßen und einem Besserungsteam überlassen, das seinen Enthusiasmus erneuert. Wenn alle Mittel versagen, kommen solche Leute in einen anderen, kleineren Tank, der anders riecht, weniger nach Kosmolin und mehr nach Scheiße, Schweiß und Verzweiflung. Aber an dieser Truppe gibt es nichts auszusetzen. Alles tipptopp. Und so werden wir mit Hautengen belohnt, die wir von zwei weiteren Technikern erhalten, zwei Burschen, die den Eindruck erwecken, alles satt zu haben, das Klatschen, Abwischen und Injizieren. Können es wahrscheinlich gar nicht abwarten, diese Tour zu beenden und mit dem nächsten Shuttle nach Hause zu fliegen. Vielleicht sind sie auf der Heimreise weniger verdrießlich, aber ich bezweifle es.

*Oh, gib dem Schlachter einen Stier,*
*Gib ihm auch deinen Bruder hier –*
*Um den einen kümmert er sich sofort,*
*Und auch der andere kehrt nicht zurück zu dir.*

Altes Corps-Lied. Wir mögen es deftig.

Man zwängt uns in Nischen, in kleine Buden. Zwei Techniker langen in ein Karussell, verteilen Helme und helfen Kumar und Borden, ihre aufzusetzen. Die einfachen Soldaten und ich kommen allein klar. Mit flinken Fingern überprüfen wir die Siegel, wir beeilen uns, denn je schneller wir unten auf dem Roten sind, desto besser. Wir schließen die Visiere und überprüfen, ob sie dicht sind. Auch dabei bekommen Borden und Kumar Hilfe. Schließlich versteift sich das Material der Hautengen an Ellenbogen und Knien. Neben jedem Soldaten blinken diagnostische Anzeigen. Der nächste Schritt: ein Bauschpaket, denke ich, noch eine Dosis

Enthusiasmus, dann ab in eine Lieferröhre und zum großen Sprung. Der Bausch verbrennt auf dem Weg nach unten. Hübsches Feuerwerk.

Aber so wird es sich nicht abspielen. Diesmal nicht. Nicht für Commander Borden, Kumar und mich. Und auch nicht für diese Soldaten.

Borden schneidet eine Grimasse, als weitere Techniker uns aus unseren Nischen ziehen, uns wie Säcke mit Sägemehl drehen und an einer kurzen Reihe ungeduldiger Piloten und Chiefs vorbeidirigieren, in einen Teleskoptunnel und zu einem anderen Schiff. Welche Art von Schiff? Ein kurzer Blick durch ein schmales Fenster zeigt uns die Flanke eines großen Landers, neben einem Transportschlitten mit beeindruckenden Ausmaßen, an einem anderen Lander befestigt. Normalerweise fliegen Orbiter sehr hoch, da sie sonst in Gefahr geraten, von Antag-BOs – Boden-Orbit-Blitzen oder anderen Waffen – getroffen zu werden. Selbst Kommando-Orbiter sind üblicherweise halb so groß und gehen nie tiefer als fünfzigtausend Kilometer. Die nächste Etappe unserer Reise weist darauf hin, dass es auf dem Mars zu großen Veränderungen gekommen ist: kein BO-Feuer mehr, Kampfgebiet-Dominanz …

Oder ein dicker, fetter Reboot. Beide Seiten im Pausenmodus – Antag und Erde. Vielleicht haben wir die letzte Runde doch gewonnen.

Die Waffentechniker werden gerade mit der Inventur fertig und sehen von ihren Datentafeln auf. Die Gesichter sind neutral, aber ich fühle trotzdem Verachtung. Es ist nicht zu übersehen, dass ich ein Skyrine bin: Flaumschnitt, inzwischen ein bisschen zottelig geworden, breite Schultern, an den Armen ein Rest von Virginia-Beach-Sonnenbräune … Aber ich gehe nicht mit Bausch runter, ich reise in Luxus und fühle mich wie ein verdammter KGS: *kein gewöhnlicher Soldat*. In der Skyrine-Hierarchie ist KGS die unterste aller Stufen.

Die untersetzte Sprungchief tritt uns am Ende des Tunnels entgegen. CWO 5 Agnes Chomsky, nach ihrem Namensschild. »Dreiundzwanzig für Kommandosprung«, ertönt ihre Stimme. Als sie mich sieht, wird ihr Gesicht sauertöpfisch. Hat mich schon fünfmal durchgewunken. »Taxi zum Roten, die Damen?«, knurrt Chomsky und winkt mit einer großen Hand, als wir vor der Schleuse Aufstellung beziehen. Ihr Grinsten ist ein Meisterwerk an Verachtung. Ich schiebe mich an ihr vorbei. »Was, kein Trinkgeld?«, höhnt sie.

»Kein Trinkgeld, *Chief*«, sagt Borden, die als Nächste an die Reihe kommt.

»Hab auch noch keins verdient, Ma'am«, erwidert die Sprungchief ungerührt. Dann wird ihre Stimme noch lauter. »*Nach draußen*, VIPs! Zehn Minuten, um die Schleuse zu verlassen.« Selbst die einfachen Soldaten schneiden Grimassen. Sie legen ihre Erkennungszeichen an, ausgedruckt und verteilt von Chief Chomsky, während sie die Inventur bestätigt. Ich bekomme keins. Bin Tourist. Ein verdammter KGS.

Kumar zieht sich an einem Kabel auf der anderen

Seite der Schleuse entlang. Borden und ich folgen ihm, dann die ersten sechs aus unserer Einheit – wenn es wirklich eine Einheit ist und nicht nur ein bunt zusammengewürfelter Verstärkungshaufen. Ich stelle fest, dass die Wintersoldatin Ischida heißt, Sergeant Chihiro Ischida. Hängt mit Captain Jacobi und vier anderen zusammen, zwei Schwestern, Tech-Sergeant Jun Yoshinaga und Sergeant Kiyuko Ischikawa, und zwei Männern, Gunnery Sergeant Ryoka Tanaka und Master Sergeant Kenji Mori. Sie wirken auf mich fest zusammengefügt und wachsam, fast so, als trügen sie gemeinsame unsichtbare Narben.

Jacobi scheint das Kommando über eine gut ausgebildete Truppe zu führen, mit vier Schneebällen, einer Trüffel und sieben Karamellen – Asiaten, die ohne Akzent Amerikanisch sprechen. Unsere japanischen Schwestern gehen in zwei Ländern durch die Hölle, um ISD-Skyrines zu werden. Vor zwei Jahrzehnten hat Japan drei Monate gegen China gekämpft, im Bereich der Senkaku-Inseln. Tausende starben. Die alte Buschido-Tradition wurde in Japan wiedererweckt, mit einschneidenden Konsequenzen. Für diese Schwestern bedeutet Kampfausbildung, insbesondere in den USA – das weiß ich von Tak –, dass die Rückkehr zu einem normalen Leben in einem immer konservativer werdenden Japan unwahrscheinlich ist. Also ahmen sie Amerikaner nach und sind vermutlich noch amerikanischer als ich.

Und sie kämpfen wie Furien.

Wir passieren die Schleuse in zwei Gruppen. Das Passagierabteil des Kommando-Orbiters – ein dünner Zylinder – ist nach den Maßstäben des Mars recht groß, aber wohl kaum mit einem gemütlichen Taxi zu vergleichen: ein enges, kaltes Durcheinander aus Soldatenplätzen, Geräten, wie Tennisbälle in Turnierwerfern aufeinander gestapelte Satelliten und Rettungskapseln, die halb aus dem Hauptrumpf ragen. Na ja, im Vergleich mit Spaceframes ist dies hier der reinste Luxus.

»Wird Tee serviert?«, fragt Jacobi.

»Nein, Ma'am«, ertönt eine raue Stimme weiter vorn. Zwischen zwei Kapselschleiern steht ein Lieutenant in Pilotenblau und salutiert, als sich Borden an ihm vorbeihangelt. Ohne erkennbare Freude beobachtet er, wie sie ungeschickt mit dem Knie anstößt und sich zu drehen beginnt, was drei schmerzhafte Kollisionen zur Folge hat. Mich mustert er kritisch. Er ist ein kleiner, drahtiger Bursche mit kurzem schwarzem Haar, olivgrünen Augen und dünnem mausbraunem Schnurrbart. Auf seinem Erkennungszeichen steht: *Pilot: Transfer: 109 – Jonathan F. Kennedy.* JFK. PT 109. Nett.

»Mit von der Partie?«, frage ich.

Er schüttelt den Kopf und streckt sich. »Nur nebenan«, sagt er und beschreibt mit dem Zeigefinger einen vollen Kreis. »Ich bin solo auf dem Schlitten. Sie schicken mich bei neunzig Kilometern los, bin Spreu, die feststellen soll, ob es BO gibt. Anschließend mache ich den ersten Sprung. Wenn bei mir alles klargeht, kommt ihr an die Reihe.«

»Tapfer«, sage ich.

»Irgendwelche Hinweise?«, fragt er.

»Ich wünschte, es gäbe welche.«

»Verfickte Schlange.« Damit meint er BOA, Brief on Arrival, beziehungsweise Info bei Ankunft. Zumindest das ist vertraut. Kumar schwebt einige Meter weiter vorn, die Beine krumm, in einer Art Lotussitz. Sprungchief Chomsky kommt aus der Schleuse und zieht sich nach vorn. Ihre Stimme ist fast freundlich, als sie uns Plätze und Kapseln zuweist. Ich kenne niemanden, der jemals eine Rettungskapsel benutzt hat. Dazu hat man kaum mehr Gelegenheit, wenn man von einem dicken Antag-Strahl getroffen wird.

Ich habe mehr Zeit, mir Jacobis Skyrines anzusehen. Himmel, ja, scheinen wirklich Special Forces zu sein, eine Sondertruppe. Bewegen sich alle sehr selbstbewusst, davon überzeugt, dass sie mit allem fertigwerden können, ganz gleich, was ihnen diese oder irgendeine andere Welt präsentiert. Wir haben sieben Schwestern und zehn Brüder: vier Corporals, drei weitere Sergeants, drei Tech-Chiefs, vier Majors, zwei Captains und zwei Lieutenants. Als voller Commander scheint Borden den höchsten Rang zu bekleiden. Alle Skyrines geben sich cool. Wie unvertraut und riskant die Sache auch sein mag – die Navy soll nicht sehen, dass man ins Schwitzen gerät.

Der Pilot des Orbiters, ebenfalls in hellem Blau,

kommt aus dem Cockpit, als Chomsky fertig ist: ein Junior-Lieutenant Mitte zwanzig, dunkle Haut, lichtes Haar, größer als der Durchschnitt. Er hält sich an einer Strebe fest und rückt zur Seite, als Borden im Vorbeikommen salutiert. Dann hebt er eine weiche Tasche, die den *wahren* Piloten enthält: einen bereits programmierten Kombinierten Software-Navigator: Astral-KSNA. Diese Einheiten werden alle paar Wochen von neuen Techs ersetzt, daher die Tasche. Niemand soll einen Blick darauf erhaschen.

»Willkommen an Bord, Vielflieger«, sagt er. »Ich bin Lieutenant JG Clover. Dieser kleine Ausflug bringt Ihnen vierhundertachtzig Millionen Bonuskilometer, genug für einen Gratisflug zu den Stränden von Pearl-Hickam, ohne Rückkehr.« Der Scherz wird nicht einmal mit einem müden Lächeln belohnt. »Wundervolles Publikum. Bitte setzen Sie sich. Trennung vom Cluster in fünf Minuten. In zwanzig sind wir auf dem Roten. Sprungchief, erneut Überprüfung und Verbindung der Hautengen. Für den Rest unserer Reise sind wir auf ILE.« Damit meint er die Interne Lebenserhaltung. Borden wird der Couch neben mir zugewiesen. Jacobi schnallt sich auf der gegenüberliegenden Seite an, stellt sich dann Borden und auch mir vor, was heißt, dass sie sich nicht erinnert. Egal. Offiziere schenken Unteroffizieren kaum Beachtung. Sie kommt von Skybase Canaveral und erzählt Borden, dies sei ihr vierter Sprung.

»Mein erster«, gesteht Borden.

»Willkommen über dem Roten«, sagt Jacobi, lehnt

sich dann zurück und schließt die Augen. Macht dicht. Hat keinen Sinn, miteinander bekannt zu werden. In wenigen Minuten könnten wir alle tot sein.

Vorn steht die Luke zum Cockpit offen. Ich sehe, wie sich Clover anschnallt und den Navigator mit geübtem Geschick in den Schlitz neben seiner Couch schiebt. Er blickt zurück, lächelt nervös und sagt: »Trennung in zwei Minuten.«

Die Luke des Cockpits schließt sich.

»Bauch rein, Brust raus, Kadetten! Es geht los!« Chomsky lehnt sich zurück und schließt Helm und Augen. Wir versiegeln die Visiere, verbinden unsere Nabelschnüre mit den Couchen, beugen uns zurück, bis der Helm aufs Polster trifft, schieben beide Hände zwischen die Beine, fassen die Griffe unserer Vorhänge und legen schließlich die Daumen über die Plastikabdeckungen der Notschalter, Schummler genannt.

Mit einem Ruck geraten die Couchen in Bewegung und ordnen sich summend in der Landekonfiguration an – neben den zugewiesenen Kapseln nehmen sie die Positionen bei acht, zehn, zwölf, vierzehn und sechzehn Uhr ein.

Die Augen der Sprungchief bleiben geschlossen, als sie die letzten Sekunden herunterzählt. Der ganze verdammte Orbiter macht beängstigende Geräusche, und sie werden lauter.

»Scheiße«, murmelt Borden.

Ich achte nicht auf das Hochfahren des Engels, von dem mir mein Visier berichtet. Konzentriere mich auf die Handschuhe. Beuge die Finger. Gleichmäßig atmen, *ein* eins zwei, *aus* eins zwei. Ruhe. Gott, ich hasse die Physik. Von hier bis nach unten *ist* die Physik Gott.

»Orbiter bereit«, ertönt Clovers Stimme aus unseren Helmlautsprechern. »Schlitten bereit. Trennung vom Cluster … *jetzt* …«

Der Orbiter erbebt und schüttelt sich frei. Ich fühle Bewegung an der Achse zwischen Schulter und Hintern. Darauf verstehe ich mich gut. Anhand unserer Trägheitsvektoren kann ich feststellen, in welche Richtung es geht. Nur ein kleiner Stoß; abgesehen davon ist unsere Reise nach unten glatt. Dann … Ein dumpfes Grollen, gefüllt mit hypersonischen Akkorden, einer scheußlichen kleinen Dämonenmusik …

Anspannung erfasst uns.

Und wir rasen dem Roten entgegen. Fünf Minuten fallen wir. Als die obere marsianische Atmosphäre mit einem dumpfen Banshee-Heulen beginnt, blicke ich nach links durch ein handtellergroßes Bullauge und beobachte unser ionisiertes Glühen – wir sind eine kirschrote Fackel am Himmel des Mars. Drinnen ist alles ruhig, kühl und düster. Mit Bausch runterzugehen ist *viel* amüsanter. Gemeine Soldaten kriegen den ganzen Spaß.

»Unten in drei«, sagt Clover. »Schlitten meldet kein BO. Wir sinken weiter durch unseren Korridor, bis wir bei zwei Kilometern sind, dann hartes BM. Bleibt angeschnallt, bis ich grünes Licht gebe. Wenn wir im Korridor was abkriegen … An den Griffen ziehen,

Plastikabdeckung lösen, den Schummler zweimal drücken. Dann kommt der Vorhang runter, ihr dreht euch in die Kapsel, die Kapsel fliegt … und der Orbiter ist hinüber. Seid für alles bereit.«

Wie immer.

»Schlitten ist sicher auf dem Roten«, verkündet uns Clover.

Das letzte BM – Bremsmanöver – lässt meine Knochen klappern wie bei einem Zeichentrick-Skelett. Ich höre die Wechselwirkungen zwischen Lander und Orbiter, ein lautes Quieken und wiederholtes *Knallen*, als wäre ich nicht richtig angeschnallt. Bremsraketen feuern mit der Energie von abgebauter Materie, geben uns einen letzten ordentlichen Tritt, der meinen ganzen Körper trifft, bis hinein in den Kopf …

Hintern und Rücken sinken tief ins Polster der Couch …

Der Lander zittert wie ein von Bienen gestochenes Pferd …

Er fällt ein oder zwei Meter …

Und setzt mit einem tiefen, endgültigen Knirschen auf, wie von einem Stiefel, der auf Kies stapft.

»Wundervoll!« Clovers Ruf übertönt das wie klagend leiser werdende Sirren der Plasmaturbinen. »Hervorragend, würde ich sagen. Und ich *sage* es.« Seine Erleichterung ist offensichtlich. Es folgen zehn vergleichsweise stille Sekunden, als die Engel unsere Gesundheit überprüfen. »Würden drei von unseren Passagieren bitte ihre Daumen von den Schummlern nehmen?«, sagt Clover. »Das sind zwei Minuspunkte. Wir sind unten, wir leben, und was am besten ist: Der Feind hat vergessen, uns ein Begrüßungskomitee zu schicken. Willkommen auf dem Mars.«

Die Kapseln weichen zurück. Strickleitern kommen zum Vorschein und fallen ins Zentrum zwischen den Couchen. Ich blickte zu Borden und Jacobi, sehe an meiner Couch vorbei und an den Kapseln entlang – überall neugieriges Gaffen. Das Gesicht hinter Bordens Visier ist blass und glänzend. Kumar scheint zu schlafen. Hinter ihm reicht eine Spirale aus gleichgültigen Soldatengesichtern nach unten, bis hin zur Wintersoldatin. Oh, ich ahne schon, dass wir alle gute Freunde werden.

Danke für die Aufregung, danke für die Befreiung aus dem Madigan Hospital, danke dafür, dass ihr mir vielleicht das Leben gerettet habt. Aber trotz all dieser Dankbarkeit würde ich verdammt noch mal gern wissen, warum wir hier sind.

# Schlachtfeld

Zuerst laden wir uns an den Anschlüssen des Orbiters auf, damit wir sicher sein können, einen Tag oder so zu überleben, falls uns niemand abholt. Dann geht's nacheinander durch die Schleuse, und ich geselle mich einer Gruppe von sechs Leuten hinzu, die auf einer umzäunten Plattform stehen, zwischen Lander und Orbiter. Dort fühle ich die angenehme Wärme, die von der Hülle des Landers ausgeht – die Reibungshitze hat dort hübsche Muster in allen Regenbogenfarben hinterlassen.

Eine Metallleiter entfaltet sich, und unsere Gruppe beginnt mit dem Abstieg. Ich erreiche den Boden als dritter, hinter zwei Skyrines, weiche zurück und gebe Borden und Kumar Gelegenheit, zu uns zu kommen. Anschließend die nächste Gruppe, und dann die letzte, bis wir alle im Staub stehen.

Unsere Hautengen sind dicht. Alle Anzeigen optimal. Der Engel in meinem Helm – bisher war er still – präsentiert mir einen verwunderten Bericht, wonach zwar alles gut ist, aber, na so was, es fehlen Einsatzorte, Karten und dergleichen. Schlange, hat der Pilot des Schlittens gesagt, und es stimmt: Brief on Arrival, Info bei Ankunft.

Ich denke erneut daran, dass ich nie zuvor in meinem Leben auf diese Weise gesprungen bin. So ist es weniger aufregend als mit Aerostat und Bausch, und zweifellos teurer. Und es läuft auf kollektiven Selbstmord hinaus, wenn die Antags warten.

Ich blicke durchs Hitzeflirren über dem steinigen Boden und entdecke den Schlitten etwa hundert Meter entfernt, noch immer vertikal und mit dem Lander verbunden. Die Landschaft ist gespenstisch vertraut. Flach, auf monströse Weise flach, mit hohen, dünnen, kalten Wolken, die einen großen Teil des rotbraunen Himmels bedecken. Im Süden zeigen sich mehr Staubtromben als üblich. Ich kenne diesen Ort. Hier bin ich vor über zwei Jahren vom Roten abgeholt worden, mitten in einem wilden Kampf gegen die größte Antag-Streitmacht, die ich je gesehen habe. Am nordwestlichen Horizont liegen Trümmer: Tonkas, Chestys und Schollen liegen zerbrochen und verbrannt in einer Reihe, etwa anderthalb Kilometer entfernt.

Wir sind wieder in Chryse. Unsere Toten sind noch dort draußen verstreut. Hunderte. Ich erbebe am ganzen Leib. Wir hatten gerade den Drifter verlassen beziehungsweise die Reste davon, und versuchten, nicht von den fliegenden Felsen zerschmettert zu werden – alles im Universum schien bestrebt gewesen zu sein, das alte Stück Mond zu zertrümmern. Wir zogen uns hastig zurück und ließen viele Kameraden hinter uns.

Skyrines können ihren Gefallenen nicht die Treue erweisen, die wir einst unseren Soldaten auf der Erde garantiert haben. Das sage ich nicht zum ersten Mal, aber ihr habt vielleicht keine Ahnung davon, wie sehr es schmerzt.

Ich drehe mich langsam und überlasse es meinem Helm, die Umgebung zu kartografieren. Mein Engel zählt auch die Wracks am Horizont, zumindest jene, die noch identifiziert werden können.

Borden beugt sich näher, als wolle sie mir einen Kuss geben, und hält ihren Helm an meinen. »Kriegsgrab«, sagt sie.

Ich bin so ergriffen, dass ich keinen Ton hervorbringe. Ein großer Teil des Mars ist heiliger Boden.

Nicht weit von den beiden Landern entfernt stecken mehrere rote und braune Depots halb im Sand – wie man sie einrichtet, wenn ein Stützpunkt mehrere Monate benutzt werden soll. Hinter den Tanks erkenne ich Verkleidungen, unter denen sich vielleicht Fontänen befinden, die der marsianischen Atmosphäre Feuchtigkeit entziehen. Von Domizilen ist nichts zu sehen. Vielleicht sind sie ein Stück von den Depots entfernt eingegraben. Ich stelle mir Indianer vor, die auf nahen Hügeln warten, aber hier gibt es kaum Hügel, die der Rede wert sind, und was die Kavallerie betrifft: Unsere Streitmacht ist winzig im Vergleich mit den Antag-Brigaden, die es hier rundgehen ließen.

Die Skyrines öffnen Gürteltaschen und legen ihre

Erkennungszeichen für den Kampf an. Ich habe kein derartiges Zeichen, aber alle scheinen mich zu kennen, als hätte man ihnen Bilder gezeigt.

Sie versammeln sich um Borden. »Wird Zeit für Infos«, sagt First Lieutenant Vera Jennings. Im Orbiter saß sie ganz hinten und zeigte einen stark ausgeprägten Selbsterhaltungstrieb, wenn auch an falscher Stelle. Ich erinnere mich, wie sie nackt aussah: stämmig, dicke Schultern, der Haarflaum auf dem Kopf schwarz und braun. Wache graue Augen hinter dem Visier. Sie geht davon aus, dass wir im Blackout-Modus sind, und versucht deshalb, sich durch den Helm verständlich machen. »Wo ist unser Lager? Wann bekommen wir Logistik?«

Aber Borden schickt ein Signal, und plötzlich sind unsere Kommunikatoren verbunden. Die Skyrines wechseln skeptische Blicke. Kein Blackout, kein Kordon, keine Wächter – nichts?

»Ich habe Tageslicht, nur ein bisschen«, verkündet Borden. »Dies ist ein provisorisches Ressourcendepot, für uns und unsere Lander. Niemand bleibt lange hier.«

»Pioniere?«, fragt Jennings.

»Wahrscheinlich«, sagt Sergeant Ischida.

»Zu exponiert«, kommentiert Tech-Sergeant Jun Yoshinaga. Sie ist klein, so klein, dass der Hautenge an ihren Knien Falten wirft, aber was ich von ihr während des Transfers gesehen habe: glatte Haut, flacher Bauch, runde, muskulöse Schultern, dicke Unterarme und auffallend lange Finger, wie gedrehtes Seil. Wer gegen sie antreten muss, darf sich auf einiges gefasst machen.

»Ich weiß nicht«, sagt Borden. Sie blickt sich um, als erwarte sie Gesellschaft. Der Horizont ist fast leer, aber hinter der Reihe verbrannter Fahrzeuge kann ich nichts erkennen. »Wir sollen uns hier mit befreundeten Einheiten treffen. Sie bringen uns zu einem Umsiedlungslager, wo unsere Gruppe weitere Personen aufnimmt.«

»Wer wird umgesiedelt?«, fragt Jennings.

»Siedler«, antwortet Borden. »Unsere Streitkräfte schützen sie.«

Wir nehmen alle zur Kenntnis, dass sie nicht von JSD spricht, von Joined Sky Defense beziehungsweise der Gemeinsamen Himmelsverteidigung.

»Meinen Sie Muskis?«, fragt Captain Jacobi. »Warum?«

»Deshalb sind wir hier«, sagte Kumar. »Wegen der Muskis, wie Sie sie nennen.«

»Das ist Mr. Aram Kumar«, stellte Borden ihn vor. »Er gehört zur Vierten Abteilung, unserem zivilen Kommando. Sie hören besser auf ihn.«

Klar und deutlich. Die anderen Soldaten wenden sich ab.

»Muskis sind uns scheißegal«, sagt Jennings.

»Sie könnten die wichtigsten Leute sein, denen Sie je begegnet sind«, erwidert Kumar. »Und sie sind zumindest teilweise der Grund, warum wir uns hier befinden.«

Jacobi verzieht das Gesicht und sieht in meine Richtung.

»Wir haben drei Missionen«, sagt Kumar. »Wir untersuchen die Überbleibsel der Bergbauanlage namens Drifter und stellen fest, in welchem Zustand sie ist. Anschließend begeben wir uns zum Umsiedlungslager und befassen uns mit den Personen, die in den alten Minen gewesen sind. Wenn genügend Zeit bleibt, organisieren wir einen Abstecher zu dem Ort, an dem nach wie vor geschürft wird, in einem zweiten Überbleibsel des alten Mondes. Die Vierte Abteilung hält unsere dortige Arbeit für sehr wichtig.«

»Sir, Kumarji, was ist mit unserer Sicherheit?«, fragt Sergeant Chihiro Ischida, die Wintersoldatin.

Kumar lächelt, vielleicht wegen der respektvollen Anrede. »Nach unseren neuesten Informationen haben sich die letzten Antagonisten auf dem Mars in die nördlichen Polarregionen zurückgezogen. Was unsere orbitalen Basen betrifft … Sie sind entweder hinüber oder nach Mars-L-5 beordert, wo sie von einem oder mehreren Trojanern geschützt werden.«

Niemand reißt Witze über den Schutz durch Trojaner. Er meint Asteroiden. Mars-L-5 ist der Lagrange-Punkt des Mars. Die Trojaner sind Asteroiden, die sich entweder bei den vorderen oder hinteren Lagrange-Punkten der marsianischen Umlaufbahn befinden. Ich dachte, wir hätten sie schon vor Jahren entfernt, mit der »Operation Besen« oder so. Aber offenbar sind noch ein paar übrig.

Borden streckt den Arm aus und deutet nach Nordwesten. Vier Skell-Jeeps, drei Tonkas und eine Scholle im russischen Stil, eine TE-86, sind den verbrannten Fahrzeugen ausgewichen und rollen vorsichtig näher. »Die sind für uns, denke ich«, sagt sie.

»Sehen nicht gut aus«, sagt Ischida.

Wir vergrößern und inspizieren. Ischida hat mindestens ein sehr scharfes Auge: Die Skells, die Scholle und zwei der Tonkas sind beschädigt. Ein Tonka hat nur noch vier von sechs Rädern, und von der Scholle steigt Rauch auf – etwas hat die Seite der Kabine getroffen und einen Teil von ihr verbrannt.

»Sie erfassen uns«, sagt Jacobi. Unsere Helme bestätigen – die Besucher richten ihre Zielerfassung auf uns. Aber kein Alarm. Befreundete Truppen, nicht wahr?

»He, sie laden Blitzer und Balliste!«, ruft Ischikawa.

Die Skyrines greifen nach ihren Paketen mit abgebauter Materie.

»Nicht laden, verdammt!«, befiehlt Borden mit scharfer Stimme. »Die Waffen in Ruhestellung lassen!«

Langsam gehorchen alle, entgegen ihrem Instinkt und ihrer Ausbildung. Ich beobachte Kumar, um zu sehen, wie er reagiert. Er hält sich unter Kontrolle, gerade so. Ballt die Fäuste.

»Verfickter Mist«, brummt Jennings.

Zwei der Skells und die Kotflügel des vierrädrigen Tonkas sind mit frisch getrocknetem Blut beschmiert.

»Verluste«, sagt Ischida.

Unsere Anspannung wächst.

»Keine Ants, oder?«, fragt Ischikawa.

»Niemand rührt sich«, sagt Borden. »Ich übernehme das Reden. Haltet euch bereit.«

Die lädierten Fahrzeuge bleiben etwa fünfzig Meter entfernt stehen und nehmen uns offenbar gründlich in Augenschein. Dann setzen sie sich wieder in Bewegung und rollen langsam auf uns zu. Noch immer ist die Zielerfassung auf uns gerichtet. Es fehlen Insignien, was auf dem Roten nicht ungewöhnlich ist, aber ich erkenne, dass die Skells von Russen gefahren werden – Helmfarben und Hautenge bieten einen deutlichen Hinweis. Durch die schmalen Frontscheiben der ziemlich stark beschädigten Scholle und der beiden Tonkas bemerke ich ebenfalls russische Farben. Mein Visier kann zwei der goldblauen Identifikationszeichen lokalisieren und vergrößern. Spezialeinheit, Speznas, russische Luftlandeeinheit, nehme ich an. In Hawthorne haben sie uns zusammen mit der 45er Newski ausgebildet – wir standen mit ihnen nicht immer auf gutem Fuße –, und bei meinem dritten Sprung haben wir gemeinsam gekämpft. Vielleicht kenne ich diese Typen. Ich brenne darauf, mich mit ihnen in Verbindung zu setzen, um Klarheit zu gewinnen, aber hier bestimmt Borden die Spielregeln.

Totenstille in den Komm-Kanälen. Niemand sieht glücklich aus. Niemand sieht so aus, als wüsste er, was Sache ist.

»*Ganz ruhig*«, sagt Borden. »Nicht starren. Nicht die Waffen laden. Nicht zielen.«

»Nein, Ma'am«, sagt Jacobi.

»Nicht die *kleinste* Bewegung!« Bordens Augen sind wie die eines Falken, der eine ferne Maus beobachtet. Unsere unglücklichen Soldaten behalten die Hände unten; ihre Waffen bleiben um die Schultern geschlungen und in den Halftern.

Schließlich pingen uns die Burschen an, und plötzlich erklingt Russisch in unseren Helmen. Die glatte, tiefe Stimme eines Mannes stellt sich als Polkownik – Colonel – Litwinow vor und fragt, wer das Kommando führt. Borden hebt die Hand. Es folgt eine direkte Datenübertragung per Laser zu Bordens Helm.

Sie entspannt sich sichtlich. »Es ist unsere Eskorte. Diese Leute haben erst am letzten Sol von unserer Ankunft erfahren und sind seitdem unterwegs gewesen. Vor vier Stunden wurden sie angegriffen, wahrscheinlich von Antags, etwa fünfzig Kilometer von hier entfernt. Vier Tote.«

Das betrübt alle.

»Wieso sind sie nicht sicher, ob es Antags waren?«, fragt Jennings nervös. »Wer käme denn sonst noch infrage?«

Jacobis Stiefelspitze stößt an Jennings' Wade. Jennings schweigt.

Die Fahrzeuge bleiben erneut stehen. Polkownik Litwinow tritt aus der Schleuse der beschädigten Scholle, zieht eine weiche braune Kappe mit einem grünen und goldenen Adler unter dem rechten Schulterstreifen hervor und setzt sie sich auf den Helm.

Borden geht ihm entgegen. Sie beginnt das Gespräch mit Namen und Rang, betont dann, wie sehr sie sich freut, dass unsere russischen Freunde da sind, und wie sehr sie ihren Verlust bedauert. Wir anderen stehen stocksteif, ohne einen Muckser, und die übrigen Russen bleiben in den Fahrzeugen, bereit, auf uns zu schießen, sollte einer von uns eine falsche Bewegung machen.

»Ihr seid die ersten seit drei Monaten«, sagt Litwinow und beobachtet, wie wir aufgestellt sind. Jacobi hat ihre Skyrines in fünf Gruppen aufgeteilt, die Waffen sichtbar, aber nicht im Anschlag. Wir anderen stehen ein wenig abseits und versuchen, möglichst harmlos auszusehen.

Litwinows scharfen Augen entgeht nichts. »Auch wir freuen uns über Begegnung. Situation auf Erde verwirrend, die letzten Monate. Ich gelernt habe, die Anweisungen auszuwählen, denen ich nachkomme. Nicht gut für Seelenfrieden.«

Ich vermute, dass der hiesigen Befehlskette einige Glieder fehlen. Das gefällt mir nicht, und Borden ebenso wenig.

»Tut mir leid, das zu hören«, sagt sie. »Unsere primären Instruktionen sind klar.«

Der Colonel deutet auf den schlanken Lander. »Ist das für uns?«

»Wir sind angewiesen, etwas zu übergeben, ja, Sir«, sagt Borden. »Als Gegenleistung für Transport und Hilfe.«

Wenn sie wollen, was wir haben, und wenn sie uns nicht geben wollen, was wir brauchen … Dann wird gleich was passieren, und zwar schnell. Doch der Colonel geht ein paar Schritte fort vom Tonka und auf Borden zu, tritt damit demonstrativ in die Schusslinie. »Ihr Einsatz nicht autorisiert, nein?«

Borden schweigt.

»Vierte Abteilung?«

»Ja, Sir«, bestätigt sie.

»Wichtige Abteilung – neu, revolutionär. Rätselhaft.« Er marschiert an Borden vorbei, erreicht den Schatten unseres Orbiters und sieht sich die Skyrines an. Ischidas mechanischer Arm ist bewegungslos. Der andere Arm, aus Fleisch und Blut, zittert leicht.

»Ja, Sir«, wiederholt Borden.

Der Colonel gehört zur kecken Sorte. Als er an mir vorbeikommt, beugt er sich mit einem anzüglichen Grinsen zur Seite. »Nennt man Sie Vinnie?«

»Ja, Sir«, sage ich. »Master Sergeant Michael Venn.«

»Wir sind russische Luftlandeeinheit, Raumstreitkräfte, abkommandiert – 45. Newski. Kennen Sie uns?«

»Ja, Sir.«

»Freut mich, dass wir unvergesslich sind. Uns mitgeteilt wurde, dass wir Sie erwarten sollen, insbesondere *Sie*, Master Sergeant.« Litwinow sichert sein Gewehr und schlingt sich den Trageriemen über die Schulter. Die russischen Soldaten entspannen sich. »Wir sollen Sie schützen und bringen zu bestimmtem

Ort. Gemeinsamer Kollege zollt Respekt und schickt Gruß.«

»Wer, Sir?«, frage ich.

Der Colonel langt in seine Gürteltasche, holt ein abgegriffenes Foto hervor und hält es mir vor den Helm. Es zeigt Joe in langer grauer Unterhose – es scheint alles in Ordnung mit ihm zu sein. Er steht im Innern eines vollgestopften Domizils und wirkt besorgt, aber nicht bedroht. Es gefällt ihm nur nicht, dass dieses Foto gemacht wird, mit ihm in Liebestötern. Die Frau an seiner Seite ist so groß, dass ihr Kopf fast nicht mehr aufs Foto passt. Eine Frau, an die ich immer wieder denken musste, seit ich den Mars verlassen habe. Tealullah Mackenzie Green.

Teal.

Borden und Kumar kommen näher und werfen einen Blick auf das Foto des Colonels. Kumar nickt Borden zu.

»Erkennen Sie die Leute?«, fragt mich der Colonel.

»Meine Freunde«, sage ich.

Er steckt das Foto wieder ein und mustert mein Gesicht hinter dem Helmvisier. Entschlossenheit liegt in seinen Augen, und auch Kummer. »Wir können sie in zwölf Stunden erreichen, wenn wir unterwegs nicht aufgehalten werden. Wer von Ihnen ist Skyfolk-Repräsentant, Guru-Mann namens Aram Kumar?«

Kumar gibt sich zu erkennen. Der Colonel vergleicht Kumars Gesicht mit einem anderen Foto aus dem Beutel an seinem Gürtel. »Unsere Order vorsehen, dass wir den Ort früherer Heldentaten aufsuchen, wo Depot abgesetzt worden ist vor Monaten, mit Fontänen für das Sammeln von Treibstoff. Hier, so die Order, wir bekommen Passagiere, Verstärkung und Ausrüstung. Doch warum das Depot so weit hier draußen absetzen?, frage ich mich. Und ich soll Passagieren erlauben, früheren Standort von Mondfragment zu erkunden. Ist das korrekt?«

Borden nickt. Sie hört, was sie hören möchte.

»Dann kommt völliger Blackout, keine Order mehr, keine Erklärungen, und so wir reisen in gutem Glauben und haben bereits einen hohen Preis bezahlt. Bekommen wir Ausrüstung?«

»Natürlich«, sagt Borden.

Zehn weitere Russen klettern aus ihren verbeulten und angesengten Fahrzeugen, die meisten von ihnen Sergeants und Lieutenants. Einer ist Captain, ein anderer Major. Ich glaube, es sind einige Frauen unter ihnen. Die russischen Hautengen sind nicht sehr figurbetont und schwerer armiert als unsere. Meiner Ansicht nach lässt sich nicht viel mit ihnen anfangen, aber vielleicht empfinden die anderen ihre Präsenz als beruhigend.

Lieutenant Kennedy hat den Schlitten-Lander verlassen und sich Borden und Kumar hinzugesellt. Borden fordert ihn auf, den Schlitten zu entladen, woraufhin Kennedy mit einigen experimentellen Sprüngen zurückeilt. Die Russen beobachten ihn, wie wachsame Hunde, die ein Eichhörnchen im Auge behalten, als er den hohen und breiten weißen Zylinder herablässt.

Der Schlitten neigt sich, fort vom Lander, bis seine Stützleisten den harten Boden berühren. Dann öffnet sich die runde Kappe, und heraus kommen Fahrzeuge. Als sie draußen sind, wird eine Palette mit Ausrüstung in vier Kunststoffcontainern – etwa eine Tonne – herabgelassen.

Anschließend kehrt Kennedy mit seiner Datentafel zurück. Litwinow wirft einen kurzen Blick darauf und unterschreibt. Formalitäten erledigt. So was scheint selbst hier nötig zu sein, auf dem Mars, in einer derartigen Situation.

Jacobis Skyrines haben sich die ganze Zeit über nicht von der Stelle gerührt. Jacobi, Jennings und Ischida halten nun die Helme aneinander und reden miteinander. Borden bemerkt es, lässt sie aber gewähren. Ich bin zwei Meter von dem Trio der Unzufriedenheit entfernt und höre gerade so, was sie sagen.

»Ich begreife es nicht«, sagt Ischida.

»Was ist unsere *wirkliche* verdammte Mission?«, fragt Jennings. »Mir scheint, sie konnten diese Typen nur hierherlocken, indem sie ihnen Ausrüstung versprachen. Ich wette, bei den Siedlungen sieht's mies aus.«

»Und was soll der Scheiß über keine Antags im Umkreis von dreitausend Kilometern?«, fragt Ischida. »Wenn die Russen nicht von Antags angegriffen worden sind, von wem dann? Wir sitzen hier auf dem verdammten Präsentierteller, zusammen mit einem Scheußlichen, der von den Blauen herumkutschiert wird. Geht's eigentlich noch mieser?« Mit den Blauen meint Ischida die Navy, Commander Borden. Ich bin der Scheußliche: ein verdammter scheußlicher KGS.

Jacobi bemerkt meinen Blick und beendet die Besprechung. Das Trio trennt sich mit finsteren Blicken. Niemand will mit mir reden. Na prächtig.

Mehr Russen kommen aus den Fahrzeugen. Es sind insgesamt fünfundzwanzig, mehr als doppelt so viele wie wir. Wir brauchen die neuen Transportmittel.

Angeführt von einer schlanken *Starshina*, Sergeant Major, machen sich vier russische *Efreitors*, Corporals, daran, die Plexanyl-Verpackung aufzuschneiden und sich nicht nur eine neue Scholle unter den Nagel zu reißen, sondern auch zwei Tonkas und einen Chesty mit ordentlich Wumms. Ein Kran packt die Ausrüstungspalette auf die Ladefläche der Scholle.

Litwinow tritt zurück und schickt seinen Soldaten ein Signal. »Heißt unsere amerikanischen Kameraden willkommen!«

Die Hälfte von ihnen salutiert ohne großen Enthusiasmus. Die anderen starren nur.

Zwei Tech-Sergeants mit schwarzen, grünen und goldenen Erkennungszeichen – Spezialisten für abgebaute Materie – bereiten Ladungen vor, um die beschädigten russischen Fahrzeuge zu zerstören. Als sie damit fertig sind, weist Litwinow vier *Efreitors* an, die Karren einen halben Kilometer weit zu fahren oder zu schieben – das scheint er für eine sichere Entfernung zu halten.

Litwinows Stellvertreter, Major Karl Rodniansky – ein ziemlicher Brocken von einem Mann, mit breiten, kantigen Schultern und weißblondem Haar, das ihm bis zu den Brauen reicht – vereinbart mit Kennedy und Clover den Transfer von Depot-Treibstoff für die Lifter. »Verbrauchen Sie das Zeug!«, sagt Rodniansky zu Kennedy. »Gemeine Mistkerle da draußen. Sie verdienen es nicht.«

Ich bin mir nicht sicher, ob er Antags meint.

Beide Lander werden starten, wenn wir weit genug weg sind. Der Schlitten bleibt hier. Tausende von Schlitten sind auf dem Mars verstreut, zusammen mit ebenso vielen Artefakten, die nicht von uns stammen.

Der Colonel ist zufrieden, dass die Anweisungen ausgeführt und die Verpflichtungen erfüllt sind. Er wendet sich wieder an Borden und Kumar. »Wir haben von Antags beim nördlichen Eis gehört«, sagt er. »Vielleicht stimmt es. Unsere Angreifer benutzen menschliche Taktiken, nicht wie die *Antagonista*. Und warum haben sie nicht das Depot erledigt?« Der Colonel deutet zu den nicht besonders gut getarnten Tanks und Fontänen. »*Antagonista* würden es brauchen, für nach Hause kommen. Aber *andere* …«

»Pioniere«, bestätigt Jacobi und verzieht das Gesicht. Sie scheint nicht zu verstehen, was Litwinows Worte sonst noch bedeuten. Vielleicht will sie es auch gar nicht verstehen.

»Warum nicht beide?«, fragt Ischida. »Wir sind was Besonderes. Alle haben es auf uns abgesehen.«

*Wundervoll.*

Litwinow dreht sich, und sein Helm kommt nahe an meinen heran. »Master Sergeant Michael Venn. Wir etwas gemeinsam haben, Sie und ich«, sagt er. »In Nevada, Kellerbar in Hawthorne. Wie im Wilden Westen. Sie mich geworfen haben in schmutzige Gasse. Wissen Sie noch?«

»Nein, Sir.« Ich erinnere mich nicht an den Colonel, wohl aber an die fiesen Iglas-Messer, mit denen die Russen in jener alten Bar herumgefuchtelt haben. Der Colonel könnte eins bei sich haben und noch immer sauer auf mich sein. Borden klebt wie ein Schatten an meiner Seite. Und ich bemerke, dass auch Jacobi auf volle Wachsamkeit umgeschaltet hat.

»Guter Kampf«, sagt Litwinow. »Wir waren grün, unbesonnen. Wir lernen gut. Und Monate später wir sind zusammen bei heldenhaftem Kampf auf dem Roten. Sie erinnern sich jetzt?«

»Ja, Sir.«

»Venn«, fügt Litwinow hinzu, sein Helm noch immer an meinem, »wir haben gegeneinander und zusammen gekämpft. Sie mir schwören, dass Sie Wahrheit sagen und nichts anderes als die Wahrheit?«

»Ich werde mir alle Mühe geben«, sage ich.

Er runzelt die Stirn. »Schwören Sie mir auf berühmtem Marsgrab«, beharrt er. »Sagen Sie mir *nur* die Wahrheit, keinen Unsinn von der Erde.«

»Auf General Pullers blutigem Grab schwöre ich, nur die Wahrheit zu sagen«, erwidere ich.

»Chesty Puller! Namensvetter, richtiger Mistkerl in Nicaragua, richtiger imperialistischer amerikanischer Schurke. Ist gut. *Verdammt* gut.« Litwinow schüttelt mir die Hand. Er meint es ernst. Ich auch. Komisch, wie man solche Dinge fühlen kann.

Dann winkt er Kumar, Borden, Jacobi und Rodniansky zu uns. Unsere Helme berühren sich – die anderen bleiben von diesem Gespräch ausgeschlossen. »Zwei Umsiedlungslager sind angegriffen und evakuiert worden«, sagt Litwinow. »Viele Siedler tot. Zeugen, Überlebende, sagen, dass es nicht gewesen sind *Antagonista*, sondern Menschen in kleinen Gruppen, gut ausgerüstet. Schnelle Schiffe, kleine Schiffe, bringen diese Gruppen und verschwinden sofort wieder. Ich weiß, dass es keine Russen sind. Damit bleiben Streitkräfte, die Mine in altem Mond zerstört haben: multinational, von Amerikanern befehligte Skyrines, wie Sie. Kumarji, Sie dienen dem Skyfolk – aber oberster Kommandeur der Vierten Abteilung?«

»Für unsere Zwecke, ja«, sagt Kumar.

»Zerstörung von Monden und Lagern durch Gurus angeordnet?«

»Das nehmen wir an«, sagt Kumar.

»Also wir davon ausgehen können, dass andere Abteilungen auf der Erde nicht mit unseren Aktionen einverstanden sind?«

»Davon können wir ausgehen, ja«, bestätigt Kumar.

»*Chërt voz'mi*! Mehr und mehr Mist«, sagt der Colonel. »Unsere Kommandeure seit Langem vermuten, dass Gurus nicht vertrauenswürdig sind. Die letzten Order von Rossija Sky Defense weisen uns an, Wüste zu durchqueren und Neuankömmlinge zu Umsiedlung zu bringen, zu Ort, den Skyrines Fiddler's Green nennen. Wir sollen Master Sergeant Michael Venn *um jeden Preis* schützen. Klingt wie … Russen gehören zu Vierter Abteilung?«

Alle sehen mich an, doch die Antwort gibt Kumar. »Ich glaube, sowohl die Russen als auch die Japaner haben sich der Vierten Abteilung und ihren Zielen angeschlossen.«

Litwinow schüttelt den Kopf. »Aber Amerikaner nicht, nein?«

»Nicht ganz«, sagt Kumar.

»Noch nicht«, fügt Borden hinzu.

»Dann Zukunft ist unvorhersehbar. Wenn die meisten Unterzeichner von Sky Defense uns wollen tot … Was, wenn jemand hier, von *dieser* Gruppe, ebenso denkt?«, fragt der Colonel. »Was, wenn Ihre Leute die Waffen gegen uns richten und zu Ende bringen, was andere nicht zu Ende gebracht haben?«

Kumar begegnet Litwinows ernstem, traurigem Blick. »Diese Männer und Frauen sind sorgfältig ausgewählt worden und alle entschlossen, das Richtige zu tun.« Echos von zivilem Schwachsinn. Kumar ist nicht daran gewöhnt, es mit Kämpfern zu tun zu haben, und noch weniger versteht er es, ihre Zweifel auszuräumen. Moral existiert hier überhaupt nicht. Er muss eine Schippe drauflegen, wenn's was werden soll.

Litwinow sieht ihn noch einige Sekunden länger an, bevor er die Schultern strafft und spottet: »Ja, *verfickte* richtige Sache. Wir tun dies, damit verdammtes Skyfolk abhaut! Es behandelt Rossija anders als UK und USA. Hütet Geheimnisse, lässt uns massenhaft sterben … Wenige Belohnungen, nicht annähernd so viel wie Amerika! Wieder respektlos gegenüber Slawen. *Pfah!*« Er drückt den Daumen an den Unterarm, hebt dann das Kinn und schüttelt die lange, schlechte Geschichte ab.

Dann sagt der Colonel: »Wir bleiben, bis Schiff startet, fahren dann nach Fiddler's Green. Name von Nachwelt, wo Tanzen und Singen nie aufhört, beliebt bei amerikanischen Kämpfern – ja?«

Bordens Blick huscht von Litwinow zu den anderen Russen und kehrt zum Colonel zurück. Die Dinge stehen hier auf der Kippe, aber Litwinow scheint alles einigermaßen unter Kontrolle zu haben. Wie es mit uns weitergeht, hängt in erster Linie von ihm ab, nicht von Kumars sozialer Kompetenz.

Die Skyrines beziehen Aufstellung, um in die ihnen zugewiesenen Fahrzeuge zu klettern. Ischida und Jennings richten erneut einen prüfenden Blick auf mich, aber Jacobi sieht mich nicht an. Die Stimmung der Russen ist ansteckend, und Skyrines verabscheuen schlecht definierte Beziehungen ebenso sehr wie unklare Missionen und konfuse Anweisungen. Litwinow – ein Russe! – hat mich aus der Gruppe herausgepickt. Was bin ich: Held, Sonderling, Gefangener oder, schlimmer noch, Renegat? Jemand, der so verdammt viel Mist gebaut hat, dass sie ihn im Madigan Hospital einsperren, nur um genau zu untersuchen, wie verkorkst und verrückt ein Skyrine werden kann?

Mir wird so richtig warm ums Herz, wenn ich daran denke, wie sehr mich diese Leute hassen können, falls was schiefgeht.

# Feuerwerk

Die Russen bringen die letzten Ladungen in und bei den beschädigten Fahrzeugen an. Die Dinger gehen mit einem dumpfen Donnern und einem beeindruckenden Lichtblitz hoch. Trümmer fliegen, vor allem nach Süden, aber ein paar segeln über uns hinweg. Huch. Ein Stück von einem Kotflügel prallt von der Seite des Landers ab, richtet aber keinen Schaden an. Kennedy ist trotzdem sehr besorgt und macht ein ziemliches Trara, bevor er erkennt, dass die Sache kaum der Rede wert ist. Hastig trifft er Vorbereitungen für den Aufbruch – er will so schnell wie möglich weg von hier.

Die beschädigte TE-86b, die Skells und Tonkas … Sie brennen und qualmen und leisten den anderen Resten des »heldenhaften Kampfes« Gesellschaft. Das eine noch verwendbare und die vier neuen Fahrzeuge bilden unter den Landern einen nach außen offenen Kordon, während die Piloten ihre Systeme überprüfen – die übliche Kontrolle, bevor es losgeht. Über uns wird der Himmel schnell dunkel und kündigt die marsianische Nacht an.

Kennedy teilt Borden mit, dass es im Depot genug Wasserstoff und Sauerstoff gibt, um die Schiffe allein mit ihren Triebwerken in den Orbit zu bringen, ohne dass wir auf unsere Vorräte an abgebauter Materie zurückgreifen müssen. Das verbessert ihre Chance, einigermaßen schnell nach Hause zu kommen. Außerdem stattet das Depot unsere Fahrzeuge – und auch unsere Hautengen – mit Treibstoff, Wasser und Sauerstoff aus, was einige Stunden mehr für jeden von uns bedeutet. Keine Tankstellen zwischen hier und Fiddler's Green. Die Luft muss für sechshundert Kilometer reichen.

Die Dämmerung dauert nicht lange auf dem Roten, nur einige wenige Minuten ohne viel Staub in der Atmosphäre. Es ist erstaunlich klar und kalt. In Hautengen herumzulaufen ist eine ziemlich stille Angelegenheit. Laute Geräusche erreichen einen, aber sie sind dumpf, wie im Traum. Andere Geräusche bleiben im wahrsten Sinne des Wortes auf der Strecke. Kleine digitale Kommunikationspakete dürfen gesendet werden, wenn es sich nicht vermeiden lässt. Plauderei ist nicht drin. Ich bleibe bei Borden und zwei russischen Corporals, die nicht das geringste Interesse daran zeigen, ein Gespräch zu beginnen, vielleicht deshalb, weil sie nicht darauf vertrauen, dass Engel ihren Ärger und Groll richtig übersetzen. Alles klar, liebe Freunde, ich weiß trotzdem Bescheid.

Bordens Kopf dreht sich ständig – dauernd überprüft sie alles und jeden. Ich muss sagen: Sie hat sich schnell ans Gehen auf dem Roten gewöhnt. Ihre Bewegungen drücken Zurückhaltung und Sparsamkeit aus – sie versteht es, mit ihren Kräften zu haushalten. Vielleicht verdankt sie es ihrer Ausbildung auf der Erde, in einer Sprungschule. Oder sie ist schlicht und einfach ein Naturtalent.

Ich weiß noch immer nicht, was ich von Kumar halten soll. Skyrines sind mit ziviler Autorität nie sehr glücklich gewesen. Aber eine *fremde* Autorität? Sind die Angehörigen des Bedienpersonals Zivilisten, Propheten oder Halbgötter? Ich habe beschlossen, Borden und Kumar zu begleiten, was mich aus dem Madigan Hospital brachte, anschließend relativ bequem per Transvak zum Roten, und es gibt mir eine Chance, Joe und Teal wiederzusehen. Unter solchen Umständen habe ich kaum das Recht, sauer auf jemanden zu sein, abgesehen von Kumar, und wenn auch nur deswegen, weil ich als KGS präsentiert worden bin. Dennoch habe ich so meine Zweifel. Tiefe, ernste Zweifel. Die ganze Zeit über spekuliere ich über die Hintergründe und das, was uns erwartet, und gelegentlich zuckt ein Blitz der Furcht durch die dunklen Wolken der Spekulationen.

Bisher keine Captain Coyle mehr. Aber ich habe das Gefühl, noch etwas *anderes* verberge sich in mir, dem ich keine Gestalt geben kann. Ebenso wenig bin ich in der Lage, das andere aus seinem Versteck zu locken. Das Gehirn ist noch immer nicht mein Freund.

Litwinow hat sich mit zwei seiner Captains beraten – mit zusammengesteckten Köpfen haben sie geflüstert –, und verkündet Borden, Kumar, Jacobi, Jennings, Ischida und auch mir, dass wir mit einem der neuen Tonkas fahren. Das Ding rollt bereits auf uns zu. »Gruppe beisammenhalten, ja?«

Ein ruppiger Russe mit scharf geschnittenem Gesicht, ein Chief namens Kalenow, teilt uns für die Fahrzeuge ein. Der Rest unserer amerikanischen und japanischen Skyrines werden im zweiten Tonka unterwegs sein, mit drei weiteren Russen sowie Fahrer und Beifahrer. Litwinow ist besonders vorsichtig. Keiner unserer Skyrines kommt in den Chesty oder die Scholle, was bedeutet: Wir haben keinen Zugang zu den entscheidenden Waffen. Vorläufig sind wir nichts weiter als Passagiere.

Wie immer gibt es eine Verzögerung – die Lander müssen auf etwas warten, ohne dass die Piloten erklären, worauf. Einige Russen werden mit Wachdienst beauftragt. Die meisten von uns klettern in die ihnen zugewiesenen Fahrzeuge, um nicht zu frieren. Es ist hübsch warm im neuen Tonka, warm, stickig und langweilig. Die Schwestern plaudern hinten miteinander; sie scheinen ein früheres Gespräch fortzusetzen.

»Den Burschen kurz vor dem Transvak kennenzulernen …«, sagt Jennings zu Ischida. »*Das* nenne ich Glück.«

»Ist er nett?«, wendet sich Jacobi an Ischida.

Ich bin fasziniert. Die Schwestern sprechen leise, aber ich bekomme trotzdem einen Hinweis darauf, wie eine Wintersoldatin mit solchen Dingen umgeht.

»Ein bisschen«, sagt Ischida. »Zuerst war er neugierig. Dann … sehr sanft und süß. Ja, nett.«

»Ich *wette*, dass er neugierig war«, sagt Jennings. »Glänzende Schwester, stark wie ein Panzer.«

»Herz wie eine Festung«, sagt Jacobi.

Ischida nimmt es stoisch hin. »Direkt danach fragte er nach meinem Spitznamen.«

»Hast du ihn genannt?«, erwidert Jennings.

Ischida blickt nach vorn und merkt, dass ich zuhöre. Sie beugt sich in den Gang und sagt laut: »Mein Spitzname lautet Gadget, *Sir*. Inspector Gadget. Wie im Fernsehen.«

Die anderen blicken zur Decke. Was bin ich doch für ein Mistkerl. Ich möchte etwas Cleveres und Schmeichelhaftes sagen, um den Patzer auszugleichen, um mich für das zu entschuldigen, was ich bin – um weniger deutlich zu machen, wozu Ischida geworden ist. Aber das geht nicht. Eigentlich weiß ich gar nicht, was ich will. Ich bin wie ein Junge, den man in der Highschool dabei ertappt hat, die Mädchen beim Duschen zu beobachten.

»Athena, die den Sieg bringt und deren Ruhm in Krieg und Frieden glänzt«, sage ich. »Niemand wagt es, ihre Nacktheit ohne Furcht und Neid zu betrachten.«

Es folgt langes, verblüfftes Schweigen. Borden mustert mich mit aufrichtigem Mitleid.

»Was zum *Teufel* …?«, sagt Ischikawa.

»Sei nicht so streng mit ihm«, sagt Jacobi. »Du würdest ihn einfach wegputzen, Gadget.«

»Das würde ich, nicht wahr?«, erwidert Ischida verträumt.

Ich lehne mich zurück, verbrannte Wüste. Der Sieg gehört ihnen.

Während der nächsten Stunde halte ich mein Visier geschlossen und sehe mir die Kampfberichte an, die unseren Helmen übermittelt werden. Einige sind noch blockiert, auf Befehl von Commander Borden. Vermutlich will sie uns den Kram erklären, mit Kumar, der im Hintergrund aufpasst. Aber es gibt auch einige offene Start- und Landeberichte. Vom ersten Teil der sogenannten Schlacht um den Mars haben wir nichts mitbekommen, denn meine Truppe traf später ein und wurde bei einem schlechten Sprung über Chryse verstreut. Ich blättere durch die Logistik und suche nach russischen und koreanischen Startdaten. Ihre schnellen Spaceframes machten sich auf den Weg, *nachdem* unsere die Umlaufbahn der Erde verlassen hatten, erreichten das Ziel aber fast einen Monat früher. Einige von uns vermuteten, dass ein Kommando auf der Erde – Generäle? Bedienpersonal? Gurus? – beschlossen hatte, dass etwas Großes geschehen musste, und zwar schnell, und dass sie deshalb einen breiter angelegten und ziemlich teuren Vorstoß anordneten.

Sie haben die Sache total vermasselt.

Elf Stunden. Alle im Tonka schlafen, bis auf den russischen Beifahrer. Völliger Blackout. Niedrige Wolken verbergen die Sterne. Ein kleiner Mond geht auf, ein schneller, winziger Ball. Ich döse ein wenig vor mich hin.

Dann sendet Litwinow, dass die Schiffe aufbrechen und es für uns losgeht. Alle werden wach. Einer der russischen Corporals, vielleicht frisch aus einem angenehmen Traum gerissen, reibt sich die Augen durchs offene Visier, stößt mich an und lächelt. Sein Gesicht ist glatt und offen, das Gesicht eines Jungen. Ich erwidere sein Lächeln. Woraufhin er ernst wird und den Blick abwendet. Warm und gemütlich hier drin.

Die Wächter klettern auf die Skells, und wir rollen los. Kumar behält die dunkle Ebene jenseits der Wracks im Auge. Der erste Drifter – beziehungsweise sein Rest – ist etwa zehn Kilometer entfernt, fünfzehn oder zwanzig Fahrminuten. Ich weiß nicht recht, ob ich zurückwill. Unsere Gefallenen sind noch dort draußen: gefriergetrocknetes, in Fetzen gehülltes Dörrfleisch.

Oder tief im Drifter vergraben.

Ich wartete immer wieder darauf, dass Captain Coyle weitere Sprechblasen füllt, dass sie aus ihrem Grab nach Rache ruft. Doch ich spüre sie noch immer nicht. Vielleicht habe ich sie auf der Erde gelassen. Wie orientieren sich Geister, wie finden sie sich zurecht?

Aus dem Kordon wird eine Art W, mit den Skells hinten und an den Seiten, Chesty und Scholle an den Spitzen, ihre Waffen bereit, und den Tonkas ebenfalls hinten und in der Mitte. Litwinow sitzt im Chesty, Namensvetter von imperialistischem Bastard. Ich würde auch gern dort drin sitzen, wenn ich die Wahl hätte. Chestys haben es nämlich so richtig in sich. Warum wir zum Drifter zurückkehren, verstehe ich nicht ganz. Wenn das Bombardement wirklich so heftig war, wie ich es in Erinnerung habe, und wenn es nach unserem Abmarsch weiterging … Dann finden wir nur ein großes Loch, mehr nicht. Aber Kumars Ziel ist klar. Wir sollen uns die Sache ansehen.

*Ich* soll sie mir ansehen.

# Unklare Nachricht

Der Morgen beginnt mit hohen, blassen Wolken, die sich orangerot verfärben, bevor Licht den Boden erreicht. Dort oben gibt's ziemlich starken Wind; man kann sehen, wie er an den Wolken zerrt, wie er sie in Streifen reißt. Dann kommt die Ebene von Chryse aus der Dunkelheit. Mit etwa dreißig Stundenkilometern rollen wir über glatten Basalt, doch das wird sich bald ändern. Nur zu gut erinnere ich mich an das Terrain, oder einen Teil davon.

Überall gibt es Windzeichen. Staubtromben ziehen wie mit Phantomfingern zufällige Linien über die Ebene. Ich zähle sieben durch die Windschutzscheibe: dünne, hohe, rotierende Säulen weit draußen am nördlichen Horizont, rosarot jetzt am frühen Morgen, der sanftes rötliches Licht durch die Seitenfenster des Tonkas schickt. Seit Milliarden von Jahren kritzeln diese Finger in den Sand des Roten, ohne dass etwas Verständlich dabei entsteht. Sie erinnern sich nie daran, was sie mitteilen wollen, werden aber nicht müde, es immer wieder zu versuchen.

Die Fahrt wird holpriger. Ich rücke fort vom Nest

des Piloten und blicke durchs nächste, von Staub verschleierte Seitenfenster. Die Landschaft im Westen ist zerklüftet. Junge Krater bilden Gruben im Basalt, hell in der Mitte und umgeben von silbergrauen Strahlen. Zerfressener als ich es in Erinnerung habe – aber ich erinnere mich nicht an viel vor dem Start.

»Vertraute Gegend?«, fragt Kumar.

Die ganze Kabine hört zu.

»Ich erkenne nichts davon«, sage ich. »Zu viel hat sich verändert.« Die Beschaffenheit der Krater deutet darauf hin, dass noch mehr schweres Zeug vom Himmel gefallen ist: Kometen, Meteoriten, Asteroiden, was weiß ich. Ein Krater rechts von uns durchmisst mindestens dreihundert Meter. »Muss ein Antag-Bombardement gewesen sein«, sage ich. »Wir schmeißen nicht mit Kometen, oder?«

Kumar schüttelt den Kopf.

Wir kommen an Zeichen von weniger kosmischen Konflikten vorbei: zerstörte Schutzwälle, zertrümmerte und verbrannte Spaceframes, die halb geschmolzenen Gerippe großer Fahrzeuge, Chestys, Deuces, Schollen. Auf hundert Metern rollen wir an sechs zu Schlacke verschmorten Waffenplattformen vorbei, etwas abseits des Weges, den wir nehmen und der sich an den schlimmsten Trümmern vorbeiwindet. Ich nehme an, dieses Kampfgebiet ist nicht weit von der Stelle entfernt, an der man uns abgeholt hat. Aber es erstreckt sich über Dutzende, vielleicht sogar Hunderte von Kilometern.

»Warum haben sie gekämpft?«, frage ich. »Um die Stellung zu halten, eine Besetzung zu verhindern?«

»Ich dachte, Sie könnten uns das sagen«, erwidert Kumar.

»So viel habe ich nicht gesehen. Aber dies hier war groß und *scheußlich*.«

Will mich Kumar aus der Reserve locken, wie er es in meiner Zelle in Madigan versucht hat? Will er mir den Kopf öffnen und sehen, ob ich etwas Wichtiges weiß, aber zu blöd bin, das Wichtige zu erkennen? Er ist noch immer der Inquisitor mit dem hypnotischen Blick. Er kann nicht anders. Meine Finger, von Handschuhen umhüllt, krümmen sich zu Klauen. Ich bemühe mich, ruhig zu bleiben.

»Nachdem man uns abgeholt hat, müssen weitere Feldzüge stattgefunden haben, über Wochen und Monate hinweg«, sage ich. »Es hat wohl kaum Truppenkonzentrationen an stabilen Positionen gegeben. Die Skyrines sind bestimmt ausgerückt oder in andere Einsatzgebiete verlegt worden. Anschließend hat man sie durch weitere Absprünge ersetzt ...«

»Vier Bataillone waren es«, sagt der russische Fahrer mit schwerem Akzent. Wir blicken nach vorn. Sein Erkennungszeichen identifiziert ihn als Sergeant Kiril Durow. Er hat zum ersten Mal gesprochen. Sieht nach Ende dreißig aus, hat ein raues Gesicht, von zahlreichen dünnen Falten durchzogen, und erfahrene braune Augen. Er und sein Kopilot – der Beifahrer Igor Federow, der an den Kontrollen einer Blitzkanone sitzt –

beobachten das Gelände und erinnern sich vielleicht an das Gemetzel. »Heldenhafter Kampf. Wir begraben nicht Antags … was von ihnen übrig. Aber viele.«

Nur zehn Meter entfernt kommen wir an den Resten eines großen Millis vorbei, eines Antag-Transporters. Das Ding ist in der Mitte aufgeschnitten und verbrannt. Staub bedeckt die schrägen Räder und die unteren Teile des Rumpfes.

»Warum Chryse, warum der Drifter?«, frage ich.

»Ich kann nicht für die Antagonisten sprechen«, sagt Kumar. »Aber man hat Sky Defense mitgeteilt, die Kontrolle über diesen Sektor sei wichtig genug, um eine große Streitmacht zu entsenden, und zwar früher, als es irgendjemand von uns erwartet hätte.«

Borden fügt hinzu: »Die Truppen waren angewiesen, dieses Gebiet zu verteidigen, andern den Zugang zu verwehren oder das Terrain unzugänglich zu machen, sollte eine Verteidigung unmöglich sein.«

Hinter dem Milli liegen die Wracks von sechs weiteren Skyrine-Deuces und, halb in Sand und Geröll vergraben, ein Kommando-Orbiter und sein Lander, wie jener, der uns zum Roten brachte. Doch dieser wird nie wieder fliegen.

Wir *müssen* in der Nähe des ersten Drifters sein, aber ich erkenne nirgends etwas, das nach einem eine Milliarde alten felsigen Schwimmer aussieht. Der Kopf, die Schultern, die erhobenen Arme … Das alles muss völlig zerstört worden sein. Ein alter Schwimmer, der hinabgedrückt wurde und ertrank …

Kumar bedeutet Jacobi und Borden, uns gegenüber Platz zu nehmen. Soldaten und Skyrines ordnen sich neu. Jetzt kommt's.

»Commander Borden hat sich gründlich mit der sogenannten Schlacht um den Mars beschäftigt«, sagt Kumar. »Bevor wir unser erstes Ziel erreichen, sollten wir uns noch einmal in Erinnerung rufen, was geschehen ist. Commander?«

Borden steht hinter dem Nest des Piloten und gibt die in unsere Engel übertragenen Daten frei. Während sie spricht, betrachten wir Diagramm, kurze Videos und Einschätzungen.

»Es gab mindestens drei große Bombardements durch orbitale Streitkräfte der Antags: zwei Kometenschläge, gefolgt von einem Flächenbombardement mit abgebauter Materie«, sagt Borden. »Der erste Kometenschlag bestand aus sieben Objekten, die vermutlich alle aus der Oortschen Wolke stammen. Das waren die Impaktereignisse, die Master Sergeant Venn und seine Kameraden auf der Oberfläche erlebten.«

»Sie befanden sich draußen?«, fragt Jacobi.

»Ziemlich weit weg«, erwidere ich.

Jacobi sieht mich an, mit neutralem Gesichtsausdruck. Das ist eine Verbesserung.

»Der erste Schlag vernichtete vier Siedlungen, darunter das größte Voor-Lager«, fährt Borden fort. »Einige Brocken scheinen das Ziel verfehlt zu haben oder waren nicht für den Drifter bestimmt, sondern für die Muskis. Wir wissen es nicht, denn natürlich fehlt uns Zugang zu Plänen und Anweisungen der Antags.

Erstaunlicherweise entkamen etwa hundertfünfzig Siedler, unter ihnen einige Voors, die zum Drifter unterwegs waren. Sie begegneten Captain Daniella Coyles Sondereinsatzgruppe und brachten sie gegen ihren Willen zum Drifter. Captain Coyle war mit dem Befehl auf dem Mars abgesetzt worden, den Drifter zu zerstören, mit allen ihr zur Verfügung stehenden Mitteln.«

»Von wem stammt der Befehl?«, fragt Jacobi. »Ich meine, von wem ganz oben.«

Borden sieht Kumar an. Kumar zögert, gibt dann aber nach. »Der Befehl wurde Joint Sky Defense vom Bedienpersonal in Washington, D.C., übermittelt.«

»Sie, Sir?«, fragt Jacobi.

»Nein. Ich war nicht Teil jener Befehlskette.«

»Ich hätte Coyle sein können«, sagt Jacobi. »Wir hätten ihr Team sein können. Das sollte uns allen klar sein.«

Kumar neigt den Kopf.

Halb an meine Adresse gerichtet sagt Borden: »Captain Jacobi hat sich zusammen mit Captain Coyle vorbereitet. Sie leitete das Reserveteam.«

»Wenn man uns ausgewählt hätte, wären wir dort drin wie Coyle gestorben«, sagt Jacobi. Ihre Skyrines sind sehr ernst. Die Russen schweigen, hören aufmerksam zu. Alle sehen mich an und warten auf meine Reaktion.

Ich hebe den Kopf und blicke durch den Gang. »Sie alle … Spezialeinheit?«, frage ich.

»Ja«, bestätigt Jacobi. »Bereitet Ihnen das Unbehagen?«

»Teufel auch, ja«, sage ich.

Jacobi beugt sich vor. »Wir hätten versucht, *Sie* zu töten, Venn.«

»Das reicht«, sagt Borden.

Es will alles aus mir raus, was vielleicht besser wäre. Aber ich beiße die Zähne zusammen und starre auf meine Stiefel.

»Captain Coyle konnte ihre Mission nicht beenden«, fügt Borden hinzu. »Sie und viele Mitglieder ihrer Gruppe fanden ein seltsames Ende im Kristallraum des Drifters.«

»In der ›Kirche‹«, sagt Kumar.

Mir reicht's. »Sie haben Rasenmäher gegen die Voors eingesetzt!«, rufe ich. »Sie haben einfach Hackfleisch aus ihnen gemacht!« Der alte Zorn, die Enttäuschung, der Schmerz moralischer Wunden. Ich war da. Jetzt bin ich hier, im Gegensatz zu vielen anderen, die jetzt nirgendwo mehr sind. »Aber als sie die Ladungen ausbrachten, veränderte sich die Kirche …«

»Sie haben die Kirche gesehen, nicht wahr?«, fragt Jacobi kalt wie Eis. »Sie waren drin. Wie sah es dort aus?«

In meinem Rücken zuckt es. »Schrecklich, zum Schluss«, bringe ich hervor.

»Blut und Geld«, sagt Jacobi in dem respektvollen und doch entmutigten Ton, den nur ein erfahrener Kämpfer zustande bringt. Sie schenkt mir einen weiteren direkten Blick, der mir wie eine Beichte erscheint. Ich errate, was ihr durch den Kopf geht. Sie denkt, sie hätte es sein sollen.

Und das ist noch nicht alles.

Ich will raus aus diesem verdammten Tonka. Ich bin bereit für den Roten, bereit dazu, mich ihm zu überlassen und zu sehen, ob ich am Leben bleibe. Ich möchte nicht zu diesem Haufen von Schlächtern gehören, welchen Rang sie auch haben, ob Zivilist, Offizier oder gemeiner Soldat – ob tot oder lebendig. Mit einem Ruck beuge ich mich vor, als wollte ich aufstehen, aber dann schließe ich die Augen und lehne mich wieder zurück.

Ich wollte erneut zum Roten. Ich wollte sehen, was wirklich geschehen ist, wie alles endete. Jetzt bin ich hier. Wieder auf die Stiefel starren. Ich bin okay. Der Recycler meines Helms füllt sich mit Schweiß. Der Hautenge nimmt ihn auf, lässt mir aber den Geruch, den Gestank.

Ich bin *okay*.

Noch immer fühle ich Jacobis Blick.

»Die Überlebenden des Drifters schafften es, sich zu formieren und die Linien der Antags zu durchbrechen«, fährt Borden fort. »Das ist eine erstaunliche Leistung, wenn man bedenkt, dass eine neu eingetroffene orbitale Streitmacht von unserer Seite Feind und Drifter ordentlich Dresche gab. Während einer Pause, in der der Feind in Auflösung begriffen war, wurden Lander losgeschickt, die unsere Kämpfer abholten und zur Erde zurückschickten.«

»Wer hat die Dresche befohlen?«, fragt Jennings.

»Gurus«, sagt Ischida. Jennings gibt ihr einen Stoß mit dem Ellenbogen, der wahrscheinlich wehtut – Metall trifft auf den Musikantenknochen. »Alle wollen das verdammte Ding wegpusten!«, beharrt Ischida. »Warum? Was ist so verdammt wichtig daran?«

Es wird nicht still. Die Skyrines reden weiter. Die Russen tun so, als wüsste sie von nichts, aber es nimmt ihnen keiner ab. Jacobi behält mich im Auge, sie lässt einfach nicht locker. Nagelt mich fest mit ihrem Blick.

Wir müssen das erledigen.

»Was ist mit den Voors passiert?«, rufe ich und unterbreche die anderen. »Litwinow hat Bilder …«

»Wir sind nicht hier, um die Siedler zu beschützen«, sagt Borden. Ihr nervöser Eifer – sie erinnert mich an einen Jagdhund, der kurz davor ist, ein Rebhuhn aufzuscheuchen – deutet darauf hin, dass sie begreift, was in der Kabine geschieht. Sie erkennt die Gefahr, und auch die Gelegenheit. Wir sind wie der Rohling einer gerade aus dem Feuer gezogenen Klinge. Wenn sie mit dem richtigen Hammer zuschlägt, dann hat sie uns – dann härtet sie, gibt Kraft. Aber ein falscher Schlag, und alles zerbricht.

Borden schlägt zu. »Es gab keine Möglichkeit, Nichtkombattanten in den Orbit zu evakuieren. Deshalb wurde die Frau namens Tealullah Mackenzie Green, die einige unserer Skyrines rettete und deren Lager den ersten Angriffen zum Opfer fiel, den Voors übergeben. Die Siedler legten hundertfünfzig Kilometer zurück und erreichten ein vor Jahren eingerichtetes Notlager. Fünf von ihnen überlebten die Reise und schlossen sich Hunderten von Flüchtlingen aus anderen Lagern an.«

»Was für eine Art von Notlager?«, frage ich.

»Ein aufgegebenes Domizil, in der Nähe eines Bergwerks in der Art des Drifters«, sagt Kumar.

»Wie viele von diesen Monddingern gibt es eigentlich?«, fragt Jennings.

»Vierzehn Fragmente sind groß genug, um aus der Umlaufbahn entdeckt und kartografiert zu werden«, sagt Borden. »Zwei hat man untersucht. Beim ersten fanden umfangreiche Schürfarbeiten durch algerische Siedler statt. Die Voors übernahmen die Mine und gaben sie auf, als sie von einem unterirdischen … beziehungsweise untermarsianischen Fluss, einem Hobo, überflutet wurde. Jene erste Mine nannte man Drifter. Was den zweiten Brocken betrifft … Die Algerier gruben sich hinein – wie weit, wissen wir nicht – und verließen ihn wieder. Den Voors gelang es nie, sich Zugang zu verschaffen.«

»Keine Münze«, sage ich.

»Korrekt«, bestätigt Borden.

»Master Sergeant Venn gelangte in den Besitz der Münze«, sagt Kumar. »Er fand sie in der Tasche eines Overalls, im Drifter. Und er brachte sie vom Mars mit.«

»Ein Mann voller Geheimnisse«, kommentiert Jacobi.

Ich zeige ihr den Stinkefinger. Sie lächelt süß.

»Die Münze konnte ich mir leider nicht ansehen,

dafür aber eine Kopie von Venns … äh, Bericht«, sagt Kumar. »Offenbar brauchte man die Münze, um Zutritt zu erlangen. Und die war irgendwo auf der Erde – nahmen wir an. Also informierten wir die Gurus, bevor sich die Vierte Abteilung zu etwas mehr Unabhängigkeit entschloss.«

»War auf der Erde?«, frage ich.

»Die Münze befindet sich jetzt auf dem Mars«, sagt Kumar.

Das ist noch etwas mehr Bestätigung für Joes Bild in Litwinows Tasche. Die Person, der ich die Münze in Madigan anvertraute, gab sie Borden, Borden gab sie Joe, und Joe brachte sie zum Mars. So wollten wir das alle, nicht wahr? Ergibt *irgendetwas* hiervon einen Sinn?

»Warum nicht mit Gewalt ins Innere vorstoßen«?«, fragt Ischida.

»Rumswumms«, sagt Corporal Paul Saugus.

Borden blickt durch den Gang. »Gewalt hat sich an jenen Orten als kontraproduktiv erwiesen.«

»Siliziumpest!«, sagt Mori. Jacobi tritt ihm auf den Stiefel, aber nicht so fest, dass sie etwas brechen könnte. Die anderen quasseln durcheinander, bis Jacobi sie auffordert, die Klappe zu halten. Dann steht sie auf und hält sich an der Decke fest. »Commander, weshalb sind wir hier? Wen sollen wir retten oder schützen? Zu Anfang hat sich niemand einen Scheißdreck um die Siedler geschert. Warum jetzt die ganze Aufregung?«

Kumars Blick ist verschleiert. »Wegen des irdischen Embargos der Mars-Kommunikation wissen wir nicht, was hier geschehen ist. Als wir auf die Existenz des ersten Mondfragments und die dortigen Schürfarbeiten hinwiesen, zeigten die Gurus Interesse. Ich hatte den Eindruck, dass sie nicht überrascht waren, obwohl es schwer ist, ihre Emotionen zu deuten – falls sie überhaupt welche haben. Nach wenigen Wochen wiesen uns die Gurus an, die Mine zu finden, den Zugang zu ihr zu blockieren und sie zu zerstören, wenn sich das irgendwie bewerkstelligen lässt. Außerdem sollten wir die Siedler lokalisieren, die in der Mine gewesen waren, und sie isolieren. Wir baten um eine Erklärung, bekamen aber keine.

Daraufhin äußerten einige Angehörige des Bedienpersonals in der Vierten Abteilung lang gehegte Zweifel. Wir wollten vor der Zerstörung mehr über die Mine erfahren, ohne dass die Gurus von unserem Interesse erfuhren. Innerhalb von zwei Wochen gelang es zwei Angehörigen des Bedienpersonals in Indien und Pakistan – Gruppenleiter der Vierten Abteilung –, Führungsoffiziere im Pentagon und im amerikanischen Oberkommando der Joint Sky Defense zu überzeugen. Die betreffenden Offiziere befahlen einigen Skyrines und anderen Leuten, die sich bereits auf dem Mars befanden, die Mine zu untersuchen und wenn möglich die Siedler zu schützen.«

»Joe«, sage ich.

»Lieutenant Colonel Sanchez«, sagt Kumar. »Ihre

Gruppe sollte den Einsatz unterstützen. Obwohl Sie nie Ihre endgültige Order bekamen. Andere Abteilungen erfuhren von der Sache, unsere Offiziere wurden verhaftet, und ihre Nachfolger ordneten Bildung und schnelle Entsendung der Spezialeinheit an. Die Gruppe stand unter dem Kommando von Captain Coyle, sollte den Drifter finden und zerstören, von innen, wenn möglich. Niemand sollte sie an dieser Mission hindern, auch keine Siedler oder andere Skyrines.«

»*Scheiße*«, sagt Jennings und schüttelt den Kopf.

»Die Gruppen mit den unterschiedlichen Einsatzordern trafen in einem Abstand von fünf Wochen ein, während es auf dem Mars besonders heiß herging. Sie wurden verstreut und aufgelöst, was nicht nur am Widerstand der Antagonisten lag, sondern auch an interner Sabotage.«

»Auch die Antags haben versucht, die Mine zu zerstören, nicht wahr?«, fragt Jacobi.

»Das stellte sich kurze Zeit später heraus. Größe und Stärke der Antag-Bemühungen machten uns noch argwöhnischer. Warum sollten zwei feindliche Streitkräfte praktisch zusammenarbeiten, um eine potenzielle Quelle faszinierender Daten zu zerstören? Ohne eine Koordinierung unserer Kräfte und angesichts wachsender Konflikte bei den verschiedenen Abteilungen des Bedienpersonals kam es zu Verzögerungen. Das Bedienpersonal sammelte möglichst viele Informationen von den Überlebenden der Schlacht um den Mars und erstellte eine umfassende Gefahrenanalyse.

Ich persönlich habe die entsprechenden Szenarien den Gurus präsentiert«, betont Kumar.

»Wie haben sie reagiert?«, frage ich.

»Sie drückten ihr Bedauern darüber aus, dass es bei der Zerstörung der Mine zu Verzögerungen gekommen war. Anschließend teilten sie uns mit, dass die sogenannte Siliziumpest vielleicht nicht unsere größte Sorge war. Es bestand die Möglichkeit, dass das grüne Pulver im Innern des Drifters noch gefährlicher werden konnte. Wenige Tage nach der Ablieferung unserer Berichte erhielten wir die Anweisungen, erneut zu versuchen, den Drifter und seinen Inhalt zu vernichten.

Diesmal waren einige von uns in der Vierten Abteilung davon überzeugt, dass uns die Gurus nicht die Wahrheit sagten. Dann ordnete jemand auf Guru-Niveau oder in seiner Nähe an, alle vom Mars zurückkehrenden Personen unter Quarantäne zu stellen, gefolgt von selektiven Hinrichtungen. Die Gurus sprachen in diesem Zusammenhang von notwendigen Sterilisationen.«

»*Scheeeeiße!*«, sagt Jennings. Sie zieht das Wort voller Zorn in die Länge. Jacobi legt ihr die Hand auf die Schulter.

»Wir konnten nur Master Sergeant Venn retten. Während wir daran arbeiteten, eine politische Gegenkraft zu etablieren und die Studien in Hinsicht auf den alten Eismond fortsetzten, gelangten einige von uns zu weiter reichenden Schlussfolgerungen. Wir begannen damit, die Gründe für den andauernden Konflikt im äußeren Bereich des Sonnensystems infrage zu stellen.«

»Titan«, sagt Jacobi.

»Ja. Hinzu kommen einige teure Forschungsexpeditionen auf dem Saturnmond Europa, der nicht mehr nur allein von wissenschaftlichem Interesse ist«, sagt Kumar. »Diesen Befehlen folgte das Versprechen, uns noch mehr hoch entwickelte Technik, wirkungsvollere Waffen und schnellere Schiffe zur Verfügung zu stellen.«

»Ein bisschen davon haben wir gesehen«, sagt Jennings.

»Aber nicht alles«, erwidert Kumar und verzieht dann das Gesicht, als hätte er zu viel gesagt, oder an der falschen Stelle. »Unsere Streitkräfte waren nicht imstande, ihre Missionen erfolgreich abzuschließen, doch die Antagonisten befanden sich in einer besseren Position und ließen so viel Zerstörung herabregnen, wie sie konnten. Sie pflügten die Oberfläche des Mars, schickten anschließend zusätzliche Bataillone, wobei sie zweifellos auf langfristige Reserven zurückgriffen, was ihnen einen strategischen Nachteil im ganzen Sonnensystem einbrachte. Warum gingen sie ein solches Risiko ein? Vielleicht deshalb, weil auch sie entsprechende Anweisungen bekamen.

Als die Aktivitäten auf Mars und Titan nachließen, trennte sich die Vierte Abteilung vom anderen Bedienpersonal und begann damit, Kontakt mit jenen aufzunehmen, von denen wir glaubten und hofften, dass sie unsere Meinung teilten. Es waren mehr, als wir erwartet haben.«

»Geteiltes Kommando«, wirft Jennings ein. »Ein Riesenscheiß.«

Durow und Federow wenden ihre Blicke von den Fahrzeugkontrollen ab und schauen durch den Gang, als wollten sie einen Eindruck von der Stimmungslage gewinnen – oder um festzustellen, ob in Hinsicht auf eine größere Wahrheit gerade eine Enthüllung stattfand.

»Wer gibt jetzt die Befehle?«, fragt Jacobi.

»Die Vierte Abteilung nimmt keine Anweisungen mehr von den Gurus entgegen«, sagt Kumar. »Wir sind unabhängig.«

»Was ist mit den Russen?« Jacobi beugt sich vor. Russen und Skyrines wechseln Blicke. Federow blickt weiter zu uns, nicht nach vorn, nicht dorthin, wohin wir fahren.

»Unentschlossen«, sagt Kumar. »Aber bisher kooperieren sie, um für ihre eigenen Initiativen Fuß zu fassen.«

»Was ist mit Jacobis Gruppe?«, frage ich.

»Captain Jacobi und ihre Leute haben sich dem neuen Kommando angeschlossen«, antwortet Borden.

»Sie trauen ihnen?«, frage ich.

»Scheiß auf dich«, knurrt Jennings.

»Die Siliziumpest hat alles auf den Kopf gestellt«, sagt Ischida. »Jede der heimgekehrten Schwestern wurde erst eingesperrt und dann hingerichtet.«

Für einige Sekunden bleibt es still.

»Genug *Vertrauen*, Arschloch?«, fragt mich Jennings.

»Wir konnten sie nicht alle retten«, sagt Borden.

Wieder folgt Stille.

»Nichts davon verrät uns, wer bei den Pionieren das Sagen hat«, kommentiert Jacobi.

»Wir erwidern Feuer und töten«, sagt Sergeant Durow. »Fragen und denken nicht.«

»Deshalb Rationen mit Wodka«, fügte Federow hinzu.

Ich denke an die EPAs der russischen Zelte, die uns beim letzten Sprung die Haut retteten. Wee-Def kam vom Roten herein, weckte uns und jagte uns einen ziemlichen Schrecken ein. Aus Spaß steckte er sich ein Stück Rentierwurst in die Nase und schnaubte es aus, von Rotz bedeckt. Die Nase ist noch immer irgendwo dort draußen, zusammen mit dem Rest des Kopfes. Warum also spricht Wee-Def nicht zu mir, wenn ich Besuch von toten Skyrines erhalte?

*Weil er nicht Glas geworden ist.*

Diese Schlussfolgerung ist so offensichtlich, dass ich über meine Dummheit staune und mich frage, warum ich nicht schon längst daran gedacht habe.

Der Tonka rumpelt und schaukelt durch tiefe Furchen.

»Wir sollten im Chesty und auf der Scholle sein, an Waffen«, sagt Ischikawa von hinten.

»Unsere besten Soldaten an den Waffen«, sagt Durow. »*Polkownik* bei ihnen, für Ihre Sicherheit sorgen. In guten Händen. Er ist Grund, warum Sie nicht tot sind.«

Der Tonka wird langsamer und rollt an einem grauen

Höhenrücken entlang, der durch unser ganzes Blickfeld reicht. Wir geraten ins Schaukeln, als wir uns nach links wenden und über welligen, von Rissen durchzogenen Basalt fahren, der über einen halben Kilometer hinweg eine Art Rampe zum Kamm des Höhenzugs bildet. Schließlich neigt sich der Bug nach unten, und der Tonka bleibt stehen. Sergeant Durow hat an einer Stelle gehalten, die uns einen touristischen Ausblick gewährt. Skyrines und Russen drängen nach vorn oder blicken aus den Seitenfenstern.

Die immer noch grüblerische Jacobi wird von Borden nach vorn geholt – ein gekrümmter Finger genügt. Sie zwängt sich zwischen mich und Borden. Will mich nicht berühren, wenn sie es vermeiden kann. Seltsame verfickte Gefühle. Von den anderen Hinrichtungen weiß ich nichts. Irgendwie bin ich immer davon ausgegangen, dass mein Ungemach etwas Besonderes ist. Man verdächtigt mich, weil ich nicht tot bin und einige ihrer Freunde tot *sind*. Es wird immer besser.

Durchs staubige Plastik sehen wir den Rand des größten Kraters, dem wir bisher begegnet sind. Er durchmisst etwa elf Kilometer: eine gewaltige, sichelförmige Erhebung, die alten Oberflächenbasalt mit Gestein aus der Kruste vermischt. Die gegenüberliegende Wand des Kraters ist eine unregelmäßige Linie am Horizont, durchbrochen von einem dunklen, zerklüfteten Gipfel, der einige Hundert Meter in der Mitte aufragt.

»Das ist der Drifter?«, frage ich.

»Bis vor Kurzem«, sagt Borden.

»Er ist *hin.*«

»Gewaltiger Einschlag«, sagt Borden. »Die kleineren Krater in der Nähe sind durch Rückstreuer entstanden. Der zentrale Berg dort ist ein Vorsprung. Von dem ursprünglichen Mondfragment steckt noch immer ziemlich viel im Boden, aber es ist ordentlich durchgeschüttelt worden.«

»Mit mehr Aktivität, als irgendjemand erwarten konnte«, sagt Kumar.

»Vielleicht wegen des Stickstoffs aus dem Kometen-Ammoniak«, sagt Borden. Für einen Moment achte ich nicht darauf, weil ich die Bemerkung für irrelevant halte, obwohl eine Erinnerung in mir erwacht: Als der alte Voor über wichtige Bestandteile sprach, erwähnte er *Stikstof.*

Ich bemerke einige beigefarbene ebene Flächen neben dem Berg in der Mitte. Vielleicht sind es von einer dünnen Staubschicht bedeckte gefrorene Seen – etwas, das ich nie zuvor auf dem Mars gesehen habe.

»Der Hobo fließt noch«, sage ich.

Kumar nickt und zeigt durchs Fenster. »Sehen Sie dort. Und dort. Das sind keine Staubtromben.«

Hinter dem Berg und links von ihm steigt eine weiße Rauchfahne auf. Dann sehe ich vier oder fünf weitere, kaum zu erkennen. Entweichender Dampf. Das Magma unter dem Drifter ist noch immer heiß, gerät noch immer in Kontakt mit dem Hobo. Aber es ist nicht mehr bedeckt, nicht länger unter dem Mondfragment isoliert.

»Das Magma befindet sich dicht unter der Oberfläche«, sage ich. »Zu heiß für Voors oder Schürfer. Was dort unten übrig blieb, dürfte geschmolzen sein.«

»Vielleicht auch nicht«, erwidert Kumar. »Wie gesagt, es gibt noch Aktivität, und sie ist nicht seismischer Natur.«

»Alles in dem Loch ist braun und grau, bis auf die Mitte«, stellt Jacobi fest. »Warum ist der Berg so dunkel? Und warum glänzt er?«

»Wir glauben, dass nicht alles in den Minen zerstört wurde«, sagt Borden.

»Aber was hat es mit dem schwarzen Mist auf sich ... Sir?«, fragt Jacobi.

Kumar will etwas sagen, aber in diesem Moment knackt es in den Komm-Lautsprechern, und Litwinow will herein. Er kletterte in die Schleuse, und die Russen stauben ihn ab, bevor er mit einer Metallflasche zu uns kommt und heißen Kaffee anbietet. Die Russen verteilen Blechtassen. Unsere Skyrines zeigen plötzlich gute Manieren, wie in feiner Gesellschaft. Ich frage nicht, woher die Russen Kaffee haben.

»Zweifellos Sie sehen Wasser und Hitze«, sagt Litwinow, als wir trinken. »Vor letztem und größtem Einschlag haben wir geschickt Untersuchungsgruppe in Drifter, tief nach unten. Mit Anweisung, Proben von der Kristallsäule zurückzubringen. Ein tapferer Narr versucht hat, Stücke abzuschneiden. Er verwandelte sich in dunkles Glas – was Sie nennen Siliziumpest.«

»Die Probe, die so viel Ärger machte – stammt sie von hier?«, frage ich. »War es Ihr Soldat?«

»Die Probe *ist* er«, sagt Sergeant Durow und klopft sich an den Kopf. »Wir bringen ihn zurück, aber nicht rühren ihn an – sehr schwierig. Er mit Lichtern gefüllt. Keine Lichter, als wir ihn packen in Rückflug-Lifter.« Der Colonel richtet einen durchdringenden Blick auf mich. »Er ist tot, aber ich ihn fühle. Sie ebenfalls?«

Ich schüttele den Kopf. Der Beifahrer und Schütze namens Federow hebt den Zeigefinger vor die Lippen und legt die andere Hand auf Durows Arm. Was bedeutet das? Sollen wir nicht über die Toten reden? Über die Untoten in unseren Köpfen?

Es folgt unsere vierte Stille. Die Russen sind verschlossen, die meisten von ihnen. Nur der mit dem glatten, offenen Gesicht umklammert seine Tasse und beginnt zu weinen. Er hat keine Angst, er ist traurig und bestürzt. Er greift in seinen Helm und wischt die Tränen fort, dreht dann beschämt den Kopf zur Seite.

»Satelliten melden Großes im Anflug«, sagt Litwinow. »Wir evakuieren Drifter. Bevor wir ihn alle verlassen … Ein riesiger Kometenbrocken *dies* anrichtet. Hälfte der Gruppe in sicherer Entfernung und überlebt. Andere Hälfte noch drinnen.« Er schluckt. Dies sind harte Männer und Frauen, das weiß ich, aber ihre Erlebnisse sind in gewisser Weise noch traumatischer als das, was unsere Skyrines durchmachen mussten. »Haben Sie sich genau angesehen Berg in Mitte?«

Wir lassen unsere Tassen sinken, schließen die Visiere und vergrößern das Bild. Der Berg ist nicht nur dunkel, sondern – wie Jacobi bemerkt hat – schwarz, mit glänzenden Flächen.

»*Das* passiert nach dem Kometen. Alles in Einschlagzentrum geworden schwarzes Glas.«

»Sie haben es verfickt noch mal in die Luft gejagt«, sage ich. »Es fühlte sich bedroht.«

»*Was* fühlte sich bedroht?«, fragt Litwinow scharf. »Es ist Stein! Wie kann Stein Furcht fühlen? Sie sollen geben uns Antworten! Ist Stein zornig auf uns, Venn?«

»Ich weiß nicht«, sage ich. »Ich weiß nicht, ob Zorn im Spiel ist.«

»Ich denke, Stein *ist* zornig, tief drin«, beharrt Litwinow. »Alles, was ihn berührt … wird schwarzes Glas.« Er hebt die buschigen Brauen, sie bilden einen Bogen über der dicken, breiten Nase. »Wir verlassen diesen Ort. Zu gefährlich. Zu *seltsam*.«

»Ich denke, wir sind übereingekommen, dass hier nichts mehr getan werden kann«, pflichtet ihm Kumar bei.

»Sie kennen Wahnsinn von innen«, wendet sich Litwinow an mich. »Alte Monde, Kristalltürme, viele Dinge machen, gefährlich, seltsam und besonders. Darunter auch … wie Sie es nennen? … ›Eismondtobak‹.«

»Dieser Ausdruck stammt von DJ, von Corporal Dan Johnson«, sage ich.

»Einige meiner Soldaten beeinflusst«, sagt Litwinow. »Was es mit ihnen angestellt hat?«

»Ich bin mir nicht sicher, Sir«, antworte ich. »Vielleicht macht es uns empfänglich, für etwas Altes. Für etwas, das sich noch immer dort unten befindet.«

»Unsere Toten?« Litwinow wischt die Frage beiseite. Der Colonel ist kein Gläubiger, und Durow wird ihn nicht konvertieren. »Kein Verstehen, kein Sinn«, brummt Litwinow und weist Durow dann an, uns vom Rand wegzubringen und mit der langen Reise zu Fiddler's Green zu beginnen. »Ich bleibe bei Ihnen«, fügt er hinzu. »Beste Soldaten in Chesty, mit starken Waffen.«

»Freut mich zu hören«, sagt Kumar.

Borden beobachtet den Berg in der Mitte des Kraters, bis er außer Sicht gerät. Ich frage mich, was sie weiß, was sie jetzt denkt und wie es zu dem Grund dafür passt, warum ich hier bin. »Was sehen Sie dort draußen?«

»Dieselben Dinge, die auch Sie sehen«, entgegnet sie.

»Es gefällt mir nicht, unwissend zu sein«, sage ich.

»Mir auch nicht. Wenn ich ganz sicher bin, was ich sehe, sage ich es Ihnen. Und Sie sagen es mir. Abgemacht?«

»Abgemacht«, bestätige ich.

Wir rollen zurück, und dann geht es nach Nordosten. Im warmen Fond des Tonkas denken wir nach, in uns selbst gekehrt, wie im eigenen Innern verborgen, während wir den kalt werdenden Kaffee trinken.

Als wir ein Stück zurückgelegt haben, räuspert sich

Litwinow und wählt seine Worte mit Bedacht. »Wohin wir fahren ... drei Lager sind angegriffen und zerstört. Wegen Sicherheit sind einige Siedler und Ihre Leute in zweiter Mine untergebracht. Wir gebracht haben Ihr Objekt, Master Sergeant Venn.« Litwinow langt in seine Gürteltasche und holt eine kleine Platinscheibe hervor, darin eingraviert Zeichen, die ich wiedererkenne: eine Spirale aus Zeichen. Die Scheibe sieht nach der Münze aus, die ich vom Mars mitbrachte, vor den Ärzten versteckte und dann Joe zukommen ließ, zusammen mit meinen Notizen.

»Ich weiß nicht, wem der Gegenstand gehört. Ich fand ihn in ...«

Litwinow winkt ab. »Joe Sanchez mir gesagt, Ihnen dies zurückgeben, damit Sie Bescheid wissen.« Er reicht mir die Münze. »Erinnerung an schwere Dinge, die noch zu erledigen sind.«

Ich versuche mich daran zu erinnern, wie gut der Colonel in der Hawthorne-Bar gekämpft hat. Seltsam – dieser Kram ist für mich weniger klar als das Gefühl, von einem kleinen Parasiten unter hundert Kilometern Eis bekrabbelt zu werden. Ich denke, das Bedienpersonal hatte guten Grund, besorgt zu sein und mich wegzusperren.

Vielleicht bin ich kein Mensch mehr.

# Über die staubige Wüste

Seit zwölf Stunden fahren wir über die große Basaltebene. Je weiter wir nach Osten kommen, weg von der Kampfzone, desto glatter wird die Fahrt. Kumar ist wach, aber in Gedanken versunken. Borden verbringt die meiste Zeit damit zu schlafen. Ich habe ein Nickerchen gemacht und ein wenig Helmschach mit der *Starshina* gespielt, einer schlanken jungen Frau mit kleinen grünen Augen namens Irina Uljanowa, die zu einer anderen Zeit vielleicht Ballerina oder Turnerin gewesen wäre.

Ich freue mich darauf, Joe und Teal wiederzusehen, doch es liegt ein Schatten auf dieser Freude: Es ist eine Weile her, seit wir hier gewesen sind; viele Dinge könnten geschehen sein. Vielleicht hat man Teal gezwungen, sich von einem der Muskis oder Voors – einem von de Groots Söhnen – schwängern zu lassen und das berühmte Kind der dritten Generation zur Welt zu bringen. Mama, Papa und das Kind, jeweils mit einer doppelten Dosis Eismondtobak. Ich will nicht darüber nachdenken.

Dass Joe hier ist – und auch Joe selbst –, bleibt mir schleierhaft. War er wirklich drüben auf der Erde?

Alice hat das bestätigt, aber kann ich dem trauen, was mir Alice im Apartment gesagt hat? Immerhin hat mich schließlich das Bedienpersonal erwischt. Ich habe es nie nach Kanada und in die Freiheit geschafft.

Man lernt jemanden erst dann richtig kennen, wenn man mit ihm kämpft. Vor allem wegen meiner Beziehung zu Joe zählt der Kampf zu den wichtigsten Dingen, die mein Leben während der letzten zwölf Jahre bestimmt haben. Eigentlich verstehe ich mich nur darauf: wie man sich auf den Kampf vorbereitet, wie man durchs All fliegt, um zu kämpfen, wie man aus dem Orbit springt, um zu kämpfen, und schließlich wie man *kämpft*. Wie man Fetzen und Flecken auf dem Mars macht. Ich habe den Kampf satt. Ich wollte endlich Schluss damit machen. Wie wir alle. Ich weiche hier der Hauptfrage aus, nicht wahr?

Es *nervt* mich, über Teal und das nachzudenken, was hätte sein können. Noch mehr nervt es mich, dass ich nicht hier war, für sie, und am meisten nervt mich die Ungewissheit, ob es ihr überhaupt recht gewesen wäre, wenn ich bleibe und helfe.

Ich weiß nichts von nichts.

Und ich habe Hunger.

Der Wind weht so stark, dass unser Tonka schaukelt. Ein Prasseln kommt von der Außenhülle.

»Was ist das?«, fragt Borden.

»Sturm«, sagt Litwinow und krümmt die Schultern. »Jetzt immer seltsames Wetter.«

Ich beuge mich vor und blicke durch die Windschutzscheibe. Kleine weiße Brocken treffen den Tonka – Hagel. Nie zuvor habe ich Hagel auf dem Mars gesehen. Der Wind wird stärker.

Borden zeigt plötzlich Interesse. »Das ist wegen der Kometen«, sagt sie. »Mehr Feuchtigkeit in der Luft.« Wie in Trance versucht sie, näher an die Windschutzscheibe heranzukommen, aber Federow streckt den Arm aus.

»Noch zwei Kilometer bis zum Lager der Mine«, verkündet Durow. »Es wird schnell dunkel.«

Litwinow hockt sich hinter Federow und blickt in Fahrtrichtung. Das durch die Windschutzscheibe fallende silbrige Licht verwandelt sich von Zinn in grauen Stahl. Unser Tonka und die anderen Fahrzeuge rollen weiter, doch so starker Wind und der Hagel gehören nicht zu unserer Ausbildung. Bei so extremem Wetter hat noch nie jemand auf dem Mars gekämpft.

Der Tonka schwankt wie von einem großen Stiefel getroffen.

»Tornado!«, ruft Durow. Die Staubtromben haben ihr Gekritzel aufgegeben und formen einen großen Trichter aus Sand und Schutt. Er schwankt hin und her, dieser Trichter, streicht über den Boden links von uns und wedelt wie der Schwanz eines riesigen Hunds, kippt dann zur Seite und wühlt rechts von uns. Ich weiß nicht, ob er stark genug ist, uns anzuheben – die marsianische Luft ist so dünn! Ich bringe nicht einmal genug Gehirnschmalz zusammen, um zu begreifen, was überhaupt vor sich geht.

Dann höre ich eine andere Stimme, klar aber weit entfernt. Nein, nicht weit entfernt, sondern *tief* in mir. Eine kühne Stimme, nicht ohne Sorge.

*Lass mich mal eine direkte Verbindung zu all dem interessanten Kram herstellen, Skyrine. Es gibt viel zu sehen, aber ohne dich geht's nicht, und mir wird langweilig.*

Ich zucke zusammen und sehe mich um, doch niemand erlaubt sich einen Scherz mit mir – die anderen sind still und stumm wie zusammengepackte Lämmer. Ich beobachte Borden, deren Aufmerksamkeit dem Sturm gilt. Unser Tonka erbebt, und seine stählerne Hülle reflektiert plötzliches Licht. Grelles Weiß rast von links nach rechts über unseren Weg.

»Blitz!«, ruft Sergeant Durow.

Litwinow lässt die Hand sinken. Alle in der Kabine laden ihre Waffen. Das Summen und Sirren akkumulierender Energie erscheint mir sehr laut. Durow reißt das Steuer nach links. Durch Vorhänge aus Hagelkörnern sehen wir, wie die Scholle vor uns ebenso plötzlich nach rechts dreht. Unsere Formation verändert sich, wird zu einer Senkrechten in Bezug auf den Bogen des Blitzes – ein vernünftiges Manöver in offenem Gelände, wenn die einzige Information über Ort und Stärke des Feindes aus nur einem Schuss besteht.

Federow erwidert das Feuer, weiß aber nicht, auf was er schießen soll – er hat keine Ziele.

Noch ein Blitz. Die Scholle rechts von uns geht in

violetten Flammen auf, die im Sturm flackern, kommt dann plötzlich auf uns zu und rammt unser Heck. Die Vorderräder klappern an unserer Stoßstange und klemmen fest, bis unser Fahrer den Tonka nach rechts steuert, wodurch er sich wieder befreit. Wir alle haben unsere Helmvisiere geschlossen. Uns ist klar, was als Nächstes geschehen wird – wir sind wehrlose Zielscheiben.

»Nach draußen!«, ruft Litwinow. Die Luftschleuse ist plötzlich auf, und wir drängen hindurch und springen. Draußen versuchen wir, irgendwo Deckung zu finden, und da es keine gibt, legen wir uns flach hin. Die Hagelkörner sind erbsengroß und fallen schneller als auf der Erde – zwar wiegen sie weniger, aber sie tun richtig weh. Eine Wand aus Staub und Dreck dreht in eine Richtung ab, die ich für Süden halte, und verbirgt die Umrisse des großen Chestys, von dem schnell hintereinander violette Blitze ausgehen.

Dann feuert etwas links von uns mehrere Kettenballisten ab, die dazu bestimmt sind, Fahrzeuge zu erledigen: Die erste Ladung trifft eine Seite, dann schwingt eine sechs Meter lange, besonders feste Kette herum, und die zweite Ladung trifft die andere Seite.

Eine von unseren Waffen? Ich glaube nicht.

Kettenballisten gehören meistens den Antags.

Jacobi ist rechts von mir, Borden auf der anderen Seite. Wir liegen und versuchen, noch flacher als flach zu sein, als weitere Fahrzeuge von uns zerstört werden. Fauchende Tropfen aus Aluminium und Stahl fallen um uns herum. Glühende Komposit-Trümmer jagen über uns hinweg.

Jacobis Skyrines verteilen sich und bilden drei Verteidigungsgruppen, die ein Dreieck bilden. Mein Status macht mich zu einem Außenseiter, aber Borden drückt mir eine Pistole in die Hand.

Wind und Hagel ziehen weiter, und wir werden für jeden erkennbar, der weiß, wonach es Ausschau zu halten gilt (na klar). Die Luft ist erstaunlich klar. Zischendes, knackendes Eis liegt überall im Staub: Hagelkörner, die schneller trocknen, als sie schmelzen können. Jacobi richtet sich wie ein Erdmännchen auf, lässt ihren Blick über die Ebene streichen und deutet mit dem rechten Arm nach Nordosten. Ich sehe unseren Feind ebenfalls, schwarze Punkte, die sich etwa einen halben Kilometer entfernt bewegen. Jacobi dreht sich, der Arm schwingt herum und zeigt nach Südosten – noch mehr Punkte. Dinge mit bösen Absichten haben in Kampflöchern zu beiden Seiten unserer Route gewartet, als hätten sie von unserem Kommen gewusst.

Ein Blitz gleißt durch die Düsternis und trifft zwanzig Meter entfernt das Wrack der Scholle, die plötzlich in ein geisterhaftes Glühen gehüllt ist, typisch für abgebaute Materie, die sich auf einmal gen Himmel entlädt. Drei noch einsatzfähige Fahrzeuge – zwei Tonkas und ein Chesty – rollen hin und her und könnten jeden Moment *über* uns rollen. Sie feuern mit allem, was sie haben, auf die von Jacobi identifizierten Ziele: schnelle Kurven steigender und fallender Blitze, das ohrenbetäubende Rasseln und Donnern von Rasenmäher-Impulsen, das Heulen von Disruptoren, alles auf die Kampflöcher konzentriert. Zwei breite Streifen rechts und links von uns verwandeln sich in festliche blaugrüne Girlanden.

Dann springen unsere Leute auf und rennen im Zickzack dorthin, wo sich Köpfe gezeigt haben. Ich laufe mit Ischida und Jacobi. In einer Entfernung von etwa zehn Metern gehen wir in Angriffsposition und bücken uns. Etwas in dem Loch feuert in unsere Richtung, ohne zu zielen, eine einzelne Waffe, die Blitze mit nur halber Energie schleudert, kaum der Rede wert. Ich werde von einem rauchenden grünen Klecks getroffen, der versucht, ein Loch durch meine Brust zu brennen, aber nur die äußere Schicht meines Hautengen verkohlen kann. Weitere grüne Kleckse springen aus dem Graben …

Einer, der heller ist als die anderen, fliegt rechts über mich hinweg, und der Skyrine hinter mir – der Gunnery Sergeant? Tanaka? – fällt, Feuer lodert an seinem Rücken.

Nur drei Meter trennen uns vom Graben, und ich blicke auf einen verfickten Antag, der auf dem Rücken liegt, die Schwingen ausgebreitet, spielt den Staubengel, der Bursche, das Helmvisier beschlagen, der Atem kratzig und schnell, hat Angst, der Mistkerl, hebt aber trotzdem sein Blitzgewehr über den Rand des Loches und versucht uns abzuknallen.

Ischida sinkt auf die Knie. Wir folgen ihrem Beispiel

und pumpen Blitze und einen Rasenmäher-Strahl ins Loch, bis Staub, Schutt und Antag-Fetzen aus dem Graben spritzen, wie die Eruption eines kleinen Vulkans.

Ein anderer, hellerer Blitz leuchtet über uns hinweg – er stammt vom Chesty, hoffe ich –, verwandelt das verdammte Kampfloch in Schlacke und wirft uns auf unsere Hintern. Für einige Sekunden sind wir damit beschäftigt, zu fluchen und uns gegenseitig mit dem Rücken der Handschuhe brennende Brocken von den Hautengen zu klopfen. Wie blödsinnig, diese Art von Sorge um uns selbst, denn der Mist ist noch nicht zu Ende. Andererseits *wäre* er zu Ende, zumindest für uns, wenn unsere Hautengen nicht dicht hielten.

Ich finde mich auf dem Boden wieder, alle viere von mir gestreckt. Borden hält den Arm über meinen Rücken, wie um mich zu schützen – oder will sie sich auf diese Weise bei mir einschmeicheln? Ich versuche sie beiseitezuschieben, aber sie besteht darauf, mich abzuschirmen. Jacobi steht wieder auf, hält das Blitzgewehr bereit und fordert den Feind heraus, auf sie zu schießen. Es ist ihr egal – sie will wissen, wo der Gegner steckt. Dafür bekommt sie meine aufrichtige Bewunderung.

»Alles klar«, sagt sie dann über Funk. »Erledigt.«

Von Rauchschwaden umgeben, in einer Staubtrombe aus Ruß und Flocken unseres Feindes, halten wir inne, heben den Kopf, sehen uns um, schätzen die Lage ein …

Wir leben noch.

Einige von uns.

Ich robbe unter Bordens Arm hervor, aber wir warten noch einige Sekunden, bis wir aufstehen, denn wir sind nicht so irrsinnig tapfer wie Jacobi. Und vielleicht kriegen wir auch nicht so gut mit wie sie, wann die Action vorbei ist. Ich bin aus der Übung, sage ich mir, doch ich muss auch zugeben, dass es Jacobi besser draufhat als ich. Ich würde ihr überallhin folgen, selbst wenn ich wüsste, dass wir schließlich sterben – so verdammt gut ist sie.

Borden bleibt dicht an meiner Seite, nur Zentimeter entfernt. Der neue Tonka ist hinter uns – auseinandergebrochen und teilweise geschmolzen; ich sehe drei verbrannte Tote in dem zischenden, qualmenden Wrack. Uns bleiben zwei intakte Fahrzeuge, etwa zwölf Russen und ebenso viele Skyrines. Hinzu kommt Kumar, der ebenfalls überlebt hat, so wie ich, Himmel, ich lebe noch …

*Verdammt*. Ich bin aufgekratzt, habe noch immer Angst; außerdem habe ich gepisst und die Unterhose vollgeschissen – ich bin zu einem Scheißwürstchen geworden. Mein Hautenger ist vollauf damit beschäftigt, das zu verarbeiten, was sich in Blase und Darm befunden hat, vom Schweiß, der mir aus allen Poren rinnt, ganz zu schweigen.

»Es stinkt«, sage ich zu Borden. Mehr fällt mir im Augenblick nicht ein.

Sie hat große Augen und nickt.

Litwinow und drei seiner Soldaten gesellen sich zu

uns. Die Russen knien und sehen sich alles durch die Zielfernrohre ihrer Blitzgewehre an. Ich höre es summen und klicken.

Ich höre noch. Das ist gut. Denn die Luft auf dem Roten …

*Scheiß drauf.*

Litwinow schickt vier weitere Soldaten über die Ebene, um sicherzustellen, dass die Angreifer auf der anderen Seite ebenfalls erledigt sind. Sie laufen geduckt im Zickzack, was in der niedrigen marsianischen Schwerkraft gar nicht so leicht ist – ein falscher Tritt, und man steigt auf wie eine Tontaube. Als uns Jacobi das Zeichen gibt, dass alles in Ordnung ist, eilen wir zu den anderen.

Am Horizont, als wäre überhaupt nichts geschehen, steigen mehr von den gottverdammten, wie trunken schwankenden Staubsäulen auf und kritzeln ins Tagebuch des Mars: *Was hast du gesagt, Bwana? Ach, alles Unfug. Sieh uns nicht an. Wir sind beschäftigt.*

Jacobi tritt nach einem halb verbrannten rot-grauen Stoffstück, das kaum bedeckt, was von Arm oder Flügel eines Antag-Kriegers übrig ist. Ein weiterer Schritt, und sie erreicht einen Helm, seltsam intakt nach all der Zerstörung – eine Schale, die den mit vier Augen und einem Schnabel ausgestatteten Kopf eines Kämpfers umfasst, der den weiten Weg von einem fernen Sternsystem gekommen ist, um hier auf dem Roten zu sterben. Er scheint uns anzustarren, dieser Soldat, mit dem gelassenen Starren einer Krähe. Zwei seiner Augen sind groß und sitzen an den Seiten des Kopfes; die beiden anderen sind klein und befinden sich direkt über dem Schnabel. Eine dünne Eisschicht bildet sich auf ihnen, und sie schrumpfen, als Wärme und Feuchtigkeit schwinden. Die raue Zunge ist im offenen Schnabel gefroren. Sie sieht aus wie die eines Vogels, hat jedoch kleine Zähne. Ischida nähert sich, packt den Schnabel und öffnet ihn weiter. Drinnen sehe ich weitere Zähne, flacher, für das Zermahlen von Nahrung. Dieses Wesen hat mit der Zunge gekaut. Mehr wie ein Tintenfisch oder eine Schnecke.

Ischida täuscht ein Würgen vor und weicht zurück.

Jacobi tritt neben Ischida, und wie bei einer Sightseeingtour winken uns beide nach vorn. Sie springen in eins der Antag-Löcher und ziehen Tarnhüllen beiseite, von unserem Rasenmäher in fünfzehn Zentimeter lange Streifen geschnitten. Darunter kommen ein kleiner Drucktank mit einem halb zerfetzten Gebläse zum Vorschein – eine Fontäne. Um Wasser, Luft und Treibstoff aus der Atmosphäre zu gewinnen. In dieser Phase ihrer Mission gab es nicht mehr viele Antags, aber sie hatten sich darauf eingerichtet, eine Weile zu bleiben – und sie wussten, dass sie sterben würden.

Litwinow kommt mit eingeschaltetem Funk und wendet sich an mich. Wir grinsen seltsam, wie Totenköpfe, wir beide. Unsere Wangen brennen, Mama sagt, unsere Gesichter könnten dadurch erstarren, aber wir leben, und entweder grinsen wir auf diese Weise, oder wir heulen wie Babys. Das gilt auch für den großen, taffen Colonel.

»Ich wette, bald kommen andere *Antagonista*, um Arbeit bringen zu Ende«, sagt er. »Wette angenommen?«

»Das Haus gewinnt immer«, erwidere ich.

»Stimmt«, sagt er. Dies ist eine Art Nachleuchten. Wir stinken und sind angesengt, aber ohne Furcht. Das gibt es derzeit nicht: Furcht. Wir haben sie hinter uns gelassen und einen Zustand sonderbarer Ruhe erreicht, einen Zustand des Glücks, der sich wie eine außerkörperliche Erfahrung anfühlt. Wie die Antags in ihren Löchern wissen wir, dass wir hier draußen sterben werden; niemand von uns kehrt heim.

Der Colonel betrachtet die rauchenden Wracks und unsere eigenen verbrannten Toten. Skyrines und Russen zählen ihre Verluste. Sie notieren Namen und sammeln Erkennungszeichen ein, wo sie welche finden. Wir haben gehört, dass sich Russen an Ort und Stelle um ihre Toten kümmern. Für eine richtige Kremation gibt es nicht genug Sauerstoff, und deshalb erledigen sie es mit Blitzen. Litwinows Soldaten fangen an, indem sie Energiestrahlen in die zerbrochene Scholle und in die beiden Tonkas schicken – sie äschern nicht nur ihre Toten, sondern auch unsere ein. Die Fahrzeuge glühen violett und weiß. Die Leichen verdorren und verdampfen. Asche sinkt auf uns herab, auf Helme und Schultern. Wir wischen sie weg.

»Energieverschwendung«, sagt Jacobi. Harte Schwester. Aber dies tut ihr weh, und nicht zu knapp. Unsere

Streitmacht ist auf die Hälfte geschrumpft, die Russen mitgezählt. Vierundzwanzig von uns klettern in den Chesty und einen Tonka, die einzigen Fahrzeuge, die noch einsatzbereit sind und genug Energie haben.

Borden und Kumar, Ischida und Ischikawa, der junge *Efreitor* und die Schach spielende Turnerin, *Starshina* Uljanowa, Litwinow. Sie haben es geschafft.

Jennings, Tanaka, Yoshinaga, Mori, Saugus, der Fahrer Durow, sein Beifahrer und Schütze Federow – alle tot.

Mit Chesty und Tonka legen wir die letzten beiden Kilometer zurück. Die Russen sitzen hinten, bei der Schleuse, zittern und sprechen über wer weiß was, keine Ahnung, sie reden einfach nur. Ich würde auch gern sprechen, einfach nur reden. Zum Teufel mit Anstand, Korrektheit und Mut. Zum Teufel mit allem.

»Ich habe den Captain gehört«, sage ich zu Borden. Es ist etwas, das man erwähnen kann, ein Hinweis, der vielleicht wichtig ist, oder auch nicht.

»Ich habe nichts gehört«, erwidert Borden. Sie ist nicht so konzentriert wie sonst.

»Ich meine Captain Coyle«, sage ich.

Ihre Augen werden groß.

Litwinow hebt den Blick. »Ah«, brummt er. »Sie hören Geist.«

»Sie ist kein Geist«, sage ich.

»Nein? Was dann? Andere zurückgekehrt, wissen Sie. Nicht nur Ihr Captain. Federow hat es gehört. Jetzt er ist ebenfalls Geist.«

Kumar beobachtet uns mit schläfrigen Augen. Ich glaube, er steht unter Schock. Verletzt ist er nicht, aber das spielt keine Rolle.

»Wenn nicht Geist, was dann?«, fragt Litwinow.

»Gelangweilt«, antworte ich. »Wartet darauf, dass es rund geht.«

»Auf dem Mars Tote sich schnell langweilen«, sagt der Colonel und fügt dann seltsam klar und perfekt hinzu: »Stimmt's oder habe ich recht?«

Vom Chesty-Fahrer kommt ein warnender Ruf. Durchs Seitenfenster sehe ich brennende Domizile: ein Gewirr aus Röhren, wie von Hämmern und Fackeln getroffen. Die provisorischen Unterkünfte des Lagers sind zum Himmel geöffnet.

Ich senke den Kopf und schlucke.

# Kommen und Gehen

Wir gehen nicht durch die Luftschleuse des Chestys. Stattdessen hocken wir uns hin, und der Fahrer öffnet die Ladeluke an der Seite. Ein kurzer Windstoß, ein frostiges Zischen, und Borden, Kumar und Litwinow steigen als Erste aus.

Das Umsiedlungslager liegt in Trümmern, bis auf einen Bereich, der von zwei Dutzend toten Russen und Antags umgeben ist. In der Nähe steht ein kleiner Milli, der halbwegs intakt, aber leer zu sein scheint. Bis wir auf die andere Seite kommen und sehen, dass er wie von einem Dosenöffner geknackt ist. Außerdem haben Rasenmäher-Strahlen deutliche Spuren hinterlassen. Drinnen sieht's scheußlich aus.

»Sie wollten die Siedler tot sehen, alle«, sagt Kumar.

»Kann man wohl sagen«, erwidert Ischida. »Und sie waren bereit, bis zum letzten Krieger zu kämpfen.« Jacobi hebt die Hand zur Schulter, lässt sie dann wieder sinken und hält ihr Blitzgewehr bereit. Ich rechne fast mit einem Kommentar von Coyle, aber sie hat wieder ihre stille Phase. Keine Worte, keine Sprechblasen, nicht einmal Statik.

Borden beobachtet mich wie eine Henne ihr buntscheckiges Küken. Wir gehen durch ein kleines gewölbtes Tor, das recht hübsch ist und einst zu einem externen Zeltgarten führte. Jetzt ist dort alles flach und verwüstet. Jemand hat Gräben bei den Befestigungen ausgehoben, die für mich aussehen, als sollten sie die Domizile schützen und nicht die Fahrzeuge. Jemand, wahrscheinlich Litwinow, hat eine Strategie der Mobilität und schnellen Reaktion beschlossen: Fahrzeuge und Fontänen dicht unter dem Bodenniveau, Kampflöcher fünfzig Meter entfernt am Rand, um zu schützen, was wichtig ist.

Sechs Russen kommen aus dem vorderen Graben und nehmen uns in Empfang. Nur sie sind übrig. Sie haben alles gegeben, was sie hatten, um die Offensive der Antags abzuwehren, und Litwinow hat keine guten Nachrichten für sie, abgesehen davon, dass – vielleicht – die letzten Feinde erledigt sind.

»Alle Bösen gebraten«, sagt ein Russe en passant, schultert sein Blitzgewehr und nimmt von Ischida eine kleine Packung abgebauter Materie entgegen. Gibt es dort draußen noch menschliche Pioniere, die bereit wären, unsere Lücken zu schließen? Vielleicht. Vielleicht auch nicht. Gut sieht's gewiss nicht aus, so viel steht fest.

Die Skyrines erneuern ihre Reserven aus den Vorräten des Chestys. Mir bleibt die Pistole. Litwinow knurrt Anweisungen. Wachsamkeit. Kein Ausruhen, für niemanden. Eine Russin kommt hinter dem Ende des Domizils hervor und trägt zwei Rasenmäher, beide mit rot blinkenden Anzeigen: leer geschossen. Erschöpft wankt sie uns entgegen, mit einem Verband an einem Arm und einem zweiten am Bein: improvisierte Abdichtungen des Hautengen. Wortlos reicht sie mir einen der beiden Rasenmäher und Ischida den anderen. Ich kann die Dinger prinzipiell nicht ausstehen. Ich hasse ihr Geräusch, ich hasse, was sie anstellen, hab nie einen im Kampf verwendet. Natürlich kenne ich mich mit ihnen aus, hab bei der Ausbildung auf dem Mauna Kea mit ihnen umzugehen gelernt, und jetzt bin ich froh, einen in den Händen zu halten. Der Rasenmäher bedeutet, dass ich kein verdammter KGS mehr bin. Ischida reicht mir zwei Packungen abgebaute Materie. Wir laden unsere Waffen und warten darauf, dass aus dem roten Blinken erst ein grünes und dann ein dunkelblaues Leuchten wird. Borden sieht uns zu. Erhebt keine Einwände. Sie leiht den Russen vier Skyrines. Jacobi begleitet sie und weist Ischida und Ischikawa an, Borden, Kumar und mir zum letzten noch intakten Domizil zu folgen.

Litwinow bedeutet Uljanowa, eine kleine Fontäne zu öffnen. Rasch gehen wir steinerne Stufen zu den Anschlüssen hinab.

»Nehmt euch, was ihr braucht«, sagt der Colonel. »Mine liegt zwei Kilometer weiter im Norden. Wir bleiben hier.«

»Verstanden, Colonel«, sagt Borden. »Entschuldigung, aber wir fahren mit dem Chesty, Sir.«

Litwinow steht im Staub. »Wir gegeben haben unser Bestes«, sagt er.

Als Borden nickt, gibt Ischida den Rasenmäher zurück. Die russische *Efreitor*, die ihn ihr gegeben hat – vielleicht in der Hoffnung, dass der Chesty zur Verfügung steht –, nimmt ihn mit einem Seitenblick auf den Colonel entgegen. Daraufhin gibt mir Borden zu verstehen, dass ich meinen Rasenmäher Ischida überlassen soll. Ich trenne mich von ihm. Wieder KGS, aber es ist alles in Ordnung, und wir können los. Sechs von uns klettern in den Chesty. Alle bis auf drei Wächter gehen zum Domizil, um auszuruhen und wieder einen klaren Kopf zu bekommen. An der nördlichen Seite hat das Domizil eine Luftschleuse, traurigerweise groß genug, sie alle aufzunehmen. Wir nehmen uns ganz offensichtlich nicht die Zeit, Erfahrungen auszutauschen. Ich frage mich, wer noch drin ist. Ich frage mich auch, wer sich in der Mine befindet. Im zweiten Brocken des alten Monds.

Jacobi fährt, und Kumar sitzt als Beifahrer neben ihr. Borden nimmt an meiner Seite Platz. Ischida und Ischikawa setzen sich nach hinten. Niemand sagt ein Wort.

Ischida klopft gelegentlich auf ihren mechanischen Arm und verzieht das Gesicht. Das Handgelenk klickt leise. Die Technik, die sie uns Skyrines geben, funktioniert nie wie in der Werbung. Ich frage mich, wie es sein mag, mit der Ausrüstung eins zu werden.

*Du wirst es herausfinden.*

Sagt Coyle. Nur das, mehr nicht.

# Bad Moon Rising

Während der Fahrt zur Mine ist es still. Dem Universum scheinen vorübergehend die Dinge ausgegangen zu sein, die uns nach dem Leben trachten. Das Wetter allerdings wird immer seltsamer. Gespenstischer Nebel bildet eine niedrige dichte Decke über Basalt und Staub, und einige Felsen ragen wie kleine Inseln daraus hervor. Ich blicke durch die schmalen Schlitze des Chestys und habe dabei das Gefühl, in einem Jet zu sitzen, der über einer Wolkendecke fliegt. Und dann, wie auf das Fingerschnippen eines Zauberers, verwandelt sich der Nebel in eine Ansammlung von Zacken und verschwindet. Einfach so.

Es geht einen Hang hinauf. Vor uns erhebt sich ein großer Felsblock, klotzig und wie mit Zinnen versehen, hundert Meter breit und dreißig hoch. Nicht so beeindruckend wie der alte Schwimmer des Drifters, aber mehr als genug, um in der monotonen Ebene Aufsehen zu erregen.

Eine Staubtrombe streicht wie ein mahnender Zeigefinger an dem großen Block vorbei, der mit seinen Zinnen an ein altes Schloss erinnert, tanzt ein wenig, berührt den Bug des Chestys und fällt in sich zusammen. Knisternd regnet Sand auf die Windschutzscheibe.

»Münze?«, fragt Borden.

Ich nehme sie aus dem Beutel und halte sie hoch, damit Borden sie betrachten kann. Litwinow hat sie mir gegeben, vielleicht auf Joes Geheiß.

»Gut«, sagt Borden. »Jetzt wird sich zeigen, wem wir trauen können.«

Jacobi bringt uns in einen offenen Bereich, der wie ein kleiner Platz neben dem Schloss aussieht und dessen Boden aus Lava und Schotter besteht. Sie parkt ganz dicht neben dem Felsblock, damit wir vom Himmel aus möglichst schlecht zu sehen sind. Den Motor schaltet sie aus, doch die Waffen lässt sie geladen und einsatzbereit. Wir verlassen den Chesty durch die Luke – mit der Schleuse brauchen wir uns nicht aufzuhalten, denn drinnen wie draußen herrscht der gleiche Luftdruck. Aus reiner Angewohnheit überprüfe ich Wasser- und Sauerstoffvorräte des Chestys – die Anzeigen befinden sich neben der Luke. Noch etwa ein Sechstel. Eine rasche Berechnung teilt mir mit: Wenn in der Mine nichts mehr übrig ist, überhaupt keine Reserven, bleibt uns noch genug Luft für etwa vier Stunden. Jacobi sieht es ebenfalls. Unsere Blicke treffen sich über dem Datendisplay im Helmvisier. Mit einem Wink gibt sie mir zu verstehen, dass ich Borden folgen soll. Ischikawa und Ischida flankieren uns, als wir den Chesty verlassen. Ein enger Kordon. Ich fühle mich ein bisschen wie ein römischer Kaiser. Apropos

Rom: Ich könnte eine ordentliche Orgie vertragen. Frage mich, wie Ischidas diesbezügliche Fähigkeiten aussehen. Das kleine Gespräch …

Haltet mich nicht für einen saftlos-sauberen Skyrine. Ich hoffe, Coyle wirft keinen Blick in meinen Keller, und dabei geht es mir nicht um das Gerümpel, das sie dort finden könnte. Ich frage mich, ob dort unten alles zusammenkommt. Geister, die keine Geister sind. Käfer, die keine Käfer sind. Alles vereint in einer Art primordialem Tanz.

»Venn!«, ertönt Bordens Stimme aus dem Funkempfänger. Sie hat eine hohe Öffnung im Fels gefunden, zum größten Teil im Schatten verborgen. Ein kurzer Vorstoß von Ischida – ihre hellere Silhouette gibt uns eine Vorstellung von den Größenverhältnissen – zeigt uns, dass die Höhle etwa zehn Meter tief und neun Meter hoch ist. Sie enthält eine Luke aus rostigem Stahl, groß genug für einen Buggy oder einen Bus, und daneben eine kleinere für Leute. Die Architektur unterscheidet sich von einer Muski-Mine zur anderen, aber die elementaren Dinge sind immer gleich. Jetzt müssen wir das Schloss finden. Wir treten in den Schatten und suchen die Luke ab. Ischida entdeckt die kleine Tafel als Erste: auf der rechten Seite, etwas tiefer gesetzt, hinter einer Druckplatte, die sich öffnet, als sie einen ordentlichen Stoß bekommt. Die anderen halten sich bereit. Ich nähere mich der Platte, die Hand mit der Münze ausgestreckt. Wenn ich mich ungeschickt anstelle und die Münze fallen lasse … Für einen Moment frage ich mich, ob wir sie hier im Staub und all dem Dreck wiederfinden könnten.

Die Stelle, an der sie eingefügt werden muss, ist deutlich zu sehen, wie der Schlitz in einer Münzwaschmaschine. Eine einfache Sache. Vielleicht steckt ein Scanner hinter der Platte, ein Gerät, das die metallurgische Struktur der Münze auf einem molekularen Niveau abtastet und außerdem die Daten der Spirale liest, die eine Beschreibung der Münze enthalten …

Vielleicht. Woher soll ich es wissen? Ich bin nervöser als beim Verlassen des Madigan-Hospitals. Bei jener Gelegenheit steckte ich voller Adrenalin und Freude darüber, aus meiner Krankenhauszelle zu entkommen. Hier …

Ich kriege plötzlich Muffensausen. Wer weiß, was uns hier erwartet. Joe, Teal, die Voors, vielleicht der alte de Groot, der im Dunkeln seine Söhne hütet …

Oder sind alle tot? In schwarzes Glas verwandelt?

Die breite Luke erzittert, öffnet sich aber nicht. Stattdessen knarrt die andere, schmalere Luke – die des Personaleingangs –, schwingt langsam nach innen und gibt uns Zugang zu einer kleinen Luftschleuse. Los geht's. Wir lassen den Chesty mit Ischikawa als Wache zurück – sie soll auf die Waffen des Chestys aufpassen, für den Fall, dass uns die Umstände zu einem hastigen Rückzug zwingen. Wir treten in die Schleuse, Ischida mit dem Rasenmäher in ihren Armen. In der kleinen Kammer stauben wir uns ab, schließen die äußere Luke und öffnen die innere, woraufhin es in unseren Ohren knackt. Vor uns erstreckt sich eine lange Garage, aus der Lava gegraben und mit Plastikplanen versiegelt. Die Garage bietet genug Platz für drei Fahrzeuge von Buggy-Größe. Derzeit enthält sie nur einen Buggy und außerdem, in Regalen auf der linken Seite, Schutzanzüge und Ausrüstung für die derzeitigen Bewohner, deren Zahl ich auf vierzig bis fünfzig schätze. Die zusammengelegten Hautengen weisen keine Namen auf, nur Nummern. Weiter hinten in der Düsternis bemerke ich Frachtmodule aus Kunststoff, durch deren transparente Seiten Stahl, gewölbte grüne und graue Flächen sowie Röhren und Kabel zu erkennen sind – Ausrüstung. Tonnenweise. Hinter den Modulen sehe ich weitere Behälter, geleert und zusammengefaltet. Irgendwann hat die Mine ziemlich viel Nachschub erhalten.

Kumar und ich öffnen die Helmvisiere. Mit der Luft ist alles in Ordnung. Kumar niest, was hier unhöflich ist. Erkältungen, gegen die sich mit antiviralen Mitteln nichts ausrichten lässt, stecken die ganze Truppe an, und es dauert an die zwei Wochen, bis die Sache ausgestanden ist. So etwas ähnelt einem Buschfeuer, und wir sind der Busch. Eine Erkältung in einem Hautengen ist definitiv suboptimal. Rotz und Schnodder können nirgendwohin, und das Niesen ist schmerzhaft.

»Nur Staub«, sagt Kumar und sieht sich um. »Ich bin okay.«

Komisch, wie sich das Banale aufblähen kann. Wir fürchten uns lieber vor Erkältungen und Grippeviren als davor, uns in Glas zu verwandeln.

»Sir, Venn«, sagt Borden. »Bitte schließen Sie die Visiere. Wir müssen versiegelt bleiben, bis klar ist, was hier geschieht.«

»Natürlich, ja«, erwidert Kumar. »Entschuldigung.«

Also schließen wir die Visiere wieder. Typisch, dass wir diese Anweisung nicht sofort bekommen haben. Andererseits … Spielt es für mich eine Rolle?

Die stählerne Luke in der gegenüberliegenden Garagenwand öffnet sich mit einem lauten Zischen, und ein Mann in mittleren Jahren, in ein weißes Gewand gehüllt, tritt uns entgegen. Er sieht aus wie ein Grieche auf einer Theaterbühne. »Willkommen in Fiddler's Green«, begrüßt er uns mit einer öligen und gleichzeitig selbstbewussten Stimme. »Sie haben einen weiten Weg hinter sich, wie wir hörten!« Er blickt an Borden und Ischida vorbei und erkennt Kumar. Sein Lächeln verschwindet, und das Gesicht wird zu einer olivfarbenen Maske. »Kumarji! Sie haben endlich entschieden, mit Ihren Herren zu brechen und sich uns anzuschließen. Vielleicht ist es noch nicht zu spät.«

»Sie haben mich in Unkenntnis gelassen!«, erwidert Kumar. Er drängt sich an den Skyrines vorbei zu dem Mann im Gewand, dessen Selbstbewusstsein zusammen mit der Entfernung schrumpft. Der Mann weicht vor Kumar zurück, bis er mit dem Rücken am plastikverkleideten Fels steht. »Wir wurden angegriffen«, sagt Kumar. Sein Kopf bewegt sich, als folge er dem Flug einer Fliege, die den Schädel des Gewandträgers umschwirrt.

»Was konnten Sie erwarten? Ich habe davor gewarnt, sie in Zugzwang zu bringen!« Der Mann richtet sich zu seiner vollen Größe auf und ergreift in der Leistengegend eine Handvoll schmuddeligen Stoff, als hielte er es für notwendig, sein bestes Stück zu schützen. »Die Vierte Abteilung hatte Differenzen. Wir konnten nicht sicher sein, dass Sie einverstanden sein würden. Sie waren der Letzte …«

»*Idiot*!« Kumar holt aus und versetzt dem Mann eine Ohrfeige, die ihn gegen die Wand taumeln lässt. »Wenn ich könnte, würde ich Sie nach draußen auf den Roten werfen«, fährt Kumar fort. »Und zwar *nackt*. Sie haben mir versprochen, dass wir zusammenarbeiten, dass wir in Verbindung bleiben …«

»Wie konnte ich ahnen, was geschehen würde?«, entgegnet der Gewandträger. »Die Vierte Abteilung war von Anfang an gespalten.«

»Wir waren noch nicht fertig mit unserer Arbeit! Sie sind immer ein verdammter Hurensohn gewesen, dem es vor allem darauf ankam, sich in Szene zu setzen.«

Der Gewandträger senkt den Blick.

»Wer ist das?«, flüstert Jacobi. Ihre Frage gilt Borden.

Borden flüstert ebenfalls, während Kumar und der andere Mann ihr Streitgespräch fortsetzen. »Krischna Muschran, Leiter der Forschungsbehörde Mumbai.«

»Bedienpersonal?«, fragt Ischida.

Borden nickt. »Einer der Ersten, die zu den Gurus eingeladen wurden.«

Jacobi gibt sich beeindruckt – sie hebt die Brauen, schürzt die Lippen – und sagt: »Na so was. Und jetzt?«

Kumar sieht zu uns zurück, die wir entweder zunehmend besorgt sind, wie Borden, oder verwirrt wie die Skyrines. »Würde bitte jemand diesen Mann festsetzen?«, sagt er. »Gibt es hier eine Zelle oder ein gottverdammtes *Loch*, in das wir ihn werfen könnten?«

»Sie sind nicht befugt, solche Anweisungen zu erteilen«, erwidert Muschran. »Und außerdem sind wir über solche Dinge hinaus. Ich habe …«

»Sie hatten seit Monaten keinen Kontakt«, sagt Kumar. »Die Vierte Abteilung ist vereint und mächtiger als jemals zuvor. Wir haben Ihre Arbeit für Sie erledigt.«

»Hat er die Angriffe auf die Russen und die Lager angeordnet?«, wendet sich Ischida an Borden, die den Kopf schüttelt – sie weiß es nicht. Niemand von uns rührt sich.

Kumar richtet einen erwartungsvollen Blick auf Borden, und sie sagt: »Captain Jacobi, bitte nehmen Sie den Mann in Gewahrsam.«

»Ja, Ma'am. Wo soll ich ihn unterbringen? Und wie soll ich seinen Arrest protokollieren?«

»Ergreifen Sie ihn einfach.«

Jacobi setzt sich in Bewegung. Sie und Ischida treten rechts und links neben Muschran, packen ihn an den Armen und heben ihn hoch. Seine Füße verlieren den Bodenkontakt.

»Das ist nicht nötig!«, quiekt Muschran. »Kumarji, unser Treffen bringt gute Nachrichten …«

»Was wir nicht Ihnen verdanken!«, knurrt Kumar. Seine Augen sind ein wenig aus den Höhlen getreten, und es liegt Schweiß auf seinen Wangen. »Soldaten sind gestorben. *Bedienpersonal* ist gestorben.«

»Nicht meine Schuld!«, erwidert Muschran. »Ich bin hierhergekommen und habe auch andere Orte aufgesucht, um eine schwierige Situation zu überwachen und schnellere Fortschritte zu erzielen! Ich habe wissenschaftliche Arbeit und medizinische Untersuchungen in die Wege geleitet – dies alles ist viel wichtiger, als die Gurus einräumen!« Dann gibt er seinem Zorn nach und beginnt damit, auf Hindi zu fluchen, laut und durchaus mit Talent, wenn mich nicht alles täuscht. Von Flüchen verstehe ich etwas, denn damit habe ich mich in Madigan lange und eingehend beschäftigt.

Kumar tritt durch die Luke, und wir folgen. Muschran und seine Skyrine-Eskorte bilden den Abschluss. Uns erwartet ein Tunnel aus unverkleidetem rötlich schwarzem Fels, ohne irgendwelche Adern aus kristallisiertem Metall. In regelmäßigen Abständen leuchten kleine Lampen an der Decke.

»Ihr habt keine Ahnung, was sich hier unten befindet!«, ruft Muschran. Ischikawa hält ihm den Mund zu, und Borden schüttelt den Kopf – das ist nicht nötig. Doch Ischikawa nimmt die Hand nicht weg.

Dann hören wir das Schreien eines Babys. Es wird lauter, beharrlicher.

Muschran beobachtet besorgt, wie drei Gestalten

aus der Dunkelheit am Ende des Tunnels kommen. Die Skyrines heben ihre Waffen.

»Nicht schießen!«, bringt Muschran trotz der Hand auf seinem Mund hervor. »Keine Angst! Diese Leute sind nicht gefährlich! Die einzige Gefahr hier unten geht von Ihnen aus!«

»Langsam und vorsichtig«, sagt Kumar. Borden gibt den Skyrines mit Gesten zu verstehen, dass sie Gewehre und Rasenmäher sinken lassen sollen. Wir bleiben stehen, wir alle, und warten.

Zwei Männer und eine sehr große Frau kommen aus der Finsternis und treten ins schwache Licht. Mein Herz setzt einen Schlag aus. Ich hoffe, dass es Teal und Joe sind, oder vielleicht Tak, oder Kazak – unser altes Team, das auf dem Roten wieder zueinandergefunden hat. Aber mir tränen die Augen, und ich sehe nur, dass sie alle weiße Gewänder mit grünen Flecken tragen.

Borden beugt sich zu mir. »Muskis?«, fragt sie. Ich blinzele und erkenne einen von de Groots Söhnen, Rafe, glaube ich – und dann DJ. Die große Frau an seiner Seite ist nicht Teal, könnte aber ihre Schwester sein. Sie trägt ein Baby, das jetzt saugt und still ist.

»Alles Muskis, bis auf den dürren Typen«, sage ich.

»He, das ist Vinnie!«, ruft DJ, löst sich von den anderen und kommt uns entgegen, bis Jacobi ruft: »Bleiben Sie stehen!«

DJ kommt der Aufforderung überrascht nach.

»Erkennen Sie ihn?«, fragt mich Jacobi.

Ich nicke.

»Ich brauche eine Bestätigung!«

»Ich erkenne Corporal Dan Johnson, und ich glaube, das ist einer der Voors: Rafe, Rafe de Groot. Die Frau kenne ich nicht.«

»Zur Kenntnis genommen«, sagt Jacobi und vergleicht DJs Bild in ihrem Helm mit dem Original.

Inzwischen hat DJ bemerkt, wie nervös und fertig wir sind. »Vinnie?«, fragt er in einem klagenden Ton. »Das *bist* du doch, oder?«

Ich winke.

»Scheiß drauf, ich hab gewusst, dass du einen Weg zurück finden würdest! Joe und Tak, sie sind hier! Wir können wieder ein Team sein!«

Kumar beobachtet uns wie Mäuse in der Versuchsanordnung eines Labors. Muschran scheint ebenfalls fasziniert zu sein. Tief in ihrem Innern sind sie noch immer Inquisitoren mit hypnotischem Blick.

»Jetzt bist du dran, DJ«, sage ich. »Wer sind deine Begleiter?«

»Dies ist Camellia«, erwidert DJ. »Und du erinnerst dich bestimmt an Rafe. Er ist jetzt okay. Wir sind hier unten alle eine große Familie. Dieser Ort ist erstaunlich, Vinnie. Warte nur, bis du alles siehst.«

Es gefällt Rafe nicht, so viele bewaffnete Schwestern zu sehen. Er erinnert sich gut und weicht langsam zurück.

»Wer ist sonst noch hier drin?«, fragt Jacobi.

»Verdammt alle«, antwortet DJ und grinst. »Alle, auf die es ankommt. Wir zeigen es Ihnen! Es besteht keine Gefahr, Vinnie, hier ist es nicht wie im Drifter – ganz und gar nicht. Alles verändert sich und ist aktiv, aber unter Kontrolle. Hier ist es freundlich – niemand wird in Glas verwandelt! Wir haben verdammt viel erreicht! Im Ernst! Du solltest die Sachen sehen, die wir gefunden haben. Kommt!« Er wirkt wie ein aufgeregter kleiner Junge.

Rafe nutzt die Gelegenheit, sich umzudrehen und zurück durch den Tunnel zu gleiten. Die Gewehre bewegen sich kurz, richten sich aber nicht auf ihn. Die große Frau und ihr Kind bleiben. Sie ist neugierig, wie gelähmt – furchtlos? Oder einfach nur unwissend?

»Lasst ihn gehen!«, sagt DJ. »Er mag euch nicht. Es ist alles in Ordnung mit ihm.«

Borden behält ihre Hand auf meiner Schulter.

»Wer sind Mutter und Vater des Säuglings?«, fragt Kumar.

Muschran ergreift das Wort. »Darf ich vorstellen? Dies sind Camellia Vanderveer und ihr Sohn, das zweite Kind unserer dritten Generation.«

»Wo ist das erste?«, frage ich. Bevor Muschran oder DJ antworten und meine lang gehegten Hoffnungen zunichtemachen können …

Die Luke hinter unserem Begrüßungskomitee füllt sich mit klackenden Haufen glänzender Rohre, wie dickes graues Stroh: durchsichtig, hier verbunden zu Individuen, dort losgelöst, einzeln. Kobolde, hat DJ sie genannt, die sich selbst zusammensetzenden Arbeiter, die wir im ersten Drifter gefunden haben. In der so plötzlich erschienenen beunruhigenden Masse zeigen sich schwarze Augen wie Kameralinsen.

Borden weicht zurück und stößt gegen Muschran.

»Es ist alles in Ordnung!«, sagte DJ. »Sie sind hier, um zu helfen. Wir erzielen bemerkenswerte Fortschritte, seit wir gelernt haben, dem Tobak zuzuhören.«

Ich höre das »Tobak« wie alle anderen, den Hinweis darauf, dass diese Rohransammlungen, diese *Diener*, keine Bedrohung sind. Sie gehören zu einer Untermenge von Dingen tief in meinem Kopf.

Doch Jacobi, Ischida und Borden haben erneut ihre Waffen gehoben und auf DJ, die Muskis und die Kobolde gerichtet. Messers Schneide, denke ich. Kumar scheint von dem ganzen Durcheinander fasziniert zu sein. Wie bereit, die Vergangenheit ruhen zu lassen, oder zumindest seinen Zorn unter Kontrolle zu halten, nähert er sich Muschran und fordert Ischida und Jacobi auf, ihn loszulassen. »Was … passiert jetzt?«, fragt er.

Muschran schüttelt seine Arme. »Ich bin nicht mit Respekt behandelt worden, Kumarji. Soll dies ohne meine Hilfe herausgefunden werden!«

»Seid unvoreingenommen!«, lädt DJ alle anderen mit einem großen Lächeln ein. »Lasst den Tobak heran! Wenn euch der alte Mond mag, werden die Dinge schnell klar!«

Niemand weiß, wie man die Einladung annehmen soll. Und ich schätze, niemand würde sie annehmen, selbst wenn wir Bescheid wüssten.

»Wie ihr wollt.« DJ zuckt die Schultern. »Ich gehe

und sage Joe und Tak, dass ihr hier seid. Wir sehen uns unten, wenn ihr bereit dafür seid, dass es euch umhaut.« Er tritt durch die Kobolde zurück, die klappernd Platz für ihn schaffen und dann in der Dunkelheit verschwinden.

Camellias Säugling ist still und saugt an der entblößten Brust – er scheint kaum mehr zu sein als ein kleiner Buckel auf ihren Rippen. Grüne Flecken zeigen sich auf der blassen Haut des Babys. Der großen Frau widerstrebt es offenbar, uns zu verlassen – der Anblick unbekannter Gesichter, Neues, Gesellschaft, das alles ist zu verlockend. Aber schließlich, gespenstisch anmutig und gefasst, löst sie den Säugling von der Brustwarze – er klagt leise darüber –, faltet ihr Gewand zusammen, dreht sich um und folgt DJ.

Muschran nutzt den Umstand, dass alle abgelenkt sind, und tritt einen behutsamen Schritt vor. Niemand hält ihn auf. »Es sollte eine Besprechung stattfinden, bevor wir die Domäne betreten. Wir müssen diese tapferen Soldaten hier instruieren. Bitte verzichten Sie darauf, die Arbeiter, die Sie eben gesehen haben, zu stören oder ihnen gar Schaden zuzufügen. Ich beschwöre Sie! Haben Sie mich alle verstanden?«

Borden antwortet, dass den Arbeitern nichts geschehen wird.

»Gut«, sagt Muschran. »Die Konsequenzen wären katastrophal. Viel von dem, was sich hier unten befindet, und auch die Gründe, warum wir hier sind, muss erläutert werden. Und ich bin auch Ihnen Erklärungen schuldig, Kumarji. Ich muss wissen, was auf der Erde passiert ist, seit ich sie verlassen habe und die Kommunikationsverbindungen mit dem Mars unterbrochen wurden.«

Muschran hat es geschickt verstanden, Kumar in seine Schranken zu weisen. Erstaunlicherweise scheinen sich beide Angehörige des Bedienpersonals mit dieser plötzlichen Umkehr von Stimmung und Taktik sofort abzufinden. Offenbar haben sie dies schon oft durchgespielt und sind wie zwei Sparringspartner, die sich gegenseitig gut kennen. Aber ich spüre auch: Die Sache zwischen ihnen ist noch nicht ausgestanden.

»Zunächst einmal …«, sagt Muschran. »Da Sie darauf bestehen, weiterhin Ihre Schutzanzüge zu tragen, sollten wir dafür sorgen, dass Sie die Filter ersetzen und Ihre Vorräte erneuern können. Außerdem brauchen Sie Gelegenheit, auszuruhen und neue Kraft zu schöpfen. Benötigt jemand von Ihnen medizinische Hilfe? Beruhigungsmittel?«

»Es ist alles in Ordnung mit uns, Sir«, sagt Borden. »Wir behalten unsere Filter zunächst und würden gern zur nächsten Phase übergehen.«

»Dann kommen Sie mit mir.«

# Ein bisschen Wissen

Muschran vergewissert sich, dass der Weg frei ist, führt uns dann aus dem Hangar, der als Garage und Ausrüstungslager dient, durch in den Fels gehauene Tunnel. Bald erreichen wir einen halbrunden Raum, der etwa zehn Meter durchmisst und fünf Meter hoch ist. Drei Korridore zweigen von ihm ab, ausgekleidet mit grauem Plastik und erleuchtet von kleinen, schwachen Lampen an der Decke. Kumar folgt schweigend, und daran nehmen wir uns ein Beispiel. Nach einer Weile tritt Muschran in einen breiteren Tunnel mit quadratischem Querschnitt, der zwei lange, parallele Furchen im Boden aufweist, wie Führungsschienen.

Die Plastikverkleidung endet und gibt zu erkennen, dass Wände, Decke und Boden nicht mehr aus dunklem Stein bestehen, sondern aus fast reinem Nickel-Eisen. Es glänzt und weist zahlreiche Einschlüsse aus großen Metallkristallen auf, die über Jahrmillionen hinweg tief im Herzen des alten Eismonds entstanden sind. So wie sie das Licht widerspiegeln … Es hat den Anschein, als gingen wir in einer Art schattigem Nebel. Daran erinnere ich mich vom Drifter.

Muschran führt uns über eine sanfte Steigung, durch eine scharfe Kurve und in einen schmalen, langen Raum, von drei Stehlampen erhellt. Vielleicht nähere ich mich dem Wiedersehen mit meinen alten Kumpeln, vielleicht nähere ich mich Teal. Vielleicht kommen die Dinge bald richtig in Schwung. Etwas in mir reagiert positiv – *nicht* mein inneres Schalentier. Captain Coyle. Sie scheint zu glauben, dass wir Fortschritte erzielen, dass es vorangeht. Ich weiß nicht, was ich davon halten und wie ich mich fühlen soll, denn immerhin ist sie jenseits alles Weltlichen, oder?

*Ich bin kein verdammter Geist, Venn. Kapiert? Und was meinst du mit dem Weltlichen?*

Na schön. Die Sprechblase hat sich mit deutlichen Worten gefüllt, begleitet von einer Stimme, die wenigstens entfernt nach einer Frau klingt.

*Ich bin nicht allein, wo immer ich auch bin. Dieser Ort ist verdammt seltsam, auf so was kann einen keine Ausbildung vorbereiten … Niemand hat jemals versucht, sich auf so etwas vorzubereiten. Ich würde verdammt noch mal gern wissen, was hier abgeht.*

»Ja, Ma'am«, murmele ich. »Mir geht es nicht anders.«

Borden sieht, wie sich meine Lippen bewegen. »Alles in Ordnung, Venn?«

»Ja, Ma'am«, sage ich. »Es ist alles in Ordnung mit uns.« Borden lässt sich nicht einmal dazu herab, einen mitleidigen Blick auf mich zu richten.

Muschran hat ein flaches Rechteck aus der Wand

gelöst. Ich frage mich, ob es eine Tür ist, eine Luke oder vielleicht was Exotisches. Das Objekt bereitet ihm Schwierigkeiten, es sitzt hinter einem Stück Verkleidung fest. Wir beobachten ihn mit wachsamer Faszination. Was hat dieser Kerl vor? Mit welchem Zaubertrick will er unsere staunenden kindlichen Augen beeindrucken? Wenn es eine Tür ist … Was befindet sich dahinter? Etwas Seltsames wie die Kobolde? Oder Schlimmeres, das wir bisher noch nicht gesehen haben?

Das lange Rechteck bleibt widerspenstig. »Einen Moment«, sagt Muschran und zerrt an dem Objekt. Es springt zurück, klackt gegen die Wand, und er verliert es aus seinen Händen.

*Alle* heben die Waffen.

»Immer mit der Ruhe«, sagt Muschran. »Kein Problem.«

»Gott*verdammt*«, zischt Borden mit zusammengebissenen Zähnen.

Muschran löst das Rechteck von der Verkleidung, senkt es und sieht zu uns auf. »Etwas Hilfe, bitte?«

Es ist ein Klapptisch. Wir sind alle ziemlich nervös. Alle bis auf Kumar, der die ganze Zeit über sein seliges Lächeln lächelt und mit seinen großen, warmen, dunklen Augen alles beobachtet.

»Ein bisschen Hilfe?«, fragt Muschran erneut und sieht die reglosen Skyrines an. »Ich glaube, dort drüben befinden sich Stühle, vielleicht hinter den Kisten.«

Borden nickt. Die Skyrines setzen sich in Bewegung

und machen sich daran, einen behelfsmäßigen Konferenzraum einzurichten. Als der Tisch und acht Stühle aufgestellt sind, verhält sich Borden wie eine Mutter und entscheidet, wer wo sitzt. Sie platziert Kumar am oberen Ende des Tisches, und Muschran erhebt keine Einwände.

Ich stelle fest, dass Rafe zu uns zurückgekehrt ist. Er steht in der Tür und hört zu.

»Mr. de Groot … bitte kommen Sie herein«, sagt Muschran.

De Groot sieht mich an und scheint sich zu fragen, warum ihm mein Gesicht vertraut erscheint, nimmt dann am Ende des Tisches Platz. Er mag die Skyrines nicht. Hat auch keinen Grund dazu. Die Schwester, die sich in einer Ecke meines Schädels einquartiert hat, wäre bereit gewesen, ihn und seine ganze Familie zu töten. Und ich ebenfalls, nachdem ich mir Teals Geschichte angehört habe.

Es wird richtig gemütlich hier.

»Ich beginne«, verkündet Muschran. »Vor einigen Jahren wandte sich ein Siedler von Green Camp an ISD-Soldaten und gab ihnen Beschreibungen des Drifters und einiger anderer Minen, von denen er glaubte, dass sie strategische Bedeutung hätten, für ihre Rohstofflager.«

Ich nehme an, der betreffende Siedler war Teals Vater. Weil er sich an International Sky Defense wandte, wurde er auf dem Roten ausgesetzt – die Voors ließen ihn sterben.

»Er glaubte, die Erde würde den Siedlern mehr Aufmerksamkeit und Geld geben, wenn man dort wüsste, wie gut sie sich mit den lokalen Ressourcen auskennen. Die Nachricht sorgte für erhebliche Unruhe beim Bedienpersonal. Es kam zu widersprüchlichen Reaktionen. Die mit strategischen Planungen für den Krieg gegen die Antagonisten beauftragte Abteilung brachte Interesse daran zum Ausdruck, die alten Fragmente zu erforschen und auf die Hilfe der Siedler bei der Sicherung ihrer Ressourcen zurückzugreifen. Aber es gab auch eine Abteilung, die einen ganz anderen Standpunkt vertrat – sie entwickelte einen Plan, der vorsah, die Siedlungen zu zerstören und all jene zu töten, die bei den Minen gewesen waren. Eine Erklärung wurde nicht gegeben, und unsere Loyalität den Gurus gegenüber war so groß, dass auch niemand eine verlangte.«

Rafe presst die Lippen zusammen.

»Doch einige Leute leiteten einen vernünftigeren Plan in die Wege. Bevor irgendwelche drastischen Aktionen stattfinden konnten, wurde eine Erkundungsmission auf dem Mars beschlossen. Die Gurus schienen nichts dagegen zu haben. Als Teil eines größeren strategischen Vorstoßes bereitete man ausgewählte Gruppen von Soldaten darauf vor, die alten Minen zu lokalisieren und Informationen über sie zu gewinnen. Wir gaben uns große Mühe, erlitten jedoch eine Schlappe.«

»Was heißt das?«, fragt Ischida. »Ich kenne das Wort ›Schlappe‹ nicht.«

»In diesem Zusammenhang bedeutet es Misserfolg«, sagt Jacobi.

»Ja, genau.« Muschran fährt fort: »Die Antagonisten brachten viele Divisionen ihrer Streitkräfte zum Mars, zusammen mit orbitalem Gerät, und schließlich ließen sie Teile eines Kometen auf den Planeten stürzen. Was zunächst nach der Absicht aussah, unsere Truppen vollständig aufzureiben, erwies sich bei genauerer Überprüfung als der Versuch, den Drifter für uns unzugänglich zu machen.

Einige von uns – und mein besonderer Dank gilt hier Kumarji – fanden es verdächtig, dass sich sowohl die Gurus als auch die Antagonisten für den Drifter interessierten. Warum sollte den Antagonisten nicht daran gelegen sein, alle zur Verfügung stehenden Ressourcen auszubeuten? Ihre Nachschublinien waren noch dünner als unsere.

Und dann fanden wir heraus, dass jene Leute in der Vierten Abteilung, die für langfristige strategische Planungen verantwortlich waren …«

»Und für Geheimoperationen«, wirft Kumar ein.

Muschran zögert. »Diese Leute beschlossen, dass Spezialeinheiten ausgebildet und zum Mars geschickt werden sollten, mit dem Auftrag, den Drifter zu zerstören. Für meine ursprüngliche Abteilung, die Erste, ging es plötzlich heiß her, denn sie sollte die Technik zur Verfügung stellen, die für den Bau schnellerer und mächtigerer Schiffe gebraucht wurde. Nach Jupiter und Saturn entsandte Hochgeschwindigkeitssonden schickten uns Daten über ferne Monde mit Ozeanen aus flüssigem Wasser unter dicken Eiskrusten. Über Eismonde wie jenem, der einst auf den Mars fiel. Die Technologie, die bei den Sonden zum Einsatz kam, wurde breiteren Einsatzgebieten zugänglich gemacht. Als die ersten drei Schiffe fertig waren, wurden sie wegen ihrer Konfiguration von unseren Konstruktionsgruppen ›Spuker‹ genannt. Die Russen nannten sie ›Sternenkleider‹.«

»Wir haben einen in der Umlaufbahn der Erde gesehen«, sagt Kumar. »Zusammen mit einem sehr großen Kasten.«

»Ja. Nun, jeder Spuker transportierte vier Divisionen Skyrines und vierzig Wissenschaftler zum Saturn. Der Flug dauerte drei Wochen. Es war alles streng geheim. Schon bald stellten wir fest, dass die Antagonisten mit umfangreichen Einsätzen auf dem Titan begonnen hatten.«

»Alt und kalt«, murmele ich.

»Alt und kalt«, pflichtet mir Muschran bei. »Die Gurus bestanden darauf, dass wir den Antagonisten nicht erlauben sollten, die Ressourcen im äußeren Sonnensystem zu nutzen – dagegen sollten wir ebenso entschlossen vorgehen wie auf dem Mars. Unsere Truppen bekamen sehr große, spezielle Waffen und Fahrzeuge. Sie landeten auf Titan und stellten die Antagonisten zum Kampf, unter gleichen Bedingungen. Beide Seiten erlitten hohe Verluste – mehr als die Hälfte unserer Ressourcen ging verloren, was die marsianischen Operationen in Gefahr brachte.

Einige unserer hellsten Köpfe begriffen, dass so viele Zufälle nicht länger ignoriert werden konnten. Die Gurus schienen die alten Monde – oder etwas auf beziehungsweise in ihnen – für eine größere Bedrohung zu halten als die Antagonisten. Wie konnte das sein?« Muschran sieht sich um. Vielleicht ist er einmal Lehrer gewesen. Er scheint sich in der Rolle des Professors zu gefallen.

»Die Verwandlung in Glas«, sagt Jacobi und schürzt die Lippen hinter ihrem Helmvisier.

Kumar verschränkt die Arme und blickt zur dunklen Metalldecke hoch.

»Sehr interessant«, sagt Muschran. »Aber nicht unsere Hauptsorge.«

»Schalentiere«, sage ich.

Jacobi wirft mir einen Blick voller Abscheu zu. Offenbar bin ich der Drecksjunge in der Klasse.

»Was zum Teufel bedeutet das?«, fragt Ischida.

»In der Tat«, stimmt mir Muschran zu. »Die früheren Bewohner des alten Monds, der auf den Mars fiel. Eine beschränkte Anzahl von Siedlern und auch einige unserer Soldaten wurden von intensiven und beharrlichen Visionen heimgesucht, nachdem sie dem Inhalt des Drifters ausgesetzt waren.«

»Warum sollte Venn hierhergebracht werden?«, fragt Jacobi. »Was weiß er von dieser Sache?«

Rafe hat mit den Fingern auf den Tisch geklopft, ein deutlicher Hinweis auf seine Ungeduld. Kumar beachtet Jacobis Frage nicht und wendet sich an den Voor, der seinen Klappstuhl zurückschiebt und aufsteht. »Zeit z'sehen«, sagt Rafe. »Wer v'n Ihnen glaubt, klug un' weise z'sein, kann mitk'mmen.«

Er klingt jetzt mehr wie Teal. Ich weiß nicht recht, ob mir das gefällt. Warum zum Teufel hat sich sein Akzent verändert? Was bedeutet das?

»Gehen Sie voraus«, sagt Kumar.

# Alt und verbessert

»Noch zwei Stunden, bis wir unsere Vorräte erneuern müssen«, teilt Jacobi Borden mit. Die Commander nickt. Wir müssen also innerhalb einer gewissen Frist entscheiden, wie unsere Möglichkeiten aussehen, ob wir uns den Siedlern, Joe, DJ und all den anderen anschließen, die hier drin sind, oder ob wir nach draußen zurückkehren, die Dekontamination hinter uns bringen und dann …

Was?

Eine weitere Möglichkeit präsentiert sich. Wenn diese Mine die Quelle einer unerwünschten Art von Wahnsinn ist – von irgendeinem Mist, mit dem niemand etwas zu tun haben möchte, schlimmer als die Verwandlung in Glas –, so schlagen wir einfach los. Der nächste Schritt, worin auch immer er bestehen mag, findet dann ohne uns statt.

Im Zugang eines breiter werdenden Tunnels gesellen sich Rafe drei andere Männer hinzu, die ich nicht kenne – auch sie tragen weiße Gewänder mit grünen Flecken. Eine Vorstellung findet nicht statt. Rafe spricht mit ihnen in der seltsamen Voor-Mischung von

Holländisch und Afrikaans. Zwei der Typen wenden sich ab und gehen durch einen dunklen Seitentunnel, einem Glühen an seinem Ende entgegen. Jacobi formiert ihre Schwestern zu einem langen V, so breit wie es der Tunnel erlaubt. Ich würde mich der Formation gern anschließen, aber trotz des Gefechts auf dem Roten lädt sie mich nicht ein. Ich möchte nicht abseits bleiben, aber …

Ich kapier's. Ich hasse es, aber ich kapier's. An Jacobis Stelle würde ich möglichst großen Abstand wahren zu Borden – von der Navy – und zu einem Scheißkerl wie mir, einem VIP-KGS.

Ischida fasziniert mich auf eine Weise, die ich schwer erklären kann. Immer wieder blicke ich in ihre Richtung. Jacobi und Ischikawa bemerken es, aber wir sind zu schnell unterwegs, als dass sie mich deshalb aufziehen könnten. Während meiner Jahre bei den Skyrines bin ich drei Wintersoldaten begegnet – nie im All, nie im Kampf. Wir alle fragen uns, wie es wäre, zerrissen und wieder zusammengesetzt zu werden, sich dadurch in etwas zu verwandeln, das nicht mehr ganz menschlich ist, das vielleicht besser ist, mehr als ein gewöhnlicher Fleisch-und-Blut-Skyrine – das berichten zumindest einige Leute, die darüber Bescheid wissen sollten. Aber Wintersoldaten sind schwer wieder ins Corps zu integrieren. Sie bilden eine voreingenommene und argwöhnische Gruppe, die Herausforderungen und Veränderungen widersteht. Und alles, was wir durchmachen, insbesondere der Kampf, überschüttet uns mit Herausforderungen und unkontrollierbarer Veränderung. Wie *hassen* Veränderungen. Wir hassen Neulinge, denn sie ersetzen Leute, an die wir uns gewöhnt haben. Was aber, wenn ein Neuer jemand ist, den wir früher kannten, nur anders?

Doch das genügt nicht als Erklärung. Meine Faszination für Ischida geht darüber hinaus.

Vielleicht liegt es daran, dass auch ich nicht ganz menschlich bin.

*Du hast echte Probleme, Venn,* sagt Coyle.

Kann man wohl sagen.

Der Tunnel wächst nach und nach auf eine Breite von zehn Metern und eine Höhe von fünf Metern. Streben und Verkleidungen weichen Trägern, und schließlich bleiben auch die hinter uns zurück, und wir sind nur noch umgeben von altem Fels und Nickel-Eisen, untersucht von den besten Bergbauingenieuren auf dem Mars. Vielleicht auch von einigen unserer Leute.

Voraus wird es heller. Muschran und Rafe führen uns durch eine breite Kurve. Metall geht in Fels über, und schließlich ist alles nur noch Gestein, das wieder eine Plastikhaut trägt, als Schutz vor Feuchtigkeit.

Was sich jenseits der Kurve erstreckt, leuchtet wie eine festlich geschmückte Brücke an einem Urlaubsabend. Rote, blaue und grüne Lichter schwingen sich über Wälle, die auf einem breiten, flachen Boden beginnen und dann nach oben wachsen, Felsensäulen miteinander verbinden und eine Art Kleeblatt bilden, das ungeheuer komplex ist und aus neun oder zehn verschiedenen Ebenen besteht. Jenseits des festen, staubigen Bodens reicht das Gebilde Hunderte von Metern tief ins Herz des alten Fragments, umgibt und stützt große Ansammlungen diamantweißer Kristalle.

Borden, Jacobi und Kumar starren verblüfft auf die riesige und außerordentlich seltsame Ausgrabung. »Ist dies wie der erste Drifter?«, fragt mich Borden.

»Ja, und noch etwas mehr.«

Die Grabungen im ersten Drifter – den die Voors »Kirche« nannten – hatten einen großen, intakten Brocken der weißen Kristalle freigelegt, umgeben von einer Art Felskorsett. Im Rückblick und nach dem, was ich hier gesehen habe, drängt sich mir die Vermutung auf, dass die Kobolde so viel kristalline Oberfläche wie möglich freilegen wollten und noch immer wollen. Im Innern von Fiddler's Green zeigt sich mindestens dreimal so viel von dem Zeug wie im Drifter.

*Es kann also Tobak schaffen*, dachte Coyle. *Genug Tobak, um Kobolde auszubilden.*

»Ja«, murmele ich. »Und uns.«

Dicht unter dem Aussichtspunkt versprühen Rohre schimmernde Flüssigkeit auf die Grabungen: eine glitzernde Kaskade, die dreihundert Meter weit in die Tiefe reicht. Ganz unten haben sich Lachen gebildet. Das Licht von Scheinwerfern schafft Regenbögen. Dies könnte ein anderer Hobo sein, ein unterirdischer oder untermarsianischer Fluss, umgeleitet mit der Absicht, den Kristallen alles zu geben, was sie brauchen. Gleichzeitig ermutigt es die Kobold-Verwalter, ihre

Arbeit zu vollenden, woraus auch immer sie bestehen mag.

Ich sehe nur zwei Personen, die unten auf den Wällen gehen, Säulen und Streben überprüfen und mit ihren Taschenlampen auf den Kristall leuchten. Sie tragen schwarze Kapuzen und Umhänge, ebenso aus Plastik wie die Wandverkleidungen. Dass sie nass werden könnten, scheint ihnen nichts auszumachen. Einer richtet die Taschenlampe nach oben und nickt dann dem anderen zu. Sie haken sich ein und verschwinden unter einem Wall.

»Einen Überblick bekommen?«, fragt mich Borden.

»Das Wasser wird von unten hochgepumpt«, sage ich. »Es zirkuliert.«

»Maximierte Produktion«, sagt Kumar. »Ich weiß nicht, ob dies jemals genehmigt wurde.«

»Keine halben Sachen«, sagt Muschran. »So hieß es von Anfang an, als wir uns von den anderen Abteilungen trennten. Wir *setzen alles aufs Spiel.* So sagt man, nicht wahr?«

»Haben die Muskis geholfen?«, fragt Jacobi. »Was haben sie davon?«

»Die Vierte Abteilung hat ihnen Umsiedlung, Ausrüstung und Verteidigung versprochen«, erwidert Kumar. Er scheint jetzt nicht mehr so begeistert zu sein, nachdem er gesehen hat, was hier geleistet worden ist. Neid – oder zu viel von etwas Gutem?

»Eine Milliarde Jahre saß dieses Stück des alten Mondes inaktiv hier, nicht mehr als eine Massenanomalie«, sagt Muschran. »Bis wir ausgeschickt wurden, um mit den Schürfern zusammenzuarbeiten.«

Zwei Männer kommen aus einer Zugangsluke einige Meter hinter uns und nehmen Kapuzen und Umhänge ab. In meinem Rücken prickelt etwas, als ich sie sehe.

»Verdammt, Vinnie!«, sagt Tak, tritt vor und klopft mir auf den Hautengen. »Warum die Rüstung?«

Auch Joe nähert sich, ein Grinsen im Gesicht. »Master Sergeant«, sagt er und schlingt die Arme um mich.

»Wir sind alte Freunde«, erklärt Tak. »Stellst du uns vor, Vinnie?«

Zögernd mache ich die Runde, nenne Namen und Rang und präsentiere Kumar als früheren Angehörigen des Bedienpersonals. »Habe ihn im Madigan-Hospital kennengelernt«, sage ich.

Joe wirkt verlegen. »Tut mir leid«, sagt er. »Alice hat mir gesagt, dass du es nicht über die Grenze geschafft hast.«

»Ich hab deine verdammte Münze bekommen«, sage ich hinter meinem Helmvisier.

»Und jetzt sind wir hier.« Er wischt sich das Gesicht mit einem Handtuch ab, das grüne Flecken aufweist.

Muschran weist darauf hin, dass die Tour weitergehen soll, dass die Zeit knapp ist. »Könntest du übernehmen, Joe?« Sie scheinen auf gutem Fuße zu stehen. Kumar bemerkt das mit aufmerksamer Ruhe.

»Ja, diese große Grabung sieht aus, als wären wir schon seit einer Ewigkeit hier, aber in Wirklichkeit sind es nur ein paar Monate«, sagt Joe. »Wir haben uns von den oberen Tunneln aus nach unten zum Kristall gegraben. Einige Kilometer von hier entfernt haben wir Basalt und Sandstein gesprengt und einen alten Aquifer umgeleitet, bis er seinen Weg nach Fiddler's Green fand.«

»Absichtlich«, sagt Borden.

»Aber ja doch«, bestätigt Joe. »Als das Wasser die Felsschichten mit eingelagerten Kristallen erreichte, wurden die Kobolde aktiv, die sich daraufhin durchs Ganggestein gruben. Es wiederholte sich, was auch im Drifter geschah, aber hier ging es viel schneller, und wie gesagt: mit Absicht.«

»Wasser genügte?«

»Die Kometen haben der ganzen Sache vielleicht ein wenig nachgeholfen«, sagt Joe. »Brachten mehr Stickstoff in die Atmosphäre.«

»Die Antags brachten Stickstoff hierher … absichtlich?«, fragt Borden. »Wie passt das zusammen?«

»Einige Leute glauben, dass es bei den Antags verschiedene Gruppen gibt, zwischen denen ein Konflikt in Bezug auf diese Artefakte herrscht«, sagt Muschran. »Aber die Theorie von einem Plan hinter diesen Ereignisse hat nicht viele Anhänger.«

»Haben Sie nicht befürchtet, sich zu verändern, weniger … menschlich zu werden?«, fragt Jacobi.

»Einige von uns sind betroffen«, erwidert Joe. »Bei Kazak war das der Fall. Andere wie ich und Tak scheinen es nicht zu fühlen. Für uns ist es nur Staub. Niemand wird deswegen krank.«

»Warum bilden sich hier keine Dorne, die euch in Glas verwandeln?«, fragt Ischida.

»Wir versuchen, dem Kristall keinen Schaden zuzufügen«, sagt Joe. In seinen Augen funkelt es amüsiert, vielleicht in Erwartung von Jacobis nächster Frage.

»Wenn dieses Etwas also nicht versucht, uns umzubringen … Warum wollen es die Gurus dann zerstören?«

»Dies ist um einige Jahrmilliarden älter als die Gurus«, sagt Joe. »Ältere Technologie. Vielleicht fühlen sie sich davon deklassiert.«

»Aber es ist keine *Technologie*«, widerspricht Ischida. »Es ist eher wie … Gestein.«

»Auf diese Weise fertigte die alte Zivilisation Aufzeichnungen an«, sagt Tak. »Ich meine die Zivilisation, die in dem Mond existierte, bevor er fiel. Wir verstehen den Vorgang noch nicht genau.«

Ich fühle mich innerlich so hin und her gerissen, dass ich am liebsten kotzen möchte. DJ, Joe und Tak zu sehen, auf das Wiedersehen mit Teal zu warten … Und alle reden so wie bei einem Streifzug durch Disneyland. »Was ist mit Kazak passiert?«, frage ich.

»Er wurde beim Angriff auf Fiddler's Green getötet«, antwortet Joe.

»Wer hat angegriffen?«, frage ich.

»Antags«, sagt Tak. »Die meisten von ihnen haben wir erwischt.«

Kazak hat es nicht geschafft. Das tut verdammt weh. Ich war davon überzeugt, dass er alles überleben würde, dass wir uns zu Hause wiedersehen. Mir wird schwer ums Herz. Ich habe das Gefühl, den Boden unter den Füßen zu verlieren und in einen Abgrund zu stürzen. Ich muss unbedingt Teal sehen.

»Diese Kristalle sind kein Diamant groß wie das Ritz, auch kein Quarz oder was in der Art«, sagt Jacobi. »Sie sind vielmehr so etwas wie ein Server. Ein mineralischer Datenspeicher?« Sie denkt laut, und ihre Gedanken gefallen mir. Sie überraschen mich ein wenig – vielleicht habe ich nicht damit gerechnet, dass einfache Soldaten über so etwas Bescheid wissen können. »Also ist der Staub, der ›Tobak‹ …« Sie überlegt, auf der Suche nach Worten.

»Warum hat man das Zeug nicht in Ruhe gelassen?«, fragt Ischida. »Warum haben es die Siedler ausgegraben?«

»Erklär es uns, Vinnie«, sagt Joe mit dem herausfordernden Lächeln, das ich so gut kenne. Das Lächeln, das mich zu den Skyrines brachte, und schließlich auch zum Mars. »Warum hielten die Voors dies für wichtig? Warum sind *wir* hier?«

»Das grüne Pulver verbindet uns mit etwas, das ich nicht verstehe«, murmele ich. »Mit etwas sehr Altem. Und dieses Alte ist vielleicht wichtiger als alles, was die Gurus anzubieten haben.«

»Was meinen Sie damit?«, fragt Muschran.

»Ursprünge.« Ich spreche laut, damit meine Stimme das Helmvisier durchdringt. »Zugang zur fernen Vergangenheit.«

»Die Weisheit einer uralten Zivilisation«, fügt Muschran hinzu und blickt wie zum Gebet auf.

»Ist es das, was du fühlst, Vinnie?«, fragt Joe.

»Ja, ich denke schon.«

Jacobi nimmt dies mit einem starren, wachsamen Blick ihn sich auf und sieht mich so an, wie ich manchmal Ischida ansehe. *Alle* sehen mich an.

Drei weitere Männer – zwei jung und einer alt, alle mit Kapuzen und Umhängen, alle groß und dürr – gehen an uns vorbei, werfen uns nur einen flüchtigen Blick zu und treten durch die Luke, die sich als Tür eines Aufzugs erweist. Ich trete zum Rand und beobachte, wie unten zwei Männer erscheinen. Sie sind mit irgendwelchen Dingen beschäftigt, umgeben von Kobolden, die ihrer Milliarden Jahre alten Arbeit nachgehen.

»Wo ist Teal?«, frage ich.

»Wir machen uns jetzt auf den Weg zum Annex«, sagt Joe. »Dort wirst du entscheiden müssen, ob du alles hinter dir lässt und einer von uns wirst oder ob du Schluss machst und heimkehrst.«

Genau deshalb ist dieses ganze Theater so lächerlich.

# Familieneinheit

Joe führt uns am Rand der Grabung entlang, durch eine niedrige, flache Höhle mit natürlichen Felssäulen sowie Trägern und Stützen aus Metall und Beton. Die Decke erstreckt sich einen Meter über meinem Kopf. Wie gesagt, ich mag keine tiefen Bergwerke; ich mag es nicht, viele Tonnen Gestein über dem Kopf zu haben. Ich glaube fast, die weite Offenheit des Roten zu sehen, die Oberfläche, und frage mich, wie das Wetter sein mag. Wahrscheinlich seltsam. Hier unten ist es sicherer. Aber so fühle ich mich nicht.

»Es darf kein Mist hinaus«, sagt Jacobi. Ihr Blick huscht hin und her, und das Visier beschlägt. Mit diesem Teil der Tour kommt sie nicht besonders gut klar. Vielleicht gefällt es ihr ebenso wenig wie mir, Millionen Tonnen Fels über sich zu wissen. Oder vielleicht hat man sie vor dem Einsatz besser instruiert als mich. Möglicherweise besteht hier echte Gefahr. Es könnte sein, dass hier alle irre sind, und dann möchten wir uns ihnen bestimmt nicht anschließen.

Die Luke öffnet sich. Ich bin durch so viele Luken geklettert … Wenn ich keine mehr sehe, rufe ich

»Hurra«. Aber hier kommen wir zum Kern der Sache, zum Knackpunkt, was auch immer der sein mag. Dies ist der Grund, warum wir hier sind.

Coyle hat sich wieder in mir versteckt. Vielleicht mag auch sie keine Höhlen, und dafür hätte sie vermutlich bessere Gründe als der Rest von uns. Der Käfer – oder die Krabbe – rührt sich ebenso wenig. Ich bin in meinem Kopf allein, und allein zu sein bedeutet, dass ich mich in schlechter Gesellschaft befinde. Irgendein Franzose hat das gesagt. Vielleicht könnte mir Jacobi den Namen nennen. Alice würde ihn kennen. Wo zum Teufel steckt Alice? Na schön. Transvak ist nicht mehr drin für sie. Schlimmer Sonnensturm, kein Kosmolin. Ich erinnere mich. Ich erinnere mich an das Apartment in Seattle, an Joes und Taks Wohnung, in die ich eingeladen wurde, als wir alle auf der Erde waren, netter Ort, mit Blick auf Kaskade, Sund und all die Fähren. Mit Blick auf das, wofür wir kämpfen und was die Gurus uns gegeben haben, all die Technik.

Aber die Gurus haben gelogen. Alles ist eine Lüge. Und jetzt führt man uns in … was? Zur Wahrheit? Oder zu einer anderen Lüge, noch älter, teuflischer und gefährlicher? Vielleicht wissen die Gurus mehr als wir darüber, was der Tobak anrichtet. Vielleicht wollen sie *tatsächlich* das Beste für uns, und wir verhalten uns wie dumme Kinder, wie Schnösel. Moses geht schließlich den Berg hoch, sieht den brennenden Busch und empfängt Worte, und unten im Tiefland wird sein Volk unruhig und beginnt, Götzenbilder zu verehren. Dathan, stimmt's? Edward G. Robinson befiehlt den Guss des goldenen Kalbs. Vielleicht haben wir nur das goldene Kalb angesehen, und jetzt beschwört Moses den Blitz, der die gerechte Lektion erteilt. Meine Kinnmulde füllt sich mit Schweiß. Ich möchte das Visier öffnen. Es ist zu spät für mich – warum nicht das Visier öffnen, noch mehr von dem Zeug aufnehmen und es zu Ende bringen?

Ich hebe die Hand zum Visier.

Borden ergreift meinen Ellenbogen. »Noch nicht, Venn«, sagt sie. Ich schüttele ihre Hand ab, drehe mich um und versuche, von der Luke zurückzuweichen. Der erste Schritt ist wie ein Krampf. Ich bebe am ganzen Leib. Tak ist hinter mich getreten, und Joe befindet sich links von mir.

»Lasst mich gehen!«, rufe ich. Tak und Joe kommen noch näher und halten ihre Köpfe, ihre ungeschützten Köpfe, an meinen Helm. Sie sprechen mit leisen Stimmen und sagen mir, dass ich durchhalten muss; es sei wichtig, dass wir zusammenbleiben und alles gemeinsam durchstehen, dies ist der Grund, warum wir zum Mars gekommen sind. Joe zeigt wieder sein zum Patent angemeldetes Grinsen, teils Entschlossenheit, teils Anteilnahme, teils starrsinnige Sturheit. Ich erinnere mich an das Grinsen und auch an das erste Mal, als ich es gesehen habe. Ich erinnere mich an den Tag in der Lagune bei Karlsbad. An den Tag, als wir rotznäsige Kinder waren und uns gegenseitig einen gehörigen Schrecken eingejagt haben.

»Entspann dich«, sagt Joe zu mir. »Guter Kram steht bevor. Vielleicht sogar gute Antworten. Gott weiß, dass wir welche verdient haben.«

»Ich bin dann n-n-n-nicht mehr *ich selbst*«, bringe ich hervor. Es klingt nach einem Winseln. Himmel, es *ist* ein Winseln. »Es saugt mich auf!«

»Glaube ich nicht. Du siehst taff und tapfer aus, mein Freund. Wir bringen dies gemeinsam hinter uns, in Ordnung?«

Mein Kopf bewegt sich von ganz allein, er wackelt erst von einer Seite zur anderen, dann auf und ab, als würde ich Joe zustimmen. Vor Tak Fujimori möchte ich nicht wie ein Feigling oder Narr dastehen.

»DJ wartet«, sagt Tak. »Ich glaube, er möchte dir etwas Wichtiges zeigen.«

»Ja, aber DJ ist verrückt«, erwidere ich. Niemand reagiert darauf. DJ ist immer verrückt gewesen.

Die Luke öffnet sich. Eine kleine dunkelhaarige Frau sieht herein. Sie ist nicht so mollig und hübsch wie bei unserer letzten Begegnung, sie ist hager, ausgezehrt und blass. Aber ich erkenne sie sofort.

»Du erinnerst dich bestimmt an Alice«, sagt Joe. Er liebt Überraschungen.

»Sie können die Visiere öffnen«, sagt Alice ohne irgendeine Einleitung, ohne Vorstellung. Sie tritt zwischen uns, gestikuliert und verzieht das Gesicht. »Alle können sich ausziehen und reinigen, die Filter ersetzen. Doc meint, das sei in Ordnung.«

»Wer ist der Doc?«, fragt Borden.

»Ich«, antwortet Alice. »Früherer First Lieutenant Alice Harper, medizinischer Dienst der US-Marine.«

»Sie können nicht mehr Transvak gehen«, murmele ich. »Sie würden sterben, nicht wahr? Das haben Sie mir gesagt.«

»Ich habe mich geirrt«, erwidert Alice. »Nach dem, was wir mit Ihnen gemacht haben. Als Sie weggebracht wurden … Die Reise war nicht leicht, aber ich hab's geschafft. Was sich hinter der großen Tür befindet, ist das Risiko wert. Das wissen Sie, nicht wahr?«

»Können Sie jemals zurückkehren?«, frage ich.

»Vielleicht nicht«, sagt Alice. »Können Sie es?« Sie klopft sich auf die Wange. »Also los.«

Ich greife nach meinem Visier. Borden hebt die Hand, um mich aufzuhalten, aber Kumar meint, es sei alles in Ordnung, dies sei zu erwarten. Trotzdem bedeutet uns Borden zu warten. Sie öffnet ihr Visier als Erste. Als sie es überlebt, brechen wir alle die Siegel und atmen die Luft von Fiddler's Green, die rein, süß und lebendig ist.

Alice rümpft die Nase, als sie unseren Geruch wahrnimmt. »Jesus«, sagt sie. Unsere Hautengen sind bis an ihre Grenzen belastet worden – wir riechen nach Scheiße, Pisse und Kampfschweiß. »Drinnen haben wir Suppe und Tee. Muschran, ist dieser feine Herr ein weiterer ›Master of the Universe‹?«

»Ja, Alice«, bestätigt Muschran und stellt Kumar in einem Tonfall vor, der auf eines hinweist: Hier im Annex hat Alice Harper das Sagen, nicht Muschran und erst recht nicht Kumar oder sonst jemand von der Vierten Abteilung. Eigentlich überrascht es mich nicht: Als Alice hierhergebracht wurde, von wem auch immer, übernahm sie sofort das Kommando.

Vier große junge Männer und Frauen warten in einem Alkoven hinter der Luke und nehmen unsere Hautengen in Empfang. Die Schutzanzüge werden aufgehängt, und die Männer beginnen damit, die alten Filter durch neue aus einem Behälter zu ersetzen. Es müssen Teenager sein, nach marsianischen Jahren gerechnet. Zweite Generation? Die Frauen reichen uns Putzlappen und führen uns dann zu einem niedrigen Becken, wo wir unter u-förmige Rohre treten, die nach Seife riechendes Wasser verspritzen. Die Frauen geben uns mit Gesten zu verstehen, dass wir uns abschrubben sollen. Nackt drehen wir uns um und genießen die warme Dusche. Bei Ischida glänzen Haut und Metall. Ischikawa hat ein breites Grinsen im Gesicht.

»Schrubben!«, weist uns Alice an.

Wir schrubben.

»Nicht den Hintern und die Weichteile vergessen. Und nehmt dies.«

Als wir aus dem Becken treten, reicht sie uns kleine Lutschtabletten, die nach Zimt schmecken. In meinem Mund beginnt es zu schäumen. Schon nach kurzer Zeit haben wir Schaum auf den Lippen.

»Leckt es ab und schluckt es. Es sind neue Bakterien, besser als eure eigenen, glaubt mir. Und frischer Atem. Für ein paar Stunden habt ihr Bauchschmerzen, aber anschließend fühlt ihr euch besser als jemals zuvor.

»Alice«, sagt einer der Männer und schüttelt voller Abscheu den Kopf. »Die Anzüge müssen desinfiziert und geflickt werden.«

»In Ordnung«, erwidert Alice.

Sie bringen die Hautengen fort. Tak hat sich einige weiße Gewänder über den Arm gelegt, die er nun verteilt. Kindergrößen, so groß wie die Muskis eben. Meins reicht mir gerade ein Stück über den Hintern. Das Ding sieht aus wie ein Krankenhaushemd, fühlt sich aber sauber und kühl an auf meiner trocknenden Haut.

Noch immer keine Teal in Sicht. Ich habe mich noch einmal umgesehen, bevor ich unter die Dusche trat. Und DJ fehlt ebenfalls. Was heckt er aus? Ist es möglich, dass DJ hier in Fiddler's Green einen Ort gefunden hat, an dem es ihm gelingt, kein Blödmann zu sein? Erstaunlich. Ich merke, wie ich mich allmählich besser fühle. Es tut gut, sauber zu sein.

»Ich muss nach oben«, sagt Alice. »Joe übernimmt Sie von hier. Glückwunsch, Venn. Bis bald.« Ihre Fingerspitzen berühren mich, dann lächelt sie und geht. »Grüßen Sie Tealullah von mir«, fügt sie über die Schulter hinweg hinzu. »Ich glaube, sie mag mich nicht besonders.«

Ich beobachte, wie sie im Tunnel verschwindet.

»Warum das denn?«, frage ich Joe.

»Alice hat ihr das Kind weggenommen«, sagt Joe.

Er und Tak bleiben bei mir. Borden ebenfalls. Kumar hat seine flankierende Position zugunsten von Joe und Tak aufgegeben. Ich habe einen Begleittrupp bekommen. »Na schön«, sage ich. »Wir sind hier. Wo ist Teal?«

»Im Annex«, erwidert Joe. »Gehen wir.«

# Vom Tobak gewählt

Wir sehen aus wie die Patienten einer psychiatrischen Station, als wir den Duschraum hinter uns lassen, die Lutschtabletten lutschen und uns Schaum von den Lippen lecken. Andererseits: Alle sind ebenso gekleidet wie wir, und deshalb fallen wir nicht weiter auf.

»Wie war es in Madigan?«, fragt Joe.

»Großartig«, sage ich. »Die Ärzte haben sich gut um mich gekümmert.«

»Kann ich mir denken«, sagt Joe.

»Tut mir leid, dass wir dich nicht früher rausholen konnten«, sagt Tak.

»He, kein Problem, ich habe Mist gebaut«, sage ich. »Habe mit einer Sekretärin gesprochen und mit dem Finger ein Taxi bezahlt. Hübsches Apartment, übrigens. Alice …«

»Sie ist unsere Dorothy«, sagt Joe. »Sie organisiert die Blechmänner und Vogelscheuchen.«

Ich denke an all die verwirrenden Ereignisse der letzten Zeit. »War nicht sicher, ob man ihr trauen kann. Bin es noch immer nicht«, sage ich. Bilder kreiseln wie von einer inneren Staubtrombe aufgewirbelt durch meinen Kopf. Jemand kramt wieder in meinen Erinnerungen. Und was alles noch verwirrender macht: Ich erinnere mich an Dinge, die nie geschehen sind. Oder betrachte sie aus einem anderen Blickwinkel, nicht dem aus meinen Augen. Wie die Kneipenschlägerei von Hawthorne.

»Sie ist taff«, sagt Tak. »Vielleicht ein bisschen zu taff.«

»Teal hatte ein kleines Kind«, sage ich. »Und sie haben es ihr weggenommen?«

»Ja«, sagt Tak.

Kumar, Borden und Muschran sind zwei Schritte hinter uns und hören zu.

»Lasst uns ein Bier trinken und darüber reden«, sage ich in meinem besten Was-zum-Henker-geht-hier-ab-Ton.

»Das Bier auf dem Mars ist beschissen«, sagt Tak. »Sie haben versucht, es aus Sägemehl und Hefe zu brauen, meint Rafe.«

»Was zum Teufel macht er hier?«, frage ich. »Die Voors hätten Teal erschossen.«

»Hier leben Voors, erinnerst du dich?«, erwidert Tak.

»Der ältere de Groot war ein Prachtstück«, sagt Joe. »Er ist tot. Nur acht Voors sind übrig. Etwa Hundert starben beim Angriff der Antags vor zwei Monaten. Rafe konnte Teal retten, aber nicht ihren Mann.«

»Ihren Mann?« Ich bin an schlechte Nachrichten gewöhnt, aber diese Mischung aus Gut und Mies setzt mir zu. Der Bauch tut mir weh. »Ich dachte …«

»Kriegen wir jemals das, was wir uns wünschen, Vinnie?«, fragt Joe.

»Du scheinst zufrieden zu sein«, sage ich.

»Die seltsame Sache ist, wie zufrieden Joe zu sein scheint«, sagt Tak.

»Ich bin ein zufriedener Bursche«, sagt Joe. »Bist du Kumar in Madigan begegnet?«

»Ja.« Wir blicken zu Kumar zurück, der zwischen Borden und Muschran läuft. Hinter ihnen sehe ich unsere Skyrines, mit Jacobi und Ischida an der Spitze. »Ein echter Kopfpfuscher. Was hat es mit diesem Ort auf sich?«

Joe geht nicht auf die Frage ein. »In Madigan haben Sie dein Blut und deinen Kot untersucht. Hast dabei das große Los gezogen. Der Tobak hat echt was mit dir angestellt, so sehr wie bei keinem anderen Rückkehrer vom Mars. Also entschied Kumar, dich hierherbringen zu lassen. Andernfalls hätten dich das Bedienpersonal oder die anderen Abteilungen, die noch größtenteils die Kontrolle haben, ganz sicher umgebracht.«

»Venn stand ziemlich weit oben auf der Liste«, sagt Borden.

»Was die ganze Sache schneller nach vorn brachte, als es den Beteiligten gefiel«, sagt Joe. »Kumar spielte noch immer den loyalen Diener der Gurus. Und Muschrans zweite Geige. Muschran kommt herum. Ja, kommt er.«

»Warum nicht warten, bis ich zum Mars zurückkehrte, wegen Teal …?«

»Der ältere de Groot wollte eine Herrenrasse züchten, die alles versteht, was sich im Drifter befindet. Er glaubte, dadurch zur bestimmenden Macht im großen alten Krieg zu werden. Es wäre gar nicht gut, wenn das Baby von einem Skyrine gezeugt wurde, und außerdem: Woher sollte er von dir wissen? Wie sich herausstellte, war keiner seiner überlebenden Söhne geeignet. Also suchte er sich einen anderen Voor.«

»Ich verstehe überhaupt nichts davon«, sage ich.

»Gut. Schieb den ganzen Blödsinn beiseite und denk frische Gedanken. Wohin wir gehen …«

Wir betreten einen großen Raum, in dem die Decke nur wenig höher ist als in dem anderen. Eine Lampenkette zieht sich dort entlang und vertreibt die Düsternis. In ihrem Licht stehen Klapptische in Reihen zwischen Felssäulen und Plastikstreben. Einige ungepflegt wirkende Muskis, kleiner als Teal, kümmern sich um sie. Kleinere Leute. Hässlicher, denke ich, aber ich bin sauer, weil die Voors einen der ihren mit Teal verheiratet haben. Joe hat recht. Was habe ich nur gedacht? Joe hat immer recht. So ist das eben.

In einer Ecke sehe ich DJ, der sich emsig an einem der fernen Tische zu schaffen macht – seine Hände huschen über beigefarbenes Papier und bedecken es mit kruden Bleistiftskizzen. Fetzen und zusammengeknüllte Blätter liegen auf Tisch und Boden. Keine Ahnung, woher das Papier stammt. Aber was DJ da macht, ist so wichtig, dass sie ihm Papier besorgt haben.

Ich nähere mich, und er sieht auf. Er schielt, das Gesicht wie im Fieber gerötet, er sieht noch blöder aus als sonst, als hätte er eine Ladung Drogen eingeworfen. Was vielleicht sogar der Fall ist, bei ihm ebenso wie bei mir.

»He, Vinnie!«, ruft er. »Es strömt auf mich ein, aber ich krieg's nicht gebacken! Komm und hilf mir!«

»Klar«, sage ich und hebe ein Blatt auf. Die von DJ gekritzelten Skizzen zeigen die Zeit des alten Eismonds, und sie sind gar nicht mal schlecht. Er hat die knorrige Schale eines großen, würdevoll aussehenden Käfers gezeichnet, der sich aufrichtet und seine Unterseite zeigt, hässlich und komplizierter als die oberen Teile. Ich erkenne drei große Augen, und hinter ihnen drei weitere, die neugierig über die größeren hinwegglotzen – die Augen des kleinen Passagiers. Partner. Parasiten-Freunde.

»Das ist der Boss, aber in meinem Kopf ist er nicht nur ein Käfer, sondern wie aus tausend über die Jahrhunderte verteilten Käfern zusammengesetzt. Eigentlich weiß ich gar nicht, *wer* er ist. Erkennst du ihn?«

Ich schüttele den Kopf. »Tut mir leid, nein. Bist du sicher, dass es ein ›Er‹ ist?«

»Ganz sicher«, murmelt DJ und wendet sich wieder seinen Zeichnungen zu. »Nimm mehr von dem Tobak. Kehr zurück, wenn du es deutlicher fühlst. Mann, das nervt, das nervt *wirklich*. Wer zum Geier sind diese Leute, und warum sind sie … zusammengepackt?«

»Vielleicht ist es eine Dynastie«, spekuliere ich. »Du weißt schon, geerbte Herrschaft.«

DJ schüttelt den Kopf. »Ausgeschlossen«, sagt er. »Diese Typen sind viel mehr Spock. Kamen besser mit den Dingen klar als wir. Gute Kerle, tief in ihrem Innern. Im Ernst.«

»Sie sind tot, DJ. Ausgestorben.«

»Nicht hier drin.« DJ klopft sich an den Kopf.

Ich weiche zurück. Ein kleiner Funke springt in meinem Rückgrat hoch.

»Wie viele sind hier wie DJ?«, frage ich Joe.

»Vor den Angriffen hatten wir sechs, Kazak eingeschlossen«, sagt Joe.

»Jetzt haben wir nur noch DJ«, fügt Tak hinzu. »Und dich. Vielleicht.«

»Er scheint ziemlich abgefahren zu sein.«

»Kein Wunder.« DJs Finger fliegen übers Papier. »Dies ist Macht. Es ist Wissen.«

»Ich fühle mich nicht so voller Eifer«, sage ich.

»Kommt noch«, sagt DJ.

»Was ist mit den Kindern? Den Babys der dritten Generation? Wo sind sie?«

»Nicht hier«, erwidert Joe. »Man hat sie vor vierzig Sol vom Mars weggebracht. Zu einem sicheren Ort auf der Erde.«

»Auf der Erde! Was ist mit den Gurus? Was ist mit dem noch loyalen Bedienpersonal?«

»Niemand wird etwas erfahren«, sagt Kumar.

»Oh, *klar*«, sage ich. »Mann, das ist verrückt!«

»Der sicherste Ort für sie«, sagt Joe. »Viel sicherer als hier. Die einzigen Kinder hier sind Voors und Muskis. Nicht betroffen.«

In mir brodelt es noch immer angesichts dieser Neuigkeit, als ich am anderen Ende des Arbeitszimmers jemanden spüre. Ich höre eine raue Frauenstimme und leise Schritte. »W'r s'nd all diese L'te?«

Drei große Frauen eng nebeneinander; sie stoßen mit dem Kopf fast gegen die Lampen. Sie ähneln sich sehr: hager, ausgemergelt, dünnes braunes Haar, kurz geschnitten, die Haut blass, die Augen groß. Sie alle tragen Gewänder, die bis zu ihren knubbeligen Knien reichen. Gewänder mit grünen Flecken. Sie kommen aus der Grabung. Wir gaffen. Die Frau mit dem Kind, die ich zuvor gesehen habe, gehört nicht zu dem Trio.

»Erkennst du jemanden?«, flüstert mir Joe zu.

Nein, zuerst nicht. Die beiden Frauen rechts und links strecken ihre Arme und führen die Frau in der Mitte, die verwirrt wirkt und Dinge zu sehen scheint, die für uns unsichtbar sind. Als sie zu uns geführt wird, bemerke ich Narben an ihren Augen. Sie zeigen den Umriss eines Visiers. Strahlungsnarben. Die Frau ist blind.

»Sag was«, fordert mich Joe auf.

»Ist d's Michael?«, fragt die Frau. »Ich f'hle ihn.«

Hinter mir drängen die Skyrines näher. Ich weiß nicht, warum. Vielleicht ist es Instinkt, selbst mir gegenüber, einem Arschloch – wie müssen zusammenhalten. Oder vielleicht wollen sie die große Frau nur aus der Nähe sehen und herausfinden, was dies bedeutet.

»Seit Monaten fragt sie nach dir«, sagt Joe. »Sprich mit ihr.«

Sie haben Teal das Kind genommen, und jetzt ist sie hier und versucht, mich zu finden, und ich erkenne sie kaum wieder. »Warum?«, frage ich. »Wozu tauge ich?«

Teal hebt den Kopf. »Es *ist* Michael!«, sagt sie. »Er ist hier!« Sie stößt gegen einen Tisch. Die beiden anderen Frauen führen sie. Ich möchte am liebsten weglaufen. Himmel, wie viel Leid haben wir diesen armen Leuten gebracht!

»Vinnie, wenn d's bist, komm h'r!«, sagt Teal mit heller Stimme. Sie lächelt strahlend und hält mir die Arme entgegen. Ich erinnere mich an das Lächeln. »Komm z' m'r. Sprich m't m'r! So lange so v'l Zeit, so v'l zu erzählen!«

# Reisen enden nie

Ohne einen Hauch von Takt trennen Kumar, Borden und Joe mich und Teal von unseren schützenden Aufgeboten – Teal von ihren hilfreichen großen Freundinnen und mich von den Skyrines, die plötzlich ganz versessen darauf sind, mir Gesellschaft zu leisten. Borden sagt ihnen – und Joe bestätigt es –, dass alles in Ordnung ist, dass Teal und ich nur ein bisschen allein sein wollen, und dann werden wir durchs Arbeitszimmer geführt, zu einer Kammer mit Stühlen, einem kleinen Tisch und nur einer Lampe. Ein stiller, isolierter Ort.

Kumar starrt uns an. Borden versucht, diskret zu sein, aber Kumar schert sich darum einen Dreck – genauso gut könnte er Pornos schauen und sich einen runterholen. Dies ist der Grund, warum wir hier sind. Dies ist der Grund, warum er Borden mir zugewiesen und mich hierhergebracht hat.

Dann ziehen sich Joe, Borden und Kumar zurück, wie Kuppler, die ihr Werk vollbracht haben. Aber ich weiß, dass sie draußen warten und lauschen. Ich kapier's. Wir sind gewissermaßen eine große Investition. Teure Vollblüter.

Vorsichtig nehme ich Teal gegenüber Platz. Ich habe keine Ansprüche. Dieser kurze Funke einer Verbindung, dieser Schlag, der mein Gesicht traf und mich ihren Kummer und ihre Furcht beim Erscheinen der Voors teilen ließ … Ich habe kein Recht zu glauben, einen wichtigen Beitrag für ihren Schutz geleistet zu haben, oder? Ich habe mir alles eingebildet, nicht wahr? Trotzdem möchte ich in ihrer Präsenz baden. Ich könnte ein Phantom sein und mir dennoch wünschen, hier zu sitzen und sie anzusehen.

Teal streckt die Hand über den Tisch.

»Ich bin so ein verdammter Mistkerl«, sage ich.

»Still d'mit«, sagt sie.

Meine Hand setzt sich in Bewegung. Teal hört, wie Haut über Plastik streicht, sie findet meine Finger und legt ihre Hand auf meine. Eine trockene Hand ist es, die ich da fühle, mit den Fingern eines Juweliers, lang, stark und doch zart. Ich erinnere mich an diese sanfte Stärke. Teal drängt gegen den Tisch und versucht, mir näher zu kommen. Ich trete an ihm vorbei und knie neben ihr.

»Lass mich dich fühl'n!«, sagt sie und bringt ihr Gesicht dicht an meinen Kopf heran. Die Hände schweben dicht an meinen Wangen. Ich höre sie atmen und sehe sie lächeln. »Ist nicht s'wer gewesen, od'r?« Ihre Augen bewegen sich, als könnte sie noch sehen. Ich frage mich, ob man ihr neue Augen geben kann, wie Tak. Vielleicht ja, vielleicht wird es geschehen, aber nicht hier. Es steigt der verzweifelte Wunsch in mir auf, sie zur Erde zu bringen, zu einem Krankenhaus, damit man ihr hilft, sie wieder ganz macht.

Damit sie ihr Kind sehen kann.

»So leid es m'r tut, dass es hierzu ge'ommen ist«, sagt sie und berührt die Narben an ihren Augen. »Schwer f'r uns.«

»Ich weiß«, sage ich. »Und es ist nicht deine Schuld, das war es nie.«

Sie hebt das Kinn. »Du b'st noch am Le'en wegen m'r, weißt du?«, fragt sie mit leisem Spott. Aber sie steckt voller Freude, und auch voller Stolz. »Ich habe d'ch gerettet.«

Tränen laufen mir über die Wangen. »Das hast du, ja«, bestätige ich.

»Ich habe m'ch so gefr't, andere z' find'n. Hab dich nie ber't, hab dich nie gef'lt, n'r gesehen, aus d'r Ferne«, sagt Teal. Ihre langen Finger streichen mir über die Wangen, über die Lippen, ziehen an meinen Augen vorbei. Ich erinnere sie nicht an den Schlag. »Hab nich' d'nen Geruch gerochen, auß'r Schweiß un' Furcht. Jetzt fürchtest du d'ch.« Sie berührt die Feuchtigkeit auf meinen Wangen. »Keine Tr'nen. So viel zu l'rnen!«

Sie nimmt meine Hände und hebt sie zu ihrem Gesicht. Ich berühre ihre Haut. Es geschieht zum ersten Mal, dass ich sie auf so intime Weise fühle, die Knochen unter der Haut, ihre Wärme, dass ich ihren Geruch wahrnehme, als käme er aus verschiedenen Richtungen zu mir.

»Es heißt, du fühlst st'rk d'n Tobak«, sagt Teal. »Du

kennst d's Leben d's alt'n Monds. Was *siehst* du, Michael?«

Ich weiß nicht, wie ich es ausdrücken soll. Die Stille dauert an, und Teal runzelt die Stirn. »Es ist n'cht verkehrt. Vat'r hat es gefühlt. Erste Gen ist st'rk, die zweite wenig'r. Die dritte am stärksten v'n allen, heißt es. Er erzähl'e m'r Geschichten. Hab sie f'r seltsam gehalt'n, ab'r schön.«

»Davon wusste ich nichts«, sage ich.

»Im Drifter ist es jetzt selts'm«, sagt Teal. »W's geschah nach dein'r Rückkehr z'r Erde?«

»Ich muss wissen, was mit *dir* geschah«, erwidere ich.

»Ja«, sagt Teal. »Die Voors hab'n mich zurückgebracht z'm Hauptlag'r. Es h't Kämpfe gegeb'n. N'r fünf überlebt'n, unt'r ihnen Rafe, de Groot und ich. Im Lag'r befand'n sich andere Voors und Siedl'r. De Groot üb'rnahm die Führung, organisierte all's und v'rsuchte, die zweite Mine zu öffnen, ab'r ihm fehlte die Münze. Sie nahmen mich a'f, machten mich zu einem v'n ihnen. Die Frau'n stattetn mich a's. Ich w'rde verheiratet. Ich w'rde *verheiratet*, Michael.« Teals Augen suchen nach mir, um herauszufinden, was ich denke. Ihre Hände zucken. Sie möchte meinen Gesichtsausdruck ertasten, und gleichzeitig hat sie Angst.

»War er ein guter Mann?«, frage ich.

»De Groot h't ihn gewählt, einer d'r Voors, ab'r keiner seiner Söhne«, antwortet Teal. »Keiner seiner Söhne fühlt d'n Mond so stark. De Groot wählte einen

Mann m't stark'm Gespür. Nicht grausam. Nicht dumm.« Sie dreht den Kopf. Ein Ohr ist schartig unter dem Haarrand. In mir spannt sich alles an. »D's Baby k'm schnell. Dann kehrten Joe, DJ und Tak mit d'r Unt'rsuchungsgruppe z'rück, um die zweite Mine zu öffnen. Joe hatte die Münze.«

»Diejenige, die ich gefunden habe«, sage ich.

»W'r f'ngen wied'r an zu graben, w'r alle. Es w'r eine gute Zeit, gute Mon'te. Dann k'men die Weitander'n, glauben w'r. Griffen an. Häus'r brachen a'f, öffneten sich f'r Staub und Himmel. Ehemann st'rb. F'st w're ich ebenfalls gest'rben. Alice und Joe schickten die kl'nen Kinder f'rt. Dann trennten w'r uns v'n den anderen und lebten in d'r Mine.«

»Hier ist erstaunliche Arbeit geleistet worden«, sage ich.

Außerhalb unserer kleinen Kammer wird es unruhig. Kumar, Joe und Tak streiten miteinander.

DJ kommt atemlos herein. »Es geht los!«, sagt er.

Joe zieht ihn zurück. »Uns bleiben noch Stunden«, sagt er und zerrt DJ fort. Draußen wird mit zischenden Stimmen geflüstert.

»Was bedeutet das?«, frage ich.

Teal geht nicht darauf ein. »Erzähl mir v'n dir«, sagt sie.

Der kleine Raum scheint noch kleiner zu werden. Alles fühlt sich plötzlich fragil und provisorisch an, ich weiß nicht warum. Und dann …

*Ich weiß es*. Die Mine, die *Inhalte* der Mine spüren,

dass die Zeit knapp wird. Ich sehe es in Form von Bildern, und vielleicht sind es dieselben Bilder, die auch DJ sieht. Der Drifter hat sich nach dem Angriff bis zur Mitte in Glas verwandelt.

*Und das ist keine üble Sache.*

Coyle starb nicht, jedenfalls nicht ganz.

Teal klopft mir auf die Hand. »W'r s'nd evakuiert word'n. F'r einige v'n uns ein neues Lag'r, f'r andere die Erde. Aber erzähl m'r v'n d'r, bevor w'r gehen.« Sie ergreift meine Hand, sie schließt die Finger fest darum, um auszudrücken, dass sie keinen Widerspruch duldet. Die Leute draußen sind jetzt still. Vielleicht sind sie weg. Vielleicht haben sie Anstand genug, uns in Ruhe zu lassen.

Ich stolpere durch meine Geschichte. Mein Leben ist leer gewesen im Vergleich mit ihrem. Und was hat es für einen Sinn? Was erwarten wir? Hatten wir nicht zusammen sein und das Kind der dritten Gen produzieren sollen? War das nicht der Plan, oder entspringt das alles meiner Fantasie? Was zum Teufel ist passiert? Davon spreche ich nicht, diese Worte bleiben bei mir, aber ich denke darüber nach, als andere Worte meinen Mund verlassen, und vielleicht verrät mein Ton etwas, denn Teal wirkt ein wenig traurig. Sie neigt den Kopf und hört mit dem schartigen Ohr zu, während ihre Hände mit den langen Fingern über den Tisch tasten, um meine wiederzufinden, die ich in den Schoß gelegt habe.

Ich beschreibe meine Zelle, Kumar und das Fenster.

Sie schüttelt den Kopf, als könnte das alles nicht Teil der Wirklichkeit sein. »Michael«, unterbricht sie mich, »erzähl m'r v'n dem ander'n Ort. Wie ist es? In ein'r ander'n Zeit zu leben, in einem ander'n Körper? Lass es mich sehen. Mein Mann konnte es m'r nicht zeigen.«

»Wie hieß er?«, frage ich. Es ist wichtig. Personen, die mit Teal in Verbindung stehen, sind wichtig. Er hat ihr nicht wehgetan. Vielleicht hat er sich gut um sie gekümmert.

»Olerud«, sagt sie. »Olerud Miesler.«

»Wie starb er?«

»Beim Kampf z'sammen mit d'n Russen, draußen im Staub«, antwortet Teal.

*Himmel.* Ihr Mann starb, als er sie zu schützen versuchte. Ich war nicht da, ich kann keinen Groll auf ihn empfinden. Doch zu Dankbarkeit oder gar Bewunderung bin ich ebenso wenig imstande. *Zum Teufel mit dem ganzen Mist.*

»Genug«, sagt Teal. »Sag m'r, was du siehst.«

»Es kommt und geht«, erwidere ich. »Meistens ist es kurz. Wie ein besonders intensiver Traum.« Ich betrachte ihr Gesicht und spüre eine geballte Kraft, die sich zurückhält oder zurückgehalten wird …

Und dann …

Mit Teal zusammen zu sein, den Tobak zu riechen und ihn zu nehmen … *Mein Gott.*

*Es ist hier.*

Ich beginne für Teal mit der Beschreibung von Dingen, bei denen mir bisher gar nicht klar war, dass ich sie gesehen und von ihnen geträumt habe. Es strömt aus mir heraus, und Teal hört aufmerksam zu. Sie nimmt alles in sich auf, sie glaubt mir.

»All unser Leben kam von ihnen«, sage ich.

»Ich weiß.« Teal nickt.

»Es gibt Millionen von ihnen, über gewaltige Zeiträume verteilt, über Hunderte von Millionen Jahren – alle in unterschiedlichen Formen und Gestalten. Während der stärksten Zeiten bestehen die mächtigsten von ihnen, die dominanten, aus zwei Teilen: einem kleinen Reiter und einem größeren, starken Partner. Ich weiß nicht, welcher Teil der klügere ist. Sie verschmelzen miteinander, es sei denn, sie sind voneinander getrennt, was nicht oft geschieht. Eine harte Hülle umgibt sie.«

»Ich weiß. Wie Läuse.« Ihre Lippen kräuseln sich.

»Mehr wie Krebse oder Hummer«, sage ich.

»W'r haben hier keine Humm'r. Wie groß sin' die Alten?«

»Vielleicht so groß wie ein Tisch«, sage ich. »Sehr gescheit. Ihre Welt ist wundervoll. Unter dem Eis, unter auf dem Kopf stehenden Bergen aus tropfenden Mineralien, gibt es viele unterschiedliche Geschöpfe. Hunderte von kleineren krabbenartigen Wesen, die durch Gärten aus Tierblumen krabbeln, die Anemonen ähneln. Lange Ketten aus glühenden Knollen, wie Quallen, ihr Licht erstrahlt in den Städten … Kleine, sich schlängelnde Kreaturen, wie Fische, sie leuchten ebenfalls, alle Geschöpfe haben ihr eigenes Licht. Glühende Bakterien? Doch hier, unter dem Eis, erreichen Fische nicht das evolutionäre Niveau von Schaltieren …« Rede ich wirres Zeug? Ich zwinge mich, zur Sache zu kommen. »Drinnen, wo sie sich gemütlich fühlen … gemütlich und vertraut. Gar nicht wie Käfer. Ich weiß nicht, was es bedeutet.«

»Sie war'n freundlich?«, fragt Teal. »Nicht töten un' getötet w'rden?«

»Vielleicht. Ich bin mir nicht sicher. Von innen gesehen … Natürlich fühlt es sich vertraut an. Eine vielfältige Zivilisation, mit einer Jahrmillionen langen Geschichte. Gezeitenwechsel, warme und kalte Phasen. Sie konnten fühlen, wie der Fels kälter wurde. Sie wussten, dass der radioaktive Zerfall im Kern des Mondes allmählich nachließ. Aber die Gezeitenkräfte hielten die Ozeane warm. Und als der Mond aus seiner Umlaufbahn gerissen wurde …«

»Um Jupiter od'r Saturn?«, fragt Teal.

»Vielleicht Saturn. Aber damals war Saturn anders. Und es gab mehr als nur einen bewohnten Mond«, sage ich. »Vor der Katastrophe gab es sieben oder acht.« Das ist eine ziemlich genaue Angabe. Woher stammt sie? Welche Stimme hat mir davon erzählt?

»Hab'n die Schalenwes'n die Eishülle d'rchbrochen?«, fragt Teal. »Sin' sie ins All aufgebrochen?«

Ich denke darüber nach. Gute Frage! Sie müssen gereist sein, wenn sie von den anderen Monden wussten, nicht wahr? Haben sie sie besiedelt? »Ich schätze, sie haben sich irgendwann durch das Eis gegraben, ja.

Aber nachdem sie die ersten Städte gebaut hatten, verging noch sehr, sehr viel Zeit, bis sie schließlich die Sterne erblickten.«

»Auch DJ un' Olerud sprachen dav'n«, sagt Teal und hebt den Kopf. Offenbar versucht sie, mich mit ihren trüben Augen zu sehen. »Viele Welten m't Dächern a's Eis. Wie weit? Wie weit zur'ck in d'r Vergangenheit, w's meinst du?«

»Schwer zu sagen. Mindestens einige Milliarden Jahre. Aber trotzdem fühlt sich ihre Welt für mich vertraut an! Ich habe den Eindruck, dass ich mich nur ein wenig anstrengen muss, um jene Wesen zu verstehen, um sie zu kennen.«

*Anstrengung und etwas, das mir den Weg zeigt.*

»W'r wären m't ihnen befreundet«, sagt Teal.

»Oh, ich weiß nicht. Stell dir vor, sie erführen davon, dass wir Hummer lebendig kochen?«

Teals Abscheu ist offensichtlich. »Ich, nie. Nie! Zerdrücke Läuse, viell'cht.«

»Und sie sind ziemlich seltsam«, fahre ich fort. »Parasiten oder Partner auf einem größeren …«

Sie unterbricht mich. »Paare. D's hat Olerud gesagt. Ab'r die ander'n Monde … Alle tot un' zertrümm'rt?«

Ich sehe mich in dem kleinen Raum um, und meine Anspannung lässt immer mehr nach. Alice hatte recht, und Kumar ebenfalls – Teal ist mein Katalysator. Vielleicht hat Joe es ihnen gesagt, aber wie er davon erfahren haben könnte, bleibt mir schleierhaft. Vielleicht konnte er es in uns sehen. Aber dann hätte er schon früher Bescheid wissen müssen. Joe ist ein kluger Kopf, aber kein Magier.

Vielleicht reicht Joes Beteiligung bis zu Kumars und Muschrans erster Suche nach dem Drifter zurück. Vielleicht hat Joe seit kurz nach der Ausbildung in Hawthorne mit dieser Sache zu tun. Joe ist immer mein Polarstern gewesen, ein Wegweiser und gleichzeitig, manchmal, eine Geißel. Aber verstanden habe ich ihn nie.

»Nein«, sage ich. »Sie lebten, bevor die Erde abkühlte und Meere entstanden. Sie waren das erste Leben im Sonnensystem«, füge ich langsam hinzu und fühle, wie ein Teil von mir, mein menschliches Selbst, unter der Bedeutung dieser Worte schrumpft. »Flüssiges Wasser unter Eis. Sie waren die Ersten.«

»D's alles hast du empfang'n?«, fragt Teal.

»Ja.«

»Mein Junge w'rd d's spüren, un' noch mehr, wenn er größer w'rd. Die ganze Geschichte jen'r Wesen.«

»Vielleicht«, murmele ich. »Dritte Gen … Was auch immer das bedeutet.«

Teal senkt den Blick ihrer blinden Augen. »Zu w'rtvoll, um ihn bei m'r z' lassen«, flüstert sie. »Ich habe Olerud verlor'n, und dann nahmen sie m'r meinen Jungen.« Sie drückt zwei Finger zwischen ihre kleinen Brüste, die sich kaum unter dem Stoff ihres Gewands abzeichnen. »Muschran un' Joe sagen, er ist jetzt a'f d'r Erde. Viel sicherer als d'r Mars. Was w'rd geschehen, Michael? W'rden die Pfuscher d'r Erde glotz'n un' untersuchen?«

»Ich weiß es nicht«, sage ich. Wen meint sie mit *Pfuscher*? Wissenschaftler?

»Od'r … vielleicht w'rden sie darauf v'rbereitet, z' d'n alten Monden z' fliegen.«

»Ich weiß nichts davon. Ich wünschte, ich wüsste Bescheid und könnte dich beruhigen.«

Teals Ton verändert sich. Mit einer Schärfe, die mich an die alte Teal erinnert, sagt sie: »So viele sin' tot. W'r will das, w'r tut so etwas, niemand erkl'rt es uns, niemand kennt die Wahrheit od'r will sie m't uns teilen.«

Es schnürt mir den Hals zu, so sehr, dass ich nicht einmal versuchen kann, mich zu entschuldigen. Außerdem, dies alles ist doch nicht meine Schuld, oder?

Joe, Kumar und DJ kommen herein. Muschran redet draußen, vielleicht mit Borden. »Bereit für eine Ruhepause?«, fragt Joe.

Das Bild vor meinen Augen verschwimmt. Ich möchte den Kopf auf den Tisch legen, aber mein Blick bleibt auf Teal gerichtet. Wir können nicht viel länger zusammenbleiben. Das weiß ich, und ich hasse es.

»Er is' sehr müde«, sagt Teal. »Er hat viel hint'r sich.«

Joe hilft mir beim Aufstehen.

Ich sehe Teal im fernen Licht, groß und hager. Ihre beiden hochgewachsenen Freundinnen führen sie weg, und sie dreht den Kopf, als wollte sie mich mit ihren blinden Augen über die Schulter hinweg sehen. Eine der beiden anderen Frauen hat ihr Kind an der Brust; der Säugling saugt zufrieden.

Und dann … sehe ich sie nicht mehr. Ich zittere am ganzen Leib.

»A'f Wiedersehen, Michael!«, höre ich. »Ruh dich a's. Bis bald.«

Ich bin plötzlich verzweifelt und will Joe fortstoßen, aber er hält mich fest. Langsam kehre ich zurück und hasse sie alle.

# Käferträume und andere Odysseen

Sie bringen mich in einen Nebenraum, ein ganzes Stück vom Annex entfernt. Ich liege auf einem schmalen Feldbett: mattes Licht, kühle Luft. Jacobi, Ischida und Borden sind bei mir, aber Teal ist fort. Joe erscheint für kurze Zeit, dann Tak. Ich will sie nicht sehen. Ich bin so *verdammt* müde.

»Gut gemacht«, sagt Joe. »Ruh dich aus.«

»Wo ist Teal?« Ich sehe sie fast neben mir, wie ein Nachbild. Hat sie sich in Glas verwandelt? Wird sie die ganze Zeit in meinem Kopf sein? »Wohin gehen wir jetzt?«, frage ich.

Jacobi berührt meine Stirn. »Er hat Fieber«, sagt sie. Alice erscheint, verschwommen. Ihr Gesicht bleibt in der Düsternis und gewinnt keine klaren Konturen. »Es ist der Tobak, er fühlt ihn stark«, sagt sie. »Schlafen Sie, Venn. Schlafen Sie es aus.«

»Ich möchte bei Teal bleiben«, sage ich.

»Auf keinen Fall«, sagt Borden. »Auch sie ruht sich aus.«

»Ich muss ihr nahe sein …«

»Sie würden es nicht überleben«, sagt Muschran. Er wirkt verstohlen, enttäuscht. Ich kenne diesen Gesichtsausdruck. Befehlskette. Üble Anweisungen.

Ich versuche aufzustehen, aber erst Jacobi und dann Ischida drücken mich aufs schmale Bett. Ischida könnte einen Gorilla festhalten. »Das wissen Sie nicht!«, rufe ich.

»Teal bleibt nicht auf dem Mars«, sagt Kumar. »Es wird genug Schiffe geben, um sie zur Erde zu bringen.«

»Sie alle?«, fragt Jacobi und sieht zu den anderen auf.

Kumar wendet den Blick ab.

»Warum haben Sie die Frauen nicht mit ihren Kindern zurückgeschickt?«, frage ich.

»Wir hätten es besser planen können«, erwidert Kumar. »Aber an dieser Stelle beginnen wir von vorn.«

»Wie kann ich irgendjemandem von Ihnen glauben?«, frage ich benommen und beobachte sie. Ich halte nach Druckpunkten Ausschau, nach Stellen, wo man ein Messer ansetzen kann. Bei Gott, ich möchte sie alle töten, ich möchte jeden von ihnen ausweiden. Kumar ist reserviert, selbstvergessen. In einem Kampf würde er wie ein Ferkel quiekend sterben. Oder vielleicht hat das Leben gar keine Bedeutung für ihn, wenn er nicht die Fäden in der Hand halten, die Regie führen kann. Vielleicht ist er nicht mehr als das: eine politische Drohne.

Joe zieht sich einen Stuhl heran und nimmt neben Borden Platz. Sie sieht ihn an. Er verschränkt die Arme und überlässt die Sache Kumar. Sie streiten sich über etwas. Ich habe einen Teil davon verpasst. Bin mal da und mal nicht. Ich schiebe Jacobis Hand beiseite. Alice ist hartnäckiger. Sie misst meine Temperatur. »Genau wie bei DJ«, sagt sie.

»Es gibt keine Gewissheit«, sagt Kumar. Es klingt in die Länge gezogen. »Um Privilegien und Macht zu erhalten, haben viele Abteilungsdirektoren getäuscht und sind ihrerseits getäuscht worden.«

»Was ist mit Muschran?«, fragt Joe. Muschran scheint nicht mehr da zu sein. Meinungsverschiedenheiten, Streit … Es kommt mir vor, als würde ich meine Eltern hören, wie sie sich in einem anderen Zimmer zanken, während ich mit Grippe im Bett liege. »Vielleicht lügt er noch immer.«

»Uns bleibt keine andere Möglichkeit«, sagt Borden. »Personen, denen wir vertrauen, haben uns mitgeteilt, dass die Schiffe kommen. Teal und einige der Siedler werden zur Erde zurückkehren – und DJ und Venn werden mit uns zum Titan fliegen.«

»Warum fliegen wir nicht alle zum Titan?«, frage ich.

»Hör auf«, sagt Joe. »Wir sind Skyrines.«

»*Bin* ich das?«, rufe ich. »Wer behauptet das?«

Joe schüttelt den Kopf. »Wir befolgen die Anweisungen, die man uns erteilt.«

»*Wer* erteilt sie, verdammt?« Ich kann es nicht ausstehen, wenn Joe meint, solche Dinge ausgerechnet mir erklären zu müssen.

»Der Präsident«, sagt Borden knapp. Sie glaubt noch immer an die Befehlskette, Gott segne ihr kleines Erbsenzählerherz. Üble Anweisungen. Ich habe richtiggelegen. Sie bereiten sich alle darauf vor, miese Befehle zu bekommen.

»Das wissen Sie nicht!«, sage ich.

»Wie ich hörte, unterstützt der Präsident jetzt unser Programm«, sagt Kumar.

»Er lässt die Muskeln spielen, bei den Abteilungen«, sagt Borden. »Einige Kommandeure weisen seine Befehle zurück. Aber … das genügt für mich.«

»Für mich ebenfalls.« Joe klopft sich aufs Knie und steht auf. »Es ist das, worauf wir gewartet haben.«

»Wohin fliegst *du*?«, frage ich. »Zur Erde oder zum Titan?«

»Titan.«

»Gut!« Ich rufe noch immer. »Ich bringe es dort hinter mich.« Ich weiß gar nicht, wovon ich rede, aber das hat mich noch nie daran gehindert, munter draufloszuplappern, an die Tür des elterlichen Schlafzimmers zu klopfen und zu schreien, dass sie still sein und mich in Frieden sterben lassen sollen – ich schwöre es bei Gott. Dann bin ich umgekippt und habe auf den Teppich und meinen Schlafanzug gekotzt. »Was ist mit Teal?«

»Alice begleitet Teal und die anderen zurück zur Erde«, sagt Joe.

»Ja«, sagt Alice. »Wie schön für mich.«

»Du wirst sterben, oder?«

»Hoffentlich nicht.«

»Sie werden Teal wieder mit ihrem Kind zusammenbringen«, sagt Borden.

Joe redet jetzt. Meine Güte, er ist nie weit weg. »Jacobis Einsatzgruppe bringt die Sache hier zu Ende. Sechs von ihnen schließen sich Alice und den Siedlern an, sechs kommen mit uns. Litwinow bereitet seine eigene Gruppe vor. Ich weiß nicht, wie viele Russen an dem Flug zum Titan teilnehmen.«

»Scheiß Titan!«, murmele ich. »Wer hat den Befehl über unsere Schwestern?«

»Sie stehen unter meinem Kommando«, sagt Borden.

Irgendwie zweifle ich daran.

»Sie gehören zu uns«, sagt Joe. »Wenn du glaubst, dass es hier drunter und drüber geht … Auf dem Titan soll es noch viel schlimmer sein. Die größten verdammten Waffen im ganzen Sonnensystem, die größten Schlachten. In Methanseen tauchen, durch dicke Eiskrusten zu den Ozeanen darunter bohren … hässlich, alt und kalt. Aber jemand glaubt, es sei die Mühe wert, Anspruch auf all das zu erheben, und vermutlich hat dieser Jemand recht. Vielleicht finden wir dort draußen die Wahrheit.«

»Was ist mit all jenen, die wir zurücklassen?«

Joe schüttelt den Kopf. »Ich weiß nicht, wie viele bleiben müssen.«

»Ich habe um so viele Lander gebeten, wie sie entbehren können«, sagt Kumar.

»Was ist mit den Antags?«

»Wir nehmen an, dass ihr Ziel darin besteht, alle Fragmente in ihren Besitz zu bringen.«

»Was hätten sie davon?«, frage ich. »Wir sind Menschen. Der Staub spricht zu uns. Die Antags sind keine Menschen. Der Tobak funktioniert bei ihnen nicht, oder?«

Kumar beobachtet mich, neigt den Kopf und schweigt. Ich weiß mehr darüber als alle anderen, DJ ausgenommen. Borden ist klug genug, sich nicht als Expertin aufzuspielen, während es mir so schlecht geht. Vielleicht fürchtet sie, dass ich auf sie kotze. Ich senke die Hand und betaste, was ich trage. Kein Schlafanzug. Ein Gewand. Himmel, ich bin total durcheinander. »Ich kann nicht richtig denken«, sage ich, aber niemand achtet darauf, weil ich so offensichtlich hinüber bin. Das ärgert mich, und ich beginne zu zappeln. Ischida hält mich unten. Ihr Arm auf meiner Brust fasziniert mich. Welch ein hübscher Arm, aus glänzendem Metall und Komposit.

»Vielleicht lassen sie die Siedler am Leben«, sagt Kumar. Habe ich ihn richtig verstanden? Wir lassen Siedler zurück? »Um sich von ihnen helfen zu lassen«, fügt er hinzu.

Ja, ich habe ihn richtig verstanden. »Sollten wir dann die Siedler nicht selbst töten, um zu verhindern, dass sie den Antags helfen?«

Joe kann nicht antworten, Kumar ebenso wenig. Zu viele Variablen. Ein Schritt nach dem anderen, immer jeweils nur ein Problem.

»Teal wird wieder mit ihrem Kind zusammen sein«, sagt Borden ruhig. »Das möchten wir alle.«

Der Knoten wird fester. Dass ich für irgendetwas wichtig geworden bin, ist die schlimmste Sache, die mir jemals passiert ist. Mir und auch ihnen. Ich könnte alles vergeigen, jetzt sofort. Ich könnte zu einem gottverdammten Ungeheuer werden, das grünen Staub aus seinen Fingerspitzen strömen lässt und sie alle damit bespritzt, bis sie von Kopf bis Fuß mit dem grünen Zeug bedeckt sind. Ich hätte Lust dazu. Ein Teil von mir sehnt sich nach Selbstzerstörung.

Borden überrascht mich mit der Frage: »Was sagt Coyle zu dieser Sache?«

Die tote Captain Coyle ist in meinem inneren Nebel verborgen. »Hat sich noch nicht gemeldet«, sage ich. »Sie ist nicht real. Sie kann es nicht sein.«

»In einer anderen Zeit und unter anderen Umständen würde ich Ihnen zustimmen«, sagt Kumar. »Ich glaube nicht daran, dass man den Tod überleben kann. Aber durch die Verwandlung in Glas scheint man eine andere Existenzebene zu erreichen.«

Mein Blick streicht über die schattigen Gestalten der Gruppe, die mich umgibt. Für Kumar und Borden ist dieser Punkt seltsam wichtig. Joes Gesicht gibt nichts preis. »Sie glauben, Captain Coyle existiert noch?«, frage ich. »Sie glauben, dass sie, was weiß ich, irgendwo herumschwebt und nur mit mir und DJ redet?«

Es folgt eine lange Stille. Geräusche kommen von draußen. Leute bewegen sich.

»Ihre Erfahrung ist nicht einzigartig«, sagt Kumar schließlich.

»Auch Kazak hat Coyle gesehen«, sagt Joe. »Es hat ihn genervt, dass DJ der Einzige war, der ihn unterstützte. Bevor er starb, wurde Kazaks Verbindung stärker als bei jedem anderen. Muschran meint, es sei keine Seuche. Er nennt es eine Investitionsmöglichkeit. Wenn wir alle finden und beschützen können, die über eine Verbindung verfügen, haben wir vielleicht direkten Zugriff auf die alten Daten. Das glaubt die Vierte Abteilung – nicht wahr?«

Kumars Gesicht bleibt maskenhaft. Borden nickt kurz. Joe streckt sich. All dieses verrückte Zeug passt ihm nicht. Ich bin ein großer Teil des verrückten Zeugs geworden.

»Wenn die Antagonisten in voller Stärke angreifen, ergeht es dieser Mine wie dem Drifter«, sagt Kumar. »Ich denke, wir haben weniger Bewegungsfreiheit, wenn sich alle in schwarzes Glas verwandeln und niemand die Freiheit für eine Auswertung hat.«

»Werden die Ants angreifen?«, fragt mich Joe und beugt sich näher. Seine Nase schwebt dicht über meinem Kopf.

»Woher zum Teufel soll ich das wissen?«, erwidere ich.

»Vor einigen Stunden saß DJ einfach an seinen Skizzen«, sagt Joe. »Er zeichnete nicht, er flüsterte von einem großen Wandel, der unmittelbar bevorsteht, von einer Veränderung wie beim Angriff auf den

Drifter. Auch das hat er vorher gespürt. Ebenso Kazak.«

DJ fühlt es. Er hat recht. Ich fühle es ebenfalls. Coyle wird nicht von meiner Verwirrung übertönt, sondern von dem, was bevorsteht.

»Ja«, sage ich. »Was Großes steht bevor.«

»Also gut.« Joe seufzt schwer. »Hier sind die letzten Meldungen der interplanetaren Buschtrommel. Mindestens sieben Spaceframes schwenken gerade in die Umlaufbahn, begleitet von ein oder zwei größeren Schiffen. Keine Garantie, was sie sein könnten.«

»Spuker oder Kasten«, sagt Borden.

Kumar wirkt gelangweilt und scheint ein Nickerchen für eine gute Idee zu halten. Verdammt seltsame Reaktion.

»Hoffen wir's«, sagt Joe. »Wenn die Lander runterkommen, brechen wir auf.«

Mir wird schwindelig, und ich habe Kopfschmerzen.

»He!« Joe legt mir die Hand auf die Schulter. »Bist du noch bei uns?«

»Zum Teufel mit dir«, sage ich.

Joe klopft mir auf die Schulter. »Prächtig.«

Borden wirkt angewidert. Immer noch keine Gewissheit. Sie hat den Pakt geschlossen und ihre Befehle erhalten. Sie wird's durchziehen, aber sie traut Kumar nicht und hat keine Ahnung, was sie von Joe halten soll. Für sie bin ich eine verrückte Last, weder ein Verbündeter noch irgendein Vorteil. Teal, DJ und die Muskis sind Tiefseegeheimnisse. Und niemand traut Muschran.

»Jetzt sind die Damen an der Reihe«, sagt Joe zu Jacobi und Ischida.

»Ma'am?«, wendet sich Jacobi an Borden.

Wenn man berücksichtigt, was Borden herausgefunden und gesehen hat, und wenn man über die Tragweite ihrer Befehle nachdenkt … Unter solchen Umständen kann sie sich weder selbst trauen noch dem, was sie bisher für real gehalten hat. Also sind wir alle quitt. Jeder von uns ist plemplem.

»Geben Sie uns ein bisschen Zeit«, sagt Borden zu Jacobi.

Ich schließe die Augen.

Was ein großer Fehler ist.

# Und nun ein Wort von unseren Sponsoren

Normalerweise bin ich gescheiter, wenn ich nicht denke. Die Suppe meines Unterbewusstseins köchelt die ganze Zeit über, selbst ohne das Gewürz des Eismondtobaks.

Während ich weggetreten bin, ist mein innerer Käfer bereit, mein Bildungsniveau zu heben, bevor wir den Saturn erreichen. Nähe zum Titan ist wichtig, vielleicht sogar von entscheidender Bedeutung. Ich sehe und fühle, wie die Bruchstücke sich allmählich zusammenfügen. Die Geschichte eines riesigen Unternehmens, die besten Zeiten des alten Monds werden klarer, doch die Bilder offenbaren sich mir nicht in der richtigen Reihenfolge …

Ich nehme, was ich bekommen kann. Es sieht etwa so aus:

Damals war der Saturn ein heller gelbgrüner Ball, am Äquator ein wenig aufgebläht. Ganze Ketten kleiner Stürme malten pastellfarbene Wirbel in die Streifen der Atmosphäre. Keine Ringe, aber mindestens fünfzig Monde, zwölf von ihnen groß. Wie konnten die Käfer das sehen? Wieso wussten sie davon?

Immer mit der Ruhe. Eins nach dem anderen. Hier ein paar Details:

Die Vorfahren der Käfer begannen damit, einen großen Turm auf dem Meeresgrund zu errichten, unter einer weiträumigen Auswölbung in der Eiskruste. Die Erbauer waren Philosophen oder Denker. Wenn man dachte und etwas vorschlug, so setzte man den Vorschlag selbst in die Tat um – ein Delegieren gab es damals nicht. Ein starker Geist erforderte auch einen starken Rücken.

Fast alle »Gedanken« und Meinungen scheinen von den kleineren, spinnenartigen Käfern gekommen zu sein, die auf den größeren ritten und sie lenkten. Mithilfe langer, sorgfältiger Berechnungen – Womit zählten sie? Die Käfer hatten elf Beinpaare, und hinzu kamen all die Dinge an den Augen und am Mund – entdeckten sie, dass Gezeiten, Strömungen und sogar die Wärme von einem großen Objekt in einiger Entfernung ausgingen. Sie wussten nicht einmal, was ein Planet *ist*. Nie hatten sie die Sterne gesehen. Aber sie waren entschlossen, eine Antwort auf die Frage nach dem Ursprung von Gezeiten und Reibungshitze zu finden. Die Käfer bohrten sich durch die Eiskruste, um mehr zu entdecken.

Im Verlauf einiger Käferleben wuchs der Turm aus den Ruinen der ältesten Stadt, die vor langer Zeit einem verheerenden Erdbeben oder vielleicht einem Vulkanausbruch zum Opfer gefallen war. Vulkanismus auf dem alten Eismond bedeutete Eruptionen aus matschigem flüssigem Wasser zusammen mit Gasen wie Ammoniak, Methan und sogar Zyanid. Aus dem felsigen Kern quollen regelmäßig Ströme aus solchen komprimierten Mischungen, sehr salzige Ströme, die Gebäude auflösten und Hunderttausende von Käfern töteten …

Aber offenbar gab es daran grundsätzlich nichts auszusetzen, denn die Denker wussten: Die innere Wärme und das Gift erklärten den Ursprung ihrer Art und des Lebens. Für die denkenden Käfer wurde der Tod zu einer Art Gott, falls es bei ihnen ein Gott-Konzept gab. Der Tod und, für eine wachsende Anzahl von anspruchsvollen Intellektuellen, die Ursache der Gezeiten und Reibungshitze. Was sie am Leben erhielt. Ihr Gott war etwas, von dem sie glaubten, dass sie es finden konnten. Keine Einwände meinerseits. Wäre froh, wenn ich das auch von mir sagen könnte.

Die Krustentier-Intellektuellen und ganze Horden von Technikern und Architekten wurden zu Erbauern. Sie formten große Eis- und Felsbrocken und stapelten sie fünfzig Kilometer hoch auf den Fundamenten der alten Stadt, ein geweihter Ort für das geweihte Projekt. Fast alle Kulturen und Subkulturen der Schalenwesen waren auf die eine oder andere Weise daran beteiligt, unterstützten das Projekt und leisteten Hilfe. Die Wesen scheinen besser integriert und weniger streitlustig gewesen zu sein als wir Menschen. Vielleicht waren sie auch neugieriger, auf eine gefährliche Art und Weise. Was würden sie finden?, fragten sie sich, als sie mit

Bohrern aus Nickel-Eisen vom Mondkern nach oben drängten. Dies geschah, bevor die Käfer damit begannen, ihre kristallinen Aufzeichnungen anzulegen.

Während dieser Phase der Geschichte/Erinnerung teile ich den Blickwinkel eines Käfers, der als Dritter durchs gegrabene Loch kriecht, aus dem flüssigen Wasser darin auftaucht und den Kopf hebt, auf dem sich sofort eine dünne Eisschicht bildet.

Ich weigere mich, vollkommen servil zu sein. Einige meiner Erinnerungen steigen auf. Als Kind habe ich mir bei YouTube Dokus über arktische Robben angesehen, die sich durch dünnes Eis bissen, um Atemlöcher zu schaffen und eine Möglichkeit, aus dem Wasser zu klettern und sich ein wenig umzusehen. Mein innerer Käfer kann jene Bilder nicht kommentieren, aber wenn ich mir anschaue, was sich so alles aus unserer Beziehung ergibt, halte ich es für eine perfekte Metapher.

Unsere Käfer tragen das Schalentier-Äquivalent von Druckanzügen: große, hermetisch geschlossene Behälter mit Bullaugen für die multiplen Augen. Der größere Käfer bekommt natürlich den größeren Druckanzug, aber es gibt Verbindungen zwischen den beiden Anzügen, wodurch der duale Kontakt, der für das Leben als unerlässlich gilt, aufrechterhalten bleibt. Entwurf und Produktion der Verbindungen haben ganz neue Zweige in der Industrie und Kommunikation der Käferzivilisation entstehen lassen …

Lieber Himmel. Der größere Käfer ist kein »Er« oder »Es«, sondern eine »Sie«. Sie sind ziemlich gute Freunde und kennen sich, seitdem sie Krill waren und in einer Kinderkrippe aufwuchsen, von Hebamme/Kuppler zum Paar auserkoren. Jetzt sind sie Partner. Ehemann und Ehefrau. Ich weiß nicht, was Jacobi, Ischida oder auch Borden davon halten würden.

Zurück zur Geschichtsstunde. Die Bohrungen sind durchgeführt, das Bohrgerät abgezogen. Eine Art Methan-Azetylen-Bombe mit einer Ladung aus reinem Sauerstoff wird in der Mitte des Bohrlochs platziert und zur Explosion gebracht. Das Eis bricht und wird ins All geschleudert. Flüssiges Wasser strömt ins offene Loch, das sich zu einem langen Riss erweitert, etwa einen halben Kilometer weit auf beiden Seiten. Dadurch kommt es zu beunruhigenden Vibrationen, die den Turm teilweise einstürzen lassen und Brocken aus der Unterseite der Eiskruste lösen. Sie fallen und töten Dutzende von Käfern auf den Beobachtungsplattformen.

Aber lassen wir uns nicht ablenken. Wir sind auf eine Weise konzentriert, die nur den Käfern möglich ist!

Und dann …

Das erste Käferpaar klettert nach oben und nach draußen. Die Beine und Gleisketten des größeren Druckanzugs tragen es ein Dutzend Meter weit durch die Dunkelheit jenseits der Öffnung, über die zerfurchte unbekannte Oberseite ihrer Welt. Meine Güte, wie aufgeregt sie sind – und auch entsetzt. Die Furcht der

Käfer hat erstaunlich viel Ähnlichkeit mit meiner eigenen.

Furcht und Aufregung.

Das zweite Käferpaar ist oben. Dort wartet nicht der sofortige Tod, wie einige der konservativeren Techniker prophezeit haben.

Und dann …

Wir tauschen Meinungen und Erfahrungen aus, indem wir ständig klickend miteinander reden – die Kommunikation erfolgt nicht per Funk, sondern akustisch. Von Elektromagnetismus oder Radiowellen wissen wir nichts. Eine große Zivilisation, aber Physik ist nicht unsere Spezialität. Mit Chemie kennen wir uns gut aus, vielleicht besser als Menschen. Wir sind wie blind den Dingen gegenüber, die Maxwell, Tesla, Marconi und Einstein faszinierten, aber dafür bekamen wir eine besondere Sensibilität in anderen Disziplinen.

Der Himmel ist schwarz. Wir nennen ihn nicht »Himmel«, sondern geben ihm einen Namen wie »Dach«. (Meine Zunge versucht das Wort zu formen, aber die Käfer haben weder Zungen noch Zähne oder Lippen. Also stelle ich meine Versuche ein und bin wieder ein Käfer.)

Dann postulieren die ersten beiden Erkunder, die ersten beiden nach draußen gekletterten Paare, dass sich vielleicht eine Dampfwolke über unsere Bohrungen gelegt hat, wahrscheinlich hervorgerufen von der Explosion, mit der wir die Öffnung schufen. Wir schicken nicht einmal Signale zurück durch das Wasser zu unseren wartenden Gefährten. Außerdem gefriert das Wasser; es hat sich bereits eine Eisschicht gebildet. Vielleicht können wir gar nicht zurück. Wir haben einen kleinen Bohrer mitgebracht, damit wir kommunizieren können, doch möglicherweise ist das nicht genug.

Stunden vergehen. Schließlich beauftragen wir das erste Paar, die beiden Druckanzüge, den großen wie den kleinen, so auszurichten, dass der männliche Teil erkennen kann, wie das *Dach* aussieht. Vielleicht ist es eine weitere hohe Schale aus Eis – eine beliebte Hypothese bei unseren besten Philosophen weiter unten. Eine Schale nach der anderen, und nur unsere eigene bewohnbar. Warum also sich die Mühe machen, nach oben zu graben?

Das erste Paar richtet sich neu aus und hebt den Blick. Wir warten auf seine Reaktion. Ich beobachte, wie sich der Dunst lichtet, und in der Schwärze jenseits davon erscheint …

Aber ich muss warten, bis ich an der Reihe bin.

Unser erstes Paar ist so verblüfft, dass es schweigt. Dann dreht es sich und sagt, wir sollten alle nach oben sehen, um zu bestätigen, was es selbst sieht.

Wir blicken alle auf.

Nach einer langen Weile kommen wir in Hinsicht auf eine Beschreibung dessen überein, was wir über dem Dach unserer Welt sehen. Es gibt kein anderes Dach. Stattdessen erkennen wir einen großen runden Fleck aus Helligkeit, etwas, von dem starke infrarote

Strahlung ausgeht – wir sehen vor allem im Infraroten. Und um den hellen Fleck herum sehen wir viele kleinere Lichter, wie Schwärme der Geschöpfe, die in den wilderen Regionen des inneren Ozeans anzutreffen sind.

Doch die kleinen Flecken sind unglaublich scharf und winzig.

»Vielleicht sind es Löcher in einem größeren Dach, wie das Loch, das wir gebohrt haben«, sagt unser viertes Paar. Es ist nicht unbedingt das beste und gescheiteste, aber das amüsanteste und beliebteste. »Vielleicht sind es kleine Lampen, gefüllt mit glühenden Wesen, die zu unserer Begrüßung leuchten.«

Sie sind ein wenig »komisch«. Eine Käfer-Version von Wee-Def oder DJ. Wir lieben sie, wir lieben *ihn* (wobei wir uns auf den kleinen Kerl beziehen), aber wir bezweifeln, dass er recht hat. Ich denke angestrengter als sonst und tausche mich mit dem trägen, doch oft stabileren und sogar klügeren Gehirn meiner großen Frau aus.

Ihr fällt vor mir eine Lösung ein. Dafür liebe ich sie. »Ich glaube, die leuchtenden Punkte sind andere Orte aus Eis, wie unsere Welt«, sagt sie. »Aber es hat Katastrophen gegeben. Andere Forscher haben sich durchs Eis gegraben und sind ins Freie gelangt. Allerdings waren ihre Explosionen zu heftig, und deshalb stehen jene Welten in Flammen – sie brennen!«

Vielleicht nicht die beste aller Hypothesen. Sie klingt jedoch so überzeugend, dass wir ins Loch zurückkriechen und voller Eifer auf das Eis einhacken. Schließlich gibt es nach, und wir tauchen und fallen, gleiten an den Resten der Gerüste und des Bohrgeräts vorbei. Wir sinken in die Tiefe, neben dem Turm aus Stein und Eis. Wir rollen und rollen, bis wir wieder bei unseren Artgenossen sind, unseren Freunden, Anhängern und Unterstützern.

Das komische Paar hat nicht überlebt. Wir werden es vermissen.

Mist. Meine Partnerin ist ebenfalls tot. Was bedeutet, dass auch der männliche Teil meines Paars bald sterben wird.

Viele Opfer, viel Trauer – aber auch viele Entdeckungen. Viele Dinge, über die es nachzudenken gilt.

Wir gelangen bald zu dem Schluss, dass die Lichter in der äußeren Schwärze keine Löcher sind. Es sind brennende Kugeln. Millionen von ihnen.

Das ist das erste Mal.

Wir – unsere Doppelkäfer-Vorfahren – warten lange Zeit, bis wir uns erneut nach oben wagen.

Jacobi und Tak blicken auf mich herab. Meine Augen sind schon seit einer ganzen Weile offen, aber ich sehe sie erst jetzt.

»Donnerwetter!«, sagt Tak. »Du warst ziemlich weit weg. Geht es dir jetzt besser?«

»Ich habe sie verloren«, sage ich. »Wir haben uns nach oben gebohrt, nach draußen, aber ich habe sie verloren.«

»Keine Zeit«, sagt Jacobi. »Wir brechen auf.«

»Alle?«, murmele ich.

Tak und Jacobi heben mich vom Feldbett. »Sie haben unsere Hautengen gereinigt«, sagt Jacobi. »Ziemlich gute Arbeit, soweit ich das feststellen kann.«

»Waffen?«, frage ich.

»Versuchen Sie zu stehen«, sagt Jacobi.

# Ad Astra oder so

Es geht mir jetzt besser. Ich weiß, wo und wer ich bin, wenigstens für eine Weile.

Wir stecken in Hautengen und sind wieder draußen auf dem Roten. Litwinows Soldaten haben die Fahrzeuge in einer Reihe aufgestellt, damit Siedler aus der Mine evakuiert und fortgebracht werden können. Es sind etwa fünfzig Personen. Der größte Teil der Minenarbeit ist offenbar von Kobolden erledigt worden. DJ, Joe und die Russen organisieren alles. Sie packen so viele Siedler wie möglich in die erste Gruppe von vier Fahrzeugen: zwei Tonkas und zwei Schollen.

Ich habe keine Gelegenheit bekommen, mich von Teal zu verabschieden. Borden, Kumar und ich stehen bei unseren Skyrine-Schwestern. Captain Jacobi berührt mich am Arm. Etwas an ihrer Haltung mir gegenüber hat sich verändert. Das besorgt mich.

»Kann es losgehen?«, fragt sie. Ich hebe den Daumen. Das Gesicht hinter ihrem Visier kann ich nicht erkennen; das Licht der Morgensonne spiegelt sich zu sehr darin. »Wird Zeit«, sagt sie. »Ischida fragt, ob Sie verheiratet oder sonst wie gebunden sind.«

»Bin lebenslanger Junggeselle«, sage ich.

»Dachte ich mir. Wir wetten, wen Sie schließlich heiraten: Borden, Ihr Muski-Mädchen oder Ischida.«

Erneut berührt sie meinen Arm.

»Toll«, kommentiere ich.

»Gadget mag Sie.«

»Sie würde mich völlig fertigmachen«, sage ich.

Jacobis Gesicht wird sichtbar, als sie den Kopf dreht. Nervös beobachtet sie die Siedler in ihren Hautengen. »Wenn Sie möchten, geben wir Ihnen ihre Bedienungsanleitung.«

»Danke«, sage ich.

Borden und Kumar nähern sich von der Scholle. »Ist eins von den Fahrzeugen für uns bestimmt?«, fragt Jacobi.

»Sogar drei«, antwortet Borden. »Wir nehmen auch Litwinow und zehn Russen mit.«

»Die anderen reichen nicht für die Siedler«, sagt Jacobi.

»Unsere Mission hat Vorrang«, sagt Borden.

Dann macht Jacobi etwas, das mich erstaunt. Sie und Ischida treten neben Borden und halten sie fest. Borden ist so verblüfft, dass es ihr die Sprache verschlägt.

»Wir gehen erst, wenn die Siedler evakuiert sind«, sagt Jacobi. »Sie alle.«

Borden richtet einen durchdringenden Blick auf sie. »Dann werden Sie hier sterben«, sagt sie scharf.

»Wenn es notwendig ist, Commander …«, erwidert

Jacobi. »Ich will nicht für den Tod von Muskis verantwortlich sein.«

»So spricht unsere Chefin«, fügt Ischida hinzu. Die anderen kommen näher, um Unterstützung zu zeigen.

Kumar hebt die Hand. »Das spielt keine Rolle. Unsere Priorität besteht darin, mit all jenen zur Erde zurückzukehren, die über eine Verbindung zu den Minen verfügen.«

Borden ist erst überrascht und dann sauer, so richtig sauer, als wollte sie Kumar erwürgen. Sie tritt so nahe an ihn heran, dass sich fast ihre Helmvisiere berühren. »Warum werde ich nicht auf dem Laufenden gehalten?«, fragt sie.

Kumar geht nicht darauf ein. »Um das zu bewerkstelligen, stellt man uns zehn Lander zur Verfügung – genug für alle, denke ich. Allerdings könnte die Evakuierung etwa eine Stunde dauern, und bis dahin haben uns die Antags vielleicht am Arsch, wenn ich das so sagen darf.«

Borden kehrt uns den Rücken zu. Sie fühlt sich persönlich verletzt, und ich frage mich nach dem Grund dafür. Möglicherweise liegt es daran, dass sich Kumar nicht um sie schert.

»Vielleicht«, sagt Jacobi. »Trotzdem brechen wir erst auf, wenn sie den Roten verlassen haben. Diese Leute haben wegen uns genug gelitten … *Sir.*«

Kumar mustert sie einige Sekunden und nickt dann. »Ich werde Litwinow entsprechend anweisen«, sagt er und geht weg. In diesem Moment liebe ich unsere Schwestern von ganzem Herzen.

Zorn rötet Jacobis Wangen. »Was ist mit Joe Sanchez?«, fragt sie mich. Noch immer liegt Anspannung in ihrer Stimme. »Ischikawa glaubt, dass er total hinüber ist. Kommt er mit?«

Ich würdige das keiner Antwort.

»Kommen Sie uns nicht auf die GI-Tour, Venn«, sagt Jacobi.

»Nein, Ma'am«, erwidere ich.

»Bis wir wieder in der Scheiße sitzen und entscheiden müssen, ob wir kämpfen oder kotzen, sind Sie weiterhin ein KGS für uns«, sagt Jacobi.

»Ja, Ma'am«, sage ich. Die Schwesternschaft ist stark. Warm und flauschig, mit Blut und Spucke bespritzt.

Eine Stunde später ist von Antags oder sonst jemandem noch immer nichts zu sehen. Alle Siedler in Hautengen sind an Bord. Sie füllen sieben Fahrzeuge, unter ihnen die Schollen, und zwölf halten sich an den Seiten der Tonkas fest. Die russische Ballerina mit dem runden Gesicht, *Starshina* Uljanowa, steht auf der Stufe vor der hinteren Luke des Chestys und winkt, damit ein Teleskoptunnel vom nächsten Domizil ausgefahren wird. Es gibt nicht genug Hautenge für eine vollständige Evakuierung. Gute Planung, so weit der Blick reicht.

AVOHI.

Alles vollkommen hirnrissig.

Ich hab's satt, mich die ganze Zeit verwirrt und beschissen zu fühlen. Ich möchte stark und zornig sein, wie nach einem guten Kampf: als könnte ich die Sterne mit meinem Zorn bewegen, mit der gerechten Empörung darüber, dass irgendwelche dummen Mistkerle es wagen, mich und meine Brüder und Schwestern herauszufordern. Richtige Landser-Wut, hurra! Die beste Droge von allen. Als ich sie zum letzten Mal gefühlt habe, hat sie meinen Schädel in einen weiß glühenden, in Chrom gefassten Totenkopf verwandelt, gefüllt mit einem kochenden, brutzelnden Gehirn. Ein Furcht einflößender Anblick – so würde ich gern wieder aussehen. Dieses Gefühl, ich sehne mich danach, ich möchte es zurück. Jacobis Spott lässt mich vermuten, dass es möglich wäre, wieder so zu empfinden. Aber noch nicht. Erst müssen wir den Start vom Roten überleben, und anschließend die lange, lange Reise.

Die *Starshina* mit dem runden Gesicht winkt erneut, und die Fahrzeuge rollen los. Zuerst die Siedler. Wir anderen warten ruhig und vielleicht sogar geduldig. Ich stelle mir die Stille in der Mine vor, die zweite *Leere*. Bis auf die Kobolde. Wie bereiten sie sich vor? Denn ich weiß ohne einen Schatten des Zweifels, was unsere Schwestern getan haben. Sie haben überall Sprengsätze mit abgebauter Materie ausgelegt, genug, um die Mine einstürzen zu lassen, die Leere zu vernichten und allem ein Ende zu setzen, was die Muskis dort gemacht haben. Die Regeln der Zweckmäßigkeit.

Nichts darf für die Antags übrig bleiben. Wer weiß, was sie mit all dem Kram anstellen würden. Vielleicht würden sie ihn ebenfalls in die Luft jagen.

Zwei russische Gruppen versammeln sich rechts und links von uns, während wir den Himmel im Osten beobachten. Wir alle sehen das Triebwerksfeuer herunterkommender Lander: acht dünne Nadeln, etwa zwei Kilometer entfernt.

Eine weitere Stunde vergeht, bevor die Fahrzeuge zurückkehren und Aufstellung beziehen, um uns aufzunehmen. Zwei der Lander reiten im Osten auf dünnen Flammen gen Himmel. Wenige Minuten später folgen zwei weitere.

Kumar und Borden klettern neben dem Teleskoptunnel aus der Luke, mit DJ im Schlepptau. Ich frage mich, was er fühlt. Ich *weiß,* was er fühlt, aber ich gebe es nicht zu. Dies ist ein feierlicher Moment. In der Mine bahnt sich etwas Großes an, etwas jenseits von Logistik, abgebauter Materie und Physik. Denn uns beiden ist klar: Abgebaute Materie kann diesem Ort nur ein wenig in die Rippen stoßen und ihn ärgern.

Und wenn er sich ärgert, wenn er es vielleicht sogar mit der Angst zu tun bekommt …

Es fällt mir schwer zu glauben, dass derjenige, der Kumar die Befehle gibt, alles richtig macht. Wir rechnen damit, dass schon bald Antags eintreffen, und zwar jede Menge von ihnen, und dann kommt es zu einem neuen Kampf. Meine Gefühle werden … schmaler. Dieses Empfinden vermisse ich seit verdammt langer Zeit, den Instinkt, den mir die Ausbilder in Hawthorne, Mauna Kea, über Wochen und Monate hinweg eingebläut haben. Wir alle rechnen damit zu sterben, aber wir hoffen, wir möchten, wir *wünschen* uns, mit roter, heißer Leidenschaft zu kämpfen und zu töten, bevor wir ins Jenseits wechseln.

Die rundgesichtige *Starshina* winkt erneut – alle an Bord.

»Bereit, die Damen?«, fragt Jacobi.

Weit oben bemerke ich ein Objekt, das sich sehr schnell bewegt und schneller ist als der Fleck von Phobos in seiner Nähe. Es gleitet rasch nach Westen, in die entgegengesetzte Richtung unserer Spaceframes. Die Vergrößerung durch ein Visier zeigt mir ein in die Länge gezogenes, verschwommenes Etwas, wie ein zusammengebundenes Taschentuchbündel. Ich weise Borden darauf hin. »Ist das unser Transporter?«, frage ich.

Sie blickt nach oben. »Ich denke schon«, erwidert sie.

»Spuker?«, frage ich.

»Das schnellste Schiff im ganzen Sonnensystem.« Aber Borden sieht bei dieser Antwort nicht glücklicher oder sicherer aus.

Die letzten Russen klettern auf einen Tonka.

»Tut mir leid, dass Sie diesen ganzen Mist durchmachen müssen«, sage ich.

Borden schüttelt den Kopf und strafft dann die Schultern. »Sie kommen mit uns im Chesty. Jacobis Gruppe begleitet uns. Kumars Anweisung.«

»Ja, Ma'am.«

»Kumar kommt ebenfalls mit.«

»Toll«, sage ich.

Die Siedler sind nirgends zu sehen, aber die vom Roten gestarteten Schiffe haben schwarze Brandspuren auf dem Basalt hinterlassen.

Borden schickt den Schiffen ein »Gute Reise« hinterher.

Instinktiv blicke ich nach Westen. Über der niedrigen Anhöhe des zweiten Drifters, der zweiten Mine, und den niedrigeren Linien der Domizile drehen sich vier Staubtromben in ihrem synkopierten Tanz – krumme kleine Stifte in unsichtbaren Händen. Ich hoffe, dass niemand – kein Mensch – auf dem Roten oder unten in der Mine zurückbleibt und erlebt, was ich im Hinterkopf und tief in den Eingeweiden spüre.

Wir klettern in den Chesty, zwängen uns zwischen Waffen und Ausrüstung, Joe als Letzter. Ischikawa setzt sich neben ihn, DJ neben mich. »Erstaunlicher Tobak«, sagt er. »Ich werde ihn vermissen.«

Der Chesty rollt los. Zehn Minuten Fahrt bis zu den beiden Landern.

Dann geht's plötzlich rund.

Der ganze Chesty vibriert. Infraschall erfasst ihn und geht von ihm auf uns über: ein Zittern in Fleisch und Knochen. Dann grollt es, und aus dem Grollen wird ein Donnern, und alles wird geschüttelt und gerüttelt, als die Druckwelle über uns hinwegfegt. Sie ist so stark, dass sie den Chesty anhebt, und mit einem lauten Quietschen und Knacken fällt er auf den Boden zurück. Der Fahrer beschleunigt – was nicht viel heißt, wir bleiben langsam und träge –, und dreht, damit der Bug in die Richtung weist, aus der die Druckwelle gekommen ist. Die hinten Sitzenden drängen sich an den kleinen Fenstern zusammen. Bis auf unsere Schwestern, Jacobis Gruppe.

Sie bleiben sitzen.

»Oh, gut«, sagt Jacobi völlig ruhig. »Es beginnt zu funktionieren.« Sie faltet die Hände und blickt zwischen die Knie.

Kumar hockt hinter dem russischen Fahrer und sieht durch die Windschutzscheibe nach draußen. »Heiliger Shiva!«, sagt er.

Über der Mine hat sich eine Staubwolke gebildet. Die Domizile sind nicht mehr zu sehen – vielleicht existieren sie gar nicht mehr. Ich erkenne die Lander, unsere Lander, sie schwanken wie Bäume in starkem Wind. Drei weitere Schiffe kommen herunter, trotz der Aktivität im Westen. Damit sind es fünf, genug, um uns alle fortzubringen.

»Nach draußen!«, ruft der Fahrer. »Los!«

Wir schließen die Visiere, verlassen den Chesty und springen und laufen den Landern entgegen. Kumar hat Schwierigkeiten; Borden und ich packen ihn am Gürtel und tragen ihn zwischen uns. Die Geräusche sind schrecklich. Es ist definitiv nicht nötig, einen Blick über die Schulter zu werfen. Es besteht die Gefahr, zur Salzsäule zu erstarren.

Die Teamchefs der Lander schnappen sich einen nach dem anderen und stoßen die Betreffenden zu den Leitern. Wir klettern wie Affen, alle bis auf Kumar, dessen Füße offenbar nicht auf den Sprossen bleiben wollen. Es dauert zu lange, viel zu lange. Eine Ewigkeit. Die Lander schwanken noch. Kilometer entfernt hören wir das Klagen der Kruste: tiefe, kehlige Schreie, die in der dünnen Atmosphäre besonders schlimm klingen. Ich blicke nach links und beobachte, wie sich die Staubwolke in einen Pilz verwandelt, der immer größer wird. Am Fuß dieses Pilzes breiten sich von der niedrigen Kuppel der Mine Risse im Basalt aus. Die Kruste bricht wie Glas, das von unsichtbaren Hämmern getroffen wird, und es entsteht eine große, schüsselförmige Grube, deren Rand zu nahe ist und noch näher kommt. Ja, Shiva, und ob – unsere bösen Schwestern haben da unten eine richtig große Nummer abgezogen.

Ich habe fast die Luke erreicht und drücke gegen Kumars Hintern. Dann mache ich den Fehler, noch einmal zurückzusehen. Die Farbe in der Mitte der Grube verändert sich. Dunkle Verästelungen entstehen, wachsen schnell dem Rand entgegen …

»Hinein mit euch, zum Teufel!«, ruft unser Teamchef, zieht mich durch die Luke und schiebt mich in die Kabine. Sie ist voller Leute in Hautengen, die um ihr Leben bangen, vielleicht auch um ihre Seelen.

Borden schnallt Kumar auf einen Sitz und richtet dann einen Blick auf mich, der voller Angst ist. Ich finde einen Platz für mich und lege den Gurt an.

»Zwei Minuten!«, ertönt die Stimme des Piloten aus den Komm-Lautsprechern unserer Helme.

Es klettern noch immer Leute an Bord, als wir hören, wie die anderen Lander ihre Triebwerke für den Start hochfahren. Und dann fühlen wir, wie wir aufsteigen. Die Luke hat sich noch nicht geschlossen. Alarmsignale erklingen in der Kabine. Wir starten, obwohl nicht alle angeschnallt sind, doch der Andruck bleibt geringt – der Pilot lässt uns über dem Roten schweben, weg von Trümmern und aufbrechendem Boden …

Vielleicht endet alles hier.

»'tschuldigung«, sagt Jacobi hinter mir. »'tschuldigung.«

Ich sehe überhaupt nichts. Hoffentlich ist Teal oben und weg. Die Luke hat sich geschlossen. Wir haben Druck. Ich öffne die Augen. Borden und Kumar befinden sich auf der anderen Seite. Unsere Sitze ordnen sich in einer Reihe an, und die Kapseln rollen in Position. Der Pilot gibt Sicherheitsanweisungen. Ich höre nicht hin und blicke über den Rand meines Sitzes. Alle haben es geschafft und sind angeschnallt, was an ein Wunder grenzt, nicht wahr? Ich erkenne Jacobi und einige der Schwestern und Russen. Hinten rechts sehe ich DJ. Er scheint zu schlafen und einen üblen Traum zu haben. Wo ist Joe? Wo sind Tak und Muschran?

Vermutlich in einem anderen Lander. Wir steigen schnell, wahrscheinlich mit maximaler Beschleunigung. Den Mars zu verlassen ist nicht so wie ein Start von der Erde. Man kann stehen, wenn man stark und fit genug ist …

Und dann, als ob der Schock meine Gefühle und Erinnerungen zurückgehalten hätte, wird mir klar, dass ich es nicht nur gesehen, sondern auch *gefühlt* habe. Die Grube wurde schwarz wie Obsidian. Die ganze Oberfläche im Umkreis von Kilometern verwandelte sich in schwarzes Glas, und dann – wie bei einem zweiten Himmel, einem *unten* liegenden Himmel – leuchteten dort brennende Streifen und Sterne. Das glasige, aufgebrochene Land füllte sich mit tiefen blitzenden Lichtern.

»Zwanzig Minuten bis zum Rendezvousmanöver«, verkündet der Pilot. Er spricht mit einem deutlichen Südstaatenakzent. Virginia, glaube ich. Vielleicht Virginia Beach. »Was zum Teufel ist eben dort unten passiert?«, fragt er.

Niemand antwortet.

Ich schließe die Augen und lasse mich von der Beschleunigung einlullen. Ist jetzt gar nicht so schlecht. Wir haben den Roten verlassen, wir leben, und alles scheint gut zu laufen. Es wird immer besser. Oder?

# ZWEITER TEIL

# Batman und Silver Surfer sagen …

Meine Gedanken treiben wieder. Aus irgendeinem Grund erlebe ich noch einmal die Zeit, als Joe und ich achtzehn waren und in Arizona die Grenze überquerten. Mit einem Pick-up fuhren wir nach Chihuahua, zusammen mit drei anderen Typen und einem neunzehn Jahre alten Wildfang namens Famke. Der Trip endete irgendwie krass und gruselig. Geführt von einem durchgeknallten mexikanischen Jungen krochen wir tief in eine Wüstenhöhle und fanden eine zusammengerollte Mumie, die Kleidung aus Gras trug. Famke untersuchte den Körper – sie hatte gerade mit einem medizinischen Studium begonnen – und meinte, es sei ein Mädchen, und ein sehr altes noch dazu, vielleicht Hunderte von Jahren. Der mexikanische Junge behauptete, sie sei nicht älter als fünfzehn gewesen und wahrscheinlich bei der Niederkunft gestorben. Joe sah plötzlich ganz elend und schuldig aus, holte einen zusammengefalteten Karton von der Ladefläche des Pick-ups und murmelte davon, wie sie all die Jahre allein gewesen und jetzt wieder bei ihrem Volk sei, dass sie mit uns heimkehren müsse. Er bestand darauf, die Mumie aus der Höhle zu befreien und mitzunehmen. Er wollte nicht, dass sie noch länger einsam war. Wir hatten so viel Bier intus, dass er glaubte, sie aus Dunkelheit und Staub zu retten.

Den Rest des Kartons füllte er mit trockenem Gestrüpp.

Trotz Dummheit und Bier schafften wir es zurück, fuhren mit dem Karton zur Grenze und behaupteten dort, wir brächten ausgestopfte Frösche nach Hause, die wir als Geschenke verteilen wollten. Zwei Grenzbeamte warfen einen kurzen Blick in den Karton und winkten uns durch.

Wieder in Chula Vista gingen wir getrennte Wege, bis auf Joe und mich. Famke flog zur Arbeit nach Afrika. Die anderen Typen verschwanden im Südland. Joe behielt die Mumie in der Garage seiner Eltern, bis seine Mutter den Karton eines Morgens öffnete, das Gestrüpp entfernte und schrie. Sein Vater verständigte die Polizei. Eine Anklage wurde nicht erhoben. Niemand konnte genau sagen, gegen wie viele Gesetze wir verstoßen hatten und was man uns zur Last legen sollte, und außerdem waren wir bereits bei den Skyrines. Die Behörden beschlossen, die Mumie in einem Mausoleum in San Diego unterzubringen.

Seltsame Tage waren das damals.

Ich sinke von Erinnerungen an meine Jugend in tieferen Schlaf. Er scheint länger zu dauern als die paar Minuten, die bis zum Rendezvous bleiben. Ein Teil des

Jungen ist noch in mir, denn ich sehe Stapel von Comicheften auf dem schmalen Bett in einem Zimmer, das eine schiefe Decke hat. Es ist ein Mansardenzimmer, kaum größer als ein Schrank und gefüllt mit Regalen, die sich durchbiegen unter der Last aus Büchern, Comics, einem alten Tablet mit gesprungenem Screen und noch einem Tablet mit einer vorn angebrachten Tastatur, die es erlaubt, Dinge zu schreiben. Nicht dass ich damals viel geschrieben hätte. Ein paar Aufsätze. Einmal habe ich versucht, einen Comic zu schreiben und auch zu zeichnen, bin dabei aber nicht sehr weit gekommen. Ich erinnere mich, dass mir der *Silver Surfer* gefiel. Die Freiheit, die Kühnheit, der wie Chrom glänzende Körper. Eine Art T-1000 auf einem Surfbrett.

Ich habe den *Silver Surfer* nie gemacht. Ich hatte nie ein Mansardenzimmer. Ich versuche zu erwachen, doch es gelingt mir nicht.

*Es geht hier nicht um dich. Sie machen langsam für mich dicht, und ich möchte mich noch ein wenig bewegen, bevor es aus ist.*

Ich beobachte, wie der Silver Surfer durch den Gang im Lander schwebt und dabei mit Batman spricht. Himmel, ich hätte nie gedacht, dass sie gut miteinander auskommen. Alternative Universen. Zwei verschiedene Arten von Eigensinn. Die eine kosmisch, die andere …

Ich sage mir immer wieder, dass ich den *Silver Surfer* nie gelesen habe und nie ein Mansardenzimmer hatte.

Dass ich nie Comics schreiben wollte. *Wer* hat ihn geliebt? Wer hat sich ihn mit Batman vorgestellt?

Coyle. Sie träumt in meinem Kopf und hat beschlossen, ihre Träume mit mir zu teilen.

»Hör auf damit«, sage ich. »Bitte.«

*Du und dein verdammter Zug. Und meine Güte, die Mumie! Ich will raus. Aber ich weiß nicht wie! Ich weiß nicht, was ich bin.*

»Du bist ein Geist«, sage ich.

*Ich bin nicht tot. Du weißt, dass ich nicht tot bin.*

»Ich weiß gar nichts.«

*Ich bin eingesaugt und verstaut worden. Wie die anderen, nur langsamer. Etwas scheint zu glauben, dass ich auf diese Weise nützlich bin: noch aktiv.*

Ich fühle, wie sich meine Lippen bewegen. Ich murmele, kann aber nicht erwachen. »Sie sind jetzt alle Glas.«

*Es ist kein Glas.*

»Was zum Teufel ist es dann? Silizium?«

*Das auch nicht. Wenn die Kristalle bedroht sind, greifen sie zu und absorbieren. So lernen sie, mit Bedrohungen fertigzuwerden – indem sie die Bedrohung aufnehmen. Ich habe sie bedroht. Jetzt werde ich steif. Fest.*

»DJ meint, der ganze Mars könnte sich in Glas verwandeln. Dann hättest du jede Menge Gesellschaft.«

*Ich* habe *bereits Gesellschaft. Du ahnst nicht, wie viel.*

»Skyrines?«

*Ja. Einige Voors, einige aus meinem Team. Andere,*

*Russen und Muskis, die es nicht schafften, bevor der Drifter in die Luft gejagt wurde. Sie sind bereits aufgezeichnet, verstaut. Ich versuche sie zu meiden.*

»Ja.« Ich beginne zu zittern. Wenn ich stark genug zittere, wecken sie mich vielleicht.

Coyle fährt fort: *Du hast gesehen, wie ich absorbiert wurde. Hast mich für tot gehalten. Ebenso DJ. Ich weiß noch immer nicht, was danach geschieht, aber… Bevor es aus ist, kann ich noch mit dir sprechen.*

»Wenn du dies ›sprechen‹ nennst«, sage ich.

*Sei still und hör zu. Der Ort, an dem ich mich befinde, wenn es ein Ort ist… Große Dinge füllen ihn, und auch kleine Dinge. Ich glaube, viel davon ist alt. Ich meine* sehr *alt. Jahrmilliarden. Oder noch älter. Mit meiner Hilfe kannst du vielleicht auf etwas davon zugreifen. Das will es. Aber ich brauche dich ebenfalls.*

Ich will nur, dass sie aus meinem Kopf verschwindet. Ich will, dass es aufhört, dass ich meinen Kopf wieder für mich allein habe.

»Ich bin schon da«, teile ich dem Wahnsinn mit. »Ich kenne sie bereits, die alte Käfer-Geschichte.«

*Es geht nicht nur darum. Diese Sachen hier sind wichtig. Mit meiner Hilfe könntest du sie verstehen. Aber derzeit… kann ich nicht helfen. Ich bin ausgesperrt. Es gibt da eine Art Firewall, die mich daran hindert, einen genauen Blick auf den Kram zu werfen und zu suchen. Sie hindert mich daran, aktiv zu werden.*

»Und das bedeutet was?«, frage ich.

Batman und der Silver Surfer haben sich getrennt

und schweben einfach nur. Ich sehe sie, obwohl meine Augen geschlossen sind. Andererseits … Meine Augen sind die ganze Zeit geschlossen gewesen.

*Ich glaube, dieser Ort braucht einen User, damit sich alles öffnet. Einen Lebenden. Ich meine jemanden, der wirklich lebt. Jemanden, der Bescheid wissen muss und Zugangsprivilegien verdient.*

»Ist es eine Art Bibliothek? Warum leihst du dir nicht das eine oder andere Buch?«

*Ich* bin *ein Buch, Dummkopf! Und als Buch sind mir Grenzen gesetzt. Ich werde eine Aufzeichnung, und Aufzeichnungen sind streng kontrolliert.*

»Sie lassen die Bibliothek nicht von Büchern verwalten?«

*Ich erlebe gelegentlich ein Refreshing oder was in der Art, und man erlaubt mir ein bisschen Bewegung, das Treffen mit ähnlichen Aufzeichnungen und dergleichen, was sich gut anfühlt, aber … Oh, Mist. Ich stecke wieder im Käfig. Zeit abgelaufen. Jetzt ist erst einmal Schluss.*

Ich schaffe es schließlich, die Lider zu heben. Alles ist verschwommen. Ich glaube, die Gesichter von Joe und DJ über mir zu erkennen.

»Alles in Ordnung?«, fragt Joe. »Wir konnten dich nicht wach kriegen.«

DJ lächelt. »Er ist okay«, sagt er.

Ich höre Geräusche, die darauf hindeuten, dass gerade das Rendezvousmanöver stattfindet.

»Wir steigen um«, sagt Joe.

»Was bedeutet das alles mit der Verwandlung in Glas und den alten Aufzeichnungen?«, frage ich DJ.

Er zieht eine Es-tut-weh-darüber-nachzudenken-Grimasse. »Es ist eine ziemlich große Sache«, sagt er. »Wie groß, weiß ich nicht. Wenn ich mich mit jemandem verbinde, der Glas geworden ist, empfange ich …« Wieder verzieht er das Gesicht und schüttelt den Kopf. »Lass uns später darüber reden.«

»Nein, jetzt«, erwidere ich.

Das Schiff schwankt. Unsere Skyrines und die Russen halten sich an Liegen und Stangen fest. Jacobi schwebt vorbei, gefolgt von Ischida. Borden wartet im Alkoven auf der anderen Seite, neben der verstauten Kapsel. Der Teamchef folgt dem Rest unserer Gruppe. »Wir sind angedockt«, sagt er. »Sie haben drei Minuten. Ich möchte, dass Sie so schnell wie möglich hier raus sind. Die Verbindung mit dem Spuker soll nicht länger dauern als unbedingt nötig.«

»Verstanden«, sage ich und konzentriere mich dann wieder auf DJ. Borden hört aufmerksam zu.

»Der Tobak ermöglicht uns Zugang«, sagt DJ. »Niemand weiß, wie das geschieht. Aber wir sind Gäste. Wir haben keine vollen Zugriffsprivilegien.«

»Darauf hat auch Coyle hingewiesen«, sage ich.

»Es ist *nicht* Captain Coyle«, sagt DJ. »Jeder, der sich in Glas verwandelt, erscheint früher oder später. Ich weiß nicht, ob wir uns auf etwas von dem verlassen können, das sie gesehen haben, denn die Aufzeichnungen haben ihre eigenen Motive. Sie brauchen uns, um flexibel zu bleiben. Damit sie für einen möglichen User benutzbar sind.«

Joes Miene zeigt Verwirrung.

»Ich sehe die Käfer, einen Teil ihrer Geschichte und ihres damaligen Lebens, weil die Aufzeichnungen es so wollen«, sagt DJ sanft. »Aber ich weiß nicht, was stimmt und was Propaganda ist, verstehst du? In den Aufzeichnungen geht es um *alles*. So viel weiß ich.«

»Ja«, sage ich. »Aber wo sind sie? Im Glas?«

DJ hebt die Hände, nickt, sieht nach links und dann nach rechts. »Was in der Art«, sagt er.

Ich drücke mich von der Liege hoch. »Vielleicht kann uns Walker Harris Antwort geben«, sage ich.

»Wer ist das?«, fragt DJ.

»Hat mich in Madigan besucht. Könnte ein Guru sein.«

»Na so was!«, sagt DJ und glaubt mir aufs Wort. »Wie sehen sie aus?«

»Es war ein Mann. Gehen wir«, sage ich.

Jetzt zögert DJ. »Hast du vom Silver Surfer und Batman geträumt?«

Wir zucken beide zusammen.

»Ja, eben gerade«, erwidere ich.

»Ich habe oft davon geträumt«, sagt DJ. »Batman und der Surfer streiten sich immer wieder. Bringen nie was zustande. Ist das Coyle?«

»Ich denke schon.«

»Na ja, sie mag mich nicht so sehr wie dich, aber sie ist bei uns, nicht wahr?«

»Ich hab's genau anders herum gehört«, sage ich.

»Eismondtobak, die Aufzeichnungen, was auch immer … Es veranlasst Coyle, den Traum zu wiederholen. Ich frage mich, ob sie ihn nicht langsam langweilig findet.«

»Sie ist ziemlich sauer«, sage ich. »Klingt nach Emotion, nicht wahr?«

DJ denkt darüber nach. »Ja«, sagt er. »Aber vielleicht war das ihr Normalzustand, als sie noch lebte.«

»Wir müssen los«, wirft Borden ein. Sie hat die ganze Zeit zugehört und sich alles gemerkt. Ich weiß noch immer nicht genau, was ich von ihr halten soll, aber diesen Teil von ihr mag ich gewiss nicht.

»Kommen Sie!«, ruft der Teamchef und winkt. Er klingt nervös. Der Spuker scheint ihm ziemliches Unbehagen zu bereiten. »Uns bleiben nur noch ein paar Minuten!«

Wir hangeln uns durch den Korridor und durch die Luke in den Teleskoptunnel. Fenster in dem langen Tunnel präsentieren uns ein komplexes weißes Gerüst, das lange Ansammlungen leuchtender Kugeln umgibt, die mich an japanische Papierlaternen erinnern. Und all dies wird umhüllt von gefalteten, plissierten Platten und Paneelen, die aussehen wie Tücher, wie ein sich sanft im Wind bewegender Schleier. Besonders praktisch scheint das nicht zu sein. Kommt mir nicht einmal besonders real vor.

Kumar, Muschran und Litwinow empfangen uns auf der anderen Seite. »Wir haben Privileg für Sternenkleid«, sagt Litwinow und benutzt den russischen Namen für den Spuker. »Drei Wochen bis zum Titan …«

»Ausgezeichnet!«, sagt Kumar.

»Nicht unbedingt. Bei Verlassen der Erde Sternenkleid angegriffen wurde«, sagt Litwinow. »Drei Wochen oder neun Wochen oder Monate, wenn nicht erreicht wird volle Geschwindigkeit. Es Schäden gibt, bei Waffen und Triebwerken.«

Kumar wirkt besorgt. Mit einem Kopfschütteln, als wollte er diese schlechte Nachricht vom Tisch wischen, schwebt er zur Schleuse des größeren Schiffes. Wir alle drehen uns um und bekommen einen besseren Blickwinkel.

Jacobi streckt die Hand aus. »Mist. Da, und auch dort.« Wir sehen graue Streifen im Schleier und weiter hinten zerrissene Streben und Stützelemente. Vorn, an einem langen, krummen Ausleger, der die Fracht von den bugwärtigen Mannschaftsquartieren getrennt hat, sind Kugeln zerbrochen wie Eier in einem Karton.

»Sieht übel aus«, sagt Jacobi.

Wir ziehen uns an Seilen entlang, die plötzlich einen eigenen Willen entwickeln, sich versteifen und dann damit beginnen, sich zusammenzurollen und uns, ziemlich grob, nach vorn zu ziehen – die letzten Passagiere des Landers erreichen schließlich das schattige graue Innere des Spukers. Ich schwinge mich neben Borden, als wir einen pechschwarzen Raum erreichen. Scheint ziemlich groß zu sein. Lange Echos vom Quietschen, Pfeifen und Knarren der Seile. Dann schaltet jemand das Licht ein, und alles wird weiß. Noch schwerer zu erkennen, wie groß der Raum ist. Wenn es sich tatsächlich um einen Raum handelt. Ferne Hangars, Würfel und Gestelle mit rundlichen Transportern. Der Spuker ist *riesig*.

»Kann uns dieses Schiff trotzdem zum Titan bringen?«, frage ich Borden.

Sie blinzelt in all dem Weiß. Alles hier drin ist makellos und sauber, trotz der externen Schäden. »Wir sind hier. Die Siedler haben es zu den Frames geschafft. Alle Passagiere der Lander sind sicher.«

»Ich übergebe Sie CWO Muller«, sagt der Teamchef des Landers hinter uns. Wir hatten ihn ganz vergessen. Seine Grimasse macht deutlich, was er von dem hält, das er gesehen hat. »Ich mache mich jetzt auf den Weg.«

»Muller ist noch nicht da«, brummt Borden.

»Sie kommt gleich.« Der Teamchef schneidet eine weitere Grimasse, wie froh darüber, dass ihm eine Begegnung erspart bleibt. Dann salutiert er kurz, greift nach dem Seil und hangelt sich zur Luke. Sie zischt und schließt sich hinter ihm. Es knackt in unseren Ohren, als sich der Luftdruck ändert. In der Ferne hören wir dumpfes Pochen, und überall um uns herum kratzt Metall über Metall. Die Lander, die uns in den Orbit gebracht haben, verlassen uns. Wir sind auf uns allein gestellt.

Kumar kehrt zu uns zurück. Er schwitzt stark. »Der Pilot meint, das Schiff sei flugtauglich«, teilt er uns mit. »Aber die Gefahr wird größer, und es ist schwierig, so nahe beim Mars die volle Geschwindigkeit zu erreichen.«

»Wo zum Teufel ist Muller?«, fragt Borden.

Das Seil erschlafft, und wir halten uns an Griffen fest, die an zwei parallel verlaufenden Schienen angebracht sind. Wie eine Gruppe wartender Turner reihen wir uns an diesen Schienen auf.

»Da ist sie«, sagt Borden.

Die Teamchefin des Spukers schwebt durch eine Luke über uns, Arme und Beine wie eine Schwimmerin ausgebreitet. Ich schätze sie auf gut vierzig, und ihr Gesicht erinnert mich an eine Perserkatze. Sie erscheint mir wie eine ehemalige Schönheitskönigin, die zu viele Jahre unter der texanischen Sonne verbracht hat. Hübsch ist sie, aber auf eine raue Art und Weise. Sie trägt eine kleine weiße Krone, die sich an ihren Ohren wölbt, und scheint jemanden oder etwas zu hören, das ihr unangenehm ist. Nach einem knappen Nicken nimmt sie die Krone ab, hebt das spitze Kinn und richtet ihre volle Aufmerksamkeit auf uns.

»Ich bin CWO Muller«, sagt sie. »Beulah Muller. Einfache Soldaten nennen mich Buller. Ich vertrage keinen Scheiß und rate euch, mir gut zuzuhören.«

Sie ist eine beeindruckende Präsenz. Wir hören gut zu.

»Ein Kasten ist unterwegs, der uns einfach nicht in Ruhe lassen will, und hinzu kommt ein Geschwader missmutiger Korvetten in einer Entfernung von hundertzwanzig K. Sie verfolgen uns seit der Erde, haben auf halbem Weg zum Mars zu uns aufgeschlossen und sind für die Schäden verantwortlich, die Sie gesehen haben. Eine weitere Begegnung mit ihnen können wir uns wahrscheinlich nicht leisten.«

»Verluste?«, fragt Kumar.

»Alle unsere Kanoniere und drei von vier Gleiterpiloten. Insgesamt sechsundfünfzig Tote.«

Borden ist bestürzt. »Selbst wenn wir Titan erreichen … Können wir dort überhaupt mit unserer Mission *beginnen*?«

»Wir können es versuchen, Commander«, sagt Buller. »Zerbrechen wir uns darüber den Kopf, wenn wir damit fertig sind, den Spuker vorzubereiten. Sind das alle?«

»Alle«, bestätigt Litwinow. Borden pflichtet ihm traurig bei.

»Wir haben hundertvierzig angefordert«, sagt Buller. »Ich zähle nur einunddreißig. Läuft auf die Vergeudung eines großen Schiffes hinaus!« Sie schließt die Hände um zwei Griffe und schwingt sich vor Kumar. Die Schienen ziehen uns nach vorn. »Die erste Phase steht bevor. Kann jemand von Ihnen mit schweren Waffen umgehen? Blitzer und Langstrecken-Disruptoren?«

Ischida, Jacobi, eine der *Efreitors* und Uljanowa heben die Hand.

»Gut. Kommen Sie in einigen Minuten zu mir. Zunächst … Alle ausziehen, damit wir *Sie* vorbereiten können.«

Die Schienen mit den Haltegriffen sind noch immer in Bewegung und bringen uns in einen kleineren Raum. Dort sind die Wände dunkel, mit violetten Streifen. Kleine Funken tanzen in meinem Blickfeld. Alle von uns Transvak-Reisenden erleben gelegentlich kosmische Strahlung, aber diese Funken hinterlassen keine Spuren. Sie sehen nicht nach kosmischer Strahlung aus, mehr nach visueller Migräne. Vielleicht bieten sie einen Hinweis darauf, was uns bevorsteht.

Buller beobachtet, wie wir unsere Hautengen abstreifen, diesmal ohne die Hilfe der Schwerkraft, mit nur einer Hand – die andere bleibt am Haltegriff. Einige von uns kommen trotzdem ganz gut klar, aber ich brauche länger als sonst.

»Ich will Sie *nackt* sehen, Venn!«, ruft Buller.

»Ja, Ma'am.«

Bullers Stimme wird schmerzhaft. Schlimmer noch, es fällt mir schwer, sie anzusehen – ich möchte den Blick abwenden. Mit ihren Umrissen, ihrer Gestalt, stimmt was nicht. Liegt es an mir? An den violetten Streifen und Funken? Wie ein Gespenst sieht sie aus, nicht real. Den anderen scheint es ebenso zu gehen wie mir. Niemand kann sie direkt ansehen, ohne zu blinzeln oder den Kopf zu schütteln. Joe befindet sich links von mir. Ich bemerke seinen Blick. Er weiß etwas, das wir nicht wissen. Himmel, ich hab keinen Bock mehr auf diesen ganzen Mist. Dauernd passiert etwas, das ich nicht verstehe.

Die abgelegten Hautengen schweben fort, und niemand scheint sich darum zu scheren. Die Schienen ziehen uns weiter, und wir hängen mit baumelnden Beinen an den Griffen. Wir passieren eine rechteckige Öffnung in der Wand und erreichen den nächsten Raum, der so groß ist wie ein Flugzeughangar. Hier bringt eine Schiene die Hälfte von uns nach rechts, und die andere den Rest nach links. Buller bleibt zurück, schwebt, klopft auf Köpfe und zeigt nach rechts und links. Die Landser mögen es nicht, von ihr berührt zu werden, aber Madame Ich-mag-keinen-Scheiß ist das völlig schnuppe. Sie hat nur uns bekommen, mehr nicht, und damit ist sie alles andere als glücklich.

Der große weiße Raum enthält ein stählernes Rad, das etwa dreißig Meter durchmisst und zwei Meter dick ist. Der innere Rand weist schwarze Höcker auf. Das Rad ist das erste von dreien, und zusammen bilden sie eine Art Tunnel. Dies gefällt mir nicht. Es gefällt niemandem von uns.

»Wir sollen da durch?«, fragt Jacobi.

»Ja«, bestätigt Buller.

»Warum?«

»Säuberung!«

»Was für eine Art von Säuberung?«, fragt Ischida.

»Quanten«, murmelt Borden, aber nur ich höre sie.

Ischida reibt sich die Schläfe. »Wie Rizinusöl, Ma'am?«

Buller wirkt traurig wie ein Clown. »Haben Sie Ihre Instruktionen nicht gelesen?«

»Wir sind beschäftigt gewesen, Chief«, sagt Jacobi.

»Hier geht's nicht um Ihr verdammtes Gedärm«, sagt Buller. »Sonnenabwärts haben Sie sich noch vor Ihrer Geburt in schlechter Gesellschaft herumgetrieben. Vergangenheiten, die nie gewesen sind, Zukünfte, die nie sein werden. Das alles ist Ballast. Die Räder dort werden Sie davon befreien und säubern.«

»Klingt nach einer netten Party«, sage ich.

»Stellen Sie sich die ganze Sache wie eine kosmische Autowaschanlage vor. Bei der Zwischenstation gibt's noch eine – wenn wir es bis dahin schaffen, was immer unwahrscheinlicher wird, gottverdammt! BEWEGUNG!«

Buller schwimmt um uns herum, mühelos wie ein Seelöwe in einer Meereswoge. In Zweierreihen schickt sie uns nacheinander durch etwas, das wie die Kartenschranke vor einer U-Bahn-Station aussieht. Die großen Räder mit den dunklen Höckern kommen immer näher. Die beiden Linien, auf denen wir uns bewegen, enden an zwei stählernen Obduktionstischen, jeder von ihnen mit einem großen Kolben verbunden. Fünf Meter vor dem ersten Rad berührt Buller Kumar und mich, und wir bekommen von ihr die Anweisung, uns flach auf die Tische zu legen. Nein, es sind keine Obduktionstische – die ganze Sache sieht eher nach Katapulten aus.

Kumar sieht mich mit ruhig blickenden Augen an. »Wie ich hörte, ist es nicht unangenehm«, sagt er.

»Sie zuerst«, erwidere ich. Er verzieht andeutungsweise das Gesicht.

Hinter uns gibt Buller Ischida und Jacobi einen Klaps, dann zwei Russen. Unsere Schwestern werfen sich herausfordernde Blicke zu, als sie Aufstellung beziehen. Die Russen drängen sich zusammen und wollen sehen, was mit uns geschieht. Buller schwebt hin und her, klopft und stößt. Was den Russen nicht sonderlich gefällt. Was wiederum Buller am Arsch vorbeigeht. Litwinow schert sich ebenfalls nicht darum. Der russische Colonel wirkt unheilbar deprimiert.

Kumar und ich liegen flach auf den Tischen, die plötzlich zischen, beide gleichzeitig, und uns nicht besonders sanft und mit einer leichten Drehung durch das erste Rad schieben. Kumar quiekt, ich halte mir die Eier, und schon fliegen wir beide durch alle drei Räder. Mir stehen die Haare zu Berge. Na ja, ich hab nicht mehr viele, und sie sind kurz. Meine Fingerspitzen prickeln, und das Seltsamste von allem: Meine Eingeweide scheinen zu überlegen, ob sie sich am richtigen Platz befinden. Irgendein Wissenschaftsspezi scheint den wabbeligen Kram in meinem Innern für ein topologisches Experiment durcheinanderwürfeln zu wollen und hat es dabei insbesondere auf den Dickdarm abgesehen. Vielleicht werde ich umgestülpt. Und wenn schon, es wird kein großer Unterschied sein. Drinnen wie draußen der gleiche Mist.

Das Rad dreht sich drei schwarze Höcker weit gegen den Uhrzeigersinn und wartet auf das nächste Paar. Ich lasse meine Eier los. Meine Muskeln entspannen sich. Nicht so die Innereien. Plötzlich ist alles sauber und rein, ich bin völlig erneuert. Kumars Quelle hat recht. So sonderbar dies auch sein mag: Das Gefühl nach vollbrachter Säuberung ist nicht unangenehm. Ich fühle mich, als hätte mir ein Gewitter kühle Luft und frisch geladene Ionen für die Lunge gebracht. Vielleicht ist es das. Vielleicht sind wir ionisiert worden. Ich kenne Tech-Sergeants und Ingenieure – unter ihnen DJ –, die Tesla-Freaks sind und schwören, dass alles, was wir von den Gurus bekommen haben, letztendlich von ihrem Helden stammt. Einige behaupten, dass die Gurus gar nicht existieren und die Regierung irgendwelchen Kram freigibt, den Tesla schon im zwanzigsten Jahrhundert erfunden hat. Ich fühle mich so belebt und gestärkt, dass ich bereit bin, diese verrückten Theorien in Erwägung zu ziehen.

Buller kriegt uns alle durch die Räder – es läuft wie geschmiert. Als wir uns hinter den Rädern an Griffen und Schienen festhalten, wie Eulen starren und darüber nachdenken, ob wir Grund zur Klage haben oder nicht, öffnen sich an beiden Enden des Raums große runde Blenden und zeigen, was sich vorn und achtern befindet. Der Blick geht an der Längsachse des Spukers entlang, von einer Position etwa fünfzig Meter von der Mittellinie entfernt.

»*Fuck*«, sagt Borden voll erschrockener Ehrfurcht – wie ein gemeiner Soldat, und ich verstehe sie. Eine andere Reaktion ist eigentlich gar nicht möglich.

Nehmen wir uns die Beschreibung stückweise vor.

Nach dem, was wir zuvor gesehen haben, besteht der

Bug des Spukers aus einer breiten grauen Glocke oder einer flachen Schüssel, mit einem Durchmesser von sechzig Metern. Aus der gewölbten Mitte dieser Schüssel ragt die Brücke beziehungsweise das Kommandozentrum, geformt wie ein Kegelstumpf. Die konkaven Seiten der Glocke schützen Brücke und Mannschaftsquartiere vor Strahlung oder anderen Seltsamkeiten weiter hinten. Ein klassisches Muster.

Wenn man den Blick hingegen nach achtern richtet, gibt es am Spuker nichts Klassisches oder Vertrautes. Zuerst kommt eine Ansammlung von stahlgrauen Röhren, die glasige blaue Module umgeben und stützen – es sieht nach Weintrauben aus, die von Strohhalmen umgeben sind. Den Strohhalmen und Trauben folgen Spaceframes, gefüllt mit Nutzlast oder Fracht, angebracht in Bündeln, wie die Geschosskammern eines Revolvers. Aus jeder dieser »Kammern« ragt die runde bronzefarbene oder graue Spitze eines »Samens«, von dem ich annehme, dass er auf Titan zu einer Waffe, einem Fahrzeug oder einem anderen Ausrüstungsstück werden soll. Die Dinger sehen aus wie Bienen, die sich anschicken, aus ihren Waben zu schlüpfen. Zwischen Strohhalmen und Trauben auf der einen und den Bündeln auf der anderen Seite sind Verteidigungswaffen installiert, ausfahrbare Kapseln, die Furchen und Kerben in der transparenten Außenhülle bilden.

»Schäden«, bemerkt Borden. Viele der Kapseln sind geschwärzt, dunkel – etliche fehlen ganz. Buller brummt, sagt aber nichts.

Die drei langen »Schürzen« beginnen hinter der Nutzlast, etwa ein Drittel der Schiffslänge von der Brücke entfernt. Als wir sie zum ersten Mal sahen, wogten sie wie im Wind und erinnerten an Perlmutt. Inzwischen haben sie sich versteift und weisen graue Streifen auf – sie sind nicht mehr so hübsch wie vorher, aber noch immer recht eindrucksvoll. Sie umgeben einen Stapel hellgrauer Scheiben, jede von ihnen sechzig Meter groß und durch Bänder voneinander getrennt. Als ich sie sehe, muss ich an die Münzen in der Hand eines Zauberkünstlers denken. Selbst beschädigt schimmert dieser zentrale Bereich mit einer nebligen Ungewissheit, die einen zum Schielen bringt. Wie bei Buller: Nichts davon wirkt real. Und vielleicht ist es das auch gar nicht. Die Bänder und Münzen reichen fünfzig Meter weit nach hinten, über den Saum der Schürzen hinweg, bis zum Heck des Spukers. Dort beobachte ich schwarze Trichter, in denen es glüht – Düsen, nehme ich an – und die schaufelartige Erweiterungen aufweisen, vielleicht Hitzeableiter. Der gesamte Heckbereich des Spukers ist umgeben von einem »Haarnetz« aus Streben und Stützen.

Als Ganzes gesehen hat das Schiff eine eigentümliche Art von Schönheit, wie eine Qualle aus mundgeblasenem Glas, die eine Parade aus Stahl und emaillierten Früchten anführt. Es sieht nicht entfernt nach etwas aus, das Menschen gebaut haben. Das gilt auch für den Rest.

Bullers spröde Lippen formen ein raues Lächeln.

»Das genügt«, sagt die Teamchefin. »Transvak in fünfzehn Minuten. Bis dahin müssen Sie verstaunt sein.«

»Verstaunt?«, fragt Ischida verblüfft.

»*Verstaut*«, sagt Buller. Ihr Lächeln verschwindet. Auf komische Weise ernst winkt sie uns weiter.

»Die ist irre«, kommentiert Ischida noch nicht ganz außer Hörweite der Teamchefin.

»Diese Leute sind alle seltsam«, sagt Kumar. »Sie haben sich einem seltsamen Schiff angepasst. Seit fünf Jahren fliegt die *Lady of Yue* zwischen Erde und Saturn hin und her, und bisher ist es nie zu einem Zwischenfall gekommen.«

Jacobi wölbt eine Braue. »Bis jetzt. Sieht ziemlich mitgenommen aus, das Schiff. Wie viel kann es einstecken?«

»Die *Lady* ist *sehr* stark«, sagt Kumar. »Ich habe gehört …«

»Sie sind noch nie an Bord eines solchen Schiffes gewesen, oder?«, fragt ihn Borden.

Wir hören zu und genießen den Protokollbruch.

»Es hat nie ein Schiff wie dieses gegeben«, sagt Kumar leise.

»Guru-Theorie?«, fragt Ischida.

»Nicht unbedingt«, erwidert Kumar. »Das Bedienpersonal wurde angewiesen, mit Menschen zu sprechen, die besondere Ideen hatten. Sie sollten ihnen helfen, mit Finanzierungen und Laboratorien, in denen sie arbeiten konnten. Derartige Hilfe haben wir geleistet, und dies ist eins der Resultate.«

»Ich wusste es!«, platzte es aus DJ heraus. »Es ist Tesla-Kram, nicht wahr?«

»Alles von Menschen, wie?«, fragt Jacobi und stimmt DJ ganz und gar nicht zu. »Aber gelenkt von Gurus. Und Sokrates' junger Sklave verstand Geometrie von Geburt an.«

Gebildete Schwester, noch einmal.

»Essen wir zuerst?«, fragt Ischikawa.

»Keine Zeit!«, ruft Buller vor uns. »Wir weisen Fußbälle zu. Große Verschwinde in fünfzehn Minuten. Kurzer Schlaf. *Dann* Essen.«

»Fußbälle?«, fragt ein Russe hinter mir.

»Große Verschwinde?«, fragt ein anderer Russe und runzelt die Stirn.

Ich hebe die Hand zu einer Geste, die hohe Geschwindigkeit bedeuten soll. Der Russe bleibt verwirrt.

»Was passiert bei der zweiten Säuberung?«, fragt Jacobi.

Borden findet diese Denkweise nicht sonderlich produktiv. An der Reihe entlang ruft sie Litwinow zu: »Hat jemand Muschran gesehen?«

Der russische Colonel vergewissert sich, dass seine Soldaten organisiert, vorbereitet und abgelenkt sind. Er deutet nach vorn. »Vorher gegangen«, sagt er. »Schiff ist groß und sehr sauber!«, fügt er fröhlich hinzu. »Nie gewesen bin in so gutem Hotel.« Seine Soldaten scheinen nicht sehr überzeugt zu sein.

Buller weist darauf hin, dass es besser ist, wenn wir uns während der nächsten Minuten nicht berühren.

Wir sollen uns nicht zu nahe kommen, und deshalb achten wir darauf, einen gewissen Abstand zu wahren. Ich frage mich wie Jacobi, was es mit der zweiten Säuberung auf sich hat. Vielleicht bin ich zu sehr mit ungelösten Dingen verkrustet, vielleicht bin ich ein dunkler Sünder, der das nicht mitmachen will. Vielleicht werde ich weggesäubert. Vielleicht hängen auch einige von Coyles Sünden an mir. Derzeit bin ich völlig allein in meinem Kopf. Fühlt sich fast normal an.

Ich wende mich nach links und betrachte durch eine Art Fenster weitere Bereiche des Schiffes. Wir alle blicken nach draußen. Hinter den komplexen Strukturen des Schiffes erkennen wir einen Teil der bräunlichen Marskugel. Sie dreht sich langsam.

»Bis dann, Roter«, sagt Jacobi.

Ich starre, als könnte der Mars einige meiner Fragen beantworten, bevor wir aufbrechen. Über ihm sehe ich einen Stern. Der Stern wird schwarz. Das All um den Stern herum wird noch schwärzer. Dann schneidet etwas Großes ein schattiges Stück aus dem Mars, ein Stück, das plötzlich doppelt so groß wird, und spitzer. Es bildet eine Pfeilspitze.

Jacobi und die anderen haben sich umgedreht und warten darauf, dass man sie zu ihren Plätzen für die nächste Etappe der Reise führt. So sehr ich mich auch bemühe, ich bekomme kein Gespür für das, was dort draußen passiert. Nach all der Verwirrung, die uns die Vorstellung des Spukers und des anderen Krams bescherte, sind meine Instinkte taub.

Das Stück bohrt sich tiefer in den Mars und nimmt uns die Sicht auf den Planeten. Dann sehe ich, dass es Teil eines Würfels ist, eines gewaltigen Würfels, dessen Ecken sich drehen und Pyramiden formen, die von der Seite betrachtet wie Pfeilspitzen aussehen. Zwischen den pyramidenartigen Ecken und der Hauptmasse des Würfels erstrecken sich Tausende von funkelnden Spinnweben.

Es ist das Schiff, das wir in der Umlaufbahn der Erde gesehen haben, bevor wir zum Mars flogen.

Der Kasten.

Buller ist damit beschäftigt, den Rest von uns zu unseren Fußbällen zu dirigieren. Ich klopfe ihr auf die Schulter, und als sie sich langsam dreht, höre ich ein Pfeifen, und die *Lady of Yue* schüttelt sich um uns herum. Dann erklingt ein seltsames Wehklagen, laut und wie von einer Frau, die alle ihre Kinder verloren hat.

Die Schürzen, die Segel hinter den Mannschafts- und Frachtsektionen … Sie breiten sich aus und geben dadurch den Blick auf mehr Schäden frei, während sie ihr eigenes Spinnenseidefunkeln entfalten. Das Glitzern und Schimmern bildet einen Nimbus und dehnt sich nach achtern aus, wo es einen Käfig um ein blaues Glühen bildet. Faszinierend zu beobachten. Schmerzhaft, hypnotisch. Hinterlässt brennende Nachbilder auf der Netzhaut.

»Nicht hinsehen!«, ruft Buller, packt mich an den Schultern und schiebt mich zu den anderen. Ich habe ein komisches Gefühl, als dehne sich das Schiff in der Längsachse aus, als würde es gleich reißen und uns dem Vakuum aussetzen. »Festhalten! Wir starten *jetzt*!«

Ich schwebe nach hinten – mein Griff an der Schiene hält der zunehmenden Beschleunigung nicht stand. Borden und Ischida ergeht es ebenso, sie sind direkt neben mir, zusammen mit Uljanowa und zwei weiteren Russen. Unter mir sehe ich Jacobi, Ischikawa und DJ. Von Joe oder Kumar ist nichts zu erkennen.

Und dann … sind wir ein Durcheinander aus Gliedmaßen, Körpern und Köpfen, die gegen die Wand stoßen. Über uns baumeln Kabel und Ausrüstungsteile. Buller versucht noch immer, sich nach vorn zu ziehen, aber schließlich lässt sie los und fällt auf uns, direkt auf Borden.

Alles um uns herum reflektiert das intensive saphirblaue Leuchten. Durch das vordere Gerüst sehe ich, dass der Mars verschwunden ist. Aber nicht der schwarze Würfel. Er folgt uns und versucht, an die Seite der *Lady of Yue* zu gelangen. Wir lösen uns aus dem Gewirr, das uns vereint hat, fluchen und hangeln uns frei. Buller steigt hoch und sieht sich um, der Blick streng. Sie deutet auf Ischida, Jacobi, die *Efreitor* und Uljanowa.

»Zu den Waffen«, sagt sie. »Wir haben vier. Wir brauchen fünf.«

»Venn«, sagt Jacobi. Ich versuche sie daran zu erinnern, dass ich kein Kanonier bin, aber sie zuckt die

Schultern. »Einfach nur zielen und abdrücken«, sagt sie. »Kann doch nicht so schwer sein, oder? Folgen Sie Ischida und nehmen Sie sich ein Beispiel an ihr, dann kann nichts schiefgehen.«

Buller ruft eine Anweisung, woraufhin weitere Schienen und Kabel herabkommen. Wir halten uns alle hinter Jacobi fest, und eine plötzliche Bewegung erfasst uns, so heftig, dass ich befürchte, mir könnte die Schulter ausgerenkt werden.

»Die Augen nach vorn!«, ruft Buller, als wir durch die Gerüste des Schiffes getragen werden, zu den Waffenkapseln an ihren durchsichtigen Trägern, die jetzt zurückgezogen sind und sich direkt an der Außenhülle befinden. Ich zähle zwanzig. Fünfzehn von ihnen wurden während des anderen Gefechts aufgerissen, was ihren Inhalt – und mit ihm die Kanoniere – dem Weltraum preisgab. Fünf sind noch intakt.

Wir klettern hinein. Ischida übernimmt die Kapsel neben meiner. Jacobi tut sich mit Uljanowa zusammen. Die *Efreitor* scheint lieber allein zu arbeiten.

Buller platziert sich in der Mitte.

Ich zwänge meinen fast nackten Leib in den Schalensitz und beobachte, wie sich die Gurte um mich schließen. Ein Halbhelm schwingt aus der Rückenlehne und legt sich mir um den Hinterkopf. Etwas summt am Rückgrat. Anleitung? Nerveninduktion? Ich blicke zu Ischida, kann aber nicht viel erkennen – die Außenseiten der Kapseln sind so hell, dass Details verborgen bleiben.

Die Kapseln fahren aus, und wir sind nun von Sternen umgeben. Die *Lady of Yue* befindet sich unter uns. Der Kasten fliegt hinter dem hellen Hecklicht, kommt aber näher.

»Wir haben sie überrascht, als wir die Umlaufbahn der Erde verließen«, sagte Buller per Komm. »Seitdem versucht der Kasten, uns zu erreichen. Er ist größer und schneller, aber er verfolgt uns sonnenaufwärts und hatte noch keine Gelegenheit, alle seine Sünden abzustreifen.«

Woher will Buller das wissen?

Und was zum Teufel bedeutet das Gerede von Sünden?

»Wir sind noch im Vorteil«, sagt Buller, allerdings nicht mehr ganz so laut.

»Der Kasten hat Sie bereits einmal gefunden und Ihnen in den Arsch getreten«, sagt Jacobi. Es hört sich an, als säße sie direkt neben mir.

»Wir brauchen fünf Minuten!«, sagt Buller. »Das Funkeln zu den Ecken des Würfels hin sind Triebwerks-Spannungsverteiler. Trefft sie mit den Blitzern oder Disruptoren, und er wird langsamer. Das gibt uns die Zeit, die wir brauchen, vielleicht fünf Minuten, aber keine Sekunde mehr.«

Ich stecke die Hände in die Bedienungshandschuhe. Meine Kapsel ist mit einem Blitzer ausgestattet. Ich weiß, wie die Dinger funktionieren, ich meine die kleinen, die man auf der Oberfläche eines Planeten verwendet. Aber dies hier erscheint mir vertraut genug.

Meine Finger fühlen die Anschlüsse und spüren ihre Funktion. Wieder ein Summen am Rückgrat, und diesmal reicht es bis zu den Fingern. Die Kapsel dreht sich auf ihrem Sockel, und ich beobachte, wie an der glänzenden Innenfläche mehrere Gitternetze und Fadenkreuze erscheinen. Sie richten sich auf eine Ecke des Kastens und heben mehrere der Spannungsverteiler hervor, was immer die auch sind.

Und wenn ich noch immer keine verdammte Ahnung habe, was ich mache?

Ischida spricht mir ins linke Ohr. »Drei von uns konzentrieren sich auf die Ecke dort, wo die Innenbereiche sichtbar sind. Sehen Sie die Linien?«

»Ich sehe die Ecke, die Sie meinen.«

»Sie nehmen sich die nächste Ecke vor.«

»Dort sind die Linien schwerer zu erkennen«, erwidere ich. »Haben Sie so etwas schon einmal gemacht?«

»Noch nie im Weltall«, sagt Ischida. »Folgen Sie Ihrem Instinkt. Treffen Sie, was Sie treffen können, aber sorgen Sie dafür, dass es auch einen Sinn hat.«

»Wenn die Pyramiden weiter ausfahren, kann man die Spannungslinien gar nicht übersehen«, sagt Borden über Komm.

»Ja«, sage ich und fühle mich richtig mies. Etwas zieht uns durchs All, so wie eine Katze eine Maus durch den Dreck zieht. Ich nehme an, es ist unser Schiff. Vielleicht sind wir noch immer nicht sauber genug, noch nicht genug von Sünden befreit. Schlimmer noch, wir sind Grünschnäbel an Waffen, die ungeschützt sind und jederzeit zerstört werden können, wie die Glasflaschen eines Schießstands.

Ischida und Jacobi feuern mit ihren Blitzern. Ich beobachte die pulsierenden weißen Punkte, ich sehe, wie sie über die Spannungslinien der Pyramide brennen, wie die ausgefahrene schwarze Ecke des Würfels an ihren Verstrebungen zittert und sich dreht …

Dann konzentriere ich mich auf die Linien, die gerade so unter meinem Ziel zu erkennen sind und die betreffende Pyramide mit der Hauptmasse des Würfels verbinden.

Die Gitternetze legen sich darauf.

Der Kasten schickt seine eigenen Blitze, eine Wolke aus Glühwürmchen, die von der anderen Seite des Schiffes kommt, von der Seite, wo es zur Sache geht. Zweimal so schnell wie unser Schiff sind die Glühwürmchen. Sie erreichen eine Schürze und hinterlassen einen weiteren dunklen Streifen in ihr, klettern dann höher und brennen über eine der Kapseln …

Die einsame *Efreitor* steckt plötzlich in einem Plasmaball. Ihre Kapsel bricht auf, und Teile von ihr fliegen in die Dunkelheit und bilden einen Schweif, wie bei einem Kometen. Wir feuern weiter und haben dabei Bullers Rufe in den Ohren. Unsere Blitze zerreißen eine Spannungslinie nach der anderen.

Dann plötzlich legt die *Lady of Yue* so richtig los. Ihre Beschleunigung lässt die Sterne tanzen, und wir taugen plötzlich nichts mehr, weder als Kanoniere noch als Menschen. Ich verteile den Inhalt meines fast leeren Magens, vermischt mit Blut, auf die Innenseiten der Kapsel. Die Augen fühlen sich an, als würden sie mir gleich aus dem Kopf fallen.

Doch Ischida und Jacobi sprechen ruhig miteinander und tauschen Kommentare aus. Kampfgerede auf Japanisch. Uljanowa schaltet sich auf Russisch in ihr Gespräch ein. Irgendwie hilft mir allein der Ton dabei, nicht komplett auszurasten. Wieder summt es an meinem Rückgrat, oder vielleicht ist es ein Prickeln. Es bestätigt mir, dass unser Feuer nicht ohne Wirkung bleibt. Die Eckpyramiden des Würfels weichen zurück, und der Kasten scheint zu wackeln, zu schlingern. Vielleicht wird er sogar kleiner.

Ich glaube, der Abstand zum Kasten wächst – ein Wunder.

Die Kapseln fahren zurück. Buller öffnet sie und holt uns heraus, einen nach dem anderen. Den rauchenden Resten der *Efreitor*-Kapsel schenkt sie keine Beachtung. Sie nimmt uns in die Arme, wischt uns mit den Ärmeln ab, packt uns dann am feuchten Kragen und zieht und schiebt uns ins Innere des Schiffes, mit Füßen, Händen, Beinen und Armen. Ihr Gesicht ist feucht von Tränen und Kotze. Vielleicht ist es unsere Kotze, vielleicht ihre eigene.

»Hat es geklappt?«, fragt Jacobi. Sie lallt ein wenig.

»Fragen Sie nicht«, sagt Buller. »Vielleicht.« Sie schnauft und zieht. Ischida zeigt mir den nach oben gereckten Daumen. Ich habe keinen blassen Schimmer, was gerade passiert ist oder was wir gemacht haben, ob es real war oder ein Albtraum. Aber als ich durch die Gerüste des Schiffes blicke, dorthin, wo Mars und Kasten gewesen sind, sehe ich … nichts.

Nur graues Sternengeschmier.

»Los, Bewegung!«, ruft Buller. »Wir haben vier Minuten fürs Einpacken.«

»Wir sind verdammte Marionetten«, sagt Jacobi. »Marionetten, die überhaupt nichts verstehen!«

Borden hilft Buller dabei, uns zur Mittelachse zu bringen. Jacobi ist noch immer aufgebracht. »Die Gurus haben so verdammt viel Angst, dass sie uns so weit nach draußen schicken und einfach an den Fäden ziehen. Was zum Teufel ist gerade passiert? Hat jemand eine Ahnung, was hier gespielt wird?«

»Warten Sie, bis Sie Titan sehen«, erwidert Buller grimmig.

Ich erinnere mich an etwas, das Kumar gesagt hat. *So mögen es die Gurus. Sie mögen es interessant.*

Am liebsten möchte ich erneut kotzen.

# Die große Verschwinde

Mehr Schienen kommen von oben herab. Buller ist ein Dutzend Meter weiter vorn. Sie sagt uns, dass wir uns festhalten sollen, damit es weitergehen kann. Die Schienen bringen uns durch die Strohhalme und die blauen Kugeln – Bullers »Fußbälle«. Für mich sehen sie noch immer wie Trauben aus. Borden hängt am nächsten Griff. Jacobi und Ischida sind links von mir. Alle blicken sich staunend oder besorgt um. Während wir nach achtern transportiert werden, kommen wir an den ersten Dreiergruppen der blauen Kugeln vorbei. Sie sind dunkel, mit vagen Streifen, die über ihre Oberflächen wandern.

Schließlich erreichen wir Kugeln, die ganz und gar blau sind, ohne Streifen. Buller schwebt zurück und betrachtet unsere nackten Körper mit geübtem Blick. Sie sagt, dass wir aufpassen sollen, und dann gibt sie jedem von uns eine Nummer. »Name und Rang bedeuten hier einen Scheißdreck. Größe, Masse und Zusammensetzung, darauf kommt es an. Es geht darum, alles richtig auszubalancieren.«

Zahlen leuchten an den Kugeln auf, und die Schienen bringen uns zu ihnen. Es ist alles so verdammt effizient, dass mir fast Tränen in die Augen treten. Ich frage mich, ob der heldenhafte Sohn der Sekretärin vor einigen Jahren auf diese Weise zum Titan gereist ist. Stilvoll transportiert, mit so viel Macht und Knowhow – um dann getötet zu werden. Gefressen von einem der Glühwürmchen, mit denen wir es zu tun bekommen haben. Oder umgebracht von etwas Seltsamerem auf dem Titan.

Buller öffnet eine Plastikbox und entnimmt ihr runde graue Gebilde, wie Zierdeckchen oder Kippot. Jedes steckt, von Gel umgeben, in einer Hülle aus transparentem Kunststoff.

»Hier sind die guten Sachen«, sagt Buller. »Ich garantiere angenehme Träume.«

Die Hüllen glühen und zischen leise, als Buller sie verteilt.

»Ihr Gehirn wird auf Vordermann gebracht, und dies ist der erste Teil, der Beginn eines wochenlangen Trainings – dadurch werden Sie alle zu besseren Bürgern. Basteln Sie nicht an diesen Schönheiten herum. Befolgen Sie die Instruktionen buchstabengetreu, oder Sie sind am Arsch und nutzlos für mich oder sonst jemanden.«

Jacobi und Ischida untersuchen ihre Packungen mit geschürzten Lippen. »Hätten wir diese Dinger nicht schon früher benutzen können?«, fragt mich Jacobi.

Borden, Joe, Tak und die Russen halten ihre vorsichtig in den Händen.

Es bleiben noch zwei Minuten,

»Man nennt sie Mützen«, sagt Buller. »Weiß nicht mehr, wie der genaue Name lautet.«

»Kranial verstärkte Programmierung«, sagt Borden.

»Ja, Ma'am. Jetzt wisst ihr, warum ich den Namen vergessen habe. Der Kopf muss dafür nicht rasiert werden. Zieht die Mützen aus den Hüllen und setzt sie auf den Kopf. Sie befestigen sich von allein. Lasst sie anschließend in Ruhe, bis sie von selbst abfallen. Die Mützen übertragen nichts anderes in euren Kopf als Ausbildung und Infos. Der ganze Kram muss sich etwa zwölf Stunden lang setzen, bis sich was mit ihm anfangen lässt.«

»Nicht für diese beiden.« Borden deutet auf mich und DJ. »Wir brauchen sie mit klarem Kopf.« Sie nimmt Buller beiseite und redet leise mit ihr. Die Commander bezweifelt, dass DJ und ich so viel Stimulation vertragen können. Ich höre einen Hinweis darauf, dass sie nicht weiß, was die Leute in Madigan so alles mit mir angestellt haben. Sie möchte keine *Instaurationen* wecken. Vielleicht hat sie *Installationen* gesagt. Wie auch immer: Was zum Teufel meint sie damit?

»*Alle*, Ma'am«, beharrt Buller mit besorgter Miene. Sie lässt keinen Widerspruch zu, nicht einmal von einer Vorgesetzten. »Wir sind sehr knapp dran und brauchen sachkundige Fahrer. Ohne die Mützen haben sie keine ausreichenden Kenntnisse und bekommen keine Freigabe. Die Maschinen würden sie nicht anerkennen. Sie wären nicht imstande, sich mit dem Rest des Teams zu koordinieren – sie könnten alle auf Titan sterben!«

Landser mögen es, beim Streit von Offizieren zuzusehen. Fühlt sich angenehm mollig an. Buller setzt sich durch, und Borden sieht alles andere als glücklich aus. Sie weicht zurück, mit gesenktem Kopf, als wolle sie jemanden rammen.

»Ich auch?«, fragt Ischida und deutet auf ihren Metallkopf.

»Ja«, sagt Buller. Behutsam untersucht sie Ischidas Kopf, die Finger dicht über dem Metall, und betrachtet insbesondere die Linie zwischen Haut und Stahl. »Jede Menge Platz«, sagt sie. »Es dürfte keine Probleme geben.«

»*Arigato*«, sagt Ischida.

»Was ist drin?«, fragt Tak.

»Reflexlernen, erster Teil. Zentrale Konzepte. Worte und Sätze, die Ihnen dabei helfen, schneller mit dem Samenprodukt unten auf dem Wachs klarzukommen.«

»Samenprodukt?«, fragt Ischida.

»Waffen und Fahrzeuge«, sagt Buller. »Wenn sich Ihre Gleiter mit den Vorräten der Basisplattform verbinden, beginnen die Samen sofort mit dem Aufsaugen von verarbeitetem Material. Falls Basis oder Plattform noch existieren. Das erfahren wir einige Stunden nach unserem Eintreffen. Von der Umlaufbahn können wir die Basis nicht sehen. Verstanden?«

»Fahrzeuge und große Waffen werden vor Ort zusammengebaut«, sagt Tak, als sei das völlig klar. Joe beobachtet uns von vorn, wo er zwischen Borden und Kumar sitzt.

»Es beginnt mit den Samen«, sagt Jacobi.

»Ja«, bestätigt Buller.

»Wachs?«, fragt DJ.

»Der ganze verdammte Mond ist von Wachsresten bedeckt, zusammen mit Giften, korrosiven Basen und salinischen Kloaken. Schlimmer als in Ihrem schlimmsten Albtraum. Es gibt sogar Spuren von Sarin, und wenn *das* in Ihre Ausrüstung gerät ...«

Es wird immer besser. Der Käfer ist zurück und hält alles für sehr gemütlich. Salzlösungen mit Metallen? Muttermilch für das alte Leben. Blitze und Elektrizität? Einst gab es ganze Ökosysteme, die Elektronen verspeisten und ihre Toten für die Erneuerung von Membranen verwendeten. Im Vergleich mit den großen Alten sind wir alle Schlaffis.

Noch dreißig Sekunden.

Borden, Jacobi, Ischida, Ischikawa, Kumar und ich teilen eine Nummer. Was bedeutet, dass wir zusammen in einer Traube unterkommen. Wir kriechen hinein, Borden zuletzt. Die große blaue Kugel ist innen üppig gepolstert. Zwischen den Kissen leuchten kleine sonnengelbe Lampen. Ich sehe ein Wirbelmuster. Die Luke schließt sich. Ischida murmelt etwas. Jacobi sieht sich um und erwartet den nächsten Wumms. Aus unserem Blickwinkel gesehen hat neue Technik nie Komfort bedeutet.

»Es geht weiter«, sagt Buller.

Die zweite Phase der Beschleunigung beginnt. Diesmal ist sie viel sanfter. Wir schweben zur einen Seite der Kugel und stoßen dort gegen die Polsterung. Keine Gurte, kein Drama. Alles im grünen Bereich. Wir sind Fracht, eingepackt und unwissend, aber wir haben es einigermaßen bequem. Warm und bequem.

»Dies ist die Große Verschwinde?«, fragt Jacobi.

Der Andruck nimmt zu. Ischida schließt die Augen, faltet die Hände und murmelt erneut. Vielleicht betet sie wieder.

Wir liegen in einem Fußball, tragen Kippot und lassen uns von einer chinesischen Kriegerin mit langen, verbrannten Röcken tragen, die mit uns einen ganzen Mond retten will. Ich erhole mich noch immer von der Beobachtung unserer Blitze an den Spannungsverteilern des Kastens, von dem Gefühl, dass die *Lady of Yue* mit Sünden hantiert, und von allem anderen, das mit einer Realität zu tun hat, die mir irreal erscheint. Ich kann noch immer nicht glauben, was geschieht. Andererseits: Beim ersten Mal konnte ich auch kaum glauben, dass wir zum Mars fliegen.

Jacobi macht den Adler und stößt gegen Bordens Bein. Borden weicht zurück, beansprucht weniger Platz. Ischikawa nimmt einfach alles hin – kein Schweiß, keine Anspannung. Kumar senkt den bedeckten Kopf, krümmt Arme und Beine zum Lotossitz, rollt ein wenig zur Seite und bringt sich in eine stabile Lage.

Schließlich erreicht uns Bullers Stimme in der Kugel. »Die Navigation meldet, dass uns der Kasten noch immer folgt, in einer Entfernung von einer Million Kilometer. Schließen Sie die Augen, so wie ich. Schließen Sie die Augen und zählen Sie von zehn rückwärts.

Ich bin bei fünf, als meine Füße prickeln. Ich fühle ein sonderbares Ziehen im Kopf. Die Mütze, nehme ich an und hoffe inständig, dass mein Quantenplunder gründlich weggeschrubbt ist.

Dann …

Es wird dunkel.

Ich spüre nichts mehr.

# Spinnweben

Finsternis, nahe und warm. Die Luft riecht schal; offenbar bin ich schon seit einer ganzen Weile hier. Mir fällt ein, wo wir sind. Ein Moment der Sorge – nicht wirklich Panik –, als ich mir vorstelle, wie das Licht angeht und ich sehe, dass ich von ausgetrockneten Mumien umgeben bin.

Aber es wird hell, und allen geht es gut. Borden zappelt, ebenso Ischida, die jemanden verletzen könnte, wenn sie nicht aufpasst. Aber sie erlangt schnell die motorische Kontrolle zurück und wirkt verlegen. »*Gomenasai*«, sagt sie.

»*De nada*«, erwidert Ischikawa und reibt sich die Schulter.

Ich bin ziemlich munter. Meine Kopfhaut juckt. Ich sehe mich um. Etwas Silbriges und Staubiges liegt auf unseren Köpfen, wie ein Netz aus dünnen Fäden. Ich klopfe mir auf den Kopf. Die anderen achten nicht auf mich, und so deute ich auf meinen Schädel und sage: »Spinnweben, die Damen.«

Sie alle heben die Hände, zögern … Ich finde es komisch: Sie scheinen zu fürchten, eine Spinne auf dem Kopf zu finden. Dann befühlen sie das Netz und schneiden Grimassen.

»Was zum Teufel ist das?«, fragt Jacobi und betastet die Fäden.

»Vielleicht etwas, das Eier legt«, sage ich.

»Fick dich!«, sagt Ischida. Sie zupft weiter an den Fäden in ihrem kurzen Haar, sie zupft und zieht und rollt sie mit den Fingern zusammen. »Es ist die gottverdammte Mütze.«

Kumar erwacht, die Beine noch immer im Lotossitz angewinkelt. Er streckt die Hand nach Jacobis Schläfe aus und berührt dort einen Faden. Jacobis Reaktion erfolgt schnell – sie ergreift die Hand, bereit dazu, Finger und Handgelenk zu brechen …

Kumar erstarrt. Privilegien nützen ihm nicht überall etwas. Er sagt: »Ich bitte um Verzeihung. Spüren Sie irgendeinen Unterschied?«

»Nein.« Jacobi schiebt die Hand beiseite.

Kumar bewegt die Finger. »Ich auch nicht. Noch nicht.«

Borden erwacht als Letzte. Als sie die anderen sieht, hebt sie die Hand zum Kopf. Ihr Gesichtsausdruck ist amüsant. »Lieber Himmel«, sagt sie. »Das ist es also?«

»Der erste Teil, wie die Teamchefin angekündigt hat«, bestätigt Kumar.

»Ich verlange mehr Sold«, sagt Ischida.

Es wird noch heller. Es entsteht eine Öffnung im Fußball. Buller blickt herein. »Ich breche meine kleinen Eier auf«, sagt sie. »Die Küken sind fröhlich und flauschig. Zwei Wochen liegen hinter uns. Die Hälfte des Weges haben wir geschafft. Kommt heraus und esst etwas.«

»Hab keinen Hunger«, sagt Ischida.

»Ich auch nicht«, fügt Jacobi hinzu.

»Die Mahlzeit ist obligatorisch«, sagt Buller. »In den vergangenen Tagen haben Sie viel gelernt, und wir möchten, dass es sich in Ihnen setzt. Glauben Sie mir, Sie wollen es nicht verpassen, die *Lady of Yue* unter vollen Segeln zu sehen.«

Ischida, Jacobi und Borden sind damit fertig, sich die Fäden vom Kopf zu ziehen. Ischida sammelt sie ein, klumpt sie zusammen und hinterlässt eine kleine Kugel in der Mitte des Fußballs, mit einem Durchmesser von zwei oder drei Zentimetern. Wir schweben durch die Öffnung. Smarte Seile bieten uns Halt, und zwischen weißen Trägern hangeln wir uns nach vorn. Alles sehr effizient. Wir stoßen nirgends an, es gibt keine Kollisionen, direkter Transport aus dem Bereich mit den Kugeln hin zur Glocke.

Die Außenhülle des Schiffes ist dunkler geworden, zeigt jetzt ein tiefes Grau, wie ein bedeckter Himmel.

Ischida gleitet an mir vorbei. »Vielleicht reiten wir zusammen einen Hundertfüßer«, sagt sie. Ich stelle es mir vor. Eine große Maschine, bronzefarben, der Bug rund, ein Fensterschlitz als Auge, der Körper dick und muskulös, hinten ein langer Schwanz. Maschine oder Monster? Als Samen lagert sie unter unserer Fracht.

AVOHI.

Alles vollkommen hirnrissig.

Jacobi nähert sich Ischida. »Wie steht's mit der Ausrüstung, Gadget?«

»Alles bestens«, antwortet Ischida. »Fühle mich unschuldig.«

»Ich auch«, sagte Jacobi. Sie wirkt ein wenig unsicher und rülpst.

Ischida hebt die echte Braue. »Sir, Ihre Unschuld beunruhigt mich.«

Für einen Moment fühle ich mich ebenfalls ziemlich gut. *Das* besorgt mich. Bei einem Transport von Landsern wird *nie* darauf geachtet, dass sie sich wohlfühlen. Es muss Elend geben. Und hier ist es. Auch mir stößt es plötzlich sauer auf – ich rülpse ebenfalls.

Jacobi erbleicht. »Nicht schon wieder«, sagt sie.

»Was ist?«, fragt Kumar. Er wirkt überrascht, und dann verliert auch sein Gesicht an Farbe. Er hält sich die Hände auf den Bauch. Plötzlich sind wir in Schweiß gebadet und hinterlassen einen Schweif aus salzigen Schweißtropfen.

Weitere Seile kommen von der anderen Seite. Ischikawa gesellt sich uns hinzu, dann auch einige Russen. Aber die meisten Seile sind leer: kein Litwinow, kein Muschran, weder Joe noch DJ. Diese Russen sprechen kein Englisch. Ohne Hautenge und ihre Engel ist nicht viel mit uns los. Wir sind so dumm, wie wir aussehen.

Buller erwartet uns am Ende der Seilreise. Sie hält sich an einem stählernen Ring fest, der sich neben einer großen runden Öffnung befindet. »Loslassen und hier warten«, weist sie uns an. »Drüben sind die Mannschaftsquartiere. Dort sollten wir genug Platz für Sie alle haben.«

»Hat die Mannschaft gut geschlafen?«, frage ich und kämpfe gegen den Würgreiz.

»Nur die Passagiere schlafen«, sagt Buller. »Die *Lady of Yue* ist ein launisches Mädchen.«

»Wer fliegt sie?«, fragt Jacobi.

»Zwei Rabbis«, sagt die Teamchefin.

»Rabbis?«, wiederholt Ischida.

»So nennen wir sie. Sie sorgen dafür, dass das Schiff die Regeln einhält.«

Ich blicke nach achtern und sehe endlich DJ, Litwinow und weitere Russen, unter ihnen auch Uljanowa. Eine sanfte Brise kommt von hinten. Buller sagt, dass wir loslassen und uns dem Wind anvertrauen sollen. Wir kommen der Aufforderung nach und treiben in der Brise. Ich fühle mich wie der feuchte Samen einer Pusteblume mit Bauchschmerzen.

DJ erscheint neben mir, breitet die Arme aus und dreht sich. »Kaum zu glauben, dass ein Arschloch fliegen kann«, sagt er.

»Beieinander bleiben!«, befiehlt Buller.

Die Öffnung bringt uns in einen Tunnel, der etwa fünf Meter breit und fünfzig Meter lang ist. Auf halbem Weg wird er durchsichtig wie Glas, und wir enden in einer externen Blase, dicht hinter den Waffenkapseln.

Die Schürzen – oder Röcke – der *Lady of Yue* wogen nicht mehr. Sie sind hundert Meter weit nach vorn gerückt, umgeben dort die Strohhalme und die Frachtmodule wie mit einem Cape – die graue Glocke sieht dabei wie ein großer runder Hut aus. Der ganze Spuker scheint von Bug bis Heck um mindestens zweitausend Meter gewachsen zu sein.

»Wo zum Teufel sind wir?«, fragt Joe, das Gesicht käsig und feucht. Er schwebt hinter mir und DJ. Reste der Mütze kleben noch auf seinem Kopf.

Es gibt Aktivität auf der anderen Seite der Glocke. Ein großes, helles und gewölbtes Objekt schiebt sich über den Rand der Glocke, wie ein bis eben hinter hängender Wäsche verborgenes Band.

»Da kommen die Strumpfbänder«, sagt Buller. »Sind sie nicht hübsch?«

Das natürliche Licht so weit draußen im Sonnensystem ist grau und schwach. Beim Saturn wird es noch ein ganzes Stück schwächer sein. Die Sterne haben hier weniger Konkurrenz und sind viel deutlicher zu sehen. Wir sind weit von Mars, Erde und Sonne entfernt. Einsam und leer ist es hier.

Was ist der Gegensatz von Klaustrophobie? Agoraphobie?

»Die *Lady of Yue* hat drei Strumpfbänder in neun Sektionen. Unter anderem verbessern sie die Stabilität der Hecksektionen während der nächsten Phase des Fluges. In drei Tagen erreichen wir den Raum des Saturn. Dies ist der schwere Teil der Reise, Leute.«

Wir beobachten, wie sich die Strumpfbänder Sektion für Sektion miteinander verbinden – zumindest soweit wir es erkennen können. Jacobi und ihre Leute stecken die Köpfe zusammen. Unsere Skyrine-Schwestern sprechen leise miteinander. Die Männer scheinen Luft für sie zu sein.

Buller sagt: »Materie näher bei der Sonne erwirbt schlechte Angewohnheiten und Sünden. Materie, die Sünde berührt hat, wird zurückgehalten, aber gereinigte Materie kann jung und schnell sein. Wir müssen so weit weg von der Sonne, um die letzten Reste der Sünde abzustreifen. Der ganze Mist fällt endgültig von uns ab, wenn die Strumpfbänder zueinander finden.«

Die Russen zeigen steinerne Mienen. Das Letzte, was irgendein Soldat braucht, ist das Gefühl, dass unsere Stärke von Abwegen oder besudelten Seelen abhängt. Wir wissen, was wir getan haben und wohin wir deswegen wahrscheinlich kommen werden. Nur Gott hat versprochen, uns zu verstehen. Mich erschreckt die Vorstellung, dass wir hier draußen vielleicht außerhalb Seiner Zuständigkeit sind. Ich hasse diese verdammte *Lady of Yue*, ich hasse alle Schiffe, die uns dem Unheil näher bringen – ich hasse sie von ganzem Herzen.

»Natürlich ist das alles vorübergehend«, sagt Buller, und wieder weist ihr Gesicht seltsame Ähnlichkeit mit einer Perserkatze auf. »Wenn wir sonnenabwärts zurückkehren, verwandelt sich die Materie zurück, wie ein Seemann auf Freigang. Zeit für Pudding, Leute. Nachdem ihr gegessen habt, macht ihr noch ein Nickerchen. Wir wecken euch im Raum des Saturn, etwa drei Stunden vom Titan entfernt.«

# Nachtisch

Wir bekommen unseren Pudding in der kleinen Kantine, die eigentlich mehr einem Café ähnelt. Er wird in Tassen serviert, die braunen Schleim enthalten, der nach Schokolade, Kaffee oder Toffee schmeckt, oder vielleicht nach allem zusammen. Eigentlich ganz in Ordnung, das Zeug gibt uns Kraft. Die Teamchefin wartet geduldig.

Ischida fragt Buller, warum wir keine Gelegenheit erhalten, uns die Fracht im Heckbereich anzusehen, die großen, wie Insekten aussehenden Dinge. »Setzt die Mützen-Ausbildung ein, wenn wir sie sehen oder wenn sie fertig sind?«

»Derzeit würden sie Ihnen überhaupt nichts bedeuten«, antwortet Buller. »Es sind Samen. Fertig werden sie erst auf dem Titan. Auf diese Weise sparen wir viel Masse.«

Unsere Bäuche sind voll. Wir werden schläfrig, als wir zu unseren Fußbällen zurückkehren.

»Wie lange sind Sie schon nicht mehr auf der Erde gewesen?«, wendet sich Jacobi mit schweren Lidern an die Teamchefin.

»Zu lange«, erwidert Buller, und dabei erklingt so etwas wie Wehmut in ihrer Stimme. Sie schließt die Öffnung unseres Balls. Drinnen wird es dunkel.

»Sie kann nicht mehr nach Hause«, sagt Ischida. »Zu oft hin und zurück.«

»Zu oft von Sünden befreit und wieder damit beladen«, fügt Jacobi hinzu.

Wir schlafen. Wir schlafen in der Hoffnung, dass unsere Sünden weg sind, wenn wir erwachen. Gottverdammt, was für ein Schlaf. Wenn Sie nichts dagegen haben, General Patton, ich schaufele lieber Scheiße in Louisiana.

# DRITTER TEIL

# Titan

Wieder fühlen wir uns ziemlich gut, als Buller die Fußbälle öffnet und wir herauskommen. Diesmal gibt es eindeutig eine zusätzliche Schicht Jugend und Frische, einen neuen Enthusiasmus, der in dem wurzelt, was seit dem Einsatz der Strumpfbänder geschehen ist. An der Teamchefin allerdings hat sich nichts geändert. Ihre Konturen scheinen höchstens noch etwas verschwommener zu sein. Ich sehe mich um. Niemand von uns ist kristallklar. Die Große Verschwinde beeinflusst offenbar unser Sehvermögen.

Hoffe ich.

Buller bringt uns wieder in die externe Blase. Die *Lady of Yue* ist eine Art Sally Rand: Sie hält ihre Federn über die besten Teile und zeigt weniger, als man sehen möchte, weniger, als man sehen muss, aber genug, um Neugier zu stimulieren. Ich schwöre, dass ich bei dieser Gelegenheit zum letzten Mal freundlich denke von der großen Schlampe mit den seidenen Röcken. Aber Tatsache ist: Wegen der neuen *Frische* kann ich über nichts schlecht denken. Vielleicht gibt es eine zu lange Tradition der Sünde in der alten Nachbarschaft, wo schreckliche Dinge geschehen sind. Jemand nannte es einmal Karma. Ich habe Kumar nicht nach dem Karma gefragt. Zu alliterierend.

Scheiß drauf, ich bin fröhlich.

Borden, Kumar und Litwinow bilden im Tunnel vor uns ein kleines Dreieck, als wollten sie verhindern, dass sich die Teamchefin ohne weitere Erklärungen auf und davon macht. Aber sie hat bereits alles gesagt, bis auf den Hinweis, dass wir mit unseren Reserven am Ende sind. Die *Lady of Yue* wird uns mit allem abliefern, das wir haben, damit wir unsere Aufgabe erfüllen, worin auch immer die besteht. Wir können froh sein, dass wir noch leben.

»Gehen Sie es ruhig an«, sagt Buller. »Nehmen Sie sich einen Moment, um wieder zu sich zu finden. Tut mir leid, dass Ihre Betten ein wenig hart waren, meine Freunde.« Die Perserkatze ist verschwunden. Sie wirkt so unscharf, dass ich mir am liebsten die Augen reiben würde.

Buller blickt nach vorn. Wir drehen uns um und sehen Kumar, der sich uns nähert, zusammen mit zwei kleinen, dürren Gestalten in dunkelgrauen, an der Taille geschnürten Overalls – hässliche Kleidung, aber sehr nützlich, vor allem in Schwerelosigkeit. Beide tragen große graue Kappen auf dem Kopf, dicker als jene, die wir bekommen haben. Diese scheinen permanent zu sein.

»Unsere Piloten haben einige Informationen für uns und möchten uns allen Glück wünschen«, sagt Kumar.

»Das sind die Rabbis«, erklärt Buller halblaut. »Wir nennen sie so wegen ihrer Beziehung zum Gesetz und der tiefen Physik. Und natürlich wegen der Kappen. Bei jeder Reise bekommen sie neue. Ihre Kappen lösen sich nicht, und sie nehmen sie erst ab, wenn sie neue erhalten.« Sie holt tief Luft und scheint sehr beeindruckt zu sein. »Rabbis treffen sich *nie* mit Passagieren. Ich meine, sie haben keinen Umgang mit ihnen. Dies ist etwas Besonderes, also benehmen Sie sich.«

Beide Piloten haben kurzes, krauses schwarzes Haar, flache Nasen und umbrabraune Haut. Wenn sie nicht so dünn gewesen wären, hätte man sie für Pazifikinsulaner halten können, Nachkommen der ersten Menschen, die nach den Sternen navigiert haben. Es ist eine sonderbare Begegnung: die Oberhäupter einer todgeweihten Crew auf der einen und ein ebenfalls todgeweihtes Expeditionskorps auf der anderen Seite.

Die Piloten bringen uns zurück zur Beobachtungsblase. Sie möchten, dass wir mit ihnen zusammen einen Blick auf unser Ziel werfen. Zuerst sagen sie kaum etwas. Sie sprechen mit ihren goldbraunen Augen und zeigen mit den Händen.

Die *Lady of Yue* nähert sich dem Titan, der sich zwischen dem Saturn und der fernen Sonne befindet. Zum ersten Mal sehen wir unser Ziel: eine launische goldene Sichel, die vor dem Hintergrund von Sternen und anderen Monden einen dunkelbraunen Ball umarmt. Und dann der Saturn … Die Pracht des Saturn und seiner Ringe fesselt eine ganze Weile unsere Aufmerksamkeit. Alle sind wie gebannt.

Fast alle.

Ich folge Joes Blick, denn Joe lässt sich von schönen Dingen nie beirren. Er und Litwinow blicken an der *Lady of Yue* nach vorn und nach hinten, um eine bessere Vorstellung von den Schäden zu gewinnen. Es ist schlimm. Zwei der großen Frachtmodule und auch zwei der Stabilisierungsflügel weisen graue Dellen und Furchen auf. Schwer zu sagen, ob in den betroffenen Modulen noch etwas zu retten ist, aber die Flügel scheinen nicht mehr viel zu nützen. Drei der sechs Schürzen sind steif und dunkel, und bei einer bemerke ich eine Art Träne, die sich über die ganze Länge erstreckt und an den Rändern funkelt …

Dann drehen sich Litwinow und Joe um. Die Piloten schicken sich an, richtig mit uns zu reden. Buller ist verblüfft.

Der ältere Pilot hat graue Schläfen, die Haut seines Gesichts sieht aus wie weiches Leder. Wir rücken zusammen, schweigen und wenden uns ihm zu wie Schüler ihrem Lehrer. Es braucht wirklich Ausstrahlungskraft, um Skyrines so sehr zu beeindrucken.

»Wir hätten gern bessere Nachrichten für Sie«, sagt der Pilot mit dünner Stimme. Auch er wirkt unscharf. Wir sehen ihn, wir wissen – wir nehmen an –, dass er da ist, aber das von ihm reflektierte Licht scheint unvollständig zu sein, und wenn wir den Blick von ihm abwenden, wird er nicht ganz Teil des Hintergrunds.

»Wir sind aus sieben Gründen hierhergeflogen. Der erste Grund: Wir hatten Stationen in der südlichen Hemisphäre, und Antags haben Basen in der nördlichen. Unsere Ressourcen sind so begrenzt, dass wir nicht kämpfen können. Wir nutzen die Zeit, um uns besser einzurichten, in die Tiefe zu bohren und Zugang zum Ozean zu finden. Genau darum ging es uns von Anfang an, den Antags ebenso wie den Menschen.«

»Haben Ihnen die Ants das erzählt?«, fragt Ischida.

Der ältere Pilot lächelt. »Nein, meine Liebe«, antwortet er wie ein geduldiger Großvater. So alt sieht er nicht aus, aber das graue reflektierte Licht schafft einen derartigen Eindruck. »Wir haben Erkundungsmaschinen losgeschickt, sowohl bemannte als auch automatische. Die meisten kehrten nicht zurück. Es waren die einzigen Verluste in jener Saison, bis zum Schluss.

Dann erfuhren wir, dass die Antags sehr tief gruben. Sie hatten einen polaren See erreicht, ließen große Maschinen hinab und verteilten sie in Schluchten, am Rand von Höhenzügen, bei den Hängen und Deckschichten der Kruste, so tief und weit, wie sie konnten. Sie schafften es als Erste nach unten, doch wir waren ihnen dicht auf den Fersen. Auf der Oberfläche begannen wir von zwei Seiten mit einem Vorstoß, der ihre Zugangsöffnungen schließen sollte: Risse von Kryovulkanen und Spannungslöcher. Wir gingen behutsam vor, weil wir so viel wie möglich erhalten wollten. Mit Methanjets bombardierten wir die nördlichen Polarregionen, wobei konventioneller Sprengstoff eingesetzt wurde, und anschließend schickten wir unsere besten Maschinen für lange Märsche über Land. Der Plan sah vor, die Antags zu umzingeln und alle Zugangsöffnungen zu versiegeln, doch das klappte leider nicht.

Unsere Produkte der ersten Phase waren leider nicht sehr effizient. Die Antagonisten verstanden es besser, Rohstoffe zu verarbeiten. Ihre Maschinen wuchsen schneller und wurden größer als unsere. Sie zerstörten uns auf der Oberfläche, bevor wir in die Tiefe vorstoßen und den Ozean erreichen konnten. Die erste Saison kam zu einem abrupten Ende, und es grenzte an ein Wunder, dass wir imstande waren, unseren eigenen Zugang zu schaffen und zu verteidigen. Eine sehr tapfere Truppe begab sich während einer kurzen Kampfpause nach unten, um erste Eindrücke zu gewinnen. Leider mussten wir sie aufgeben.«

Ich fühle, wie Coyle zuhört und zustimmt. *Ich war da*. Eine schlimme Saison, die schlimmste Saison von allen, mit den höchsten Verlusten. Coyle erlebte, wie neue Soldaten eintrafen, neue Samen, neue Produkte, neue Designs – nach den bitteren Lektionen der ersten Saison.

»Die zweite Saison verlief anders«, sagt der Pilot. »Wir hielten durch, trotz der Verluste. Wir schufen weitere Öffnungen, unternahmen Forschungsreisen zum Südpol und zum Äquator, brachten sogar einige Öffnungen nördlich des Äquators unter unsere Kontrolle, alte Zugänge der Antagonisten, gruben uns dort ein, verteidigten sie und verhinderten, dass der Feind nach oben kam. Tausende von Maschinen der Antagonisten wurden zerstört oder gingen verloren. Wir verloren Dutzende. Endlich eine gute Saison für uns und eine schreckliche für sie.

Aber die Antagonisten lernten daraus. Die dritte Saison war die wichtigste von allen. In ihr entdeckten wir die Salinendschungel. Einige nannten sie Städte. Sie waren alt und schienen verlassen, doch unser Berater vom Bedienpersonal fragte bei den Gurus nach, die großes Interesse zeigten.«

Muschran nimmt die Skepsis in unseren Gesichtern mit einem würdevollen Nicken zur Kenntnis. Der Pilot wartet auf Kumar, der unsere kleine Gruppe durchstreift und uns nacheinander ansieht, als ginge es darum, eine Diagnose zu stellen. Er scheint zu befürchten, dass uns zu viele Informationen auf einmal präsentiert werden. Wissen kann Dinge verändern.

»Wir dachten bei dieser Sache mehr an Archäologie und weniger an Kampf, und das fand ich ganz in Ordnung«, sagt Muschran. »Ich lerne und lebe gern. Die Salinendschungel waren komplexe Labyrinthe aus verdichtetem Salz, Wachs und Plastik, hart wie Granit. Zwischen den einzelnen Ausläufern unterwegs zu sein … Es war wie die Reise durch ein Korallenriff, aus der Perspektive eines Wurms gesehen. Die Salinendschungel erstreckten sich über Hunderte von Kilometern und ragten wie Säulen zur Kruste empor, die meisten von ihnen am Äquator, wo die Gezeiten besonders stark sind, wo die Aurora hell erstrahlt und violette Strömungen wie Blitze flackern. Wirklich. Genauso sieht es aus. Es ist unglaublich schön.«

»Sie waren auf Titan?«, fragt ihn Jacobi.

»Zusammen mit Captain Coyle«, sagt Muschran.

Wir sehen Muschran mit neuem Respekt an. Was ihn völlig unbeeindruckt lässt. »Als wir die Salinendschungel erforschten, dachten wir, ein Teil davon könnte noch lebendig sein – aber es gab kein Leben. Sie waren leer, bewohnt nur von elektrischen Strömen und ionisierten sauerstofflosen Membranen, wie Zellenwände, aber viele Kilometer groß. Nichts als Dreiwürmer und Spinnenschlösser.«

»Was meinen Sie damit?«, fragt Jacobi.

»Sie werden es mit eigenen Augen sehen. Die Dschungel wirken trotzdem dynamisch mit ihren violetten Entladungen und Veränderungen. Einige unserer Beobachter hatten besonderes Interesse. Sie bildeten eine Gruppe in unserem Bataillon und nannten die violetten Ströme innerhalb der Städte ohne eine Erklärung ›I/O‹. Zuerst dachten wir, sie meinen den Jupitermond, doch die Abkürzung stand für *Input-Output*. Die Salinenstädte mögen tot sein, aber sie waren noch aktiv. Sie wurden noch benutzt.«

»Von wem?«, frage ich.

»Das wussten wir nicht«, sagt Muschran. »Zur Zeit der sechsten Saison hörten wir Gerüchte über die alten Minen auf dem Mars. Unsere I/O-Experten waren erneut interessiert. Und als sie erfuhren, dass die Antags

Kometen warfen, um die marsianischen Minen zu zerstören, die alten Mondfragmente, kehrten unsere Experten rasch in den Orbit zurück. Wir wurden angewiesen, die Salinendschungel aufzugeben und uns in unseren befestigten Tiefseestationen zu verschanzen. Viele von uns kehrten durch die offenen Zugänge an die Oberfläche zurück und nahmen Gleiter zur *Lady of Yue*, die uns zur Erde brachte. Einige der Experten ahnten voraus, was in der siebten Saison geschehen würde. Kumarji nannte die neuen Aktivitäten ›Informationskrieg‹, doch niemand von uns wusste, um welche Informationen es ging. Und dann gerieten unsere Stationen wirklich in Bedrängnis. Zu jenem Zeitpunkt bemerkten wir auch, dass die Antags nicht nur uns angriffen. Auch unter ihnen schien es Konflikte zu geben.«

»Wir wissen noch immer nicht, warum wir hier sind«, sagt Jacobi. »Wen verteidigen wir? Was ist noch übrig, das verteidigt werden kann und soll?«

Die anderen murmelten und nickten zustimmend.

»Was ist unsere Mission, Commander?«, wendet sich Jacobi an Borden.

»Wir haben keine Kampfbefehle«, sagt Borden. »Die Vierte Abteilung hat uns angewiesen, Corporal Johnson und Master Sergeant Venn zum Titan zu bringen, so nahe wie möglich zu den Salinendschungeln, und auf Resultate zu warten.« Sie wirkt erschöpft und verschränkt die Arme.

Der ältere Pilot spricht wieder. »In unserer letzten

Orbitalsaison haben wir beobachtet, dass Titan mehrfach mit Kometen bombardiert wurde.«

»Antags?«, fragt Litwinow.

»Davon gehen wir aus«, sagt der Pilot. »Fast hyperbolische Umlaufbahnen. Die für die vorherige Saison angefertigten Karten nützen nichts mehr. Flussläufe, Ebenen und Hochlandmassen, das alles hat sich durch das Bombardement verändert. Elf von unseren zwölf Installationen schweigen. Wir nehmen an, dass sie zusammen mit ihrem Personal zerstört wurden. Andererseits: Die Mützenausbildung – Instruktionen für den Umgang mit Ausrüstung und Waffen – ist auf dem neuesten Stand. Was die strategische Situation und die Frage betrifft, ob noch Antagonisten da sind ... Niemand weiß es.«

Der Pilot verlässt uns, ohne sich zu verabschieden. Eine Zeit lang sind wir still. Dann klopft Joe Tak, DJ und mir auf die Schulter, nimmt uns zur Seite und steckt den Kopf mit uns zusammen. »Captain Coyle war auf dem Titan, Jahre bevor sie zum Mars kam«, teilt er uns mit. »Sie sagte ihre Meinung und wurde dafür degradiert. Als man sie zur Erde zurückschickte, legte sie sich in Camp Lejeune richtig ins Zeug, stieg wieder in den Rängen auf und brachte es in kurzer Zeit zum Major. Dann machte sie erneut den Mund auf und bekam wieder einen auf den Deckel. Trotzdem erhielt sie wichtige Aufträge. Man gab ihr den Mars. Jedenfalls, Borden glaubt, dass ihr beide in einer besonderen Beziehung mit Coyle steht und uns dort unten helfen könnt.«

»Das alles muss *Jahre* zurückliegen«, sagt DJ.

»Trotzdem. Es ist der Grund, warum man euch aus Madigan herausholte. Kumar, Muschran und die Vierte Abteilung glauben an Geister.«

»Glaubst *du* an Geister?«, frage ich ihn.

Joes Blick ist verschleiert. »Gib mir einen Grund, *nicht* daran zu glauben«, sagt er. Tak hört zu, in unerschütterlicher Ruhe. Gesegnet sei Tak Fujimori.

# Statistik

Titan wächst Stunde um Stunde. Käfer und ich mögen die Beobachtungsblase. Na ja, Käfer bringt keine Meinung zum Ausdruck; ich spreche für ihn.

Borden und Kumar haben die anderen Skyrines überredet, mich allein zu lassen. Borden möchte mich dem Titan nahe. Im vollen Sonnenschein sieht der Mond wie eine leicht unscharfe staubige Orange aus. Trüb an den Rändern (hier draußen ist es nicht sehr hell), an manchen Stellen bräunlich. Neblig. Die meisten erkennbaren Details sind fransige Ränder hoher Methanwolken. Flüssiges Methan fällt als Regen, in Tropfen größer als Murmeln, langsam und beständig. In Bächen fließt es über wächsernes, sandiges, eisiges Land. Titan ist orange, braun und geheimnisvoll.

Die Einsätze sind zu einem strategischen Stillstand gekommen. Ischida und Jacobi glauben, dass wir kurz vor einem vollständigen Rückzug stehen. Sie erwarten – sie *hoffen* –, dass unsere Mission abgebrochen wird. Borden und Kumar wissen es besser. Sie sagen nichts. Litwinow versteckt sich irgendwo mit seinen Soldaten. Das Warten setzt uns zu. An Bord der *Lady of Yue* herumzuhängen und Däumchen zu drehen, das geht uns allen auf die Nerven.

Eine Untersuchung hat ergeben, dass die Hälfte unserer Samen irreparabel beschädigt sind, aber ich glaube, dass wir trotzdem bald springen. DJ ist meiner Meinung, und Joe ebenfalls.

Kein Wort von Captain Coyle.

Borden hat mich vor ein paar Stunden gefragt, ob ich was spüre, ob sich was in mir regt. Sie scheint zu glauben, dass ich etwas Wichtigem näher bin. Ich glaub's nicht. Vielleicht hat sie recht, aber ich fühle trotzdem nichts. Ich kann es nicht herbeizwingen. DJ und ich tauschen uns nicht aus. Die meiste Zeit gehen wir uns aus dem Weg.

Joe missachtet Bordens Rat, der fast einem Befehl gleichkommt, und besucht mich in der Blase. Wir sprechen nicht miteinander, beobachten nur, wie das Schiff Titans langen Schatten erreicht. Der Widerschein des Saturn verdrängt einen Teil der Dunkelheit. Blitze flackern in den hohen Methanwolken, Dutzende von stummen Lichtern, wie von Riesen, die versuchen, sich Zigarren anzuzünden. Habe ich schon darauf hingewiesen, dass Titan *groß* ist? Größer als der Mond der Erde, mehr als die Hälfte des Marsdurchmessers. Alles ist Gift dort unten. Die Atmosphäre besteht größtenteils aus Stickstoff. Und es ist *alter* Stickstoff, vielleicht von den fernen Regionen der Oortschen Wolke; möglicherweise kam er irgendwie hierher, lange nachdem der Titan entstanden ist. Titans Stickstoff unterscheidet sich von der Gaswolke, aus der der Saturn hervorgegangen ist …

Noch mehr unnützer Kram? Ich weiß nicht. Der Käfer mag ihn. Der Käfer ist gezwungen, sich mit all den Dingen vertraut zu machen, die sich seit seiner Zeit verändert haben. Und es hat sich *viel* verändert.

Während ich niemandem zuhöre und allein mit meinen Augen beobachte, erscheint mir Saturn wie ein großes Stück kunstvolles Glas, umgeben von einem Reif aus Platin. Der Käfer sieht ihn anders. Er erinnert sich an einen grünen Saturn, ohne Ringe. Etwas Großes geschah vor langer Zeit. Dreht sich nicht alles genau darum?

Stammt der Käfer von hier? Die Ringe sind neu, findet er. Aber ja. Dieses System ist der Ort, wo sich einst das Zuhause befand, wahrscheinlich ein Mond kleiner als Titan. Dann passierte etwas Großes. Vielleicht ging es dabei um einen anderen Planeten oder eine wandernde dunkle Sonne, die einige Monde entfernte und andere zum Saturn schob, seine Farbe änderte und vielleicht dabei half, die schönen Ringe zu schaffen. Nach dem, was ich in Madigan gelesen habe, sind die Ringe fragil; vielleicht kommen und gehen sie. Der Käfer hält sich mit seiner Meinung zurück. Die anderen schweigen ebenfalls.

Jedenfalls, hier begann alles. Und wenn schon. Man

kann sich Details über Vögel und Bienen nur eine gewisse Zeit mit Interesse anhören, anschließend wird's langweilig. Irgendwelche Tipps, Captain Coyle? Der eine oder andere Rat? Nichts. Na gut, in Ordnung, damit kann ich mich abfinden, denn plötzlich wird ein ganzer Haufen Daten in unsere Helme geladen. Sie kommen von der *Lady of Yue*, zusätzliches Mützenwissen. Ich schwebe zusammen mit Joe in der Blase und nehme alles auf.

Die Erweiterungen sind zunächst sanft und bringen uns zurück zu den Grundlagen: mehr Details über den Saturn und seine Monde. Da wäre zum Beispiel Iapetus, der berühmt dafür ist, ein Yin-Yang-Mond zu sein, weiß auf der einen Seite und schwarz auf der anderen. Das Weiße von Iapetus besteht aus Wassereis, das Schwarze aus Staubablagerungen, die von Impakterеignissen auf einem anderen Mond herrühren, Phoebe. Käfer scheint sich an Iapetus zu erinnern, aber nicht daran, dass er so weiß oder schwarz gewesen ist. Dann hätten wir Enceladus, ein ziemlich kleiner Mond, allerdings mit einem See aus Wasser unter einer Region. Über Enceladus weiß Käfer nichts. Auch nicht über Rhea, Tethys, Dione und viele der kleineren Monde.

Dann werden die Daten der *Lady of Yue* plötzlich sehr praktisch und fügen dem, was uns die Mützen bereits in den Kopf gesetzt haben, mehrere Schichten hinzu. Als Schlachtfeld ist der Titan unglaublich schwierig. Das meiste Wasser an der Oberfläche existiert in Form von Mineralieneis. Lava auf dem Titan ist mit

Ammoniak vermischtes Wasser, das aus Titans sieben inneren Meeren aufsteigt, durch die tiefen Schlote von Kryovulkanen. Bis auf zwei sind die Meere extrem salzig, und dabei geht es nicht nur um Tafelsalz, sondern auch um ionischen Schwefel und Kalium, ein teuflisches Gebräu, das manchmal erstaunliche elektrische Ströme erzeugt, die manche unserer Maschinen, insbesondere die Exkavatoren, zu ihrem Vorteil nutzen.

Im Grunde genommen ist Titan eine riesige Nasselementbatterie. Niemand, der noch all seine Sinne beisammen hat, würde einen solchen Ort für den Kampf wählen. Unsere Schutzvorrichtungen müssen viel stärker sein als alles, was auf Erde und Mars verwendet wird. In diesem Zusammenhang gibt es eine Neuheit: Wasser kann zusammen mit Kohlenwasserstoffen von der Oberfläche zu einer superstarken Faser verarbeitet werden. Fragt mich nicht nach dem Wie. Wenn ich die Strukturdiagramme betrachte, kriege ich Kopfschmerzen. Habt ihr gewusst, dass Beton selbst nach dem Trocknen Wasser enthält? Ich nicht.

Und dann … wieder Grundlegendes, wie eine Pause zwischen schlechten Nachrichten.

Titans braune Farbe stammt von komplexen Kohlenwasserstoffen namens Tholine. Dort unten gibt es viele verschiedene Gase, die meisten giftig, einige brennbar (wenn man ein mit Sauerstoff gefülltes Feuerzeug dabei hat!), aber zum größten Teil ist es Stickstoff. Da es zwischen den Methanwolken immer wieder Blitze und andere elektrische Entladungen gibt, entstehen Milliarden Tonnen Teer, Wachs und Vorläufer komplexerer Chemie. All das wird auf der Oberfläche verteilt oder in die Becken der Methanseen gespült. Diese organischen Verbindungen liefern uns viele der Rohstoffe für unsere Waffen und Fahrzeugsamen, die damit ihre Masse verdoppeln oder verdreifachen können.

Und noch mehr Praktisches. Wir kämpfen da unten seit sechs Jahren. Die *Lady of Yue* informiert uns darüber, wie die Kämpfe ausgetragen wurden und womit. Erster Eindruck: groß und erschreckend. Zweiter Eindruck: noch schlimmer.

Joe schließt die Augen und rollt sich zusammen. Ich fühle mich ähnlich.

Aber es gibt einige Dinge, die uns *Lady of Yue* und Mütze nicht lehren können. Da Titan, wie der Pilot erzählt hat, im letzten Jahr von mehreren Kometen getroffen wurde, hat sich die Topologie massiv verändert. Das gilt vielleicht auch für die Anzahl der inneren Meere, von den äußeren Methanseen ganz zu schweigen. Auf Titan spielt jetzt eine ganz andere Musik.

Borden, Kumar und vielleicht sogar Joe sind der Meinung, dass die Gurus wissen, was sich wirklich dort unten befindet. Es bleibt die Frage: Warum ist es so gefährlich, dass sie dafür den ganzen Krieg aufs Spiel setzen.

Letzte Information: In achtundzwanzig Stunden, einem Schiffstag, geht's nach unten – wenn die Lander die verdrehten und verzogenen Gerüste verlassen können. Wenn die Samen geborgen werden können. Wenn es noch einen guten Grund für den Sprung gibt. Die Freude des Landsers besteht darin, dass er für Fragen des Lebens und des Todes erst dann zuständig ist, wenn er tief in der Scheiße sitzt.

# Letzter Aufruf

Zwei der fünf Gleiter reagieren positiv, und ihre Überprüfung stellt Buller zufrieden. Wir sind eine reduzierte Streitmacht und brauchen nur einen, der uns nach unten aufs Wachs bringt, damit wir unsere Mission erfüllen können. Wir bekommen nur eine Chance. Die *Lady of Yue* wird so lange wie möglich in der Nähe bleiben.

Buller begleitet uns in einen kalten, schmalen Korridor im Heck des Schiffes, und dort inspizieren wir den besten Gleiter. Er ist ein richtiges Flugzeug, kein Hoch-und-runter-Lander wie die auf dem Mars eingesetzten Apparate. Der Rumpf ist fast achtzig Meter lang und gerundet, schwer am Bug und oval in der Mitte, wo die derzeit nach oben geklappten Deltaflügel sitzen. Etwa fünf Meter hinter der abgestumpften Nase befinden sich zwölf Einlassöffnungen, jede zwei Meter groß. Weiter hinten, hinter den Flügeln, wird der Rumpf dünner und bildet ein V, gefolgt von Düsenzellen, die das Profil erweitern. Die Maschine endet in einem irgendwie krumm wirkenden Querruder-Trio.

Wir beobachten, wie sich Luken öffnen und insgesamt siebzehn Pakete aufnehmen, die zwischen fünf und fünfundzwanzig Meter groß sind. Es sind die sogenannten Samen von der *Lady of Yue*. Sie sehen aus wie Geschenke für ein eher düsteres Weihnachtsfest: lang und klumpig, von schwarzer Kunststofffolie umhüllt und mit roten Bändern zusammengeschnürt. Dünne und flexible mechanische Arme verstauen die Pakete an Bord des Gleiters. Beaufsichtigt wird der Vorgang von einem dürren, nackten Besatzungsmitglied, das in einer Blase am Ende eines Auslegers steckt – das einzige Besatzungsmitglied, das wir bisher gesehen haben. Seine Umrisse sind besonders unscharf, wofür ich dankbar bin. Er schenkt uns überhaupt keine Beachtung.

»Dies sind unentwickelte Samenpackungen«, sagt Buller. »Einige von ihnen werden sich vor Ort verbinden und komplexere Strukturen bilden, zum Beispiel Exkavatoren und Hundertfüßer. Andere werden mehr Zeit brauchen und von allein zu voller Größer wachsen, vor allem die Fahrzeuge mit den großen Waffen wie Strahlkanonen, Ioner und Wuchter. Wenn sie ihre Gerüste neben der Station erreicht haben, senken sich die Samen aus ihren Tanks und beginnen damit, der lokalen Atmosphäre Gase und Flüssigkeit zu entnehmen. Hinzu kommen Rohstoffe, die für sie am Rand des Installationsbereichs bereitgehalten werden. Ich habe gehört, dass die Station selbst recycelt werden kann, wenn die Rohstoffe nicht ausreichen. Sie sollten also schnell hinein und alle notwendigen Vorbereitungen treffen.

Samen sind hungrig«, fährt Buller fort. »Pfuschen Sie nicht an ihnen herum. Geraten Sie nicht zwischen sie und die Reserven an Rohmaterial. Lassen Sie *alles* in Ruhe, das wächst. Halb fertige Produkte können absorbieren, was auch immer sie berühren. Halten Sie sich von den Dingern fern.«

Wir alle nicken. Achte deine Waffen. Nichts Neues. Warum versuche ich dann, meinen Adamsapfel zu verschlucken?

Die inzwischen starr gewordenen Schürzen der *Lady of Yue* bilden einen blassen Hintergrund für die beschädigte Mittelsektion. Ich versuche erneut, einen Eindruck vom allgemeinen Zustand des Schiffs zu gewinnen. Sieht nicht besonders gut aus. Optimismus führt immer zu Enttäuschung. Pessimismus ist besser, wenn eine Landung in der Scheiße bevorsteht. Und genau dorthin sind wir unterwegs. Vielleicht war dies von Anfang an ein Himmelfahrtskommando.

Buller lässt uns lange genug über ihre Worte nachdenken. »Zeit zum Einsteigen«, sagt sie dann.

# Hinab zu einem fernen Meer

Wir bekommen unsere gereinigten und reparierten Hautengen zurück und klettern in den Gleiter, der für fünfzig Personen Platz bietet. Wir sind nur dreißig.

Buller reicht uns neue Mützen und klopft sich auf den Kopf. »Bereit?«, fragt sie. »Phase zwei. Das Beste sparen wir für den Schluss auf.«

Wir holen die Zierdeckchen aus ihren Hüllen und betrachten sie. Feucht und faserig wie zuvor. Wir setzen sie auf. Ischidas Mütze faltet sich halb zusammen, um nicht die Metallseite des Kopfes zu berühren, und legt sich auf die andere aus Haut und Haar. Sie bemerkt meinen Blick. »Es ist alles in Ordnung mit mir«, sagt sie. »Was ist mit Ihnen? Mit wie vielen Geistern können Sie fertigwerden?«

Jacobi schneidet eine Grimasse.

Wir legen uns auf die schmalen Couchen des Gleiters. Buller überprüft uns nacheinander und nickt jedes Mal. DJs Mütze zappelt auf seinem Kopf, und er will danach greifen. Buller schlägt ihm auf die Hand.

»Gute Reise«, sagt Buller und kehrt zur Luke zurück. »Ich wünschte, ich könnte mit Ihnen springen.

Das wünsche ich mir wirklich. Genießen Sie den Smog, und kehren Sie bald zurück.« Sie steigt aus. Die Luke schließt sich. Hinter uns brummt und klappert es – die Geräusche von Maschinen und Hydraulik.

Diesmal arbeitet die Mütze schneller. Ich habe einen sonderbaren Geschmack im Mund; der ganze Körper fühlt sich seltsam an. »He!«, sage ich laut. In aller Deutlichkeit wird mir klar: Der flüssige Sauerstoff, der nötig ist, um einen Teil von Titans Atmosphäre zu verbrennen, wird zuletzt an Bord des Gleiters gepumpt, nachdem die Samen verstaut sind. Unsere Maschine ist mehr ein Eis lutschender Jet, dazu bestimmt, in die Atmosphäre vorzustoßen, Brennstoffe zu atmen, sie zu verarbeiten und einige Hundert Kilometer weit zu fliegen, bevor er zu einer gut kontrollierten Landung ansetzt.

Noch mehr visuelle Daten. Auf dem Weg nach unten – und vielleicht auch wieder auf dem Weg nach oben, wenn wir es so weit schaffen – werden wir zu Staustrahlern, die Stickstoff aufnehmen, um den Druck der Treibstoffmischung zu erhöhen. Der Treibstoff gefriert oder kondensiert an den Wänden des Tanks, und die kostbare Schmiere wird von den äußeren Quirlen der Turbinen in die Brennkammer geputzt, wo das Triebwerk Sauerstoff hinzufügt und die Mischung zündet. Wumm. Und ich habe die Idee von Sauerstoff in einem Feuerzeug, um eine Zigarette zu entzünden, für komisch gehalten.

So gelangen wir nach unten.

Sobald wir unten sind, sollen wir kriechen, graben, noch mehr graben … und gehen. Na schön, das ist in Ordnung, einverstanden. Gehen ist gut. Große, unförmige Tauchanzüge, dicke Beine, manchmal mit Gleisketten anstelle von Beinen, manchmal mit großen rutschfesten Stiefeln …

Und die gottverdammtesten primordialsten Maschinen, die wir je gesehen haben. So groß wie Zerstörer, bronzefarben und silbrig, mit einem Dutzend Segmenten und lateralen Ringen aus gefransten Beinen fürs Schneiden, Kriechen und Graben – um sich tief durch Eis und Fels zu graben, bis zu den inneren Meeren von Titan, und für den Kampf gegen ähnlich beschaffene Ungeheuer. Diese Maschinen haben ihre eigenen Probleme und Schwächen, und niemand garantiert, dass es dort unten genug Rohstoffe gibt, damit sie wachsen und volle Waffenstärke erreichen können. Sollten Rohmaterialien knapp sein, müssen wir auf der Oberfläche des Titan nach Maschinenkadavern suchen, bevor wir uns in die Tiefe vorarbeiten können. Weitere Verzögerungen vor dem Kampf. Aber: Auch der Tod muss sich gedulden.

Wenn es überhaupt zu einem Kampf kommt. Wenn sich dort unten Antags herumtreiben oder uns die eigenen Leute dicht auf den Fersen sind. Ich habe Kopfschmerzen. Während dieser Phase scheine ich die meiste Zeit zu schlafen. Bewegen kann ich mich nicht, und das ist gut so, denn ich bin auf meiner Couch festgebunden. Kühle streicht durch meine Erinnerungen.

Die Mütze zieht den Schmerz weg, füllt mich mit mehr Worten, mit Impressionen, die sonderbar und grell sind, informativ und entmutigend, aber alle notwendig für die Memo-Ausbildung. Eigentlich denke ich gar nicht, und ich mache mir auch keine Sorgen. Ich nehme einfach alles in mich auf, wie ein Schwamm – nicht übel. Selbst die schlechten Nachrichten fühlen sich gut an. Du hast was, über das du nachdenken möchtest? Ich hab was *Besseres*. Die Konzepte entstehen in umgekehrter Reihenfolge, wie Ziegelsteine, die aus einem Tornado fallen und ein Gebäude schaffen. Mann, mir ist es lieber, dem Engel eines Helms zuzuhören. Mit unseren Engeln können wir gute Kumpel sein. Wir können über sie klagen, ihnen komisch klingende Spitznamen geben und mit ihren Gewissheiten die Moral der Truppe verbessern. *Dies* mag ich nicht. Wir *werden* zu den Mützen.

Meine Muskeln zucken. Ich spüre, wie sich die Finger um Kontrollen wölben. Das letzte Licht meiner schwindenden Neugier erhellt eine ferne Frage: Woher beziehen die Mützen das Reflex-Wissen, die Kenntnisse für die Muskeln und den Instinkt? Vielleicht will ich es gar nicht wissen. Vielleicht stammt das Wissen der Mützen von toten Skyrines.

Die Mütze überflutet meine Neugier und ersäuft sie mit noch mehr Konzepten, Bildern und Diagrammen, wie ein mit Karten spielender Zauberkünstler. Coyle bleibt stumm. Käfer bleibt stumm. Vielleicht lernen sie direkt neben dem kleinen Homunkulus, der ich bin, neben dem zusammengerollten Jungen, der vorgibt, sich Zeichentrickfilme anzusehen, bevor er zur Schule geht, die er hasst, zur Schule zu gehen, in einen Betonblock voller anderer Jungen, die so irre sind, dass nie Skyrines aus ihnen werden können. Dort habe ich gelernt, dass zivile Kinder die schlimmsten sind. Für Army-Bälger. Vielleicht haben sie mich für das seltsamste Kind in der ganzen Schule gehalten. Vielleicht haben ihnen ihre Mütter und Väter von meiner Mutter oder meinen Vätern erzählt. Mein leiblicher Vater war ein Jahr lang bei Fort Ord stationiert, aber wir haben nicht in der Basis gewohnt. Bis zur Scheidung verbrachte meine Mutter den Morgen in einem Cannabis-Nebel, aber sie versuchte, gut zu mir zu sein. Wenn ich in der Schule war, blieb sie bis halb sieben abends einigermaßen klar und begann dann zu trinken. Wie dem auch sei, sie bemühte sich, uns ein einigermaßen normales Leben zu ermöglichen.

Was alles andere als leicht war.

Bevor ich Joe begegnete, sprang ich, ohne nachzudenken, denn nichts konnte schlimmer sein, als an dem Ort zu bleiben, an dem ich mich befand. Ich war nicht grausam oder sadistisch wie einige der total durchgeknallten Jungen, die ich kannte – sie hängten zum Beispiel Mäuse an Plastikschnüren auf und beobachteten, wie sie baumelten und zappelten. Lieber Himmel, mit *den* kleinen Ungeheuern verband mich nichts.

In Ordnung. Ich gehe jetzt.

Oder auch nicht.

Etwas versucht mit großem Nachdruck, mein Bewusstsein aus dem Weg zu räumen, es in einem Regal abzulegen, damit das Reflexlernen mit der Mütze weitergehen kann. Ich widersetze mich nicht. Es ist alles cool. Ich habe Zeit, mich mit persönlichen Fragen zu befassen und über alle philosophischen Probleme nachzudenken, zum Beispiel: Warum bin ich Skyrine geworden? Warum freiwillig in den Kampf ziehen? Abenteuerlust ist ein Teil der Antwort. Und dies: So verdammt scheußlich der Krieg auch sein mag, er ist immer noch sauberer und besser als das zivile Leben.

Na schön, das ist eine Lüge. Es ist bekloppt. Hilf mir, Käfer! Wie war das Leben in der richtig alten Zeit? Gab es damals coole Käfer und grausame Käfer, gute und schlechte Käfer, dumme und schlaue, fromme und blasphemische? Waren vielleicht alle schlau und niemand dumm? Warum kann ich mich nicht mit solchen Wahrheiten verbinden, Käfer? Ich glaube, du bist …

*Halt endlich die Klappe.*

Ah, na also! Coyle meldet sich wieder. Sie scheint mein Bewusstsein aus dem Regal zu nehmen und es wie ein altes T-Shirt zu schütteln.

*Hör zu. Dies ist wichtiger Kram. Wir begeben uns zu einem Ort, wo wir tatsächlich etwas erfahren können.*

»Ja?«, erwidere ich. »Und was zum Beispiel?«

*Vielleicht finden wir eine Antwort auf die Frage, wo ich bin.*

Wenn du nicht weißt, wo du bist, so weißt du nicht, wo du bist, klar? Hier sind die ewigen Wahrheiten:

Scheiße bleibt Scheiße, der Kampf ist immer ein wildes Durcheinander, und zum Schluss …

*Verdammt, Venn, hör auf mit dem Blödsinn. Etwas wirklich Seltsames steht bevor. Ich glaube, du kannst einiges erwarten.*

Coyle hat sich Sorgen um etwas gemacht. Ich habe mich immer wieder gefragt, was das wohl sein mag, aber als es kommt, bin ich überrascht. Mein Gehirn macht dicht. Das Denken hört auf. Ende. Zu verdammt voll. Im selben Moment kommt es zu einem starken Ruck. Ich spüre, wie sich unsere Bewegungsachse verändert. Das Empfinden vermischt sich mit Bildern, die mir sprießende, wachsende Samen zeigen, wie Ballons, die man langsam aufbläst, die immer größer und monströser werden, und heraus kommen Soldaten, Waffen und Fahrzeuge, eine Streitmacht, die es auf uns abgesehen hat. Den Bildern folgen wieder Bewegung, Kühle und Ruhe.

*Synästhesie*. Großes Wort. Meine Mutter las Wörterbücher. Sie, mein Vater und mehrere Stiefväter – sie wählte sie kurz nach dem Verschwinden meines leiblichen Vaters, schnell hintereinander, alle sehr ähnlich – lasen sich gegenseitig aus einem alten Wörterbuch vor, oder aus einem Band der *Encyclopedia Americana*, meistens nach dem Abendessen im Bett, während sie Old Tobey rauchten, wie Mutter es nannte. Sie lachten über die großen, komplizierten Worte.

Ich glaube, ich bin in meinem Zimmer von damals, mit neun, zehn oder elf Jahren. Ich versuche zu schlafen, höre aber ihre gedämpften Stimmen, die mir vom Druck der Atmosphäre des Titan erzählen, von natürlichen Rohstoffvorkommen, und wie man sie findet, wie man seine Maschine dazu bringt, sich selbst zu reparieren, wenn sie beschädigt wird … in einem Methansee tauchen, oder dort, wo vulkanisches Wasser durch ausgewaschene Täler strömt, vorbei an Hängen aus Wachs, in eine Ebene mit Plastikbäumen und …

Auf der anderen Seite der Schlafzimmerwand, jenseits des einfachen Army-Anstrichs, sagt meine Mutter: »Deine Maschine wird dich anhand deiner Berührungen erkennen. Die Berührungs-ID spielt eine zentrale Rolle für Sicherheit und Einsatzeffizienz.«

Mutter? Bist du das wirklich?

Für einen Moment bin ich verwirrt, und dann kommt es zu einem neuen Ruck, und noch einem, es wackelt und schwankt …

Etwas *donnert*.

*Jetzt* sind meine Augen offen. Ich blicke durch ein kleines Fenster. Die Dunkelheit draußen färbt sich orange und braun, wird zu einem schmutzigen Gelb. Wir kommen den Antworten näher und näher. Aber zuerst müssen wir tauchen oder graben. Käfer graben sich nach oben, wir graben uns nach unten. Vielleicht begegnen wir uns auf halbem Weg. Aber die Käfer sind seit Jahrmilliarden tot, nicht wahr? Toter als Captain Coyle.

Mann, ich sollte wirklich besser *aufwachen*.

Und diesmal, leider, wache ich tatsächlich auf.

# Instauration Eins: Madigan-Madrigal Neuauflage

Ich bin in Laken gehüllt, stecke in einem schweißfeuchten Kokon. Ich öffne die Augen, sehe eine graue Decke, drehe mich zur Seite, erkenne eine breite Schiebetür und dahinter ein vertrautes Zimmer. Es ist *zu* vertraut.

Ich wickele mich aus den Laken, stehe auf und verharre neben dem Bett. Vorsichtig betaste ich mich, die Rippen unter der grauen Unterwäsche, die Oberschenkelmuskeln, die Sehnen zwischen den Beinen, die Eier okay, der Schwanz ebenfalls …

Haare an Armen und Beinen, am Sack, auf der Brust, Flaum auf dem Kopf. Rechts von mir führt eine schmale Tür ins Bad, wo wie immer das Licht über dem bruchsicheren Spiegel brennt.

Ich blinzele etwas Schleim aus dem einen Auge.

Der batteriebetriebene Rasierapparat ruht dicht am Rand der Ablage neben dem Becken. Ich lasse ihn dort liegen, damit er jedes Mal runterfällt, wenn ich ihn benutzen will, als eine Form des Protests. Vielleicht kann ich sie mit beschädigten Rasierapparaten in den Ruin treiben. Keine Steckdosen weit und breit, für den Fall, dass ich mich mit einem Stromschlag umbringen will. Käme mir nicht in den Sinn, aber sie achten darauf, mich nicht in Versuchung zu führen.

Ich bücke mich und taste unter der Schaumstoffmatratze. Der Knüppel ist noch da. Ich habe ihn nicht hervorgeholt, ich bin noch nicht gerettet worden von …

Wem?

Ich lehne mich ans Kopfteil des Bettes. Die zerwühlten Laken und Decken sehen aus wie die topografische Karte einer Gebirgslandschaft. Alles durcheinander, nutzlos.

Mist. Natürlich war nichts davon real. Ich hatte keine Ahnung, wie sonderbar es werden kann. Wie weit zurück reicht es? An wie viel erinnere ich mich, was den Mars betrifft? Ich erinnere mich an die Begegnung mit Teal, daran, dass sie mich mit ihrem Buggy gerettet hat. Ich erinnere mich an die Voors und an Captain Coyle und ihre Spezialeinheit. Nicht alles ein Traum. Aber der andere Kram nach meiner Einlieferung ins Madigan-Hospital, den muss ich nun infrage stellen. Der Inquisitor mit den hypnotischen Augen hat mich schließlich erwischt, mich ins Irrenhaus gebracht. Ich kann mich fast an seinen Namen erinnern … den ich natürlich im Traum erfahren habe.

Kafka?

Kmart?

Tage vergehen. Niemand besucht mich. Das Essen kommt wie immer, aber es schmeckt fade. Ich lese, doch die Bücher bedeuten mir nicht viel. Ich kann mich nicht an die letzte Seite erinnern. Ich kann mich nicht einmal an das Cover erinnern – es fällt mir erst wieder ein, wenn ich das Buch drehe, und dann erscheint es mir unwichtig. Elmore Leonard? Louis L'Amour? Daniel Defoe?

Die Glocke läutet am Fenster. Es dauert eine Ewigkeit, aufzustehen und darauf zu reagieren. Ich bin erledigt. Sie haben mich tatsächlich geschafft. Hervorragende Arbeit. Führt mich bis zum Ende meines Stricks – irgendwo bei Saturn – und zieht mich dann zurück. Fertig ist der Lack. Ich bin ein trauriges kleines Versuchskaninchen. Seht nur meine Stupsnase, mein hübsches weiches Fell.

Die Glocke läutet erneut. Irgendwie packe ich ein bisschen Kraft in die Beine und wanke zum Fenster. Das Gesicht hinter dem Glas gehört nicht dem Hypno-Inquisitor. Es ist der andere Bursche. Der Mann, der behauptet, zum Bedienpersonal zu gehören. (Aber behauptet das der Inquisitor nicht ebenfalls? Wie lautet doch noch sein verdammter Name? Kafka? Koffein? Mann, ich bin wirklich hinüber!)

Das Gesicht fragt: »Wie geht es Ihnen heute, Master Sergeant Venn?«

»Nicht so gut, Doc.« Ich strecke die Zunge raus und sage »Ahhh«. Er lächelt. Dieser Typ sieht aus wie eine Puppe. Wie er sich anzieht, so völlig an der Mode vorbei, so wie sich jemand einen Nerd in mittleren Jahren vorstellt.

»Haben Sie gut geschlafen?«

»Zu gut, Doc. Bitte holen Sie mich aus dem Ofen. Ich sage Ihnen alles, was Sie hören möchten. Wirklich.«

»Darum geht es uns nicht, Master Sergeant. Wir machen uns Sorgen um Ihre Gesundheit.«

»Dann lassen Sie mich gehen. Lassen Sie mich einen Spaziergang am Strand machen. Schicken Sie meinetwegen Ihre Aufpasser mit, kein Problem. Ich möchte nur Sand zwischen den Zehen fühlen und das Salzwasser schmecken. Den Sonnenuntergang sehen. Ich muss wissen, dass ich wieder auf der Erde bin, nicht irgendwo anders ...«

Meine Stimme bricht. Ich kann nicht weitersprechen.

»Es tut mir sehr leid, Master Sergeant. Vielleicht können wir Ihren Wunsch bald erfüllen. Aber zuerst muss ich berichten, dass wir Ermittlungen in Hinsicht auf einen langjährigen Freund von Ihnen angestellt haben, Lieutenant Colonel Joseph Sanchez.«

»Was ist mit ihm?«

»Offenbar ist er nicht nur das, was er zu sein scheint. Zweifellos ist er mehr als das, was er Ihnen erzählte. Warum trauen Sie ihm, Master Sergeant?«

Ich versuche, »Verdammter Scheiß!« zu rufen, bringe aber nur ein Krächzen zustande. Ich weiche vom Fenster zurück und drehe mich um. Warum bin ich so sauer?

»Er war Ihr *Anstifter*, nicht wahr?«, sagt der Mann hinter mir. »Er war derjenige, der Sie immer wieder in Schwierigkeiten brachte.«

Ich will ins Bad und die Tür schließen, aber die Tür lässt sich nicht schließen. Ich will ins Bad, doch meine Beine tragen mich nicht dorthin. Ich stehe am Bett und denke daran, den Knüppel zu nehmen und damit auf meinen Kopf einzuschlagen.

Die Stimme erklingt erneut, ruhig aber besorgt. »Er hat Sie angespornt, zum Militär zu gehen, zu den Skyrines. Er war Ihr Begleiter während der Grund- und Vak-Ausbildung, später auch bei der Spezialausbildung. Er war in Hawthorne und Mauna Kea bei Ihnen, nicht aber bei …«

»Hören Sie auf«, sage ich.

»Bei der Ausbildung mit Ihrer Sprunggruppe in Sokotra. Vor Ihrem ersten Sprung auf dem Mars kehrte er zu Ihnen zurück. Haben Sie zu jenem Zeitpunkt Veränderungen an ihm bemerkt?«

Nein, er war nicht anders. Oder vielleicht doch. Ich erinnere mich nicht.

»Hat er Ihnen gesagt, womit er während seiner Abwesenheit beschäftigt war?«

Hat er. Hat er nicht.

»Hat er später nicht erstaunliche Kenntnis in Bezug auf die unangenehmen Situationen gezeigt, in die Sie geraten sind? Und war er nicht immer da, um Ihnen zu helfen, selbst unter den ungewöhnlichsten Umständen?«

Ich starre den Mann hinter dem Fenster an. Ist es derselbe Mann wie beim letzten Mal? Es spielt keine Rolle. »Ich weiß über Sie Bescheid«, sage ich. »Sie gehören nicht zum Bedienpersonal. Ihr Name steht nicht auf den Listen.«

Er geht nicht darauf ein. »Joe Sanchez ist ein sehr besonderes Individuum für Sie, nicht wahr?«

»Er ist mein Kumpel«, sage ich.

»Warum hat er Sie dann so oft verraten?«

»Ich weiß nicht, wovon zum Teufel Sie reden.« Plötzlich bin ich ruhig, gefasst und cool. Mehr als cool, ich werde so kühl und kalt wie ein verdammter Eisschrank.

»Sind Sie irgendetwas ohne Joseph Sanchez? Sind Sie überhaupt ein vollständiges menschliches Wesen, Master Sergeant Venn?«

»Worauf wollen Sie hinaus, Sie verfickte trübe Tasse?«

Der Typ lächelt, nicht grausam oder triumphierend, sondern mitleidig. Als ob er wüsste, dass er dabei ist, mein Leben zu verändern, und nicht zum Besseren. Und als ob er es bereuen würde.

»Joe Sanchez hat Sie manipuliert, noch bevor Sie verhaftet wurden, Master Sergeant. Er hat Sie zu seinem Vorteil benutzt und wird das wieder tun.«

»Wie denn?«, rufe ich. »Ich stecke hier drinnen fest! Bringen Sie ihn zu mir! Sorgen Sie dafür, dass wir zusammen in einem Raum sind, mit Ihnen und einigen Schlägern aus Louisville. Dann prügele ich Ihnen den Guru-Scheiß aus dem Leib …«

Der Bursche hinter dem Glas wirft einen sonderbaren Blick zur Seite. Es sieht irgendwie komisch aus, wie ein schiefgegangener Spezialeffekt.

»Jetzt fällt's mir ein!«, sage ich triumphierend. »Darauf hat mich Kafka hingewiesen. Er meinte, Sie könnten nicht zum Bedienpersonal gehören. Er meinte, Sie müssten ein Guru sein!«

»Ich *bin* ein Guru«, erwidert der Typ, und dann sehe ich ihn für einen Moment ohne die Überlagerungen. Er sieht tatsächlich so aus, als könnte er ein verdammter Guru sein, aber ich habe nie einen gesehen – wie soll ich mir sicher sein? Er ist nicht unbedingt ein Säugetier, aber auch kein Käfer, und ein Antag ist er bestimmt nicht. Auch nicht hässlich. Er scheint effizient zu sein, und kleiner, als ich dachte.

Die Gestalt hinter dem Glas spricht weiter. Wo ist ihr Mund? Irgendwo über dem Buckel, der Kinn oder Unterkiefer sein könnte, unter der breiten Wölbung mit dem glänzenden grauen Streifen, der vielleicht die Augen enthält. Gort-Augen. RoboCop-Augen. Scheiße. Den Mund erkenne ich immer noch nicht. Nur kleine Bewegungen über dem Kinnbuckel. Vielleicht ist der Typ ein Strohhalmsauger.

»Sie sollten Joseph Sanchez die folgenden Fragen stellen«, sagt er.

Danach höre ich eine Zeit lang nichts. Ich stehe da und versuche, mich auf das Fenster zu konzentrieren, auf die sich verdichtende Dunkelheit hinter dem Glas.

Die Geräusche kehren zurück.

»Fragen Sie Joseph Sanchez ...«

»*Was* soll ich ihn fragen, gottverdammt?«

»Fragen Sie ihn nach Corporal Grover Sudbury. Fragen Sie Joseph Sanchez, welchen Ort er mit dem Corporal aufsuchte, nachdem Ihre Kameraden ihre Bestrafung verlangt haben. Fragen Sie ihn, was sie dort machten.«

»Sudbury verschwand«, sage ich.

»Jeder hat seine Rolle, Master Sergeant«, verkündet die Stimme hinter dem Fenster. »Die Beziehung zwischen Sudbury und Joseph Sanchez ist bekannt, Master Sergeant. Zu bekannt, um sie zu vergeuden.«

# Guten Morgen, Mond

Jemand klopft mit einem gepolsterten Metallfinger an meinen Helm. »Venn. Aufwachen.« Es ist Ischida. Sie ist beharrlich. Ich wache auf – erneut – und stelle fest, dass sie neben mir sitzt. Borden befindet sich auf der anderen Seite des Gangs und spricht ernst mit Kumar und Muschran. Der Gleiter vibriert und donnert, so laut und gewaltig wie der MGM-Löwe. Wir rollen nach rechts, dann nach links. Der Bug hebt sich, das Heck zittert, etwas ächzt, und die ganze Maschine erbebt.

»Ziemlich rau«, sagt Ischida und zieht die Stirn kraus.

»Ich habe nicht geschlafen«, behaupte ich, aber es klingt benommen.

Ich blicke nach vorn und sehe Ischikawa, Jacobi … und Joe. Hinter ihnen Litwinow und die Rücken der Russen. Die Helme sind deutlich zu erkennen. Wann haben wir die Hautengen angezogen? Ich hebe die Hand und überprüfe das Siegel mit dem Handschuh. Die gleiche Ausführung wie für den Mars, aber neuer, wie gewaschen und gebügelt. An nichts davon erinnere ich mich. Haben wir die *Lady of Yue* verlassen?

Offenbar ja. Wir sind an Bord eines Gleiters, nicht wahr?

Ich schließe die Hände fest um die Armlehnen. Aus der Trance oder was auch immer zu erwachen und mich in einer solchen Situation wiederzufinden … Ich kann mir Besseres vorstellen. Und ich muss daran denken: Wenn ich einfach so wegtrete, bin ich eine Gefahr für die anderen.

»Haben wir es alle geschafft?«, frage ich.

»Wir sind noch nicht unten«, sagt Ischida. »Sehen Sie.« Sie bedeutet mir, mein Visier zu schließen. Ich komme der Aufforderung nach, und ein Blinzeln bringt ein Display herab. Der Gleiter übermittelt den Engeln ein anständiges 270-Grad-Bild, mit Daten in Seitenleisten und zwei langsamen Lauftexten. Ich drehe den Kopf, und das Bild folgt der Bewegung. Bräunlicher Dunst umgibt den Gleiter – Methanwolken. Immer wieder bildet sich ein dünner Film auf einer der Kameras, oder gleich auf mehreren, aber er wird alle paar Sekunden weggewischt. Wir sinken in ein Tal voller Rauch, aber der Rauch stammt nicht von Feuer, sondern von gefrierendem Methan und reichlich anderem Kram, beschrieben im unteren Lauftext. Die Turbinen saugen offenbar feinen Wassersand an, was das Donnern und die Vibrationen erklärt. Aber wir stürzen nicht ab; es ist ein kontrollierter Sinkflug.

Alles wird heller. Der Dunst beginnt sich zu lichten, und wir sehen tiefere braune und gelbe Wolken. Das Licht einer kleinen Sonne fällt durch eine Lücke zwischen ihnen – es ist der seltsamste und schönste Sonnenaufgang, den ich je gesehen habe. Eine flache Decke aus zirrusartigen Wolken brennt golden unter dem Gleiter.

Noch fünf Kilometer trennen uns von der zerklüfteten Oberfläche. Wassereis spritzt aus schwarzen, glänzenden Rissen, die Dutzende von Metern breit sein müssen, und vielleicht Hunderte Meter lang. Unter diesen Rissen, tief in ihnen … was? Innere Meere? Tief in den Rissen brodelt es grün oder silbergrau. Eislava, sagt der Lauftext. Mit Ammoniak angereichertes, sehr salziges Wasser, das nicht gefriert. Es bleibt flüssig, in Form von Schlamm, von dem Methan- und Ammoniakdämpfe aufsteigen.

Immerzu Flugzeuge, Züge und Autos. Das war und ist mein Leben. Aber jetzt sind wir so weit gekommen wie möglich. Endstation, nicht wahr? Die Reisen enden in Soldatenbesprechungen. Doch welche Soldaten sind es?

Treiben sich dort unten noch Antags herum?

Sind welche von *uns* übrig?

Ich versuche, dem Blackout und seinem Traum keine Beachtung zu schenken. Rückkehr nach Madigan. Was für ein verdammter Scheiß. Bei mir im Oberstübchen scheint tatsächlich was nicht zu funktionieren.

*Retardangst.*

»Was?« Ich öffne das Visier und blicke mich um. Niemand in der lauten Kabine hat etwas gesagt. Das Wort stammt von Coyle. Sie verblüfft mich jedes Mal, wenn sie sich meldet. Ihre Stimme ist so klar und deutlich, als stecke Coyle mit mir im Hautengen. Ischida ist auf ihr Helmdisplay konzentriert und achtet nicht auf mich. DJ auf der anderen Seite des Gangs hat das Visier offen und starrt ins Leere. Er ist ebenfalls weggetreten. Wir fixen uns beide ein starkes Signal.

Was nicht erklärt, warum …

*Borden nannte sie Instaurationen. Es müssen psychische Retardkapseln sein, in Madigan implantiert oder installiert. Sie sollen dir das Licht ausknipsen, wenn du außer Kontrolle zu geraten drohst. Von solchen Sachen habe ich während der Spezialausbildung gehört. Wie man ein außer Rand und Band geratenes Team kontrolliert: mit implantierten Vorschlägen. Bringt Quertreiber dazu, alles infrage zu stellen. Oder Selbstmord zu begehen. Erhöht das Risiko, wenn man Befehlen zuwiderhandelt oder abtrünnig wird.*

»Du glaubst, das ist es?« Es kostet mich eine erhebliche Willensanstrengung, die Worte nur gedanklich an Coyle zu richten und sie nicht laut auszusprechen.

*Vielleicht. Ich bin nicht du. Ich fühle nicht alles von dir.*

»Hier klingst du stärker. Bist du stärker?« Ich lehne den Kopf zurück, erfasst vom Schmerz des Konflikts. Vertrauen ist derzeit knapp bei mir, was vielleicht daran liegt, dass sich Traum und Wirklichkeit vermischen.

*Sei still und behalte das Ziel im Auge. Dort unten gibt es etwas unter der Schicht aus klebrigem Dreck, etwas Wichtiges.*

»Woher weißt du das alles?«

*Weil ich Teil davon bin. Es gefällt mir nicht, aber ich kann es nicht ändern. Wir sind zu dem Ort unterwegs, wo alles zusammenkommt, wo alles fest zusammengehalten wird. Bisher bin ich nicht in jene Erinnerungen integriert worden. Bis das geschieht, bleibe ich flexibel. Ich kann Entscheidungen treffen und nicht nur Fragen beantworten. Doch das wird bald enden. Ich mag das nicht, was mich vielleicht ersetzt. Es fühlt sich nicht richtig an, aber ich kann es nicht klar erkennen. Ein dicker Fisch? Ein weiterer Käfer? Mir gefällt nichts davon.*

Offenbar beginnt Coyle wieder zu schwafeln. Ich denke an meine eigenen Probleme. Ich habe die Wahl. Entweder gebe ich nach und lasse zu, dass sich die *Instauration,* das Madigan-Gift, in mir ausbreitet, oder ich tue so, als wäre überhaupt nichts geschehen, erzähle niemandem etwas und sehe Kumar oder Joe während der nächsten Stunden nicht an. Vielleicht sollte ich versuchen, Teil der Gruppe zu bleiben. Gott steh mir bei, ich denke doch tatsächlich an den sonderbar angenehmen Teil des Kampfes, den man Zusammengehörigkeit nennt, an den »Geist des Korps«. Jacobis Karma scheint sich bei mir auszuwirken, ebenso das der anderen Schwestern und der Russen.

Na ja, an Geist mangelt es mir nicht. Beziehungsweise an Geistern. Bin von ihnen heimgesucht. Wie viele sind es inzwischen? Vier? Mit so vielen Kugeln kann ich nicht jonglieren.

Ich konzentriere mich auf die Aussicht. Wir fliegen zwischen niedrigen Bergen, und die Turbinen donnern auf beiden Seiten. Der Gleiter erbebt immer wieder, kippt und schlingert. Ich senke den Blick unter den Rand des Helms, und das Bild von den externen Sensoren folgt mir. Unten, zu sehen durch aufsteigenden silbrigen Dunst, zerrissen und fortgeweht von einem Stickstoffwind …

Die Reste der Schlacht. Ein Trümmerfeld. So viel Zerstörung …

Ich höre, wie die anderen schwerer atmen oder leise fluchen. Ich höre es, obwohl das Donnern lauter wird. Die neben mir sitzende Ischida spricht auf Japanisch, vielleicht ein Gebet. Ihre Stimme bildet einen melodischen Kontrapunkt zu dem, was ich sehe, was wir alle sehen.

Auf der braunen Ebene unter uns liegen, über Kilometer verstreut, die Reste von bronzefarbenen Hundertfüßern, wie zerstampft und zerschmettert. Und es sind *große* Hundertfüßer, Hunderte von Metern lang. Selbst zerstört wirken sie stark und massiv, breit am Kopf und schmal in der Mitte. Sie sind zu verdammt groß – groß wie Ozeanriesen, aufgeplatzt, geborsten, zerfetzt, ihr Inneres dem korrosiven Dunst ausgesetzt. Nichts bewegt sich in und bei ihnen. Sie sind tot. Wir nähern uns einer Landschaft, auf der zahlreiche tote Riesen liegen. Einige von ihnen sind unsere, andere nicht. Die größten der Großen, die Mächtigsten … jetzt nur noch Wracks auf dem Wachs.

»Vier Minuten bis zur Basis«, teilt uns Borden über Komm mit. »Es wird keinen Teleskoptunnel geben. Es kommt auf Schnelligkeit an. Auf der anderen Seite finden wir schwere Kampfausrüstung, aber für diesen Transit müssen die Hautengen genügen, was bedeutet: Wir haben nur fünf Minuten, um hineinzugelangen und uns zu säubern.«

Ich hebe das Visier. Joe sitzt da und wartet. Ich beobachte ihn argwöhnisch. Weiß er über Dinge Bescheid, die mir unbekannt sind und von denen er mir hätte erzählen sollen? Warum sollte ich mich dafür interessieren, was mit Corporal Grover Sudbury geschehen ist? Er war ein Vergewaltiger, ein verdammter Scheißkerl. Ich will nicht an ihn denken, und vielleicht ist genau das der Knackpunkt. Ich bin außerhalb der Guru-Kontrolle. Sie haben eine Art Gummiband mit einem wunden Punkt verbunden, ein Band kurz vor dem Zerreißen. Was erwarten sie von mir? Dass ich nach draußen trete in die giftige Kälte und mein Visier öffne, Schuld, Kampf und Verwirrung ein Ende setze?

DJ lehnt sich zurück, streckt die Hand durch die Lücke zwischen den Sitzen und klopft mir auf die Schulter. »Bleib dicht bei mir«, sagt er. »Es wird noch seltsamer, aber ich werde in deiner Nähe sein.« Er wirkt ernst. DJ schafft es nur selten, ganz ernst auszusehen.

»Kleiner Trost, DJ«, sage ich.

»Es ist *schlimm*. Hast du gehört? Captain Coyle ist

dort gewesen. Sie sagt, du sollst den Schwanz einziehen und auf deinen Arsch aufpassen.«

Ischida hat uns gehört, beginnt zu kichern und hebt wie ein kleines japanisches Schulmädchen die Hand zum Mund. Verdammt, das berührt mich. Irgendwo tief in ihrem Innern ist unsere Wintersoldatin noch scheu und schüchtern. Wenn sie jenen Kern am Leben erhalten kann, nach allem, was mit ihr geschehen ist … Dann sollte ich in der Lage sein, mich zusammenzureißen. Ich stelle fest, dass sie einen Stift gefunden und etwas auf ihren Hautengen geschrieben hat. Ich hab's auch auf dem Hautengen gesehen, den sie früher getragen hat, aber nicht darauf geachtet. »Senketsu« steht über der für das Erkennungszeichen reservierten Stelle. Ich weiß nicht, was das bedeutet. Ischikawa hat ebenfalls etwas auf ihren Hautengen geschrieben: »Junketsu«. Ich will danach fragen, aber Borden weist uns an, die Siegel zu schließen.

Ein Alarmsignal ertönt.

Der Gleiter setzt hart auf, rutscht und bleibt mit einem Ruck stehen.

# Titan frei an Bord

Die Basis ist ein grauer, schneebedeckter Eishockey-Puck, etwa fünfzig Meter hoch und mit einem Durchmesser von zwanzig Metern. Wir haben keinen guten Blick darauf bekommen, bevor der Gleiter auf der einen Seite landete.

Wir lösen die Gurte und drängen uns im schmalen Gang zusammen. Borden bahnt sich einen Weg nach vorn und legt die Hände auf die Luke. »Halbe Ladung für die Waffen«, sagt sie. »Wir gehen in Gruppen hinaus. Jacobis Team zuerst. Dann Litwinow und die Russen. Sanchez, Johnson, Fujimori und Venn, Sie zum Schluss.« Sie wirft mir einen strengen Blick zu. Joe tritt an meine Seite. Tak stapft durch den Mittelgang und bleibt neben DJ stehen. DJ gefällt es ebenso wenig wie mir, ein KGS zu sein. »Zwei an der Spitze bei jeder Gruppe«, fügt Borden hinzu. »Bis auf die beiden Spitzen Waffen am Gürtel lassen. Schäden an der Station müssen unbedingt vermieden werden.«

Die Schleuse lässt uns nach draußen, jeweils eine Gruppe. Wir warten nicht auf die anderen. Jeder von uns denkt daran, so schnell wie möglich über das verkrustete Wachs und den verharschten Eissand zu kommen und den großen grauen Puck zu erreichen, der Sicherheit verspricht.

Während der zehn Meter zwischen Gleiterschleuse und Station legt sich auf unsere Arme und Beine eine dünne Schicht aus flüssigem Methan, das sofort zu dampfen beginnt – wir sind warm genug, um Methan kochen zu lassen. Es bedeutet, dass unsere Hautengen schnell Wärme verlieren. Auch Eis landet auf uns und verwandelt sich in Schmiere, von der ein Teil verdampft, aufsteigt, gefriert und wieder auf uns fällt. Das Zeug ist schwer, und wir haben das Gefühl, Ketten zu tragen. Es lenkt uns für kurze Zeit von dem anderen Gefühl ab – eine große kalte Faust scheint uns gepackt zu haben. Titans Atmosphäre ist fast anderthalbmal so dicht wie die der Erde, und unsere Hautengen sollen verhindern, dass Atemluft entweicht; sie sind nicht dafür vorgesehen, Kram von draußen zurückzuhalten.

Borden versucht der Station mitzuteilen, dass sie die Schleuse öffnen soll. Ich sehe, wie sich ihre Lippen hinter dem Visier bewegen. Keine Reaktion. Entweder ist niemand drin, oder die Kommunikation funktioniert nicht. Sie winkt und gibt uns zu verstehen, dass es einen Weg hinein gibt – vielleicht kennt sie den Zugangscode.

Meine Verbindung zur Welt ist nur ein Vektor durch eine Reihe von schlimmen Orten, unterbrochen von der einen oder anderen seltsamen Zufluchtsstätte, wo man ein geheimes Wort kennen oder eine verdammte

Münze bei sich haben muss. Und es betrifft nicht nur mich. Mit dem Rest der menschlichen Spezies sieht es nicht viel anders aus. Das ist alles, wozu wir es im Vak gebracht haben: kleine Stationen, die wir brauchen, um am Leben zu bleiben. Der größte Teil des Universums hasst uns so sehr, dass es sich mit enormer Gewaltigkeit um uns herum ausbreitet, als wollte es uns entmutigen und von weiteren Reisen abhalten. Dort unten, wo ich bin, besteht der Kosmos aus Kreisen der Hölle, die immer enger werdende Spiralen bilden. Drinnen, draußen. Vak oder Gift draußen, ich drinnen. Röhren und Särge, noch mehr Röhren und noch mehr Särge. Ewiger Wechsel von Tag und Nacht.

Ist es Tag oder Nacht? Tag, glaube ich. Wir sind bei Sonnenaufgang gelandet. Der Gleiter könnte zum anderen Terminator weitergeflogen sein, aber Titan ist ziemlich groß – der Flug hätte einige Stunden gedauert.

Borden findet ein großes Schachbrett. »Venn, kommen Sie her.«

Ich gehe zu ihr, Joe und Litwinow.

»Machen Sie sich nützlich. Coyle müsste den Code gekannt haben.«

»Sie ist nicht sehr zuverlässig«, sage ich, aber dann hebe ich die Hand, und meine Finger drücken in rascher Folge die Tasten. Wie sind unsere Chancen? Gut, so scheint es.

Die große Außenluke in der gewölbten Flanke der Station schwingt auf. Das Ding ist wirklich groß. Ragt ein ganzes Stück über unsere Köpfe hinweg. Dahinter verträumtes blaues Licht. Sieht nach einem billigen Nachtklub aus, aber wenigstens ist der Raum hinter der Luke groß genug für uns alle. Ich bin ebenso überrascht wie die anderen. DJ klopft mir auf die Schulter, aber dies genügt noch nicht, um Commander Borden glücklich zu machen.

Wir versammeln uns in dem Raum. Über Funk kriegen wir nichts rein, was wahrscheinlich an den Wolken aus Eis, Staub und Sand liegt. Aber der kalte Stickstoff ist dicht genug für Schall, und außerdem sind wir hier vor dem Wind geschützt – wir können uns akustisch verständigen.

»Der Gleiter schickt sich an, seine Samenfracht zu entladen!«, ruft Borden. »Die Samen aktivieren sich außerhalb der Hauptluke. Es ist eine gute Idee, sicheren Abstand zu wahren. In der frühen Wachstumsphase erkennen sie keine Menschen.«

»Geratet nicht zwischen Produkt und Material!«, ruft DJ mit Bullers Texas-Akzent.

Letzte Schwaden aus Eisstaub und Dampf machen es schwer, im Innern etwas zu erkennen. Das bläuliche Licht durchdringt einen Teil des Dunstes, aber es wird nicht hell. Wir stapfen durch einen Hangar und bewegen uns dabei wie Störche: Bei jedem Schritt heben wir das Bein höher als sonst, um die Sohlen der dampfenden Stiefel aus dunklem Schleim zu lösen. Wasser hat eine raue graue Decke geschaffen, übersät mit schwarzen, klebrig aussehenden Flecken. Wer ist für Hangarpatrouille und Säuberung eingeteilt? Vielleicht lebt hier niemand mehr. Es wäre vielleicht eine Gnade: zu sterben anstatt hier festzusitzen.

Meine Nase zuckt. Etwas stinkt in meinem Hautengen. Etwas Beißendes. Vielleicht bilde ich es mir nur ein. Schweiß kann beißend riechen, und hinzu kommt der übliche Gestank: Furcht, Hormone, Pheromone, sogar Schwefelwasserstoff und Methan. Aber dies riecht nach *Ammoniak*. Als Nächstes möchte ich keine bitteren Mandeln riechen. Das wäre das Ende für uns alle.

»Bewegung!«, rufen andere Stimmen. Meine Nase hatte recht. Unsere Anzüge werden in der Kälte undicht. Die hart gewordenen Siegel bekommen Risse und korrodieren. Ein guter Anreiz, tiefer in die Station hineinzugehen.

Da uns nichts willkommen heißt, begibt sich Borden zur gegenüberliegenden Wand, wo sich die Umrisse einer kleinen Tür zeigen. Sie winkt mich zu sich, und meine Finger klopfen auf ein weiteres Tastenschachbrett, während sich die anderen wie Schüler nach der Pause versammeln, mit den Füßen stampfen und spüren, wie die Kälte nach Handgelenken und Fußknöcheln greift – die Heizung der Hautengen kann einfach nicht mithalten. Warum können sie das nicht? Wie idiotisch war die Planung? Warum stehen uns nur für den Mars vorgesehene Hautenge zur Verfügung? Damit lässt sich hier nicht viel anfangen.

Die kleine Tür öffnet sich. Sonnengelbes Licht verwandelt den Eisstaub in Graupel und Regen. Wir drängen uns in der Helligkeit zusammen, plötzlich tropfnass und nach allem möglichen Kram riechend.

Ich blicke über die dampfende, drängelnde Schar zurück in den Hangar hinter uns und sehe die großen dunklen Silhouetten von hereinrollenden Dingen. Ausgeladene Samen, bronzefarben oder schwarz und glänzend, brummend und grollend. Verdammt, ihnen wächst Haar! Lieber Himmel, auf ihnen sprießen dicke glatte Fasern, die sich wie Medusas Schlangen winden. Wenn sie uns nach innen folgen, werden wir Teil ihres ausgewogenen Frühstücks.

Die kleine Tür schließt sich.

Ich halte die Luft an, bis mir klar wird, dass uns die Samen nicht folgen. Für einen Moment stehen wir still, stumm und stinkend, bis Duschköpfe aus der Decke kommen und uns dreimal abspülen, und zwar mit solcher Wucht, dass wir schwanken und gegeneinander gedrückt werden.

Als wir sauber sind, öffnet sich eine weitere Tür und erlaubt uns, den Weg fortzusetzen. Der nächste Raum ist ebenfalls gelb. An der Wand hängt ein Schild mit der seltsamen Aufschrift: »Anz/Ausz.«

»Was zum Teufel soll das bedeuten?«, fragt DJ.

»Anziehen, ausziehen«, sagt Tak.

Wir streifen die Hautengen ab, die bereits rissig geworden sind und erste Blasen gebildet haben. Auf Bordens Anweisung hin werfen wir sie in einen Abfallbehälter, zusammen mit Helmen, Engeln und dem ganzen Rest. Weg mit dem alten Zeug. Fast nackt stehen wir da. Wir sind dreißig in der Station. Andere Leute haben wir bisher nicht gesehen. Sind wir allein? Nervös und voller Anspannung treten wir vom einen Bein aufs andere und klopfen uns auf Schultern und Rippen, um warm zu bleiben. Trotz allem verspüre ich plötzlich den dringenden Wunsch, jene großen Waffen in die Hand zu bekommen. Ich will mich an die Arbeit machen – ich *muss* mich an die Arbeit machen! Dank Bullers Mütze kenne ich gute, ermutigende Dinge über Hundertfüßer, Exkavatoren, Nymphen, Brecher und Stampfer, über Tiefenkriecher und Exkalatoren. Ich weiß, wie man damit umgeht. Ich kann sie sehen! Ich habe das Gefühl, nur die Hand ausstrecken zu müssen, um sie zu berühren.

Borden lässt uns innehalten. »Hier statten wir uns neu aus«, sagt sie. Ihr Stimme ist hoch und näselnd. Sie scheint von einer Mischung aus Erleichterung und Erschöpfung high zu sein, vielleicht auch von der letzten Mützen-Ausbildung. »Angemessene Kleidung, darauf kommt es an. Ohne schwere Schutzanzüge überleben wir nicht das kleinste Leck und können nicht draußen arbeiten.« Sie deutet nach unten. »Oder in der Tiefe.«

»Hab sie gefunden!«, ruft Tak. Vor einer Wand des Raums stehen große Stahlbehälter mit der Aufschrift: »Antikorrosions-Druckanzüge, Modell K(int).« Es sind zehn Behälter, und jeder von ihnen behauptet, zwanzig Anzüge zu enthalten, aber sechs von ihnen sind leer. Tak, Ischida und Jacobi öffnen die nächsten beiden

Behälter. Darin hängen Schutzanzüge, die dicker und klobiger sind als unsere Hautengen, und sie stecken noch in glänzenden Plastikhüllen. Tak holt einen hervor, öffnet eine Diagnoseklappe am Helm und blickte auf die Anzeigen. Dann nimmt er sich einen zweiten und einen dritten Anzug vor und gibt ein OK-Zeichen. »Scheint alles in Ordnung zu sein«, sagt er.

Jacobi deutet auf ein silbriges Stück Stoff an der Seite des Behälterdeckels. »Was ist das?«, fragt sie. Eine kurze Mitteilung in Japanisch und Russisch ist darauf geschrieben. »Was bedeutet das?«

»Dort steht ›Nicht anziehen‹«, übersetzt Ischida.

Starshina Uljanowa nickt. »Die gleichen Worte auf Russisch«, bestätigt sie. »Keine Unterschiede bei der Handschrift. Eine Person dies geschrieben.«

»Ja«, sagt Ischida. »Wahrscheinlich ein Japaner.«

»Und die Tinte?«, fragt Jacobi.

»Könnte Blut sein«, sagt Tak. Er kratzt mit dem Fingernagel an den Worten. Etwas löst sich und fällt zu Boden. Er sieht mich an.

Wir weichen zurück.

»Was ist mit den verdammten Anzügen los?«, fragt Ischikawa. »Sehen neu für mich aus.«

Die Luft in der Station ist sauber und atembar, aber kalt. Wir laufen allmählich blau an. Die alten Hautengen … Selbst wenn wir sie zurückholen könnten, inzwischen sind sie bestimmt voller Löcher.

»Überprüft die übrigen Behälter«, sagt Borden. Eine gründliche Durchsuchung ergibt keine weiteren Mitteilungen und auch keine Alternativen. »Wir brauchen diese Anzüge«, sagte Commander Borden. »Zieht sie an und bildet eine Suchgruppe. Wir nehmen leichte Waffen mit, mehr nicht.«

Wir steigen in die klobigen grauen Anzüge. Ringe aus dickem Plastik und Metall umgeben Arme, Beine und Rumpf. Automatische Verschlüsse ziehen jedes Band an, was bis zu zehn Sekunden dauert und wobei man besser die Finger aus dem Weg halten sollte. Die Helme sind klotzig, die Visiere schmal und dick. Aber die Schwerkraft des Titan ist geringer als die des Mars. Die Anzüge fühlen sich nur etwas schwerer an als unsere alten Hautengen.

Muschran rückt seinen Helm mit Taks Hilfe zurecht. Wir schließen die Visiere kurz, um zu sehen, was unsere Engel zu sagen haben. Nicht viel. Eine blinkende Display-Anzeige verkündet: »Anpassung begonnen. Bitte haben Sie ein wenig Geduld.« Klar. Da bleibt uns nie eine Wahl.

Auf der einen Seite des Raums gibt es reichlich Anschlüsse, genug für Hunderte von Soldaten, die Luft, Wasser und Energie brauchen, bevor sie mit den großen Waffen auf dem Wachs in den Kampf ziehen. Wir saugen und nuckeln ein paar Minuten und beobachten uns dabei aus den Augenwinkeln.

»Vorräte für etwa siebzig Stunden«, wendet sich Joe an Borden. Er sieht sich die Anzeigen für die Reserven an. Damit scheint ebenfalls alles in Ordnung zu sein. Wir lösen die Verbindungen. Wird Zeit für ein kleines

Palaver. Die Russen versammeln sich um Litwinow, eine andere Gruppe schart sich um Jacobi. Eine knappe Minute beraten sie sich leise miteinander. Litwinow und Jacobi treten beiseite und flüstern. Dann geht Jacobi zu Borden und Kumar.

»Wo ist Muschran?«, fragt sie.

Kumar zuckt die Schultern. »Vielleicht ist er vorausgegangen«, sagt er.

»Dummkopf!«, platzt es aus Borden heraus. Sie hat die Nase voll von Kumar und Muschran, kein Zweifel.

»Dem widerspreche ich nicht«, sagt Kumar. »Er hat nie gern auf andere gehört oder ihre Anweisungen befolgt.«

»Verdammter Mistkerl«, sagt Jacobi.

»Vor dem Ausschwärmen einige Details«, sagt Borden. »Sie sind nicht besonders erfreulich.« In einem besonders vorsichtigen und behutsamen Tonfall fährt sie fort: »Nach den Oberflächensondierungen der *Lady of Yue* ist uns nur diese eine Station geblieben. Die anderen antworten nicht, und die *Lady of Yue* konnte sie aus der Umlaufbahn nicht orten.«

»Kein Begrüßungskomitee«, kommentiert Jacobi. »Noch jemand übrig?«

»Die Signale der Station werden automatisch gesendet, und auch nur sporadisch«, antwortet Borden.

»Wir gehen schwimmen, nicht wahr?«, fragt DJ. »Hinein in die Risse, in die Vulkane?«

Borden will sich von ihm nicht ablenken lassen. »Wir sind angewiesen, die Station zu sichern, mit den gewachsenen Produkten und all der Ausrüstung, die sich noch verwenden lässt. Dann sollen wir den Zugang neu öffnen, falls das erforderlich sein sollte, und versuchen, den inneren Ozean zu erreichen.«

»Ich bin bereit für die großen Dinge!« Ischikawa spreizt und krümmt die Finger. Sie gibt sich wie ein Teenager, der sich darauf freut, den Wagen der Familie zu fahren.

Borden ist unbeeindruckt. »Wir können uns nicht um alles kümmern, dafür ist unsere Gruppe nicht groß genug. Ich entscheide hiermit, dass wir die Produkte nehmen, die bereits Gestalt angenommen haben, und uns nach unten vorarbeiten. Unter der Kruste könnte es noch eine Tiefsee-Installation geben, nicht weiter als einige Hundert Kilometer von hier entfernt. Wir wissen nicht, wie sie aussieht, was sie enthält und was ihre Bewohner erreicht haben. Aber sie ist unser Ziel, solange die *Lady of Yue* dem nicht widerspricht.«

»Keine Berichte?«, fragt Ischida. »Wir wissen nicht, was dort unten geschieht?«

»Die Vierte Abteilung hat keine Berichte empfangen«, sagt Kumar.

»Geheim selbst für das Bedienpersonal?«, fragt Tak.

»Geheim für mich«, sagt Kumar. »Für Muschran kann ich nicht sprechen.«

Muschran ist unbemerkt von allen zurückgekehrt, ein einzigartiges Talent. Er zieht und zerrt noch immer an seinem Schutzanzug, schneidet dabei eine Grimasse. Wir alle haben es unbequem. Die Russen strecken sich und wechseln unglückliche Blicke. Muschran sieht sich um und wirkt wie jemand, der etwas weiß, aber noch nicht den Zeitpunkt für gekommen hält, die anderen einzuweihen.

»Sie sind weg gewesen«, sagt Jacobi. »Wo?«

Muschran nickt gelassen. »Etwa hundert Meter von hier entfernt gibt es ein Kontrollzentrum, das beschädigt und repariert worden ist. Dort liegen Leichen.«

Die Russen werden unruhig. Litwinow schüttelt den Kopf – eigentlich gibt es nichts zu übersetzen oder zu erklären, das nicht schon klar wäre. Borden fordert Joe auf, Muschrans Behauptungen nachzugehen. Wir holen unsere Waffen – Blitzerpistolen – und laden sie. Die Dinger erscheinen uns winzig. Ich kann's gar nicht abwarten, Produkte in die Finger zu kriegen: richtig große Waffen, mit ordentlich Wumms, und Transporter. Wir gehen zum nächsten Raum und folgen dem Weg, den Muschran genommen haben muss. Was uns erwartet, ist eine Art improvisierte Waffenkammer – einer von vier Räumen, die sich von der Schleuse aus nach innen erstrecken. Das Arsenal besteht allerdings nur aus beschädigten Waffen, hauptsächlich Blitzergewehren und Pistolen. Hinzu kommen drei Haufen aus Kartuschen mit abgebauter Materie, alle leer. Es ist dunkel und still. Die Energieversorgung der Station ist auf ein Minimum heruntergefahren. Es gibt gerade genug Licht, um die Umgebung zu erkennen, und es wird immer kälter. Unsere Anzüge halten uns einigermaßen warm, doch wir haben die Visiere offen gelassen, für die Gewöhnung ans begrenzte Blickfeld. Die verdammten Anzüge beginnen zu zwicken und zu zwacken. Ich strecke und beuge Arme und Beine, um die Gelenke flexibler zu machen. Woraufhin das Kneifen zu anderen Stellen kriecht und noch unangenehmer wird.

»Ich traue Kumar und Muschran nicht, und ich weiß noch immer nicht, was ich von Borden halten soll«, sagt Joe.

»Scheint in Ordnung zu sein«, sagt DJ.

»Sie ist benebelt«, sagt Joe.

»Sind wir das nicht alle?«, sagt Tak.

Joe blickt finster drein. »Ich bin mir nicht sicher, ob sie dem Kommando gewachsen ist. Und dann haben wir auch noch Kumar und Muschran als Beigabe.«

»›Man zieht mit der Armee in den Krieg, die man hat, nicht mit der, die man sich wünscht‹«, zitiert DJ.

»Fordere keinen Scheiß heraus!«, warnt Tak. Er meint es ernst. DJ weiß es besser.

»'tschuldigung«, sagt er.

»Jedenfalls …«, fährt Joe fort, »Litwinow scheint alles gut im Griff zu haben. Was ist mit Jacobi?«

Ich überlege, ob ich von der Zeitbombe in meinem Kopf erzählen soll. Die sich auf ihn konzentriert. Wodurch er zu einer Bedrohung für den wird, der die Bombe implantiert hat. Und wie sie mich dazu bringt, über die Rolle nachzudenken, die er bei dieser ganzen Sache spielt. Aber ich schweige.

»Jacobi ist stark«, sage ich. »Mag launisch sein, kriegt aber ihren Scheiß geregelt.«

»*Du* bist launisch seit Kazaks Tod«, wendet sich Tak an Joe.

»Launisch?« Joe schnaubt. »Ich bin verrückter als DJ.«

»Gut zu wissen«, sagt DJ. »Möchte darin nicht unbedingt der Beste sein.«

»Aber ich will den Verrückten nicht freie Bahn lassen, solange ich nicht weiß, warum alles, was man uns gesagt hat, gelogen ist«, verkündet Joe. »Und warum Kumar und Muschran das vor nur anderthalb Jahren erkannten, etwa zu der Zeit, als die Antagonisten damit begannen, Kometen auf den Mars zu werfen, und offenbar auch auf Titan.«

»Alte Geschichte«, sagt DJ. »Aber ich höre nicht viel von Coyle und noch weniger von den anderen …« Bei diesen Worten wird er aschfahl. »Sie jagen mir gehörige Angst ein, wenn ich ehrlich bin. Es sind Menschen, und auch nicht, wenn ihr versteht, was ich meine.«

»Ich habe verdammt noch mal keinen blassen Schimmer, was du meinst«, sagt Joe. »Dem Himmel sei Dank.«

Wir kommen an einigen zylindrischen Fahrstühlen und Lastenaufzügen vorbei, gefüllt mit Schutt, Rohren und Kabeln. Schließlich finden wir eine Treppe. Die Stufen sind größer als sonst, mit seltsamen Kerben in der Mitte.

»Schwanzspuren«, sagt Joe.

»Antags?«, fragt DJ.

»Was weiß ich«, erwidert Joe. »Diese Station ist von

beiden Seiten besetzt worden, meint Muschran. Drei Kampfhandlungen, die es zu organisieren galt. Beim letzten Mal scheinen wir gewonnen zu haben.« Er streicht mit dem Stiefel über die Kerben. »Vielleicht haben sich die Antags irgendwann in Glas verwandelt. Möglicherweise steht ihr auch mit ihnen in Verbindung.«

DJ schüttelt den Kopf, und ich ebenfalls. Nein, keine Antag-Geister. Ich weiß nicht, ob das eine interessante Erfahrung wäre, aber derzeit setzt der Schutzanzug Gelenken und Bauch so sehr zu, dass ich keine anderen Ablenkungen gebrauchen kann.

Wir gehen auf beiden Seiten der Treppe hoch, die an einer gewölbten Wand etwa zwanzig Meter nach oben führt – ein ganzes Stück. Meine Knie sind wie eingeschnürt, und es liegt nicht am Aufstieg. Es fühlt sich nach Reißzwecken an Ellenbogen und Fußknöcheln an.

Ein breiter, kalter Korridor führt zu einem runden Raum. Dahinter senkt sich der Boden über mehrere Ebenen hinweg ab und bildet eine Art Arena. Mechanische Arme und Gerüste mit darin verstauten Scheiben hängen von der Decke.

»Drohnen?«, frage ich.

»Für die Öffnung, den Zugang zur Tiefe«, sagt Joe. »Wahrscheinlich defekt, denn sonst wären sie nicht hier.«

Wir sehen hin, als wir vorbeikommen. Keine Hinweise. In der Mitte der Arena liegt noch mehr Schutt, und die Stufen sind verschlackt: geschmolzen und von Rissen durchzogen, an vielen Stellen notdürftig repariert. Auf der anderen Seite sind große Platten aus transparentem Plastik vor zwei breite Öffnungen geschoben und mit Schaumdichtmasse befestigt.

»Diese verdammten Anzüge tun *weh*«, sagt DJ. Er schüttelt die Arme und tritt mit einem Bein, wodurch er beinahe das Gleichgewicht verliert. Mein Anzug zwickt immer mehr, und das Zwicken ist nicht mehr nur unangenehm, sondern richtig schmerzhaft. Ich möchte das verdammte Ding am liebsten ausziehen und innen nachsehen. Aber wir durchqueren den Raum und schließen zu Tak auf, um festzustellen, was sich hinter den Plastikplatten befindet. Tak übernimmt die Spitze. Wir treten nach den Trümmern und versuchen zu verstehen, wie viel Schaden hier angerichtet wurde, und warum.

Joe geht zu den Platten. »Himmel, seht euch das an«, sagt er. Wir versammeln uns vor einem größtenteils durchsichtigen Segment, durch das man in etwas blicken kann, was uns wie ein brodelnder Kessel erscheint, fast einen Kilometer breit und gefüllt mit aufsteigendem Dunst und geborstenen Maschinen. »Der Zugang«, sagt Joe. »Ziemlich große Gefechtsschäden. In der Mitte ist es dunkel, aber man kann trotzdem was sehen.«

Wir nähern uns dem transparenten Plastik. Was dahinter liegt, ist spektakulär und entmutigend. Die Station ist um den Riss herum konstruiert worden, den vulkanischen Schlot, wie eine dicke Wand um einen halb gefrorenen See. Titans dunkelbraune Nacht legt ein schwaches Glühen um den Komplex. Methanschnee fällt durch klaren, kalten Stickstoff, trifft auf die matschige Flüssigkeit und verdampft sofort. Als bräunlicher Dunst steigt er auf, gefriert und fällt wieder. Der kontinuierliche Zyklus dieser Schneepartikel bildet einen Schleier vor einem Friedhof aus Maschinen, Transportern in der Art von U-Booten, und großen, breitschultrigen mechanischen Hundertfüßern – schwer zu sagen, wie viel schwimmenden Kram es dort draußen gibt, der langsam an unseren unglücklichen Augen vorbeizieht.

»Sieht verlassen aus«, sagt Tak.

»Ja.« Joe sieht mich an. »Weitere Hinweise von Captain Coyle?«

»Nichts«, sage ich.

»Und Käfer?«

Ich versuche, mich mit ihm in Verbindung zu setzen und glaube fast, etwas zu empfangen. Eine Warnung? Eine Erinnerung? Eine kurze Andeutung von Wissen, die sich schnell auflöst. »Tut mir leid«, sage ich.

»Großartig.« Joe dreht sich und hebt die Hand. »Dort drüben. Muschran hat recht.« Am anderen Ende der Beobachtungsgalerie liegen Leichen. Ich zähle vier.

Wir gehen zu ihnen.

»Menschen«, sagt DJ. »Keine Kampfverletzungen.«

»Was dann?«, fragt Tak. Er verzieht das Gesicht, als er in die Hocke geht. »Gemeinsamer Selbstmord?«

Die vier Toten liegen halb in und halb außerhalb von Schutzanzügen, wie wir sie tragen, ein wenig getrennt voneinander, jeder von ihnen in seiner eigenen, privaten Qual. Zwei Männer und zwei Frauen, halb nackt, mumifiziert. Die Männer halten Messer in ihren knochigen Händen. Die Frauen scheinen bei dem Versuch gestorben zu sein, die Beine aus den unteren Hälften ihrer Anzüge zu ziehen. Getrocknetes Blut bedeckt den Boden. Es ist fast nichts zu riechen.

»›Nicht anziehen‹«, sagt DJ. »Mit Blut geschrieben.«

Joe pfeift leise. »Haltet die Zügel kurz«, sagt er. »Nicht raten. Wissen.«

»Ja«, sagt DJ.

»Autsch«, sagt Tak und reibt sich den Bauch. Joe ist der Nächste. Mich trifft ein stechender Schmerz in der Wade, wie von einem Dolch.

»Mir reicht's«, sage ich. »Die Anzüge sind schlimm.«

Wir versuchen, uns gegenseitig aus ihnen zu helfen. Tak ist schwierig. Er scheint in seinem festgeklebt zu sein. Haut bleibt an der Nackenplatte kleben, als wir sie und den Helm entfernen, und rosarote Flüssigkeit tropft davon herab. Es tut ihm natürlich sehr weh, aber er gibt keinen Ton von sich. Wir heben die Messer auf und beginnen damit, das widerstandsfähige Material aufzuschneiden. Jeder arbeitet an einem anderen, löst die automatischen Schnallen, hebt und entfernt die runden Platten. Joe befreit sich von seiner eigenen Nackenplatte. Kleine blutige Drähte ragen nach innen, winden sich und versuchen noch immer zusammenzuwachsen.

»Zum Teufel auch!«, sagt Joe angefressen und verblüfft. Er zieht an einem Draht, und eine Perlenschnur aus Blut löst sich.

Die Handschuhe sind am schwierigsten. Drähte haben sich mir um die Finger gewickelt, und einer bohrt sich gerade in den Daumen. Ich nehme ihn an der Wurzel, im Handgelenk des Handschuhs, ziehe ihn heraus und stöhne leise. Joe gibt ähnliche Geräusche von sich, als er schneidet und sich Drähte aus Oberschenkel, Hüfte und Armen zieht.

Tak ist als Erster frei von allem und steht schwer atmend vor den durchsichtigen Platten. Er hat es geschafft, sich zwischen die Leichen zu manövrieren. Eine der Frauen gratuliert uns mit einer schrumpeligen Grimasse; ihre dunklen Augen scheinen uns zu beobachten.

Wir stehen nackt in der Kälte. Blut tropft und gefriert. Unsere Wunden sind sehr schmerzhaft, auf intime Weise schrecklich, aber ich fürchte nicht, dass jemand von uns sterben muss. Wir haben uns gerade noch rechtzeitig von den Schutzanzügen befreit.

»Was jetzt?«, fragt DJ.

»Wir müssen den anderen Bescheid geben«, sagt Joe zu Tak.

»Ja.« Und Tak läuft los.

»Wir bleiben hier?«, fragt DJ.

»Wir suchen andere Schutzanzüge und einen warmen Ort«, sagt Joe. »Da hinten können wir nichts tun. Warum hat Muschran nichts gesagt?«

»Weil er Todessehnsucht hat«, sage ich.

»Verfickt und verflucht«, kommentiert DJ.

Eine rasche Untersuchung der »Arena« beim Schlot ergibt keinen Hinweis darauf, wo sich andere Ausrüstung befinden könnte. Unsere Füße werden blau und taub.

Tak kehrt mit Borden, Litwinow und Jacobi zurück. Ischikawa folgt ihnen in einem gewissen Abstand. Bis auf Tak tragen alle noch ihre Anzüge. In Bordens Blick liegt Mitgefühl, als sie uns ansieht. »Wir müssen andere Anzüge finden«, sagt sie mit kleiner, noch nicht ganz resignierter Stimme.

»Zum Teufel damit!«, ruft Joe. Seine Worte hallen wider. Er deutet auf die Leichen, das Blut, unsere roten Hautfetzen. »Muschran hat dies gesehen, er wusste von dem verdammten Mist mit den Anzügen. Er *muss* davon gewusst haben!«

»Bestimmt«, sagt Borden. »Als er Tak sah, wirkte er verblüfft, und dann zornig. Er fragte ihn, was in aller Welt er getan hat.«

Litwinow fügt hinzu: »Mistkerl sagte: ›Es tut nur ein bisschen weh.‹«

»Sollen wir ihm eine Abreibung verpassen?«, fragt Tak. Seine Drohungen sind immer ernst gemeint.

»Schluss mit dem Unsinn«, sagt Borden mit Nachdruck. »Wir haben keine Wahl.«

»Ich trage keine verdammte eiserne Jungfrau«, sagt DJ.

»Zum Teufel, zum Teufel mit euch allen!«, ruft Joe

mit heiserer Stimme. Er bekommt einen Hustenanfall. Unsere Haut ist graublau. Das ganze Blut zieht sich nach innen zurück.

»Wir *brauchen* die Anzüge«, sagt Borden. Sie sieht auf die Leichen und das Blut hinab. »Ich weiß nicht, was hier passiert ist. Panik. Schlechte Führung.«

»Gottverdammt ja, schlechte Führung!«, bringt Joe immer noch hustend hervor. Er geht in die Hocke, muss sich dann mit einer Hand abstützen. Wir werden so schwach, dass wir uns dem Unvermeidlichen nicht widersetzen können.

Fünf von Litwinows Soldaten kommen zu uns. Sie tragen vier der klobigen Anzüge, noch in ihren Plastikhüllen steckend. Sie halten sie neben uns, um die Größe zu messen. Ihre Gesichter sind geisterhaft, resigniert.

Tak holt tief Luft, legt einen der großen grauen Schutzanzüge auf den Boden, öffnet die Plastikhülle und zeigt dabei eine klassische Tak-Miene. Purer amerikanischer Buschido. DJ ist der Nächste. Er hockt auf einer Packung und betrachtet seine Füße, die Anzeichen von Erfrierung aufweisen.

»Wir haben keine Wahl«, betont Borden.

»Und wenn es vorbei ist …«, frage ich. »Lösen sich die Dinger dann wieder?«

»Ich weiß es nicht«, sagt Borden.

»Diese Anzüge müssen neu sein«, füge ich hinzu. »Coyle hat nichts davon gesagt.«

»Sie ist ein verdammter Geist!«, erwidert Borden

mit einem Anflug von Zorn, was selten genug geschieht. Auch sie weiß nichts von diesem Mist. Niemand in der Vierten Abteilung oder an Bord der *Lady of Yue* hat sie auf solche Probleme hingewiesen. »Warum sollte sie sich um so etwas scheren?«

Wir öffnen die Packungen. Ritter und Rüstung, beides in einem. Und dann fällt mir ein, was Coyle vor langer, langer Zeit gesagt hat.

Sie *hat* mich gewarnt. Ich habe nur nicht richtig hingehört.

# Spaltenkönige

Abgesehen von den Leichen ist die Station verlassen und nur ein kümmerlicher, kaum mehr funktionierender Rest von dem, was sie vor dem letzten schweren Angriff gewesen ist, der Titan ein neues Gesicht gab. Es grenzt an ein Wunder, dass sie überhaupt noch existiert. Aber für uns gibt es kein Wunder. Eigentlich ist der Eishockey-Puck nicht viel mehr als eine dicke Mauer um den Riss, den Schlot des Eisvulkans. Das Dach ist eingestürzt und hat die Elemente hereingelassen, hauptsächlich Methanschnee.

Wir tragen wieder Anzüge und versuchen, das Zwicken und Zwacken – von dem wir jetzt wissen, was es bedeutet – einfach hinzunehmen. Borden und Litwinow bringen uns zum Arsenal zurück. Unter den wachsamen, nervösen Blicken unserer Kameraden – plus Kumar und Muschran – verformt sich die Außenwand, ein Vorgang, der von besorgniserregendem Knirschen und Knacken begleitet wird. Auf der anderen Seite entwickeln sich die Produkte.

Die Wand beginnt zu dampfen und zu beben.

»Produkte Station fressen!«, sagt Litwinow, und vielleicht hat er recht. Wir schließen die Helme. Es wird schnell kälter.

Drei große, runde bronzefarbene Köpfe lösen einen Teil der Außenwand auf und erscheinen wie Fische in einem milchigen Teich. Die Wand kräuselt sich, schließt sich um die Köpfe. In jedem Kopf klappt eine Luke auf, eine klare Einladung für uns. Die Mützenausbildung sagt uns, wer in welches Fahrzeug steigen soll, wessen ID zu welchem Produkt passt, wer für welchen Teil unserer Mission vorgesehen ist. Je nach Größe und Komplexität von Waffen und Transporter sind ein, zwei oder drei Fahrer vorgesehen. Außerdem gibt es Platz für höchstens fünf in Schutzanzüge gehüllte Soldaten – ich sehe und fühle es.

Ekstase breitet sich in mir aus. Plötzlich bin ich gut drauf. Diese Leute sind echt gut, richtig genial – wer auch immer die Mützen entwickelt hat, die Produkte und die Station! Wir sind vorbereitet, unsere Aufgabe ohne Klage zu erfüllen. Es ist sogar noch besser als die Begeisterung unmittelbar nach einem gelungenen Sprung, wenn wir auf dem Mars stehen. Schmerz ist süß. Wir heißen jeden Stich willkommen, jeden Draht, der sich in unsere Muskeln bohrt und um unsere Knochen schlingt. Zu allem bereit, zu zweit oder zu dritt, lösen wir uns aus dem dichten Haufen, zu dem wir uns instinktiv zusammengedrängt haben. Neue Stiefel stapfen über schlüpfrigen, vereisten Boden und klettern durch offene Luken in große bronzene Maschinenköpfe.

Als der erste Kopf seine Crew empfangen hat, weicht

er mit einem Zischen zurück, hinterlässt das glasige Schimmern gefrierender Flüssigkeit und ein dampfendes, tropfendes Loch, durch das sich ein anderer Kopf schiebt. Das ist unserer. Ich bin bei Joe und Tak. DJ geht mit Borden. Borden richtet den üblichen sorgenvollen Blick auf mich – ich bin ihr Mündel, sie ist für mich zuständig, nicht wahr? Doch hier agieren wir nach den Anweisungen einer höheren Autorität. Wir sind nicht viel mehr als Automaten in großen Maschinen. Landser-Zombies. Hier sieht die Sache anders aus als beim Drama auf dem Mars. Soll mir recht sein.

Nach den Ausmaßen des runden Kopfes zu urteilen sind Joe, Tak und ich einer ziemlich großen Maschine zugeteilt. Wir drei, echte Kumpel von früher. Prächtig. Aber dann klettert auch Starshina Irina Uljanowa herein, die Ballerina mit dem runden Gesicht, gefolgt von Ischida und Jacobi, und *das* ist die vollständige Crew. Kein Problem. Wir sind ja flexibel. Ich trete in die Mitte und sehe mich im Innern des Kopfes um. Wir befinden uns in einem großen, breitschultrigen bronzefarbenen Hundertfüßer – haben Hundertfüßer Schultern? –, wie jene, die zerschmettert und geborsten im Eismatsch beim Schlot verstreut liegen. Mit geschlossener Luke wird der Raum zu einer Kabine, die zehn Meter lang und fünf Meter breit ist und in den Thorax des Hundertfüßers reicht. Es ist dunkel und warm, wie im Innern einer beheizten Kürbisflasche. Die Mützenausbildung sagt mir, dass es an der Frische des Produkts liegt: die Wärme der Fabrikation. Wir werden kälter sein, wenn wir uns in den Schlot stürzen oder durch die Kruste graben – beides ist mit dieser Maschine möglich. Sie heißt »Offensiver Scout, allgemeine Reaktion«, OSCAR. Das Ding kann schwimmen, graben oder einfach über die meisten Oberflächen kriechen. Ziemlich universell. Andere Maschinen sind spezialisierter.

Gelbe Bänder fallen von den gewölbten Wänden und entfalten sich zu Hängematten, mit Polstern und Klammern für unsere Anzüge. Uljanowa ist die Erste von uns, die sich einer solchen Hängematte anvertraut. Über ihr gehen Lampen an, in der gleichen Farbe wie das kleine, helle Licht über ihrem Helmvisier: grün für grün. Die Klammern befestigen sich an ihrer Hüfte, und die Polster üben Druck auf den Anzug aus. Uljanowa entspannt sich und versucht, den Kopf zu drehen und uns anzusehen, aber ihr Anzug ist plötzlich steif – wir alle sind steif. Kein neugieriges Gaffen.

Wir folgen Uljanowas Beispiel, und auch unsere Lichter passen sich an. Alles gut. Ich grinse übers ganze Gesicht. Mann, ich fühle mich gut, richtig gut. Alles ist bestens, und das bleibt es sogar, als mir etwas Glattes und Kaltes über den Penis kriecht.

Ischida legt Arme und Beine in eine Öffnung rechts von uns. Ihre Hängematte verändert sich entsprechend, und Ischida setzt sich auf. Ihr Gesicht kann ich nicht erkennen. Ich höre gerade so ihre Stimme, die sich fast im Summen, Brummen und Surren des Hundertfüßers verliert – unser OSCAR macht sich für den Aufbruch bereit. Die Hängematten von Tak und Joe gleiten nach vorn, direkt hinter Ischida. Meine bringt mich in der Mitte nach achtern. Wir sind jetzt an unseren vorgesehenen Plätzen, auch wenn wir noch nicht wissen, was zu tun ist.

Kurze Zeit später kommt es zu einem Ruck, und vor dem Fahrer öffnet sich etwas – ein Teil der Wand wird durchsichtig, erlaubt einen Blick nach draußen. Das Gesicht des Oscar hat jetzt ein großes rechteckiges Auge. Plastik? Metall? Ich vermute besonders widerstandsfähiges, temperaturunempfindliches Plastik. Wundervoll, wie wir Sprache benutzen, um Ignoranz zu maskieren. Die Mützenausbildung erklärt uns kaum, welche Technik hinter diesen Ungeheuern steckt.

Dann hören wir eine Art Klimpern, gefolgt von Stimmen – es besteht Funkverbindung. Ich gebe mich damit zufrieden, nach vorn zu blicken, zwischen Joe und Ischida. Wir bewegen uns, durch einen wogenden Schleier aus Methanschnee – Oscar kriecht nach oben, über den Rand des Eishockey-Pucks. Es ist leicht zu erkennen, wie fleißig die Samen gewesen sind. Die Außenwände auf dieser Seite der Station sind pockennarbig und wie zerfressen; es scheint nur noch wenig von ihnen übrig zu sein. Der Hangar mit dem Gleiter, der uns hierhergebracht hat, existiert nicht mehr. Eine kriechende Kolonne aus drei weiteren frischen Maschinen klettert über den Rand der Station, mit zopfartigen Erweiterungen, die aus ihren Stummelschwänzen ragen …

Hungrige Zöpfe sind es: Sie schneiden und brechen

und *absorbieren* die Station. Vielleicht verwenden die Produkte auch die Leichen als Material für Bau und Wachstum. Totale Kampfeffizienz. Die Lamettaträger wären begeistert.

Weit hinten in meinem Kopf erstreckt sich samtene Schwärze, wie der Vorhang eines dunklen Theaters, und es ist ein Vorhang, der sich langsam öffnet. Noch gibt es auf der Bühne nichts zu sehen, aber das könnte sich bald ändern.

Ich werde abgelenkt, als mir mein Helm einen breiteren Ausblick präsentiert. Die Bilder werden direkt auf die Netzhaut projiziert. Ich verdunkle die Innenseite des Visiers und werde zu einem körperlosen Augenpaar, das schwerfällig durch Eismatsch streicht, die metallenen Füße des Hundertfüßers erreicht und von dort aus über den Innenrand der Station späht ... hinein in den Schlot. Der See darin ist ein Wirbel, wie eine große, halb gefrorene Toilettenschüssel voller Kampfscheiße, die gerade den Abfluss hinuntergeht. He, ich bin in guter Stimmung. Ich lache in meinem dicken Helm, selbst während invasive Teile des Anzugs – *meines* Anzugs, meines Freunds – in meinen Körper eindringen und ihn vielleicht fressen, so wie die Station gefressen wird. Und wenn schon. Schmerz, Gift, kalter Tod, wenn kümmert's?

Wir hören Bordens Stimme, akustisch durch die salzige Flüssigkeit übermittelt. Klingt wie ein Zirpen. Und wie üblich hat sie gute Nachrichten. »Letzte Meldung von der *Lady of Yue*«, sagt sie. »Massive Probleme unterwegs: ein Kasten und sieben andere Schiffe. Werden in zehn Stunden Titan erreichen. Der Kasten kann Hunderte von weiteren Samen befördern, genug, um mit allen Antag-Resten fertigzuwerden, und auch mit uns. Die Schiffe nehmen keinen Kontakt mit der *Lady of Yue* auf und scheinen nicht mit der Absicht unterwegs zu sein, uns zu helfen.«

»Fünfzehn bis dreißig Kilometer durch die Kruste, bevor wir im Meer schwimmen können«, sagt Joe. »Sehen Sie sich die Daten an – dies wird eine Weile dauern.«

»Nutzlast bereit für Lieferung, wie?«, fragt Jacobi. Sie meint mich und vielleicht auch DJ. Unter anderen Umständen würde ich mich vielleicht geschmeichelt fühlen, aber ich bin noch immer abgelenkt, sogar sehr. Ich fühle den schrecklichen Verlust der Kontrolle über meine Gedanken und habe das Gefühl, ebenfalls hinuntergespült zu werden. Eine weitere Giftkapsel öffnet sich in meinem Kopf, die zweite Falle – die zweite *Instauration* ist unterwegs.

Eine sanfte, freundliche Stimme fragt: »Wie ist es, Skyrine? Nach all den Jahren. Betrachten Sie Ihre lange Liste erstaunlicher Erfahrungen und schildern Sie uns mit Ihren eigenen Worten …«

Der samtene Vorhang schwingt ganz auf. Die Bühne füllt sich.

Ich falle auf sie.

# Nein, nein, verdammt, nein

Ich stehe auf einer großen Plattform, klein und allein, vor einem dunklen, unsichtbaren Publikum, das aus Millionen besteht, vielleicht sogar aus Milliarden. Ich bin vollkommen nackt und in Licht getaucht. Ich blicke an mir herab, sehe meine Nacktheit und erkenne, dass Arme und Beine zerkratzt und verschrumpelt sind, rot, braun und ledrig. Ja, ich lebe, aber ich bin hässlich geworden. Das Publikum seufzt mit einem fernen Sturm der Anteilnahme. Es liebt meine Hässlichkeit. Der Kampf hat mich in einen verdammten Elefantenmenschen verwandelt. Herzlichen Dank dafür. Der Krieg steckt voller Überraschungen. Mein ruinierter Körper weckt in der unsichtbaren Menge des Publikums tiefe Gefühle, die andernfalls unmöglich wären, nicht wahr? Gefühle, die die Zuschauer nicht haben *wollen*, zumindest nicht im wahren Leben. Aber das ist Unterhaltung, stimmt's? *Horrorshow*, wie die Russen sagen.

Zeit, dass ich was für die Sache tue.

Irgendwo über mir listet die sanfte *Stimme* in langweiligen Details all die Einsätze auf, an denen ich beteiligt gewesen bin, all die Kampfgebiete, die ich besucht habe. An manche davon erinnere ich mich kaum, von anderen habe ich nie etwas gehört – Orte auf der Erde und sonst wo. Hat es Krieg auf der Erde gegeben? Dann sitzen wir wirklich tief in der dampfenden Kacke, wie? Mir gefällt dies nicht. Ich möchte dorthin zurück, wo es rundgeht, woher ich komme. Ich möchte den Kampf an der Seite meiner Skyrine-Kameraden beenden und herausfinden, ob wir alle sterben müssen oder überleben dürfen. Ich möchte keine Nachbesprechungen oder Siegesfeiern. Ich hab auch keine Lust dazu, irgendwelche Leute aufzufordern, Kriegsanleihen zu kaufen. Das ist Schnee von gestern.

Schnee, Eis … über eine Milliarde Jahre alt.

Und so …

Ich grabe tief und finde Coyle, ich bitte sie, ich beschwöre sie, sie hat die ganze Zeit aufmerksam zugehört …

*Das reicht. Man muss kein Geist sein, bevor man tot ist!*

Sie scheint stärker verblasst zu sein als beim letzten Mal, aber irgendwie findet sie die inneren Wurzeln dieser Täuschung. Sie zeigt sie mir, und gemeinsam stopfen wir das Gift zurück in die Kapsel und schließen das verdammte Engramm, diese *Instauration* oder was auch immer es ist.

*Achtung, Venn. Wir sind ganz nahe! Ich weiß, dass sich hier drin etwas befindet, das dir helfen wird … Wenn ich etwas mehr Zeit bekomme, es zu suchen, finde ich es.*

# Unter Druck

»Was?«

Der Vorhang schließt sich. Ist plötzlich nicht mehr da. Ich öffne die Augen und stelle fest, dass ich wieder in der Hängematte liege und die Stimmen der anderen Besatzungsmitglieder höre, während der große bronzene Hundertfüßer das halb gefrorene Wasser des Schlotsees erforscht. Kein Wunder, dass es mir schwerfällt, Traum von Realität zu unterscheiden. Es wird Zeit, sich auf die Mission zu besinnen. Ich blicke nach links und rechts und erkenne fünf andere Transporter durch den dichten Eisdunst. Insgesamt sechs. Pfeile und Symbole teilen mir mit, dass Borden die Spitze übernimmt. Sie ist mit Kumar und Muschran zusammen – ziemlich viel Lametta in einem Fahrzeug. Vielleicht taucht sie so tief, dass der ganze verdammte Transporter vom Druck zermalmt wird. Tschüss, Bedienpersonal mit dem hypnotischen Blick. Die Mützenausbildung weist mich darauf hin, dass eine solche Einstellung der Mission nicht sonderlich förderlich ist. Mag sein. Aber Bordens Fahrzeug macht eindeutig den Anfang. Und was ist es doch für ein Vehikel! Wenn unseres einem

Hundertfüßer ähnelt, so sieht ihres aus wie eine Mischung aus Panzer, Bulldozer und Wurm, zehn Meter breit und aus acht Segmenten bestehend, mit Gleisketten auf *drei* Seiten! Und die ersten Segmente sind mit robusten Greifarmen ausgestattet. Die Arme und andere Erweiterungen in der Art eines Schweizer Armeemessers können packen, schneiden, schweißen und andere verrückte Sachen. Bordens Wurm kann schneller graben und tiefer tauchen als irgendeine andere Maschine in unserer Phalanx, in unserer Flotte oder was auch immer wir sind. Sie ist nicht nur die Spitze unserer Klinge, sondern auch die Schneide mit dem Wellenschliff.

Ich *sehe* es eigentlich nicht. Ich erinnere mich. Ich weiß sogar, wie man das talentierte Miststück fährt, sollte es nötig sein. Als Belohnung für den Zugriff auf meine Mützenausbildung empfange ich eine weitere Woge schmerzfreien Wohlbefindens. Dieser Landser *kann* einige neue Tricks lernen.

»Warum müssen alle Fahrzeuge wie Insekten aussehen?«, fragt Ischida.

»Käfer haben uns gemacht«, sagt Tak.

»Das glaube ich nicht«, sagt Ischida. »Ich werde es nie, nie glauben.«

»Was dann?«

»Engel«, sagt sie sofort. »Geister. *Kami* und *Yokai*.«

»Jockeys? Welche Jockeys?« Tak blickt nach vorn und runzelt die Stirn.

»*Yokai*«, wiederholt Ischida.

»Wie Feen«, sagt Jacobi von vorn.

»Feen sollen gemacht haben uns?«, fragt Uljanowa. Es sind die ersten Worte, die sie spricht, seit wir mit Oscar aufgebrochen sind.

Ischida seufzt. »Nicht Feen, *Yokai*.« Ich sehe, dass jemand *Senketsu* auf eine Schulter ihres Anzugs gekritzelt hat. Keine Tinte. Blut, nehme ich an.

Oscar kriecht über schwimmende Wracks hinweg und schiebt Stücke beiseite. Wir hören dumpfes Pochen an der Außenhülle. Wir versuchen, im Eismatsch eine offene Stelle zu erreichen, wo wir in die Tiefe vorstoßen können, ohne dauernd auf Hindernisse zu stoßen. Die Temperatur draußen schwankt stark. Drinnen zwicken unsere Anzüge und passen sich noch etwas mehr an. Ich spüre etwas durch mein Rektum kriechen. Prächtig. Meine Gedärme bewegen sich, als steckten sie voller Würmer. Doch dann lässt der Schmerz plötzlich nach, und es herrscht wieder Ruhe in den Eingeweiden. Betäubender Einlauf? Kleine Gaben.

Oscar bewegt sich mit Cilien beziehungsweise »Flimmerhärchen«, armgroßen Gummistreifen, die sich nacheinander biegen und strecken, dadurch Flüssigkeit nach hinten befördern. Schnellere Bewegungen erhöhen unsere Geschwindigkeit, und Veränderungen des Neigungswinkels steuern uns nach rechts oder links. Im Heck und unter unserer Kabine befinden sich Trimmtanks, die Flüssigkeit aufnehmen. Wenn Joe und Jacobi aufsteigen wollen, wird die Flüssigkeit erhitzt, und etwas von hier verwandelt sich in Dampf. Spezielle

Rinnen und Ventile bringen Salze und Ammoniakgas nach draußen. Wenn die Tanks abkühlen, strömt erneut Flüssigkeit in sie, und wir sinken … Das Geräusch hinter uns klingt ein wenig wie ein Singsang, wie ein Chor aus Grillen und Vögeln. Hinzu kommen ein rhythmisches Tuckern von den Flimmerhärchen und das leise Quietschen ihrer Gelenke.

Ischida greift das Thema wieder auf. »Ich frage mich, was die Geister dieses Ortes denken. *Yokai* mögen keine Eindringlinge.«

»Sie halten überhaupt nicht viel von Menschen, oder?«, fragt Jacobi. »Frauen mit langem schwarzem Haar und ohne Augen, nicht wahr?«

»Kein *Yokai*«, sagt Ischida leise.

»Hoffentlich haben sie nichts dagegen, dass wir *hier* tauchen«, sagt Joe. »Haltet euch die Nasen zu.«

Ich schnappe nach Luft, als das Bugfenster plötzlich dunkel wird. Kleine Spritzer aus schwachem grauem Licht blinken um uns herum. Wiederholte Schläge gegen die Außenhülle deuten auf Kollisionen mit kleineren Wrackteilen hin. Dort ist eine Leiche. Hab ich sie wirklich gesehen? Ein erstarrtes Gesicht in der Dunkelheit. Jetzt ist es weg. Niemand sonst hat sie bemerkt, oder niemand will es zugeben. Wie lange kann eine Leiche in dieser korrosiven Soße schwimmen?

»Elritzen werden losgeschickt«, sagt Jacobi.

»Signalverfolgung«, sagt Joe.

Kleine silbrige Lichter werden heller und schweben vor uns, fünf Zentimeter große Drohnen, die durch den Eismatsch schwimmen oder sich wie Korkenzieher hindurchbohren. Sie verschwinden schnell im Dunkeln, hinterlassen aber Spuren auf dem Tauchschirm und auf unseren Visieren. Es sind unsere Späher und Kundschafter.

Hier unten gibt es polymerisierte Strömungen aus fast reinem Wasser, zusammengehalten von starken elektrischen Feldern wie von Membranen. In unseren Helmen zeigen sie sich als gewundene, wogende Auroras, die tief in den Riss hinabreichen. Wir sind gerade durch eine geglitten, durch elektrische Eishauskälte.

»Starke elektrische Ströme«, sagt Tak.

»Reibt nicht die Zehen am Teppich«, warnt Joe. »Der ganze Ozean hier unten ist wie eine riesige Batterie. Die Blitze an der Oberfläche führen nach *oben*, zu den Wolken. Kochen unterwegs die Kohlenwasserstoffe.«

Wir sitzen im wahrsten Sinne des Wortes in einem Boot und machen Gebrauch von Fähigkeiten, die wir uns per Mützenausbildung angeeignet haben, um mit diesem großen Ungetüm fertigzuwerden, um es zu steuern und seine Sensorreichweite zu vergrößern …

Stunden vergehen. Es macht mir nichts aus. Alles ist in Ordnung. Ich spüre keine weiteren Giftkapseln. Vielleicht habe ich alle durch – oder vielleicht haben sie bei mir ihren Zweck erfüllt.

Wir beenden unser langes Tauchen zwischen schroffen, massiven Wänden. In einer Tiefe von dreiundzwanzig Kilometern gehen wir auf horizontale Fahrt und bleiben unter einem gewaltigen Eisdom. Die Elritzen teilen uns mit, dass sich unter dem zähflüssigen Eismatsch nur weitere elektrische Ströme befinden – und dann der tiefe, tiefe Ozean von Titan. Wir spüren nichts von dem Druck. Wir haben kein Knacken in den Ohren. Oscar ist intakt, und unsere Schutzanzüge funktionieren. Ich denke daran, dass wir auf dem infraroten Radar ziemlich große Ziele abgeben müssen. Die Mützenausbildung erhebt keinen Widerspruch gegen diese Meinung.

Eine tolle Maschine, unser Oscar, unser Hundertfüßer, und eine tolle Crew – wir sinken in fast unbekannte Tiefen, um einen Blick auf etwas zu werfen, das nie jemand vor uns gesehen hat. Ich lache in meinem Helm.

*Reiß dich zusammen, Venn!*

Ich kann Captain Coyle kaum mehr hören oder spüren. Es ist so, als würde sie sich ganz langsam erneut in Glas verwandeln.

# Alt und kalt

Alle unsere Sensoren sind auf die Welt unter der Kruste gerichtet. Auf das Salzmeer, das im Bereich des Äquators ganz Titan umspannt und Ausläufer nach Norden und Süden streckt, hier und dort mit Seen, die ebenfalls salzig sein können oder auch nicht – als ob die Quellen tief unten Zugang zu reinem Eis im Mantel hätten. Die Klarheit des Ozeans um uns herum ist erstaunlich. Schmutz und Trümmer scheinen von der Strömung nach unten getragen und auf dem Meeresgrund verteilt zu werden. Titans Ozean wird ständig gereinigt. Nach dem, was ich während meiner Madigan-Zeit in den Fachbüchern gelesen habe, ergibt das keinen Sinn. Ein solcher Vorgang müsste geleitet und kontrolliert werden, was zumindest auf ein lebendiges Ökosystem hindeuten würde, wenn nicht auf eine Zivilisation.

Doch die Daten, die unsere Helme empfangen, sind eindeutig. Wir schwimmen durch kristallklares Wasser, dessen Temperatur weit unter dem Gefrierpunkt liegt, kommen gelegentlich an wolkenartigen Ansammlungen von Trümmern vorbei, an denen sich Ammoniak absetzt und eine Art Schlick bildet. Die Wolken treiben in Richtung der Tiefenströmungen, lösen sich dabei auf und bilden lange, aufgeladene Federn, wie ultraviolette Regenbögen.

Wir gleiten unter einem weiten Bogen aus Krustenmaterial hindurch. Oscar schaltet seine Scheinwerfer ein und beleuchtet die Oberfläche des Bogens. Ein weiterer Eisdom, durchzogen von den schwarzen Schleimadern. Wo das Eis fast rein ist, funkelt es mit Millionen von Reflexionen, eine glitzernde Galaxie. Weiter vorn begegnen wir einer Brekzie aus Eis und verklumpten Felsen, zusammengehalten von dickem Mörtel aus braunem, grauem und schwarzem Teer. Unser Licht erwärmt die Mischung, und Steine lösen sich aus ihr.

»Dies könnte haarig werden«, sagt Joe.

Unter den abbröckelnden Steinen kommt frisches Material zum Vorschein – und erschrockene große Würmer oder Insekten, fünfzig oder sechzig Meter lang! Sie kriechen fort von der plötzlichen Helligkeit, tiefer in den Eisschlick.

»Himmel!«, sagt Jacobi. »Können wir sicher sein, dass das keine Antag-Waffen sind?«

»Ziemlich sicher«, sagt Joe. »Leben?«, fragt er mich.

»Ja«, antworte ich.

»Deine Käfer?«

»Viel jünger.«

»Reden sie mit dir?«

»Nein.«

»Vielleicht unsere Cousins?« Er lässt der Frage ein schiefes Grinsen folgen.

Einige der Würmer sind so groß, dass ihr Kriechen weitere Felsen löst. Wir weichen zwei derartigen Felsrutschen aus, erhaschen dann einen Blick auf die großen Mandibeln eines breiten, gepanzerten Kopfes – Mandibeln auf fünf Seiten, ein Pentagon aus schnappenden, schneidenden Kiefern. Diese Wesen sind mindestens zehn Meter lang, ihre langen schlangenartigen Leiber von Stacheln besetzt.

Borden meldet sich aus dem ersten Fahrzeug. »Ernste Frage, Johnson, Venn: Sind diese Geschöpfe intelligent? Vorfahren Ihrer Käfer?«

»Ich habe nie etwas von dieser Art gesehen«, sagt DJ. »Aber das ist nicht unbedingt eine Antwort auf Ihre Frage.«

Als wir uns einer Lücke in dem Bogen nähern, sehen wir weitere Stachelwürmer. Sie tanzen in unserem Licht, wie in einem verzückten Ritual, verbinden sich dann miteinander zu Dreiergruppen. Wir erkennen, dass jeder Stachel über ein kleines Maul verfügt – klein im Vergleich mit der Körpermasse, aber etwa so groß wie eine menschliche Hand. Die Stacheln haften aneinander wie ein Klettverschluss, lösen sich dann wieder. Aus den Triaden werden erneut einzelne Kreaturen, die sich in der Brekzie verkriechen. So schnell wie die Stachelwürmer erschienen sind, so schnell verschwinden sie auch wieder.

»Wie gewonnen, so zerronnen«, sagt Jacobi.

»Wie in Sand oder Aquarien«, sagt Ischida. »Eichelwürmer. Priapulida.«

»Ich wette, Sie haben die Biester mit Reis verspeist«, sagt Joe. »Vielleicht sind sie auf Rache aus.«

»Nein, Sir!« Ischida klingt alarmiert.

Das kristallklare Wasser und das Eis darüber erscheinen leer und unberührt. Eine wellige violette Strömung erscheint auf der linken Seite unserer Formation, und wir weichen wie ein Vogelschwarm aus. Unsere Flimmerhärchen summen, und ein unregelmäßiges Klatschen begleitet dieses Geräusch – vielleicht bewegen sich die Cilien nicht perfekt synchron. Vielleicht werden sie alt. Wie lange hält eine Maschine hier unten durch? Länger als unsere marsianischen Hautengen, hoffe ich.

Unter uns erscheint der Grund des Ozeans: niedrige graue Hügel, gespickt mit Felsen so groß wie der Half Dome im Yosemite-Nationalpark.

»Alle vorbereitet?«, fragt Joe. »Alle guter Dinge?«

»So gut's geht«, sagt Tak.

»Lasst euch nicht von der Technik benutzen«, sagt Joe. »Bleibt wachsam und unabhängig. Denkt dran: Alle anderen, die hierherkamen, sind tot.«

»Das wissen wir nicht«, wendet Jacobi ein.

Uljanowa seufzt leise.

Wir alle haben die Trümmer bei der Station gesehen. Und auch den Zustand der Station selbst. Haben die Überlebenden einfach alles aufgegeben? Menschen und Antags zur gleichen Zeit? Bevor die Antags das finden, bestätigen oder zerstören konnten, von dem Captain Coyle glaubt, dass …

*Aufgepasst, Venn.*

Diesmal kann ich Coyle fast sehen. Sie steht in einem langen Korridor zwischen Reihen schwarzer Säulen. Offenbar hat sie wichtige Aufzeichnungen gefunden und versucht, mir ihre Entdeckung mitzuteilen. *Wir sind hier. Dieser Ort ist unglaublich tief und stark. Ich habe die neuere Geschichte überprüft. Und du bist drin. Die Bibliothek akzeptiert dich als legitimen Benutzer.*

»Welche Geschichte?«, frage ich leise.

*Unsere Krabbenfreunde durchbrachen die Kruste und zogen sich wieder zurück*, sagt Coyle. *Aber Jahrhunderte später taten sie mehr als nur das. Viel mehr. Sie schickten Raumschiffe, die Titan und andere Monde erreichten. Einige dieser Schiffe flogen viel weiter, bis zum Kuipergürtel und sogar der Oortschen Wolke. Große Orte dort draußen. Sonnen-Planeten!*

»Wie lange liegt das zurück?«

*Muss es langsamer angehen lassen. Muss mich ausruhen. Ich kann dich nicht viel länger führen. Ich werde Teil des Archivs. Hab mich gerade angesehen – meine Güte! All das, was ich bin, meine DNS, mein Gedächtnis, meine Narben und Knochen – alles. Es ist alles erhalten und bewahrt, repariert. Es gibt keine Worte, um zu beschreiben, wie sich das anfühlt.*

Dann … verschwommene Stille.

»DJ!«, sage ich.

»Ja, sie verblassen«, erwidert er. »Etwas anderes kommt.«

»Steht uns eine Begegnung mit unseren Schöpfern bevor?«, fragt Ischida.

»Leben sie noch immer dort unten?«, fragt Jacobi. »Sind wir deshalb hier?«

»Starke elektrische Aktivität auf der Backbordseite«, warnt Joe. »Voraus ist der Ozean dunkel.«

In unseren Helmen sehen wir die Wolke aus Elritzen, die nach vorn gleitet, kleine Wellen aus tanzendem Licht ausbreitet und ein violettes Glühen links von uns schafft – es markiert den Superstrom aus salzigen Ionen, der unseren Oscar schmelzen könnte, wenn wir ihm zu nahe kommen. Es wäre wie die Berührung eines riesigen Starkstromkabels. Was hindert die Elektrizität daran, sich überall im Wasser auszubreiten? Salzgradienten. Eine frische Sprungschicht trennt unsere Strömung von der anderen, wie eine isolierende Decke. Oh, wir sind in Ionen gebadet, aber Oscar kann damit fertigwerden. Dort drüben hingegen, im Violetten, wird tödlicher Strom von den Tiefen bis zur Kruste geleitet, und er trägt Vorhänge aus Trümmern mit sich.

»Könnte sich schmelzen durch Kruste und schaffen einen weiteren Schlot«, sagt Uljanowa. Kluge Schwester. Kluge russische Schwester. Mit rundem Gesicht und dem Körper einer Ballerina. Obwohl ich von dem Körper nicht viel sehe, steckt er doch wie mein eigener in einem unförmigen Schutzanzug.

»Ja«, sagt Jacobi. »Vom Violetten sollten wir uns besser fernhalten.«

Oscar summt und vibriert. Ich versuche noch immer,

mich zu orientieren und daran zu erinnern, was ich in Madigan in den Fachbüchern gelesen habe, in der Hoffnung, dass die Mützenausbildung die Lücken füllt. Aber seit die Mützen programmiert wurden, haben sich die Dinge hier unten geändert. Unser Wissen ist nicht vollständig.

Dann sehe ich keine lässige Coyle, von Säulen umgeben, sondern matte Helligkeit. Stille, silbrige Bereiche. Ich schließe die Augen. Die silbrige Leere ist unendlich dicht, gefüllt mit unendlich dünnen Linien und Figuren – als ob man sich in einem dunklen Raum die Fingerknöchel auf die Augen drückt. Geometrische Lid-Filme. Aber *hell.* Ich habe die Augen geschlossen, und es ist noch immer hell. Werde ich wieder schlafen können?

Das Silber will etwas. Es erwartet etwas, eine Antwort. Aber wie lautet die Frage? Sie strömt durch mein Bewusstsein. Es hat mit Coyles Aufzeichnung geübt, nehme ich an, stampft aber trotzdem so wüst wie ein Stier herum. Himmel, ich fühle mich wie jemand, der gestreckt und gevierteilt werden soll, dessen Hände und Füße an schnaubenden Pferden festgebunden sind, und dort steht ein Mistkerl mit idiotischem Gesicht und schickt sich an, mit einem verdammten Hammer zuzuschlagen …

*Frage.*

Keine Stimme. Nicht einmal ein Wort, aber unmittelbar, aus allen Richtungen kommend. Mein Kopf vibriert wie ein Gong. Ich zucke so heftig in meinem

Schutzanzug zusammen, dass alles wehtut, Gelenke, Füße, Hände, der Hals – all die Drähte zwicken und zwacken wieder, als sich die Muskeln verkrampfen. Wenn das Zucken nicht aufhört, werde ich verdammt noch mal in blutige Stücke geschnitten!

Wieder:

*Frage.*

»Ja, ja, in Ordnung. Geh nicht weg.« Ich spreche leise, doch die anderen hören mich trotzdem. Sie sind beschäftigt. Ich habe keine Ahnung, was sie denken, was Joe und Jacobi von meinem Flüstern in ihren Helmen halten. Ich weiß, dass sie nicht hören, was ich höre. DJ ist vielleicht dazu imstande. Vielleicht hört er die Stimme, die keine ist, ebenso wie ich.

»Ich höre. Was bist du? Wer bist du?«

Wieder die holografische Präsenz, ohne Worte, ohne Geräusche.

*Du hast einen alten Zugangspunkt.*

Ich weiß nicht, was das bedeuten soll. Ich öffne die Augen und betrachte im Helmdisplay den Ozean, unsere blinkenden, blitzenden Elritzen, die Umrisse der anderen Maschinen, die wieder auf horizontale Fahrt gehen.

»Tiefenstation in etwa dreißig Kilometern«, sagt Joe. Seine Stimme ist laut und überwältigend, aber nicht realer als die Präsenz. »Etwas ist noch dort«, fügt er hinzu. »Keine Signalbake, keine Antwort auf unsere Anfragen.«

Unsere Sensoren zeigen, dass wir über tiefen

Schluchten mit rasiermesserscharfen Kanten unterwegs sind. Höhenzüge verlaufen parallel dazu, in einer Entfernung von einem Kilometer oder weniger, treffen im rechten Winkel auf andere Gebirge und bilden ein Muster, das nach den Zahlquadraten eines Rouletterades aussieht. Einen Boden haben diese Quadrate nicht – jedenfalls können weder unsere Sensoren noch die Elritzen einen Boden orten. Die hiesige Geologie ist ein großes Rätsel. Könnte sie künstlichen Ursprungs sein? Wenn das der Fall ist … Wer oder was hat sie geschaffen? Und *wann*?

Nach allem, was ich hinter mir habe, kommt es noch immer einem Schock gleich zu erkennen: Was wir sehen, stimmt mit dem überein, was mir Käfer und Coyle gezeigt haben. Es bestätigt die Authentizität unserer Verbindung. Mit anderen Worten: Ich bilde mir nichts ein. Coyle, mein innerer Käfer, die silbrige Leere … Das alles existiert wirklich.

Wenn ich hinnehme, dass ich nicht verrückt bin und man mich wegen dieser Sache hier aus Madigan herausgeholt hat … Das macht es ein bisschen einfacher. Ich schlucke. Meine Kehle steckt voller Nadeln. DJ und ich sind hier, um eine enge, starke Verbindung mit etwas Altem und Wichtigem zu schaffen.

Die silbrigen Fragmente. Alles erzittert, formt sich neu. Etwas anderes ist hier bei mir. Etwas Neues, meinem inneren Käfer vertraut.

Wellen entstehen in der Helligkeit.

*Frage.*

»Ja«, sage ich.

»Was ist los, Vinnie?«, fragt Joe.

»Leise«, sagt DJ. »Er arbeitet.«

»Verstehe.«

*Hast du jemanden, der dich führt?*

»Vielleicht«, sage ich. »Ich kann dich verstehen, was auch immer du bist.«

*Mit jemandem, der dich führt, kannst du lernen, wie man auf das Archiv zugreift. Wenn du ein qualifizierter Benutzer bist.*

»Ich hatte jemanden, der mich führte«, sage ich. »Sie verwandelte sich in Glas, auf dem Mars. Sie hat mich gewarnt, mir von euch erzählt … glaube ich.«

Augen offen. Ich zucke wieder. Der Oscar schwimmt um eine große Mineralienansammlung herum, die sich in der Dunkelheit des Ozeans mit einem matten Glühen bemerkbar macht. Die anderen Fahrzeuge melden sich, schnattern und zirpen miteinander und wahren die Formation, während sie nach Steuerbord drehen und dem Ding ausweichen, das den Ozeanboden mit der Kruste verbindet.

Joe lässt die Sensoren ausschwärmen. Wir alle empfangen die Daten in unseren Helmen. Ich muss das Silber mit meinen Blicken durchdringen, aber ich lerne schnell, wie man das anstellt.

Wir sind mitten in einem Mineraliendschungel, einem tiefen Wald aus Kristallsäulen, jede von ihnen Dutzende von Kilometern hoch.

»Die Hauptader!«, sagt DJ.

Langsam gleiten wir durch diesen Dschungel. DJ pfeift. Die Melodie klingt vertraut, aber ich habe sie nie zuvor gehört. Dennoch erzeugt sie einen vertrauten geistigen Zustand der Kongruenz und Verbindung. Die Helligkeit wird greifbar. Ich fühle, wie sie mir über die Haut kriecht und in mein Bewusstsein strömt. Sie schimmert silbrig, und obwohl ich sie fühlen kann, trägt sie bisher keine Informationen zu mir und hat keine andere Bedeutung als die von Stärke und Realität.

Erneut sind meine Gedanken durchdrungen von vibrierenden, wellenförmigen Linien, unendlicher Geometrie, und wieder fühle und höre ich Coyle. Ihre Stimme ist deutlich und kräuselt das silbrige Schimmern. Es entsteht eine Verbindung zwischen dem silbernen Raum und fernen Archiven, auf dem Mars und anderswo.

*Ich bin noch hier, Venn. Bekomme eine kurze Gnadenfrist, denke ich. Kann dich noch führen, für eine Weile. Also los. Verstehst du?*

»Himmel! Ja, Captain.«

*Wir haben nicht viel Zeit. Es ist bereit. Frag es etwas.*

»Aber was zum Teufel ist es? *Was* ist bereit?«

*Frage.*

»Ich weiß nicht, was ich fragen soll!«

*Frag es nach dem Papa- und Mama-Kram, woher wir kommen und wohin wir gehen. Und warum die Gurus und Antags uns nicht hier unten wollen. Frag es nach Monden. Dir wird nicht gefallen, was es zu sagen hat. Ich bin tot, aber zuvor bekam ich Gelegenheit, mich ein wenig umzusehen, und mir gefiel ganz und gar nicht, was ich dabei entdeckte. Aber du musst fragen.*

*Frag jetzt.*

Coyles Stimme wird leise. Sie weicht zurück, fort von mir, sie löst sich auf.

»Was ist mit Captain Coyle passiert?«, frage ich.

*Deine Führung wird Erinnerung, was eine Buße darstellt. Wir erkennen die Musik deiner Führung, und wir erkennen deine Musik. Weil du die richtige Musik hast, kannst du Benutzer sein.*

*Frage.*

»Warum wollen uns die Gurus nicht hier unten? Oder im Drifter und den Minen?«

*Wähle eine Frage.*

*Wähle sie gut, Venn! Dieser Ort ist auf enorme Weise ungewöhnlich.*

»Warum versuchen alle, uns von *dir* fernzuhalten, was auch immer du bist?«

*Man hat euch belogen.*

*Frage.*

»Wer hat uns belogen?«

*Über Jahrmilliarden hinweg sind wir, die wir uns diese Erinnerungen angeeignet haben, Kräften der Dekadenz und des Verderbens begegnet. Diese Kräfte setzten sich mit Überredung und Versuchung durch. Sie müssen eure Unwissenheit bewahren, weil sie sonst versagen. Wir können euch die Unwissenheit nehmen. Deshalb sind wir eine Bedrohung für sie.*

*Frage.*

»Alles in Ordnung, Venn?«, fragt Jacobi.

Nein, es ist nicht alles in Ordnung mit mir. Frage! Verdammt. Mir gefällt nicht, in welche Richtung dies führt, denn es bestätigt, was ich bereits spüre, vielleicht sogar *weiß*, und das ist nicht gut. Ich will nicht mehr herausfinden. Außerdem: Von Coyle ist nur noch ein kleiner Hauch übrig.

Das vibrierende Silber verwandelt sich in ein beharrliches helles Rot. Hier unten wird keine Zeit vergeudet. Schmerz!

Etwas hämmert gegen die Hülle des Oscar. Der große bronzene Hundertfüßer erbebt und zittert. Joe, Uljanowa und Jacobi geben sich alle Mühe, die Maschine unter Kontrolle zu halten.

Etwas bewegt sich über den Bergen in den Tiefen des Ozeans, fließt an den Säulen aus Salzen und Mineralien entlang nach oben. Unsere Elritzen melden einen beständigen Strom aus eisigen Dolchen, jeder von ihnen sechs oder sieben Meter lang, wie große Eiszapfen, angetrieben von ionisierten Strömen: ein Blizzard aus elektrischen Torpedos, die sich schnell nähern, mit Dutzenden von Knoten.

»Torpedos!«, ruft Jacobi. »Festhalten!«

Die Elritzen stieben auseinander, um einen besseren Überblick zu bekommen. Direkt sehen können wir noch immer nichts – der Ozean ist hier vollkommen dunkel und opak –, aber die Elritzen funktionieren im gesamten Bereich des Spektrums und haben auch Ohren, und das Wasser trägt Geräusche *sehr* weit. Wir können hören, was Tausende von Kilometern entfernt geschieht. Wir hören sogar die Echos von Höhenzügen und Roulettequadraten …

»Zwölf große Maschinen in drei Kilometern Entfernung, steigen hinter einem niedrigen Höhenzug auf«, sagt Tak. »Sie sind etwa dort, wo die Station sein sollte. Sehen aggressiv aus und sind *riesig.*«

»Keine von uns!«, sagt Jacobi. Ihre Stimme ist leise und vollkommen ruhig.

Die neuen Maschinen orten uns, schwärmen aus, sinken und verstecken sich zwischen zwei aufeinander zulaufenden Höhenzügen. Wir können sie nicht sehen. Wir sehen überhaupt nichts.

»Wir sind wie auf dem Präsentierteller«, sagt Tak.

»Ich weiß«, erwidert Joe gepresst. Ich kenne ihn gut genug, um zu erkennen, dass er entweder die Befehle von Borden oder Kumar befolgt oder selbst etwas plant. Vielleicht beides. Ihn jetzt zu fragen würde ihn nur ablenken. Er wird mir Bescheid geben, wenn er bereit ist.

Oder wenn *ich* bereit bin.

»Eistorpedos werden langsamer«, sagt Joe.

»Warum erledigen sie uns nicht einfach?«, fragt Ischida.

Die Torpedos halten an und bilden eine Wolke um uns herum. Sie hindern uns daran, die Fahrt fortzusetzen, kommen aber auch nicht näher. Ich habe Kopfschmerzen vom roten Leuchten und weiß nicht, was es ist und warum es jetzt passiert. Vielleicht habe ich einen Schlaganfall. Vielleicht ist der ganze Mist in meinem Kopf schließlich explodiert.

Doch langsam kriechen Informationen aus dem roten Glühen. Viele Informationen. Ein Durcheinander aus historischen und strategischen Daten … Als ob ich die Käfer-Strategie verstehen könnte!

»Langsam«, bringe ich zwischen zusammengebissenen Zähnen hervor.

»Niemand rührt sich«, sagt Joe.

»Venn … was machen wir jetzt?«, fragt Jacobi.

Wenn ich das nur wüsste.

Ischida ist für unsere Waffen zuständig. Ich gehe die Liste im Kopf durch und fürchte plötzlich, dass wir von den Waffen tatsächlich Gebrauch machen könnten – der rote Nebel hält das nicht für angemessen oder notwendig. Wir haben stationäre Minen, Schiffshalter, die an feindlichen Objekten haften und Sprengladungen aus abgebauter Materie enthalten, und Torpedos größer als die Elritzen, die aber nach dem gleichen Prinzip funktionieren. Und das ist erbärmlich. Wer auch immer dort draußen ist: Er hat Waffen, die weit über unser Arsenal hinausgehen. Der Gegner nutzt Titans elektrische Ströme. Er ist länger hier, er hat überlebt und ist viel mächtiger als wir.

Aber er schlägt nicht zu. Er wartet ab.

»Wer ist das?«, fragt Uljanowa.

Joe dreht den Kopf und sieht zu mir zurück. »Du bist das As in unserem Ärmel, Vinnie. Du und DJ.«

Das rote Leuchten verwandelt sich wieder in Silber,

und in der unendlich dichten Sammlung wartender Informationen erscheint eine weitere Gestalt. Nicht die eines Menschen.

»Coyle«, sage ich. »Verdammt, Coyle, was ist das? Wo bist du?«

*Ich übergebe, Venn. Werde jetzt Teil der festen Erinnerungen. Was bedeutet, dass ich ganz tot sein werde … bis Leute sich an mich erinnern. Du wirst dich an mich erinnern, oder? Wirst du für mich beten?*

Ich erinnere mich daran, wie sich DJ um Coyle gekümmert hat, als sie sich in Glas verwandelte. Etwas schnürt mir die Kehle zu. »Ja«, sage ich. »Immer.«

*Es wird schwer sein, mit deinem neuen Partner zu arbeiten, aber sie lebt noch. Sie ist ein Benutzer. Und sie ist klüger als ich, mit mehr Erfahrung.*

»Sie …? Ein Nachkomme der Käfer?«, frage ich.

*Wie du. Leb wohl, Venn. Gib gut acht auf unsere Soldaten. Und viel Glück.*

Ich strecke eine geistige Hand aus, ich taste mit allen Sinnen, die mir hier in dieser anderen Welt zur Verfügung stehen, finde aber nichts mehr von Coyle. Das knallharte, fast zynische Pflichtbewusstsein, der bittere Humor, der Zweifel an meinen Fähigkeiten … die Hingabe dem Leben gegenüber, obwohl ihr Beruf das Töten verlangte. Captain Coyle existiert nicht mehr.

Nein. Sie ist da. Sie ist nur nicht *aktiv*. Ich *kann* sie sehen. *Alles* von ihr, vor mir ausgebreitet wie eine silbrige Blaupause, nackt und vollständig – alles, das auf dem Mars zu Glas wurde, verstaut und verwandelt, im Archiv gespeichert, für immer wahrhaft bewahrt. Etwas, das keine Leidenschaft fühlt, keinen Schmerz, aber ewig ist – zeitlos und vollständig erhalten.

»Lieber Himmel, Coyle«, sage ich. »Du bist verdammt *schön* …«

Aber das nützt mir nichts.

»Wer redet mit Ihnen, Venn?«, fragt Jacobi.

»Coyle ist im Archiv«, sagt DJ.

Ein neuer Umriss bildet sich in meinem Bewusstsein. Das Archiv hat andere Pläne. Es möchte, dass ich meinen Weg fortsetze. Ich habe das schreckliche Gefühl, dass Coyle die wirklich schweren Dinge bis zum Schluss aufgespart hat. *Sie*? Noch sehe ich nichts, das Substanz hätte. Was ich erblicke, ist eher eine geistige Präsenz, und vielleicht sieht sie mich auf eine ähnliche Weise. Wie zum Teufel sollen wir miteinander kommunizieren, wenn das überhaupt möglich ist?

Dann …

Es ist eine Realität.

Die neue Stimme ist überraschend lieblich, wie Vogelgesang in einem Wald. Sie hebt sich und fällt, beschränkt sich schließlich auf den mittleren Bereich, und ich kann sie deuten: Es ist eine Frauenstimme, wie die von Coyle, aber anders. Ich will dem neuen Benutzer gegenübertreten, wenn man das so nennen kann, doch zwischen uns erscheint der Verwalter des uralten Archivs, jenes Etwas, das Gurus und Bedienpersonal einen gehörigen Schrecken eingejagt hat.

*Frage.*

»Wie sprechen wir miteinander?«, frage ich. »Wie stellen wir dies an?«

»Was sind sie, Vinnie?«, fragt Joe. Er klingt sehr verunsichert, sogar furchtsam. »Nachkommen der Käfer? Ureinwohner von Titan?«

»Ich weiß es nicht«, erwidere ich. »Captain Coyle hat nichts mehr mit dieser Sache zu tun.«

*Ihr habt die Musik. Ihr eignet euch als Benutzer.*

Ich denke schnell darüber nach und komme mir wie ein Idiot vor. Meine Lippen bewegen sich, als würde ich versuchen, ein Buch zu lesen.

»Sie brummeln wieder«, sagt Jacobi verärgert.

Ich öffne die Augen. Ischida beobachtet mich. Die silbrige Leere legt sich auf ihr besorgtes Gesicht.

»Wir sind stationär«, meldet Uljanowa. »Die Eistorpedos warten noch immer darauf, uns zu erledigen.«

Mein Blickwinkel verschiebt sich. Ich starre ins unendliche Silber und betrachte den glänzenden, unsicheren Umriss des anderen Benutzers, den anderen Geist, und meine Güte, es gibt da ein gewisses *Etwas*, das Empfinden von Verwandtschaft, näher als die ferne mit Schnecken und Käfern. Trotzdem …

*Frage.*

Wie bei einem Fernsehquiz. Ich saß in Fresno neben meiner Großmutter auf der alten, nach Hund stinkenden Couch, während sie sich ihre Lieblingssendungen in der Glotze ansah. Sie kannte die Regeln, die übliche Routine. Ich muss ebenso schlau sein wie meine Großmutter.

Ich versuche, ein bisschen Abstand zu dem neuen Benutzer zu gewinnen und mich auf das Silber des Verwalters zu konzentrieren. Will nichts Dummes oder Unhöfliches sagen.

»Stammen wir beide von jenen ab, die dich schufen?«, frage ich.

*Ja.*

*Frage.*

»Ein anderes Bewusstsein?«, frage ich. »Jemand anderer, der vom Tobak beeinflusst ist? DJ!«, sage ich.

»Bin bei dir, Kumpel«, sagt er. Seine Stimme hat sich verändert. »Hier geht ganz schön was ab, nicht wahr?«

»Kannst du den anderen sehen? Den anderen Benutzer?«

»Ja.«

»Was hältst du davon?«

»Ich denke, ich sollte mein Offizierspatent aufgeben.« DJ ist Unteroffizier.

»Heraus damit!«

»Na ja, Coyle ist es nicht, das dürfte klar sein«, sagt er. »Aber es ist auch kein Käfer … und kein Mensch.«

»Ihr Typen macht mich verrückt!«, ruft Joe. »Gebt mir was Konkretes!«

Nach allem, was ich Joe verdanke, auf die eine oder andere Weise, fühle ich einen Anflug von Genugtuung.

»Die Wesen dort draußen, sie wollen uns nicht töten«, sagt DJ mit einem tiefen Seufzen. »Nicht mehr. Wir brauchen uns gegenseitig.«

»Was zum Teufel soll das heißen?«, fragt Jacobi

scharf. Sie wirkt bis zum Zerreißen gespannt, und auch erschöpft. Wir befinden uns zwölf Kilometer unter der Eiskruste von Titan und in Sensorreichweite eines Waldes aus massiven Kristallsäulen, die vom zerklüfteten Meeresgrund bis zum Eisdach darüber aufragen. Die Torpedos warten zwischen uns und einer Flotte aus schweren Waffen – eine überwältigend starke Streitmacht.

Mein Blick durchdringt das Silber und erreicht Jacobi. »Captain Coyle hat mich etwas anderem übergeben«, teile ich ihr mir. »Etwas Neuem.«

Sie zwinkert verschwörerisch. »Um wen oder was handelt es sich?«

»Das versuche ich noch herauszufinden«, sage ich.

*Frage.*

»Was machen wir jetzt?«, wende ich mich an den Verwalter.

*Benutze das, was dir die Musik gibt. Sprich mit deinem Partner.*

»Wir müssen kapitulieren«, sagt DJ sanft.

»Ist DJ übergeschnappt?«, ruft Joe. »Vinnie, hat er den Verstand verloren?«

»Ich weiß es nicht!«, erwidere ich. »Vielleicht wollen sie uns an einen sicheren Ort bringen. Wo wir zusammenkommen und miteinander reden können.«

Ich sehe den anderen noch immer nicht deutlich. Beziehungsweise die andere. Vielleicht will sie nicht deutlich gesehen werden. Vielleicht gibt es nicht viel an ihr, trotz unserer gemeinsamen Musik und des Verwalters.

*Frage.*

»Wohin wollen sie uns bringen?«, frage ich und spüre, wie das Archivlicht über einen Teil meines Bewusstseins streicht.

*Benutze den Sinn, den dir die Musik gibt.*

Großartig. Ich sitze auf der größten Datensammlung des lokalen Universums, und sie erweist sich als Pedantin. *Ich* bin der Benutzer; ich treffe die Entscheidungen. Ich könnte eine Million Jahre damit verbringen, mich durch die Fragen nach Einschränkungen und Regeln zu arbeiten, aber woran ich plötzlich denke, ist der Antag-Helm auf dem Mars, der einen geborstenen Vogelkopf mit vier Augen und rauer Zunge umgab.

Und dann denke ich daran, was ich lerne und woran ich mich erinnere, und als ich mich *daran* erinnere, an all die Toten und Sterbenden, an all das Blut an meinen Händen, an all die Freunde und Kameraden, die ich verloren habe, und an das Blut an *ihren* Händen, an all die Vogelköpfe, die wir auf Mars und Titan und anderswo ins Jenseits geschickt haben …

Fast alle *weiblich …*

Plötzlich wird's klar. Plötzlich verstehe ich. Ich weiß, wer dort draußen ist, wer dort an den schweren Waffen sitzt. Wir stammen beide von den Käfern ab.

Und wir sind beide getäuscht worden.

Das ist *enorm.*

Am liebsten möchte ich mich zusammenrollen und heulen.

Ich schüttle meine Verwirrung ab und überlege, wie

ich vorgehen soll. Woran glaube ich? Was ist die Wahrheit, und wie stehen wir zu Gegenspionage – oder wie man den ganzen verdammten Kram auch nennen will? Ich bin kein besonders guter Jongleur. Vielleicht jongliere ich gerade mit einer Kugel, in der eine Bombe steckt.

*Frage.*

»Was ist schiefgegangen? Wie konnte dies geschehen? Wer sind die Gurus, und was wollen sie mit uns, für uns tun?«

Die anderen hören mich. Sie sind so verblüfft, dass sie nur leise murmeln, und vielleicht auch leise beten. Jacobi versucht, ein Schluchzen zu unterdrücken. Skyrines haben oft eine Art sechsten Sinn, der sie etwas vorausahnen lässt. Einige von uns wissen bereits um den Schock, der uns bevorsteht. Joe weiß es, da bin ich sicher. Er weiß es schon seit einer ganzen Weile. Wie auch Kumar, Muschran und sogar Borden. Vierte Abteilung. Alles Verräter.

*Eine Frage nach der anderen.*

»Ja. Warum tun die Gurus dies und erzählen uns all diese Sachen?« Eine Frage, die mir einfach genug erscheint. Ich erhoffe mir eine klare Antwort.

*Seit Jahrmilliarden verkaufen sie und ihre Art Krieg an die äußeren Sterne.*

Ich bin mir nicht sicher, ob ich verstehe, was das bedeutet. »Meinst du unseren Krieg? Wie haben sie ihn verkauft? Woher weißt du das?«

*Eine Frage nach der anderen.*

»Woher weißt du das?«

*Vor langer Zeit brachten sie uns dazu, gegen unsere Brüder zu kämpfen.*

Die Stimme lässt mich genauer erfahren, was sie sagt. Ich sehe Datenströme und Kommunikationssignale, die von unserem Sonnensystem ausgehen. Wir sind beobachtet worden. Jemand hat alles aufgezeichnet und in der ganzen Galaxis verbreitet …

»Es ist ein Geschäft für sie? Wir sind Unterhaltung?«

*Sie sehen unseren Kampf und unser Sterben, eure Kriege und euer Leid. Sie übertragen das zu fernen Welten. Es entspricht einem alten Muster, dass für diese Kräfte, hochentwickelt bis zu Dekadenz und Langeweile, euer Volk und sein Leid und sein Sterben amüsant sind.*

*Frage.*

»Käfer haben für sie gekämpft?«

*Viele haben das getan. Jene Kriege zerstörten vier Monde. Dies ist das letzte Archiv, das die Geschichte bewahrt.*

*Frage.*

O ja, verdammt. Hier gibt es eine große, dicke Frage. »Woher kam der Mond, der den Mars traf und Trümmer zur Erde schickte?«

*Es wurde schließlich eine verzweifelte Maßnahme ergriffen und ein Mond dieses Systems in Richtung Sonne geschickt, zu den jüngeren inneren Welten. Es lief nicht wie geplant, und er stürzte auf den vierten Planeten.*

Und er half dabei, das Leben auf der Erde entstehen zu lassen – durch Zufall. Durch einen Fehler.

*Frage.*

»Du hast gesagt, dass euch eine Niederlage drohte.«

*Ja. Wir standen kurz davor zu verlieren.*

»Habt ihr verloren?«

*Das war vor langer, langer Zeit, und die Erbauer des Archivs sind längst vergangen.*

Ein schmerzvolles Thema, spüre ich, selbst für ein objektives Archiv. »Sie sind tot?«

*Sie sind vergangen.*

Ich kann noch immer ein klares Bild des Käfers vor mein inneres Auge rufen. Hässlich, von einem seltsamen Panzer bedeckt, zwei vereinte Geschöpfe, Hirn und Muskel, Ross und Reiter. Dieses Bild, das statistische Porträt einer ganzen Kultur, hat mir bisher als Darstellung dafür gedient, was der grüne Staub im Drifter wachgerufen hat. Irgendwie hat es mich beruhigt, wie seltsam und fern von meiner Realität mir es auch erschien. Aber ich habe mir den Käfer nie als Krieger oder Soldaten vorgestellt. Er war für mich ein Forscher, ein Denker, eine sonderbar freundliche Präsenz – doch nie ein Held, und schon gar nicht ein tragischer.

»Was geschieht da drin, Vinnie?«, ruft Joe.

Der Verwalter des Archivs zieht sich zurück und fungiert nicht länger als Interface und Dolmetscher. Er will, dass ich weitermache.

Ich höre wieder den Vogelgesang, und allmählich

ergibt er einen Sinn. Ich empfange Eindrücke in einem breiten Spektrum. Hintergrunddetails, gelegentliche Stimmen – psychologische Einfärbung. Die neue Präsenz stammt vielleicht von einem der Schiffe oder von einer der Waffen dort draußen. Was auch immer sie sein mag, sie ist ein Benutzer. Sie lebt. Was bedeutet, dass sie *mir* Fragen stellen und Vorwürfe erheben kann.

Ich will nicht verstehen. Ich möchte Schluss machen. Fast möchte ich lieber sterben, als diesen verdammten Mist fortzusetzen. Aber ich werde nicht sterben, zumindest nicht sofort. Nicht rechtzeitig genug, um der Wahrheit zu entgehen.

Ich beginne mehr von dem schönen Gesang der anderen Stimme zu verstehen:

> *Wir [mitgeteilt wurde] teilen Erbe. Schwer zu akzeptieren. Wir [sehen] euch. Ihr seid gekommen für den Kampf. Wir [sehen] eure Fahrzeuge und haben [dafür gesorgt, dass sie keine Gefahr mehr darstellen]. [Wer seid ihr], und warum seid ihr gekommen?*

Ich fühle Dringlichkeit. Wir sind umzingelt. Die anderen sind extrem wachsam, aber auch verzweifelt – wie wir – und äußerst neugierig. Es hat so viel Schmerz und Verlust gegeben. Sie kennen weder unseren Ursprung noch unsere Absichten, doch sie haben noch immer Hoffnung. Ich spüre, dass sie gegen ihre eigenen Artgenossen gekämpft haben. Es hat sie viel Mühe und Leid gekostet, Titan zu erreichen, hier zu überleben und das Archiv anzuzapfen. Auch sie wurden von den alten Erinnerungen der Käfer berührt. Wahrscheinlich haben auch sie Kameraden, die sich in Glas verwandelten. Ich frage mich, ob Coyle einem ihrer Toten begegnete, und warum sie mir nichts davon erzählt hat.

Weil ich noch lebe. Weil mir Ehre und Pflicht noch etwas bedeuten. Weil sie uns etwas bedeuten. Ein verdammt großes Problem für mich. Aber ich bin auch dieser Mission verpflichtet, den Leuten, die dachten, dass ich hier sein sollte, zusammen mit DJ. Dass wir das Geheimnis lüften und die Täuschung erkennen könnten.

Dass wir in der Lage wären, die große Lüge zu entlarven.

Also kneife ich die mentalen Arschbacken zusammen und konzentriere mich auf den anderen Benutzer. Ich verwende keine Worte – dafür reicht die Zeit nicht. Stattdessen zeige ich der neuen Präsenz den Drifter, die kristallene Säule und den grünen Staub, auf unserer Haut verschmiert. Ich zeige ihr einen ekstatischen DJ, wie er sich über die Verbindung mit dem Alten freute.

Ich versuche, die Erfahrung von Captain Coyle zu vermitteln.

Und ich zeige der neuen Präsenz den Käfer.

Dafür empfange ich Visionen einer exakt parallelen Erfahrung. Die Farben und Umrisse sind schwierig –

ich muss mich auf eine von vier verschiedenen Bildfolgen konzentrieren, damit es nicht zu verwirrenden Überlappungen kommt. Vier Bilder von vier Augen. Einige von ihrer Art bekamen es ebenfalls mit dem grünen Staub zu tun. Ihre genetische Musik ist ebenso beschaffen wie unsere – der Staub funktionierte auch bei ihnen.

Ich kann dieser Wahrheit nicht entkommen: mit wem ich hier kommuniziere, *was* es ist, mit dem wir es hier in der Tiefe des inneren Meeres zu tun haben, jenseits der ionisierten Membranen, im Innern der größeren, mächtigeren Waffen. Niemandem an Bord unseres Oscar werden diese neuen Wahrheiten gefallen. Meine eigene Reaktion ist instinktiv. Ich fühle Abscheu. Aber wenn ich diesen Abscheu beiseiteschiebe, ebenso Kummer und Groll angesichts der erlittenen Verluste und meinen Wunsch, sie alle auszulöschen, die Gesamtsumme meiner Skyrine-Ausbildung und des Esprit de Corps …

Die andere Benutzerin könnte beschließen, keine Mühe mehr an uns zu vergeuden und die Torpedos auf uns loszulassen.

Irgendwie gelingt es mir, meine negativen Instinkte zu filtern und zu kontrollieren. Ich spüre, dass es der anderen Benutzerin ähnlich ergeht. Die Kommunikation mit mir ist keine Freude für sie, und ihre Zweifel scheinen sogar noch stärker zu sein als meine. Sie und ihre Krieger haben aus verschiedenen Gründen einen weiten Weg hinter sich gebracht, um auf Mars und

Titan zu kämpfen. Fast alle ihre Krieger sind weiblich. Männliche Exemplare bilden die oberen Ränge und greifen nur selten direkt in den Kampf ein.

Der Zweifel hat viele von ihnen verändert. Die Informationen aus dem Archiv und die Mitteilungen ihrer zurückgekehrten Toten haben sie ebenfalls zu Verrat getrieben. Wie bei uns gibt es auch bei ihnen Skeptiker, die den Krieg fortsetzen wollen. Sie brauchen eine andere, eine neue Perspektive. Sie brauchen objektive Bestätigung.

Wir hören Borden, die meldet, dass der Kasten eingetroffen ist und seine Samen freigesetzt hat. Seine Saat frisst das, was von der Station übrig ist, und produziert daraus neue Waffen. Dutzende.

»Verstärkung ist unterwegs!«, sagt Jacobi erleichtert.

»Sie kommen nicht, um uns zu helfen«, sagt Joe. »Sie sollen uns jagen und töten, uns alle. Und anschließend werden sie sich alle Mühe geben, Titan zu vernichten. Das ist die Wahrheit!«

Wer ist mächtiger und gefährlicher?

Der Feind vor uns oder die Menschen über uns?

DJ stöhnt. Seine Stimme wird lauter, wird zu den Schreien eines Mannes, den Albträume quälen. Dann schweigt er. Der Schutzanzug hat etwas gegen seine Qualen unternommen. Er ist weg vom Fenster.

Aber solange ich die Verbindung aufrechterhalten und Informationen austauschen kann, solange bin ich nützlich. Ich hoffe nur, dass die Skeptiker auf der anderen Seite nicht die Oberhand gewinnen, was durchaus möglich ist …

Noch leben wir.

»Sie unternehmen nichts gegen uns«, sage ich. »Wenn die Streitmacht des Kastens uns erreicht …«

»Zum Teufel damit!«, sagt Jacobi. »Dies ist ein Katz-und-Maus-Spiel. Wir müssen ausbrechen und zur Station zurück.«

»Das glaube ich nicht«, erwidere ich. »Sie wollen, dass wir leben. Sie brauchen uns.«

»*Wer* will das?«, fragt Ischida, ihre Stimme dunkel und gefährlich. »Wer braucht uns? Von *wem* zum Teufel sprechen Sie?«

»Antags«, sage ich.

Die Reaktion in der Kabine des Oscar ist elektrisch. Was die ganze Zeit offensichtlich hätte sein sollen, war in mehrere Schichten der Verleugnung gehüllt. Dies scheint nicht unbedingt der beste Zeitpunkt zu sein, ihnen die bittere Wahrheit zu präsentieren: dass wir hereingelegt worden sind, dass wir zur Unterhaltung anderer geblutet und gelitten haben. Dass wir Opfer eines uralten Betrugs sind.

»Das war doch klar!«, ruft Joe. »Wir haben es erwartet. Es ist der Grund für die Vierte Abteilung und alles andere, was wir getan haben. Warum sonst sind wir hierhergekommen?« Er klingt zornig. Seit wann weiß er Bescheid? Wusste er es schon vor dem Mars? Vielleicht gehörte er zum Bedienpersonal. Wer zum Teufel ist Joe Sanchez? Er hat sich so oft zur richtigen Zeit am richtigen Ort befunden, während meines ganzen Lebens.

»Weil wir Zugang zum alten Wissen wollten!«, sagt Tak. Während unserer Reise mit Oscar hat er kaum gesprochen. »Um den Feind auszulöschen. Macht. Deshalb sind wir hier.«

Joe sagt: »Vinnie und DJ sind unsere Scouts. Ich schließe mich dem an, was sie empfehlen.«

»DJ ist hinüber«, erinnert ihn Tak.

»Vielleicht, aber Vinnie nicht. Entweder vertrauen wir ihm, oder wir kehren zur Oberfläche zurück und verteidigen uns dort gegen die Waffen, die der Kasten gebracht hat. Glaubt ihr noch immer, dass er gekommen ist, um uns zu retten?«

Die anderen schweigen.

»Seine Soldaten sind hier, um uns zu finden und zu töten. Ich garantiere euch, dass sie kein Erbarmen haben werden. Wenn wir hier unten einen Kampf beginnen, sterben wir ebenfalls. Wenn wir auf Vinnie hören … Dann überleben wir vielleicht.«

Es ist schwer, sich vom einen Augenblick zum anderen so viel Toleranz zuzulegen. Ich bin mir nicht sicher, ob es mir nicht lieber wäre, gegen die Antags zu kämpfen und zu sterben. Dennoch bin ich weiter auf Sendung. Ich schicke mentale Bilder und versuche, Antworten zu empfangen und richtig zu verstehen. Die Eindrücke, die ich von der anderen Benutzerin bekomme, werden ziemlich scheußlich. Immer wieder sehe ich Kampf, im All, auf Titan und dem Mars. Ich sehe tote Antags, Freunde und Liebende, Offiziere und Soldaten.

Und tote Menschen. Viele tote Menschen.

Sie stellt mich auf die Probe.

»Wir haben keine Zeit«, sage ich. »Sie erwarten eine zuverlässige Antwort.«

»Was wollen sie?«, fragt Jacobi mit heiserer Stimme.

Ich frage und erhalte ein neues Bild: Menschen und Antags, die in einer Kabine stehen. Ohne Schutz. Ohne Waffen. Nur von wenigen Metern getrennt. Können wir einfach nur miteinander reden?

Können wir sogar die gleiche Luft atmen?

»Sie wollen eine direkte Begegnung. Zu ihren Bedingungen, an Bord ihrer Schiffe.«

»Damit sie uns dort aufschneiden und ausnehmen können?«, fragt Ischida.

»Neue Maschinen sind nach unten unterwegs«, meldet Borden durchs kalte Wasser. »Wir müssen eine Entscheidung treffen. Was macht Venn?«

»Er *kommuniziert*«, sagt Joe scharf. »Er macht genau das, wofür Sie ihn hierhergebracht haben! Wir haben hier das eine oder andere Problem.«

»Ich sage, wir sollten zurückkehren und uns unseren Leuten ergeben«, schlägt Jacobi vor. »Wenigstens sind es Menschen.«

Bordens ferne Stimme erklingt. »Ich führe das Kommando!«

»Scheiß drauf!«, sagt Ischida. »Umkehren und zurück.«

Ich höre Kumars Stimme aus Bordens Fahrzeug: »Das wäre Selbstmord. Sie werden alle töten, die sich gegen die Gurus gestellt haben.«

Es läuft auf einen verdammten *Bruderkrieg* hinaus. Was wir den Gurus verdanken. Aber wie soll ich das Tak, Jacobi, Ischikawa, Ischida und Uljanowa klarmachen? Ischida hat im Krieg die Hälfte ihres Körpers verloren! Die meisten von denen, die die Wahrheit geahnt haben – Borden, Kumar und vielleicht auch Muschran – sind an Bord des anderen Fahrzeugs, zusammen mit Litwinow.

Die Kampfmaschinen der Antags warten noch immer. Uns bleiben etwa dreißig Minuten, bis die Verstärkung des Kastens eintrifft und es richtig rundgeht.

»Es liegt bei dir, Vinnie«, sagt Joe. »Deshalb bist du geboren.«

Das ist zu viel. Ich möchte mich in meinem Schutzanzug zusammenrollen, ich möchte schrumpfen und verschwinden. Aber die andere Benutzerin berührt noch immer Teile meines Kopfes, versucht noch immer, Gemeinsamkeiten zu finden. Und sie liefert Szenarios, kleine Straßenkarten, Hinweise darauf, wie wir vorgehen können. Wenn wir nicht angreifen.

»Sie können unsere Maschinen in ihre aufnehmen«, sage ich. »Sie können uns zur Oberfläche zurückbringen, und weg von Titan.«

»Sollen wir etwa kampflos aufgeben?«, ereifert sich Jacobi.

»Wohin wollen sie uns bringen?«, fragt Ischida. »Zu

ihrem *Planeten*? Damit wir nie *heimkehren* können?« Was eigentlich optimistisch klingt. Kumar, Muschran und Borden. Sie sind sich einig. Mir wird schlecht, als ich daran denke, wer auf meiner Seite steht.

»Garantien?«, fragt Joe, obwohl er es besser weiß.

»Keine«, sage ich. »Aber deshalb bin ich geboren, wie du gesagt hast, nicht wahr?«

»Ja«, bestätigt Joe und spricht mit Borden. Es kommt zu Geschrei in unserer Kabine. »Also los, Vinnie!«, sagt Joe.

Ich teile der anderen Benutzerin, der Antagonistin, mit, dass sie ihre Schiffe öffnen und uns aufnehmen sollen.

Uns alle.

Wir kapitulieren.

Dann meldet sich unsere Ballerina zu Wort. Es ist ihr nicht leichtgefallen, dem schnellen Wortwechsel zu folgen. »Ich dies richtig verstehe«, sagt Uljanowa. »Sie der Feind sind? Ich sage: Wir *töten* sie. Ich sage: Wir töten sie, oder sterben bei dem Versuch!«

Der nächste Teil dürfte sehr, sehr schwer werden.

*To be continued…*